Digger and Daisy

Go to the Zoo

By Judy Young
Illustrated by
Dana Sullivan

Sleeping Bear Press™

315 E. Eisenhower Parkway, Ste. 200
Ann Arbor, MI 48108
www.sleepingbearpress.com

Printed and bound in the United States.

10 9 8 7 6 5 4 3 2 1 (case)
10 9 8 7 6 5 4 3 2 1 (pbk))

Library of Congress Cataloging-in-Publication Data

Young, Judy.
Digger and Daisy go to the zoo / written by Judy Young;
illustrated by Dana Sullivan.
pages cm
Summary: When Digger the dog and his big sister Daisy visit the zoo,
Digger tries to imitate the animals they see and Daisy tells him that although
he cannot climb a tree like a monkey, he can swim in a pond like a duck.
ISBN 978-1-58536-841-9 (hard cover) — ISBN 978-1-58536-842-6 (paper back)
[1. Ability—Fiction. 2. Zoo animals—Fiction. 3. Brothers and sisters—Fiction.
4. Dogs—Fiction.] I. Sullivan, Dana, illustrator. II. Title.
PZ7.Y8664Dig 2013
[E]—dc23
2013004090

Access 2007

TABLE *of* CONTENTS

CHAPTER 1

BORN TO RUN AND PLAY

In the late 1800s, Jim Thorpe and his twin brother, Charlie, lived on the Sac and Fox Indian reservation in Oklahoma. The U.S. government forced Native Americans to live on reservations to open up land for white settlers.

The boys enjoyed fishing, trapping animals, and playing lots of games.

Hey, Charlie, I'll race you to the creek.

Okay!

Their father, Hiram, organized running and wrestling matches at their home.

These guys compete hard. But all for fun.

UNNGGGHH!!

4

In 1893, when the boys turned 6, their days of play ended. Their parents sent them to a boarding school 23 miles (37 kilometers) away.

The U.S. government provided free schooling, meals, and lodging to Native American children. At these Indian schools, the children were forbidden to speak their native language or to dress in their native clothing.

I don't wanna go!

Your mother and I went to school, and you will, too, Jim. We will always be Indians, but school will help you do well off the reservation.

Jim hated the school's rigid schedule and strict teachers.

Robert, what is 8 times 7?

52?

No! Wrong! Don't you know how to—

—James, sit up straight! Pay attention!

RINGGG!

Another bell?

Time for spelling.

How boring.

Jim liked playing football, but he still hated school. At age 15, he ran away, traveling the whole way home from Kansas.

This time, Jim's father let him stay home and work.

Jim, hurry up. We still have to round up the cattle.

I don't mind work. But I'm sick of taking orders from him.

Jim again became restless. He ran away from home and found work on a ranch in Texas.

TRYOUTS

In 1904, at age 17, Jim Thorpe traveled to Carlisle Indian Industrial School in Carlisle, Pennsylvania.

Students of any age could attend Carlisle. They could earn degrees in the trades, such as farming, electronics, sewing, and cooking.

As part of his schooling, Thorpe spent his summers working on a farm.

I don't mind the work so much, but I can't wait to get back to playing football.

At Carlisle, Thorpe always found time to have fun with friends on the football field. And football was serious business at Carlisle. The school was well-known for its team's success against big-name colleges like the University of Chicago, Harvard, and Pennsylvania.

Thorpe cleared the bar, set at 5 feet, 9 inches.

Thorpe thought little of his high jump. But the track coach, Pop Warner, wanted to talk to him about it.

Have I done anything wrong?

You've only broken the school record in the high jump.

Welcome to the track team.

Coach Warner assigned one of the school's top track and football stars, Albert Exendine, to work with Thorpe.

Jim, remember, it's not enough to just win. You need to be at your best all the time.

Thorpe quickly became one of Coach Warner's star track athletes. He was able to master almost anything in track and field.

But Thorpe had come to love the excitement of football.

I don't want to stand and watch football anymore. I want to be a part of that fun.

WUMF!

In fall 1907, Thorpe was part of a winning team. He was quick and ran for as many as 75 yards at a time. He steadily improved in the 1908 season.

CARLISLE POUNDS PENN

MINNESOTA LOSES TO INDIAN SCHOOL

CARLISLE STUMPS THE U OF CHICAGO

CARLISLE CREAMS HARVARD

I love football. If I could, I'd play sports all the time.

You should play summer baseball. Lots of us do it.

We don't get paid much, but it's better than most summer jobs.

From 1909 to 1911, Thorpe played summer baseball for the Rocky Mount Railroaders and the Fayetteville Highlanders in North Carolina.

He was a solid player who batted strong, caught well, and ran fast. He wasn't a huge star, but he always had a good time.

18

Jim Thorpe's pentathlon performance:

Long jump (1st)	7.07 meters
Javelin (3rd)	46.71 meters
200-meter dash (1st)	22.9 seconds
Discus (1st)	35.57 meters
1,500-meter run (1st)	4:44.8

The pentathlon was held July 7, 1912, on the second day of the Olympics. Thorpe won all events except one. He won the pentathlon based on his total points. No other athlete even came close to matching his overall performance.

Thorpe had six days between his pentathlon win and the start of the decathlon.

I hate to stand here watching. I want to be out there competing.

Your turn will come soon enough, Thorpe.

21

The decathlon was considered the best test of an athlete's skills. The 10-event competition took place over the last three days of the Games.
Thorpe goes from event to event like it's nothing.
He never even looks tired.
Thorpe's 1,500-meter finish electrified the crowd. He had won the decathlon, never earning less than one of the top four places for each event.

Thorpe never showed off or even showed much excitement. He just dominated the events.

He makes all the events look so easy.

Not many people thought I would win. But I knew I would.

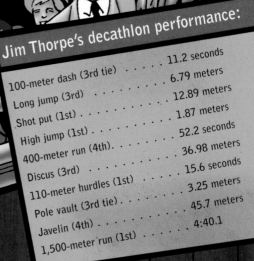

Jim Thorpe's decathlon performance:

Event	Result
100-meter dash (3rd tie)	11.2 seconds
Long jump (3rd)	6.79 meters
Shot put (1st)	12.89 meters
High jump (1st)	1.87 meters
400-meter run (4th)	52.2 seconds
Discus (3rd)	36.98 meters
110-meter hurdles (1st)	15.6 seconds
Pole vault (3rd tie)	3.25 meters
Javelin (4th)	45.7 meters
1,500-meter run (1st)	4:40.1

At the Olympic awards ceremony, Sweden's King Gustav V awarded Thorpe gold medals for the pentathlon and decathlon.

Sir, you are the greatest athlete in the world.

Thanks, King.

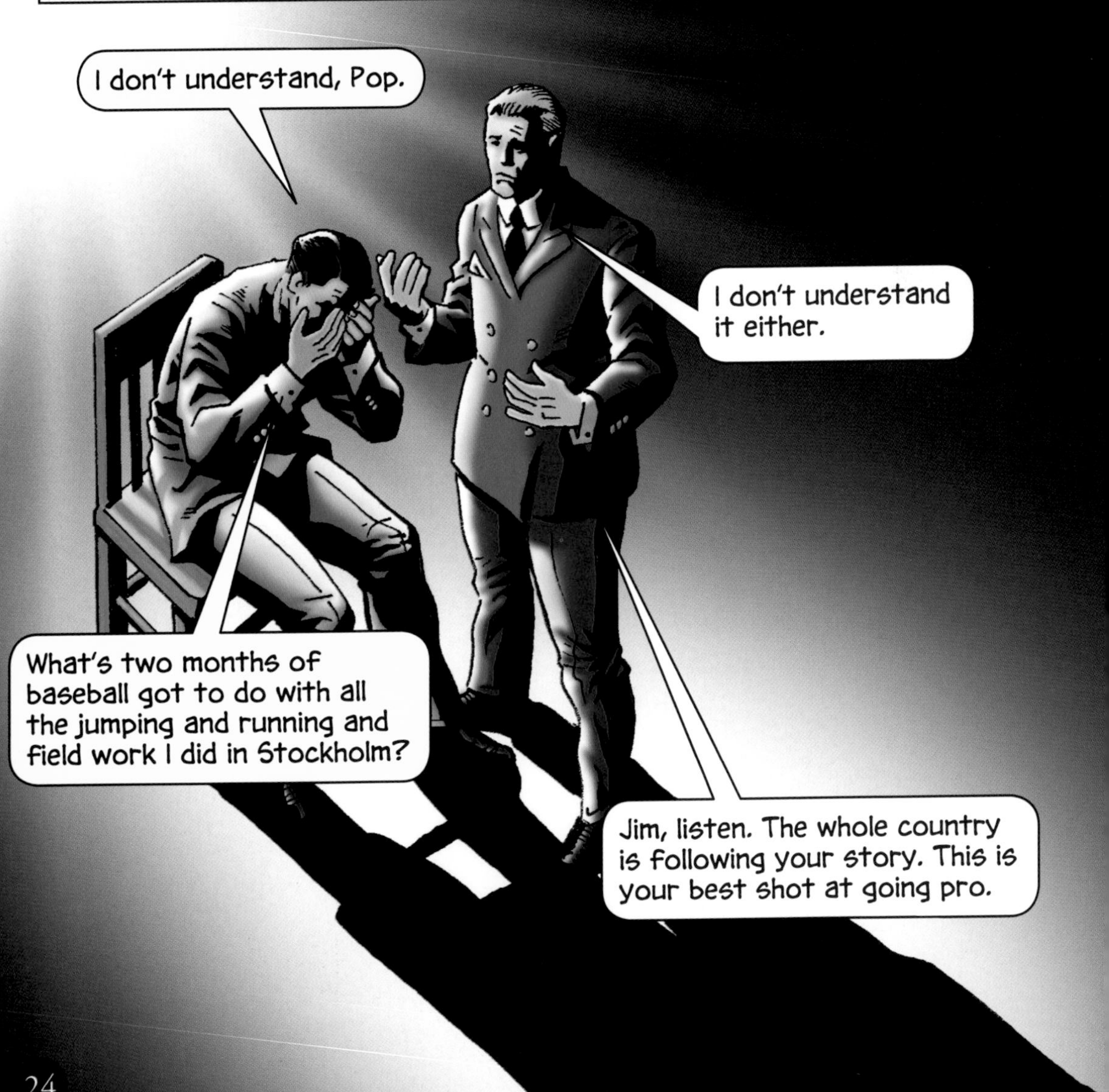

In 1920, Thorpe helped establish the National Football League (NFL). After that, Thorpe helped form a Native American football team, the Oorang Indians. The team's owner used the team to advertise his Airedale dog business.

Coach Thorpe, these halftime shows are embarassing.

Don't complain. We're getting paid to play football.

In 1928, when Thorpe was 42 years old, he retired from sports. The games were still fun for him, but his body was getting tired. Athletes then were not millionaires. Thorpe acted in movies and did all types of other jobs to provide for his family.

But Thorpe had become a sports legend.

Come quick, kids! The greatest athlete in the world is on TV!

Anything you wish you could fix about your career?

Not money. Not fame. But I'd love to get my gold medals back.

In 1983, 30 years after Thorpe died, his Olympic medals were given to his children and his name was put back in the Olympic record books.

It is an honor to accept these medals for our father, one of the most gifted athletes in history.

Some important sports awards and trophies are named after Thorpe. The Jim Thorpe Award goes to the best defensive back in college football. The Jim Thorpe All-Around Award goes to athletes who play with spirit and love of the game, just like Jim Thorpe did.

 Jim Thorpe's Indian name was "Wa Tho Huk," which means "Bright Path."

 Thorpe was born May 22, 1887, in an area of the United States called Indian Territory. It eventually became the U.S. state of Oklahoma. Thorpe died March 28, 1953, at his home in California.

 Thorpe grew up differently from many Native Americans on the Sac and Fox reservation in the late 1800s. Most Native Americans dressed in traditional clothes made out of rough cloth or animal hides. They lived in bark-covered shelters. Thorpe's family wore what many considered non-native clothes and lived in a log cabin. Thorpe's family also spoke English instead of the tribe's native language.

 Native American boarding schools had harsh rules. The U.S. government created these free schools, hoping to make Native American children more like the rest of the settlers in the United States. The hair of boys, which was often worn long in Native American tribes, had to be cut short. All children wore military-style uniforms. Students were punished for speaking their native language.

Thorpe is the only athlete to have won both the pentathlon and decathlon. The pentathlon was dropped as an event after the 1924 Olympics.

 Louis Tewanima won a silver medal in the 10,000-meter run in the 1912 Olympics.

 At the time Thorpe had his Olympic medals taken away, many college athletes got paid to play sports in the off-season. Most played under false names. Thorpe used his own name, probably not realizing the problems of doing so. Today, pro athletes are allowed to compete in the Olympics.

 The Oorang Indians lasted only two seasons. More of a publicity stunt than a real NFL team, they rarely won. But the team did help draw attention to the new pro football league.

 In 1950, Thorpe was named the best overall athlete of the first half of the 20th century.

Thorpe is a member of the Pro Football Hall of Fame.

GLOSSARY

amateur (AM-uh-chur)—someone who participates in a sport without being paid

athlete (ATH-leet)—someone who is trained in or very good at a sport or game that requires strength, speed, or skill

boarding school (BORD-ing SKOOL)—a school that students live in during the school year

compete (kuhm-PEET)—to try hard to outdo others at a race or contest

dominate (DOM-uh-nate)—to rule; in sports, a team or person dominates if they win much more than anyone else.

reservation (rez-er-VAY-shuhn)—an area of land set aside by the U.S. government for American Indians

talent (TAL-uhnt)—a natural ability or skill

INTERNET SITES

FactHound offers a safe, fun way to find Internet sites related to this book. All of the sites on FactHound have been researched by our staff.

Here's how:
1. Visit *www.facthound.com*
2. Choose your grade level.
3. Type in this book ID **1429601523** for age-appropriate sites. You may also browse subjects by clicking on letters, or by clicking on pictures and words.
4. Click on the **Fetch It** button.

FactHound will fetch the best sites for you!

READ MORE

Bruchac, Joseph. *Jim Thorpe: Original All-American*. New York: Dial Books/Walden Media, 2006.

Cooper, Michael L. *Indian School: Teaching the White Man's Way*. New York: Clarion, 1999.

Golus, Carrie. *Jim Thorpe*. Sports Heroes and Legends. Minneapolis: Twenty-First Century Books, 2008.

Macy, Sue. *Swifter, Higher, Stronger: A Photographic History of the Summer Olympics*. Washington, D.C.: National Geographic, 2004.

Sullivan, George. *Power Football: The Greatest Running Backs*. New York: Atheneum Books for Young Readers, 2001.

BIBLIOGRAPHY

CMG Worldwide. "Jim Thorpe: World's Greatest Athlete." The Official Site of Jim Thorpe. http://www.cmgww.com/sports/thorpe/bio3.htm.

Crawford, Bill. *All American: The Rise and Fall of Jim Thorpe*. Hoboken, N.J.: John Wiley & Sons, 2005.

Mallon, Bill, and Ture Widlund. *The 1912 Olympic Games: Results for All Competitors in All Events, with Commentary*. Jefferson, N.C.: McFarland, 2002.

INDEX

Access 2007

Fernando Rosino Alonso

GUÍAS PRÁCTICAS

Responsable editorial:
Eva-Margarita Garcia

Diseño de cubierta:
Narcis Fernánez

Realización de cubierta:
Cecilia Poza Melero

Primera edición, febrero 2007
Primera reimpresión, julio 2007

© EDICIONES ANAYA MULTIMEDIA (GRUPO ANAYA, S.A.), 2007
Juan Ignacio Luca de Tena, 15. 28027 Madrid
Depósito legal: M. 33.153-2007
ISBN: 978-84-415-2171-1
Printed in Spain
Impreso en: Lavel, S. A.

A mi familia y amigos

Agradecimientos

A toda la gente que ha colaborado en la realización de este libro, y a aquellos que nos han soportado mientras lo hacíamos, muchas gracias por vuestra dedicación.

Índice

Introducción

Desde grandes empresas hasta el usuario doméstico, la recopilación y organización de la información es, hoy en día, una necesidad. Precisamos herramientas que nos permitan, no sólo tener datos almacenados, sino poder trabajar con ellos de una forma eficaz, rápida y sencilla. Las bases de datos relacionales son esa herramienta, y están muy presentes en nuestra vida diaria, más de lo que pueda parecer.

Seguramente, uno de los ejemplos más fáciles de entender sea el catálogo de libros de una biblioteca y su gestión de préstamos. Una sencilla base de datos ha sustituido a un sistema basado en enormes armarios llenos de incontables fichas con los datos de los libros, a otro lleno con datos sobre los autores, a una tediosa, y muchas veces infructuosa, tarea de buscar y localizar el libro deseado, a la complicada tarea de consultar la disponibilidad de los ejemplares, y a una interminable y ardua tarea de gestión y administración por parte de los bibliotecarios. Una base de datos relacional agiliza cualquier administración de este tipo de sistemas pero, en especial, su uso, ampliando las posibilidades de análisis de la información almacenada en formas que de otra manera no sería posible realizar. ¿Desea saber todos los libros de un determinado autor? Es sencillo, pero igual de sencillo que saber todos los libros de una determinada temática, publicados en un año específico, por todas las editoriales de un país en particular, cuyo título empiece por la palabra "teoría". O igual de sencillo que saber los títulos de los 10 libros más leídos en el último mes, o los autores más solicitados por los usuarios de un determinado rango de edad.

Como puede ver, ésta es la verdadera importancia de las base de datos relacionales, que nos facilitan el trabajo. Y puede extrapolar la idea a cualquier negocio u organización y entenderá las posibilidades que ofrece, ya que el tipo de información que se puede gestionar con una base de datos relacional es ilimitado. Un usuario doméstico puede organizar sus contactos, su colección de música y vídeo y hasta sus gastos e ingresos, pero una gran organización puede basar toda su gestión en bases de datos relacionales: información de sus empleados, administración de almacén, facturación, gestión de tareas, etc.

Si ya hemos conseguido transmitirle la importancia de las bases de datos relacionales, entenderá el éxito de Microsoft Access. Microsoft Access es un gestor de bases de datos relacionales, un programa que permite organizar y administrar información recopilada en bases de datos relacionales, de forma que los usuarios puedan acceder a los datos y utilizarlos para consultar, analizar, incluir, modificar o recuperar información.

El elemento principal de una base de datos Access son las tablas. Una tabla es el elemento donde se almacena la información organizada en forma de campos. Por ejemplo, en una base de datos que gestione una biblioteca, podríamos tener una tabla para almacenar los datos de los libros, y tendría campos como Título, Autor, Fecha de publicación, ISBN, Editorial, Materia, etc. Otra tabla podría almacenar información sobre los autores, con campos como Nombre, Apellidos, Nacionalidad, Libros publicados, etc., otra tabla almacenaría información sobre los usuarios de la biblioteca, con campos como Nombre, Apellidos, DNI, Nº de asociado, Dirección, Fecha nacimiento, etc. Además, estas tablas guardarían relaciones entre ellas, lo que nos permite no tener que almacenar en dos tablas distintas la misma información. En realidad, es de estas relaciones entre las tablas de donde nace gran parte de la potencia de gestión de Microsoft Access y de las bases de datos relacionales, además, por supuesto, del apellido "relacionales".

Y si se imagina físicamente una tabla precisamente como eso, como una tabla, donde cada campo es una columna de la tabla, las filas de la tabla serían los datos almacenados de cada elemento o unidad de información, y reciben el nombre de registros. Siguiendo con el ejemplo de la biblioteca, en una tabla con información sobre los libros, habría tantos registros como libros existiesen en la biblioteca. Un registro de la tabla lo formarían el título, autor, fecha de publicación, ISBN, editorial, material, etc. de, por ejemplo, El Quijote.

Pero las tablas no son el único elemento de una base de datos Access. Existen otros elementos, llamados objetos, que nos permiten trabajar con los datos de distinta forma. En total, los objetos de una base de datos Access son 6: tablas, consultas, formularios, informes, macros y módulos.

- **Tablas:** Almacenan la información de forma estructurada y organizada.
- **Macros:** Permiten recopilar datos de varias tablas, realizar cálculos con los datos y especificar condiciones para obtener únicamente determinados datos que cumplan esas condiciones, e incluso realizar ciertas acciones con estos datos.
- **Formularios:** Permiten ver, modificar e introducir los datos de nuestra base de datos.
- **Informes:** Estos objetos permiten mostrar la información de la base de datos con la apariencia deseada, tanto en pantalla como en formato impreso.
- **Macros:** Estos objetos realizan tareas repetitivas de forma automática, siempre que se cumplan las condiciones especificadas por el administrador de la base de datos.
- **Módulos:** Son miniprogramas escritos en lenguaje Visual Basic para Aplicaciones que permiten realizar tareas de forma automática.

A lo largo de este libro iremos conociendo con detalle todos y cada uno de estos objetos.

Y, para finalizar, darle la enhorabuena por decidirse a conocer más sobre Microsoft Access, ya que con esta aplicación podrá trabajar con bases de datos relacionales de una forma rápida y sencilla. No es necesario ser informático para utilizar la aplicación y crear sus propias bases de datos, completamente funcionales y eficaces, ya que Access incluye muchas herramientas y asistentes que facilitan la creación de objetos y la realización de tareas.

Cómo usar este libro

Esta Guía Práctica muestra todo lo necesario para iniciarse en el manejo de Microsoft Access 2007, incluyendo instrucciones sobre cómo instalar en su ordenador este gestor de base de datos relacionales.

Dado su enfoque eminentemente práctico, a lo largo del libro iremos viendo ejemplos del desarrollo de una pequeña aplicación de bases de datos para un hotel que podrá crear usted mismo, y con la que podrá practicar los distintos usos de este popular programa de Microsoft.

Para comentar los fundamentos teóricos de las bases de datos, hemos utilizado también la base de datos de ejemplo Northwind que acompaña a Microsoft Access. Como pronto podrá ver, no tendrá ningún problema para instalar esta base de datos en su equipo y seguir los ejemplos.

Para facilitar el seguimiento de los ejemplos y la lectura del libro, se han incluido gran cantidad de figuras a lo largo de los capítulos, que aclararán cualquier duda que pueda surgir de las explicaciones. También se han incluido instrucciones paso a paso para el desarrollo de los distintos ejemplos y para realizar las distintas actividades que caracterizan el trabajo con bases de datos relacionales, el tipo de bases de datos para el que está diseñado Access específicamente.

Aunque el libro está diseñado para poder abordar directamente cualquiera de sus capítulos, es recomendable seguir su desarrollo secuencial para poder comprender mejor los ejemplos prácticos y los distintos pasos del proceso de creación de la base de datos para un hotel, que es el elemento principal del ejercicio práctico.

En este libro tratamos todo lo que hace falta saber acerca de Access 2007. Si no tiene experiencia con las bases de datos, no se preocupe, ya que empezaremos con lo básico, utilizando bases de datos existentes, y continuamos hasta aprender a diseñar bases de datos propias de una forma fácil y sencilla. Si ya está familiarizado con otros programas de bases de datos, este libro le proporcionará información sobre la forma de trabajar con Access 2007.

A lo largo del libro encontrará **Trucos**, **Notas** y **Advertencias**. Estos elementos proporcionan información de utilidad, como avisos que no debe olvidar o información complementaria que enriquecerá su experiencia con Access 2007.

Nota: Una nota resalta información interesante o complementaria que a menudo contiene nueva información técnica acerca de un tema.

Truco: Los trucos atraen la atención a sugerencias útiles, pistas ventajosas y consejos provechosos.

Advertencia: ¡Vigile sus pasos! Evite problemas estudiando las advertencias que aparecen en muchas de las lecciones de este libro.

En el capítulo 1 explicamos la instalación de Microsoft Office 2007 y, en concreto, de Microsoft Access 2007. Después comentamos cómo se inicia el programa y se abre una base de datos y, a continuación, proporcionamos una introducción teórica a las bases de datos relacionales. Posteriormente describimos la interfaz de Access, explicamos cómo se sale del programa después de guardar una base de datos abierta y comentamos las novedades que incluye esta nueva versión de Microsoft Office Access. Para finalizar el capítulo, vemos cómo se puede obtener ayuda mientras trabajamos con el programa.

En el capítulo 2 empezamos a utilizar Access 2007 usando la base de datos de ejemplo Northwind. Comentamos las dos vistas principales de los objetos de una base de datos, la vista Hoja de datos y la vista Diseño. Al mismo tiempo, explicamos cómo se ordenan los registros de una tabla y cómo podemos buscar registros y filtrar los datos.

También examinamos la estructura básica de las tablas y sus propiedades. Para finalizar el capítulo, vemos cómo se pueden examinar las propiedades de una tabla.

En el capítulo 3, comenzamos la creación de nuestra base de datos. Empezamos el capítulo explicando cómo se debe planificar una base de datos y qué es la integridad referencial, y definiendo los distintos tipos de relaciones. A continuación vemos cómo se utilizan las plantillas de Access para crear una base de datos, y después, cómo se crea una base de datos en blanco. El capítulo continúa con la creación de tablas, primero utilizando una plantilla y seguidamente en blanco, desde cero. Para terminar, vemos cómo rellenar con datos las distintas tablas que creamos para nuestra base de datos.

El capítulo 4 está dedicado al trabajo con tablas. Comentamos cómo se analizan las tablas y las distintas operaciones que se realizan con ellas, como copiarlas, pegarlas y eliminarlas. También estudiamos cómo se cortan, copian y pegan datos, cómo se usa el corrector ortográfico y cómo se crean campos de búsqueda. Por último, modificamos la estructura de la base de datos Hotel creada en el capítulo 3 introduciendo nuevos campos.

En el capítulo 5 estudiamos otro objeto de base de datos: las consultas. Comentamos los distintos tipos de consultas y sus vistas Hoja de datos y Diseño. Después estudiamos la estructura básica de las consultas, cómo se ordenan los resultados y cómo se obtienen totales y se establecen criterios. A continuación comentamos las propiedades de las consultas y la barra de herramientas. Para finalizar el capítulo, creamos varias consultas para nuestra base de datos de ejemplo.

En el capítulo 6 vemos el tercer objeto de bases de datos: los formularios. Explicamos qué son los formularios y cómo se abren; comparamos el uso de formularios con el uso de hojas de datos, estudiamos las distintas vistas y vemos cómo se trabaja con datos y se buscan registros utilizando formularios. Después nos adentramos en los controles de los formularios, sus distintos tipos y sus propiedades, para continuar con la modificación de formularios existentes.

El capítulo prosigue con la creación de nuevos formularios para nuestra base de datos, primero utilizando los asistentes que proporciona Microsoft Access, y después, sin ellos. Por último, el capítulo termina comentando las vistas Tabla dinámica y Gráfico dinámico disponibles con formularios.

El siguiente objeto de bases de datos al que está dedicado el capítulo 7 son los informes. El capítulo empieza con un examen de los informes, en el que se comenta cómo se usan los informes, cuáles son las vistas de informes, cómo están divididos en secciones y cuáles son sus propiedades. Después vemos el uso de expresiones y de gráficos en los informes. El capítulo continúa mostrando cómo se diseñan y crean informes y cómo se utilizan asistentes para crear distintos tipos de informes. Para finalizar, comentamos la impresión de los informes.

En el capítulo 8 comenzamos a introducirnos en el mundo de la programación con el estudio de las macros. Primero explicamos qué son, para estudiar después cómo se crea una macro en la vista Diseño. Después vemos cómo se modifican acciones y qué son las macros condicionales. A continuación estudiamos la ejecución de las macros y cómo se depura una macro. El capítulo finaliza con la creación de un formulario que utiliza un grupo de macros con la base de datos Hotel y de una macro AutoExec que se ejecuta automáticamente al iniciar nuestra base de datos.

Por último, en el capítulo 9 introducimos el lenguaje de programación VBA estudiando los módulos. El capítulo empieza explicando qué son los módulos y cuáles son los distintos tipos de módulos. Después se expone qué son los procedimientos y las variables. A continuación explicamos brevemente la creación de módulos, procedimientos y procedimientos de evento, cómo se convierten macros a Visual Basic y cómo se ejecuta el código Visual Basic. El capítulo prosigue comentando las distintas ventanas que proporciona el Editor de Microsoft Visual Basic para depurar el código, para finalizar indicando cómo se puede obtener ayuda mientras se escribe código.

Introducción a Access 2007

1.1. Instalar Access 2007

Access 2007 es un programa incluido en el paquete de software Microsoft Office 2007. Es preciso, por lo tanto, disponer del CD-ROM de instalación de este software. El proceso de instalación es muy sencillo, ya se instale toda la suite Microsoft Office o únicamente el programa Access. Para asegurar que la instalación se realiza sin problemas es recomendable cerrar todas las aplicaciones que pudieran estar abiertas antes de iniciar la instalación. A continuación, siga estos pasos:

1. Introduzca el CD-ROM en la unidad lectora. El proceso de instalación se iniciará automáticamente (véase la figura 1.1). Si no fuera así, puede iniciar la instalación de forma manual haciendo doble clic sobre el archivo setup.exe incluido en el CD-ROM.

*Nota: Es posible que Windows Vista le muestre un mensaje solicitando su permiso para ejecutar el programa de instalación. En tal caso haga clic sobre el botón **Continuar** para que la instalación pueda iniciarse.*

2. Deberá elegir el tipo de instalación que desea realizar. Las distintas opciones que pueden aparecer son:

   • **Instalar ahora**: Esta opción aparece si no existe una versión de Microsoft Office previamente instalada en el ordenador. Mediante esta opción se realiza una instalación prácticamente completa de Microsoft Office. No se incluyen algunos elementos muy específicos, como por ejemplo los no aplicables a la configuración regional del ordenador (tipos de fuente, diccionarios, etc.).

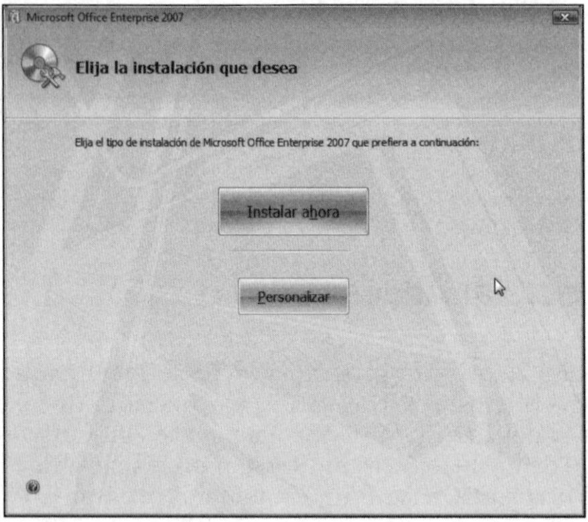

Figura 1.1. Seleccione el tipo de instalación que desea realizar.

- **Actualizar**: Esta opción únicamente aparecerá si no existe una versión de Microsoft Office instalada previamente en el ordenador. Mediante esta opción se realiza una instalación prácticamente completa de Microsoft Office. No se incluyen algunos elementos muy específicos, como por ejemplo los no aplicables a la configuración regional del ordenador (tipos de fuente, diccionarios, etc.).
- **Personalizar**: Como su propio nombre indica, esta opción permite realizar una instalación personalizada, pudiendo elegir los programas que se instalarán, así como los elementos específicos de cada uno de ellos que se incluirán en la instalación.

Si elige la opción **Instalar ahora**, o **Actualizar** si ya disponía de una versión de Office en su ordenador, la instalación se realizará completa sin solicitarle ningún otro dato. Por el contrario, si eligió la opción **Personalizar** los pasos a seguir son los siguientes:

3. Una vez haya hecho clic sobre el botón **Personalizar** aparecerá el cuadro de diálogo mostrado en la figura 1.2. Este cuadro presenta varias fichas, siendo Idioma la que aparece seleccionada por defecto. Elija aquí el idioma en el que desea la aplicación. Puede seleccionar más de un idioma.

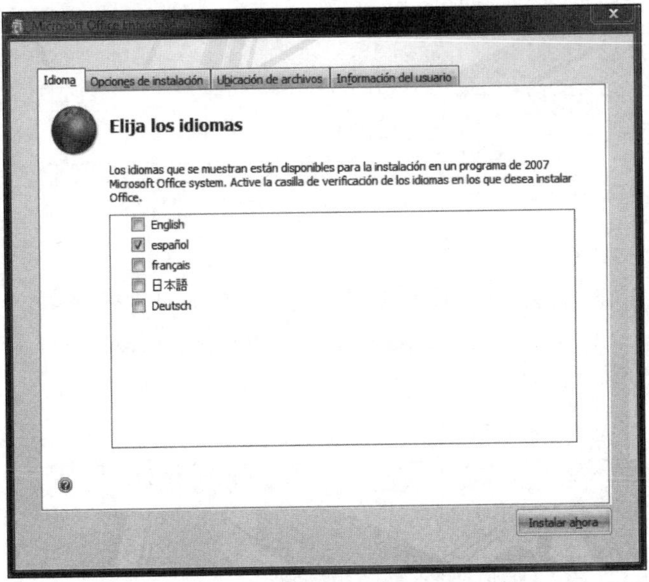

Figura 1.2. Seleccione el idioma de la aplicación.

4. Haga clic sobre la pestaña de la ficha Opciones de instalación. En esta ficha determinará los programas y componentes de los mismos que desea instalar (véase figura 1.3).

   Seleccione los elementos que desea instalar. Le recomendamos que para Microsoft Access seleccione la opción Ejecutar todo desde mi PC para realizar una instalación completa de Access.

5. Haga clic sobre la pestaña de la ficha Ubicación de archivos. Aquí se determina el lugar en el que se instalará Microsoft Office.

   Puede dejar el que aparece por defecto o hacer clic sobre el botón **Examinar** para determinar una nueva ubicación.

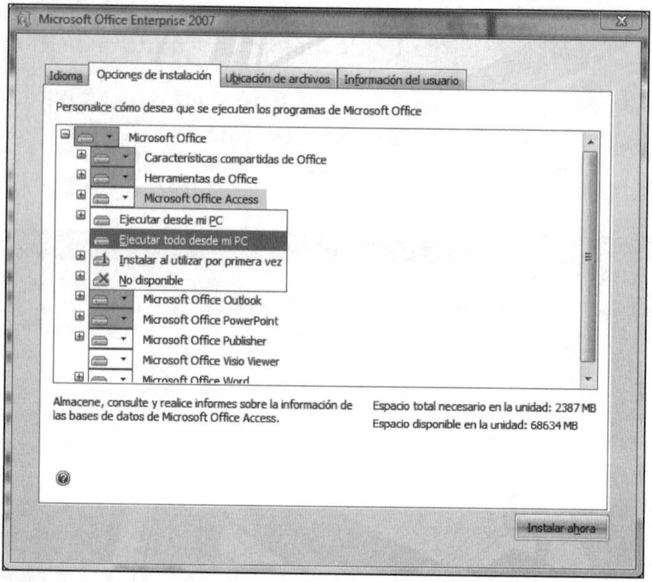

Figura 1.3. Seleccione los elementos que desea instalar.

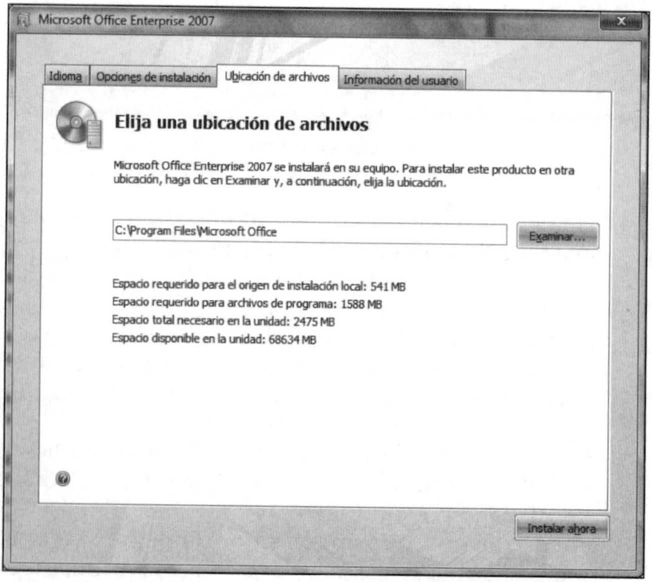

Figura 1.4. Seleccione el lugar donde instalar Microsoft Office.

6. Haga clic sobre la pestaña de la ficha **Información del usuario**. En esta pestaña se recogen sus datos personales. Estos datos se utilizarán para identificar al autor de los documentos realizados con las aplicaciones de Microsoft Office, y para la correcta identificación de los correctores en la revisión de un documento. Esta información no es enviada en ningún caso a Microsoft.

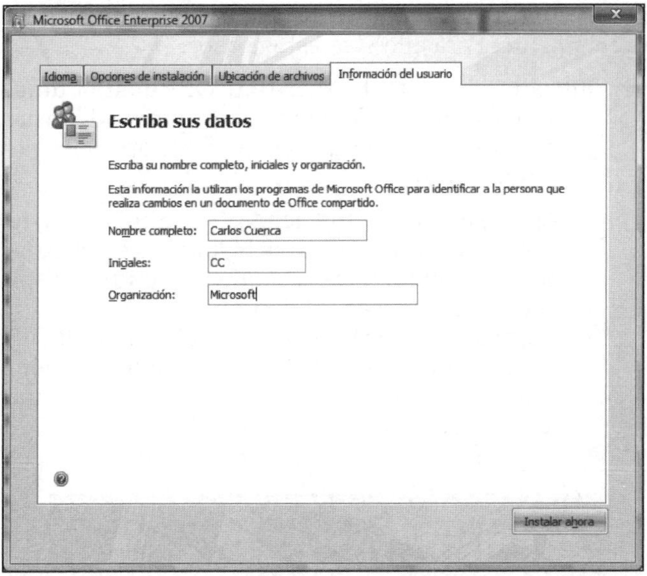

Figura 1.5. Seleccione el idioma de la aplicación.

7. Una vez haya finalizado de especificar los datos de las distintas fichas de este cuadro de diálogo, haga clic sobre el botón **Instalar ahora** para que se inicie el proceso de instalación. El tiempo que dure esta instalación dependerá de la cantidad de elementos seleccionados para su instalación.

Una vez finalizada la instalación aparecerá un cuadro de diálogo indicando que el proceso se ha realizado con éxito. También podrá conectarse a Office Online para obtener actualizaciones de productos, plantillas adicionales o ayuda de forma totalmente gratuita. Para ello haga clic sobre el botón **Conectar con Office Online**. Si lo que desea es simplemente terminar el proceso de instalación de

Microsoft Office 2007 y comenzar a utilizarlo, haga clic sobre el botón **Cerrar**. Es posible que tenga que reiniciar el equipo para completar la instalación.

1.1.1. Variar los elementos instalados

Una vez instalado el programa, puede ser necesario realizar alguna modificación para añadir o quitar funciones, o para reparar alguna aplicación que no se haya instalado correctamente. Para ello siga estos pasos:

1. Introduzca el CD de Microsoft Office en la unidad lectora. Aparecerá de nuevo el programa de instalación, mostrando ahora las siguientes opciones (véase la figura 1.6):

   • **Agregar o quitar funciones**: Permite añadir funciones de Office que no se instalaron en la instalación, o quitar funciones que no se utilizan para ahorrar espacio en el disco.
   • **Reparar**: Permite volver a instalar Microsoft Office si ha surgido algún problema en la instalación.
   • **Quitar**: Con esta opción eliminamos completamente Microsoft Office del ordenador.

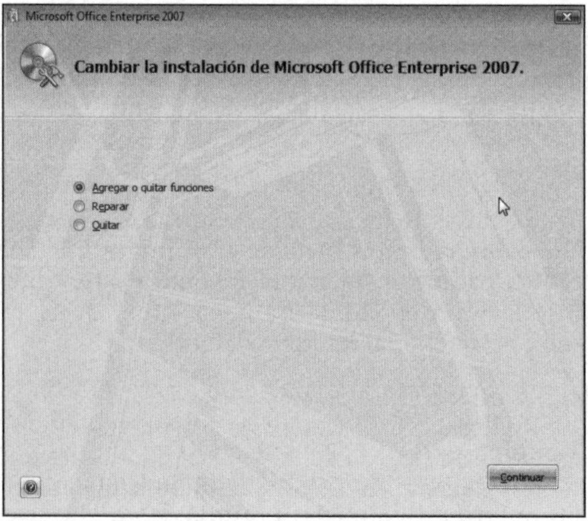

Figura 1.6. Cuadro de diálogo para modificar las opciones de Microsoft Office.

1.2. Iniciar Access 2007 y abrir una base de datos

Hay varias formas de iniciar Access 2007. A continuación se describen algunas de las distintas maneras existentes de iniciar Access y de abrir una base de datos.

1.2.1. Desde el menú Inicio

Cuando instalamos Access 2007, se añade un acceso directo en los programas del botón **Inicio**. Para iniciar Access, hacemos clic en el botón **Inicio** y seleccionamos **Todos los programas>Microsoft Office>Microsoft Office Access 2007**. Se inicia Access mostrando la pantalla de inicio.

1.2.2. Utilizando un acceso directo en el Escritorio

Una vez instalado Microsoft Office, podemos crear accesos directos en el escritorio para todos los programas. No hay más que elegir el programa deseado en el submenú **Microsoft Office** del menú **Todos los programas** del botón **Inicio**, hacer clic sobre él con el botón derecho del ratón y seleccionar el comando **Enviar a>Escritorio (crear acceso directo)**. Una vez creado, haciendo doble clic sobre el acceso directo en el escritorio, se abre el programa en cuestión.

1.2.3. Desde el Explorador de Windows

También podemos seleccionar la base de datos que queremos abrir utilizando el Explorador de Windows. Utilizando este programa, buscamos el archivo correspondiente a la base de datos Access que queremos abrir y hacemos doble clic sobre el mismo. Se inicia Access con la base de datos seleccionada abierta. Las bases de datos de versiones anteriores a Access 2007 suelen tener la extensión de archivo .mdb. Las bases de datos Access 2007 utilizan archivos con extensión .accdb. Access 2007 puede trabajar perfectamente con cualquiera de estos formatos y con muchos otros.

Si ya se tiene una base de datos Access abierta cuando hacemos doble clic en el nombre de archivo de una base de datos utilizando el Explorador de Windows, se inicia otra instancia de Access 2007 para mostrar la nueva base de datos. Podemos tener abiertas varias bases de datos simultáneamente utilizando varias instancias de Access 2007. Sin embargo, no es posible tener abiertas varias bases de datos en la misma ventana de Access.

1.2.4. Abrir una base de datos desde Access

Cuando iniciamos Access, aparece la nueva ventana Introducción a Microsoft Access en cuyo lado derecho podremos seleccionar y abrir una base de datos que hayamos estado utilizando recientemente (véase la figura 1.7).

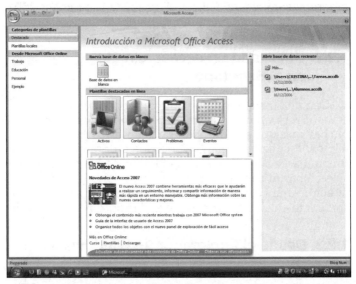

Figura 1.7. Nueva ventana Introducción a Microsoft Access.

Para abrir desde Access una base de datos almacenada en nuestro ordenador, pero que no haya sido utilizada recientemente, podemos hacer clic sobre Más… en la parte derecha de la ventana Introducción a Microsoft Access, o hacer clic sobre el nuevo Botón de Office, situado en la esquina superior izquierda de la ventana, y seleccionar el comando Abrir (véase la figura 1.8). Aparecerá el cuadro de diálogo Abrir que nos permitirá buscar y seleccionar la base de datos que deseamos abrir.

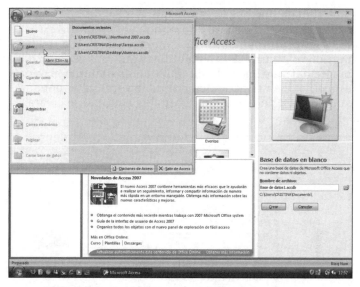

Figura 1.8. Comando Abrir del menú desplegable del Botón de Office.

1.3. Crear una nueva base de datos de Access

Si lo que queremos es crear una nueva base de datos en blanco, podemos hacer clic sobre el Botón de Office y seleccionar el comando Nuevo. En la parte derecha de la ventana Introducción a Microsoft Access aparecerá el cuadro de texto Nombre de archivo donde poder incluir el nombre del archivo de la nueva base de datos. También podremos determinar el lugar de nuestro ordenador donde guardar la nueva base de datos.

También podemos utilizar una de las múltiples plantillas incluidas en Access 2007 para crear una nueva base de datos, o si se dispone de conexión a Internet, utilizar una plantilla de Office Online. Para crear una base de datos utilizando una plantilla local, no una descargada de Office Online, haremos clic sobre la opción Plantillas locales situada en la parte izquierda de la ventana Introducción a Microsoft Access. En la parte central de la ventana aparecerá un listado con las plantillas de base de datos disponibles actualmente en nuestro equipo. Dejando un instante el cursor del ratón sobre una plantilla aparece un texto con la descripción de la misma. Para crear una base de datos partiendo de una de las plantillas aquí mostradas, únicamente hay que hacer doble clic sobre la plantilla elegida y especificar, en la parte derecha de la ventana, el nombre y la ubicación del archivo de base de datos que se creará.

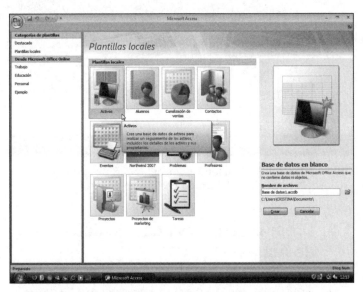

Figura 1.9. Es posible crear una base de datos partiendo de una plantilla prediseñada.

1.3.1. Crear una base de datos de ejemplo

Access incluye una base de datos de ejemplo llamada Northwind 2007 que nos permitirá practicar y aprender utilizando una base de datos ya creada y que ya contiene datos. Para crear esta base de datos, haga clic sobre la opción Plantillas locales de la ventana Introducción a Microsoft Access. A continuación seleccione la plantilla Northwind 2007 en la parte central de la ventana, y en la parte derecha de la ventana, especifique el nombre de archivo y la ubicación de la misma. Finalmente haga clic sobre el botón Crear. El proceso de creación comenzará y en unos instantes la nueva base de datos estará terminada.

Figura 1.10. Cree la base de datos de ejemplo Northwind 2007.

Nada más abrir la base de datos aparece el cuadro de inicio de sesión, en el que elegiremos un empleado. Utilizaremos el rol del empleado seleccionado para trabajar con la base de datos.

Northwind es la base de datos de una supuesta empresa dedicada a la importación y exportación de productos de alimentación de alta calidad. El cuadro de diálogo de inicio de sesión es, en realidad, un formulario de esta base de datos.

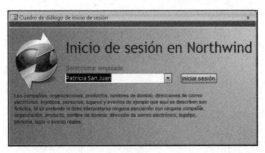

Figura 1.11. El formulario Cuadro de diálogo de inicio de sesión.

1.4. Introducción a las bases de datos relacionales

Una base de datos relacional es aquella que permite agrupar los datos que contiene en una o más tablas que pueden relacionarse entre sí utilizando campos comunes de cada tabla relacionada.

> **Nota:** *Al abrir la base de datos de ejemplo Northwind aparecerá una advertencia de seguridad indicando que se ha inhabilitado parte del contenido de la base de datos. Esto es debido a los componentes incluidos en la base de datos y a la configuración de seguridad de Access, pero no existe ningún riesgo en el uso de esta base de datos. Simplemente hay que hacer clic sobre el botón* **Opciones** *y seguidamente habilitar el contenido de esta base de datos.*

Las relaciones son un tema complejo, pero son importantes para el diseño y el funcionamiento general de las bases de datos. En este momento no vamos a entrar en muchos detalles, pero hay algunas cosas que comentar. Las tablas deben estar relacionadas entre sí para que a la información de una tabla puedan acceder otras tablas. En la mayoría de las ocasiones, varias tablas están relacionadas unas con otras mediante ciertos campos en cada tabla que comparten valores comunes. Los nombres de los campos no tienen por qué ser los mismos, pero los valores deben coincidir. Diseñar correctamente las tablas y relaciones ayuda a evitar guardar los mismos datos en dos lugares distintos. Eliminando los datos duplicados no sólo ahorramos tiempo, sino que también mejoramos la precisión de la información.

Por ejemplo, en una empresa de venta por correo se podría usar una base de datos relacionales para llevar el seguimiento de los clientes y pedidos. La base de datos de ejemplo Northwind es de este tipo. Dado que los datos del cliente ya contienen la dirección y el número de teléfono de un cliente, no es necesario que se repita esa información en los datos de pedidos. La base de datos Northwind tiene un campo llamado Id de pedido en las tablas Pedidos y Facturas. Este campo se utiliza para definir las relaciones entre las dos tablas. En la figura 1.12 puede ver las relaciones entre las tablas de la base de datos Northwind. Para ver las relaciones de las tablas de una base de datos, en la cinta de opciones, haga clic en la opción **Relaciones** situada en el grupo **Mostrar u ocultar** de la ficha **Herramientas de base de datos**.

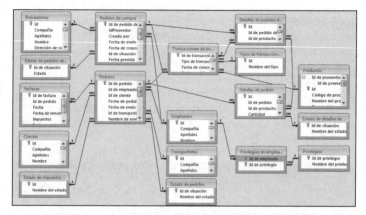

Figura 1.12. La ventana Relaciones de la base de datos Northwind.

1.4.1. Índices

Una función que aumenta la potencia de Microsoft Access es el uso de un concepto de bases de datos conocido como indizado o indexación. Un índice en una base de datos es parecido al índice de la parte de atrás de un libro. Igual que utilizamos el índice del libro para encontrar un tema determinado, Access utiliza un índice para localizar rápidamente el registro que se está buscando. El índice de un libro reduce el tiempo que necesita el lector para encontrar la información que busca. Los índices de una base de datos reducen el tiempo que necesita ésta para llevar a cabo su tarea.

Un índice es una lista ordenada de los datos contenidos en un campo o un grupo de campos dentro de una tabla. La lista está diseñada para que el motor de la base de datos realice las búsquedas rápidamente, igual que el índice de un libro está organizado alfabéticamente para acelerar la búsqueda. Esta lista ordenada la mantiene internamente el motor de la base de datos y no puede ser vista o modificada.

Access utiliza los índices como ayuda para sus búsquedas. Cuando se proporciona un índice e intentamos llevar una búsqueda en el campo que define el índice, Access no tiene que mirar en cada registro de una tabla, sino que puede usar el índice para localizar rápidamente el valor que buscamos e identificar los registros coincidentes.

Veamos un ejemplo. En la figura 1.13 se muestra la tabla **Clientes** de la base de datos Northwind. La tabla **Clientes** tiene un índice en el campo **Apellidos**. Si buscamos los clientes cuyo apellido empiece con la letra E, Access no tendrá que mirar todos los clientes de la tabla, sino que pasará directamente a los clientes que empiezan por E en la lista ordenada de índices de **Apellidos**.

Descubrirá que el cliente con el valor **Id** de cliente 14 empiezan por E, y devolverá este registro como resultado de la búsqueda.

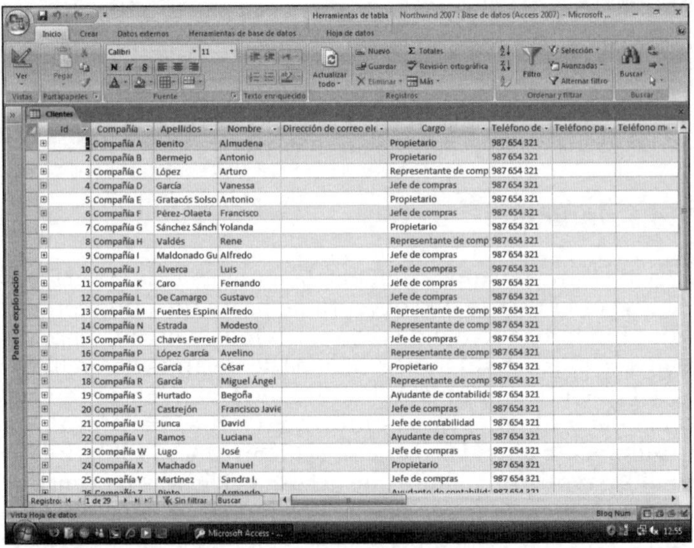

Figura 1.13. La tabla Clientes en la vista Hoja de datos.

Los datos mostrados en la figura no son demasiados, y podríamos encontrar a simple vista los datos buscados. Sin embargo, en una base de datos pueden guardarse miles de registros. Sin un índice, ni siquiera un ordenador sería capaz de realizar las búsquedas lo suficientemente rápido como para resultar útil como motor de búsqueda. Los índices son la clave para realizar búsquedas entre grandes cantidades de datos.

> **Advertencia:** *No se deben crear demasiados índices en una tabla para no reducir el rendimiento. Sólo los campos sobre los que se realizan frecuentemente búsquedas deben tener índices.*

1.5. Los elementos de una base de datos en Access

Para entender cómo se utiliza Access, primero hay que conocer algunos conceptos básicos de las bases de datos. Una base de datos es una recopilación de información relacionada con cierto asunto. Las bases de datos nos ayudan a organizar esta información de forma lógica para que podamos encontrarla y entenderla fácilmente. Una base de datos en Access es un término que alude al contenedor que aloja los datos y sus objetos asociados. Los objetos de base de datos en Access son: tablas, consultas, formularios, informes, macros y módulos. Aunque algún otro programa de base de datos puede dar el nombre de base de datos al objeto que en realidad aloja los datos, en Access este objeto recibe el nombre de tabla.

En Access sólo podemos tener abierta una base de datos en un momento dado, pero esa base de datos puede contener cientos de objetos como tablas, consultas y formularios. Todos están guardados en un archivo Access. El núcleo de la base de datos Access lo forman las tablas.

1.5.1. Tablas

Las tablas se utilizan para alojar los datos de la base de datos. Introducimos los datos en las tablas. Éstas ordenan los datos en filas y columnas.

Las tablas de Access pueden abrirse en la vista Hoja de datos, que es la mostrada en la figura anterior, haciendo clic en el botón 🔳 situado en la barra de estado, en la parte inferior derecha de la ventana, o en la vista Diseño, mostrada en la figura 1.14, haciendo clic en el botón 🔳. En la vista Hoja de datos, introducimos los datos de cada registro en la tabla. En la vista Diseño definimos cómo funciona la tabla.

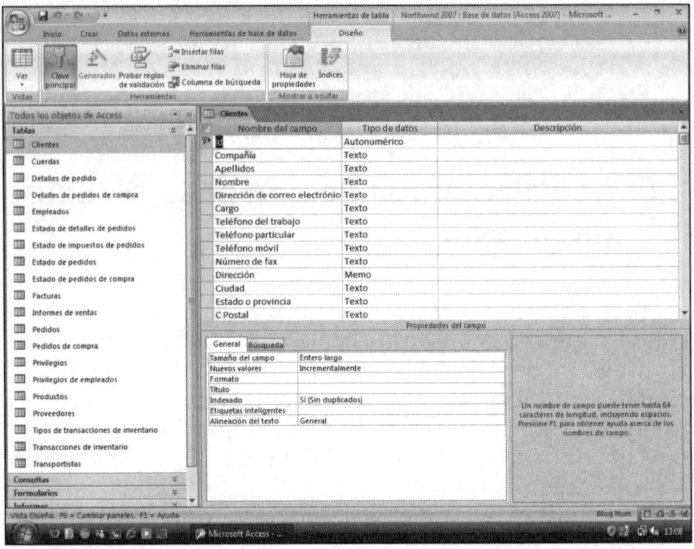

Figura 1.14. La tabla Clientes en la vista Diseño.

La vista Hoja de datos es similar a una hoja de cálculo. Las columnas en la hoja de datos representan campos de la tabla. Las filas representan los registros guardados en la base de datos.

En la vista Diseño establecemos propiedades de toda la tabla y de cada campo individual.

Estas propiedades son los nombres de los campos, el tipo de datos utilizado en cada campo, los índices definidos para la tabla, etc.

1.5.2. Consultas

Las consultas se utilizan para extraer determinada información de una base de datos. Una consulta selecciona grupos de registros que cumplen ciertas condiciones. Los formularios pueden utilizar las consultas para que, únicamente la información pertinente, aparezca en pantalla. Los informes pueden utilizar las consultas para imprimir únicamente los registros de interés. Las consultas pueden estar basadas en tablas o en otras consultas, y pueden utilizarse para seleccionar, modificar, añadir o eliminar registros de la base de datos.

Igual que las tablas, las consultas también tienen una vista Diseño.

En realidad, las consultas tienen dos vistas de diseño distintas: la vista Diseño y la vista SQL. La primera proporciona una interfaz de usuario sencilla para que podamos crear y modificar consultas. La segunda permite modificar el código utilizado para definir la consulta utilizando el Lenguaje de consulta estructurado (SQL), el lenguaje informático utilizado para crear consultas de bases de datos.

1.5.3. Formularios

Una de las funciones más potentes de Access es la capacidad de crear formularios. Los formularios pueden utilizarse de varias formas, pero las más comunes son para introducir datos y para mostrarlos. Los formularios de introducción de datos se utilizan para ayudar a los usuarios a escribir datos en las tablas con precisión, rápida y fácilmente.

Los formularios muestran los datos de una forma más estructurada que una tabla normal. Podemos modificar, añadir, eliminar o ver registros de una tabla utilizando un formulario. Los formularios de visualización de datos se utilizan para mostrar de forma selectiva determinada información de una tabla dada. Una vez creado un formulario, tiene la misma apariencia y funcionamiento que otras aplicaciones de Windows. En la figura 1.15 mostramos el formulario Detalles de pedido de la base de datos Northwind.

Como puede ver en la figura, el formulario contiene campos de texto para seleccionar datos, etiquetas para identificar los distintos elementos del formulario y fichas para agrupar y mostrar la información.

El formulario también tiene un selector de registros a lo largo de la parte inferior del formulario.

El selector de registros permite navegar de un registro a otro. El formulario mostrado utiliza una consulta como origen de datos. Utilizando el selector de registros podemos pasar de un pedido a otro y modificar los datos del formulario.

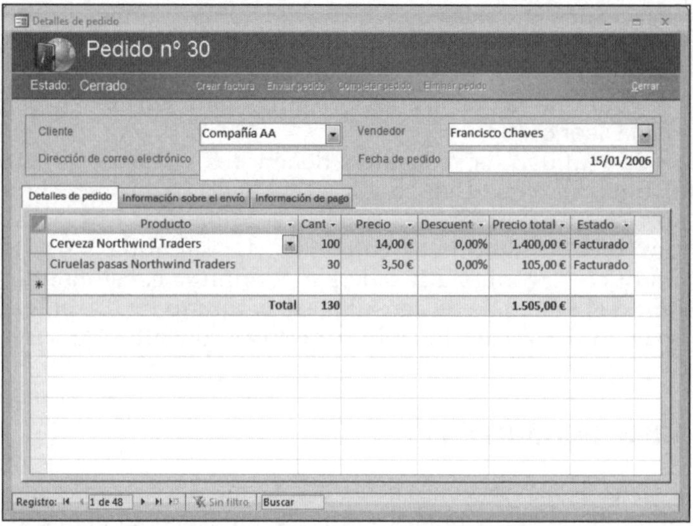

Figura 1.15. El formulario Detalles de pedido
de ventas de Northwind.

1.5.4. Informes

Lo interesante de los datos es compartirlos. Los informes nos permiten enviar los datos a diferentes destinos (como una impresora o un mensaje de correo electrónico) con un formato fácil de leer. Podemos enviar informes a la impresora o exportar el informe con distintos formatos. Incluso podemos publicar nuestros informes en Internet o Intranet.

Los informes, como los formularios, utilizan un origen de datos subyacente, como una tabla o una consulta, para proporcionar los datos.

El diseño del informe determina cómo se presentarán los datos al imprimir, exportar u obtener la vista preliminar del informe.

Los informes también pueden estar basados en múltiples tablas y consultas para mostrar relaciones complejas que haya entre los datos. Access dispone de muchos informes predeterminados que podemos utilizar para visualizar nuestros datos.

En la figura 1.16 mostramos un ejemplo de informe de la base de datos Northwind.

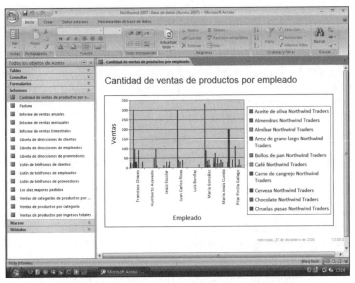

Figura 1.16. Ejemplo de informe de la base
de datos Northwind.

1.5.5. Macros

Las macros ayudan a automatizar ciertas tareas
repetitivas sin que nos veamos obligados a escribir complejos códigos o a aprender un lenguaje de programación.

> **Nota:** *En Access 2007 se han suprimido las páginas de
> acceso a datos que formaban parte del grupo de objetos de
> versiones anteriores de Access. Al utilizar bases de datos
> creadas con versiones anteriores de Access que incluyan
> páginas de acceso a datos, se podrán ver estas páginas en
> Windows Internet Explorer, aunque no será posible reali-
> zar ninguna acción con estas páginas. En esta nueva ver-
> sión se utiliza la integración de Access 2007 con Windows
> SharePoint para realizar las tareas antes realizadas con
> las páginas de acceso a datos.*

Las macros proporcionan métodos para actuar sobre las
tablas, consultas, formularios e informes que contiene una
base de datos. Podemos definir una macro para que abra un
informe específico en la Vista preliminar, por ejemplo.

1.5.6. Módulos

Los módulos son recopilaciones de procedimientos de Visual Basic para Aplicaciones (VBA). En Access 2007 se utiliza el mismo lenguaje de programación que en las otras aplicaciones de Microsoft Office. VBA es un subgrupo del lenguaje estándar Visual Basic que en Access 2007 nos permite crear nuestras propias funciones y procedimientos.

1.6. Interfaz de usuario de Access 2007

La pantalla que puede ver en la figura 1.17 es la interfaz de usuario de Access 2007. La ventana de Access es el centro de actividad de todo lo que hacemos con las bases de datos y consta de varios elementos:

- **La barra de título:** Esta barra siempre muestra el nombre de la base de datos abierta actualmente.
- **El Botón de Office:** Este botón se encuentra en la esquina superior izquierda de la ventana de la aplicación. Al hacer clic en este botón, aparece un menú que permite llevar a cabo ciertas tareas, como crear una nueva base de datos, abrir una base de datos ya existente, guardar la base de datos actual, imprimir, etc.
- **Barra de herramientas de acceso rápido**: Está situada junto al Botón de Office y facilita el acceso con un único clic a los comandos más utilizados. De forma predeterminada incluye únicamente los comandos Guardar y Deshacer/Rehacer, aunque es posible añadir nuevos comandos o quitar los que aparecen actualmente.
- Los botones **Minimizar** y **Restaurar/Maximizar:** Estos botones se encuentran en la esquina superior derecha de la pantalla. El primero muestra una línea. Cuando hacemos clic en este botón, la aplicación sigue en ejecución, pero minimizada en la Barra de tareas de Windows. Podemos restaurar la pantalla seleccionando la aplicación en la barra de tareas. El botón **Restaurar/Maximizar** se utiliza para maximizar la ventana de la aplicación cuando ésta no cubre toda la pantalla o para restaurar el tamaño anterior después de maximizarla.

- Botón **Cerrar:** Se encuentra también en la esquina superior derecha y es el que muestra una **X**. Al hacer clic en él, Access se cierra.
- **Cinta de opciones:** Sustituye a las barras de menús y de herramientas de versiones anteriores. Contiene los distintos comandos del programa agrupados en pestañas y en grupos de comandos relacionados. Estos grupos de comandos son contextuales, por lo que podremos utilizar unos u otros en función de lo que estemos haciendo en cada momento.
- **Barra de estado:** La barra de estado recorre la parte inferior de la pantalla. La parte izquierda muestra información pertinente a lo que estemos haciendo en un momento dado. La parte derecha muestra los botones para cambiar de vista.
- **Ayuda:** El botón de acceso a la ayuda del programa se encuentra en la parte superior derecha de la ventana, justo debajo del botón **Cerrar**.
- **Panel de exploración:** Sustituye a la ventana Base de datos de versiones anteriores de Access. Muestra una lista de los objetos de la base de datos. Es posible contraer y expandir el Panel de exploración haciendo clic en el botón situado en su parte superior.

1.7. Guardar una base de datos, hacer una copia de seguridad y salir de Access

Cuando hemos terminado de trabajar con una base de datos, hay varias formas de salir de Access. Podemos seleccionar Salir de Access en el menú del Botón de Office, o hacer clic sobre el botón **Cerrar** en la esquina superior derecha de la barra de título. También es posible cerrar la base de datos actualmente abierta pero sin salir de Access. Para ello seleccionamos el comando Cerrar base de datos del menú del Botón de Office. En cualquier caso, hay que asegurarse de no apagar el ordenador sin cerrar antes Access, pues en caso contrario es posible que la base de datos se corrompa y que se pierdan datos.

Para guardar una base de datos basta con hacer clic sobre el botón **Guardar** de la Barra de herramientas de acceso rápido o utilizar el comando Guardar del menú del Botón de Office.

Botón de Office

Barra de herramientas de acceso rápido

Panel de exploración

Barra de título   Cinta de opciones

Botón Ayuda
Botón Cerrar
Botón Maximizar/Restaurar
Botón Minimizar

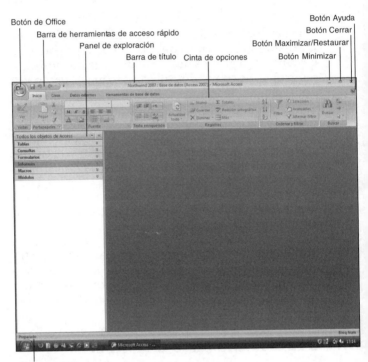

Barra de estado

Figura 1.17. La interfaz de Access.

Seleccionando el comando Guardar como del Botón de Office podemos guardar una copia de la misma base de datos y podemos, además, elegir el formato de la misma de manera que sea, por ejemplo, compatible con Access 2000 o Access 2003.

Para evitar la pérdida de datos, una práctica recomendada es guardar una copia de las bases de datos importantes en un sitio distinto. Ahora vamos a hacer una copia de seguridad de la base de datos Northwind. Guarde y cierre todos los objetos de la base de datos. En el menú del Botón de Office, seleccione Administrar>Realizar copia de seguridad de la base de datos. En el cuadro de diálogo Guardar como, especifique el nombre y la ubicación de la copia de seguridad y haga clic en **Guardar**.

1.8. Novedades en Access 2007

Entre las novedades que presenta esta nueva versión de Access 2007, podemos destacar las siguientes:

- **Cinta de opciones:** Access 2007 presenta una nueva apariencia en la que desaparecen las barras de menús y de herramientas y en su lugar aparece la cinta de opciones. En la cinta de opciones los comandos están agrupados según la función que desempeñan, y están visibles en todo momento, facilitando así al usuario su identificación. Ya no hay que buscar el comando, puesto que están todos visibles en la cinta de opciones.

- **Ventana Introducción a Microsoft Access:** Esta nueva ventana aparece al iniciar Access y facilita y agiliza el acceso a las bases de datos ya creadas, así como a las plantillas de bases de datos incluidas en Access o en Office Online.

- **Galería:** Es un nuevo control que muestra visualmente cuál sería el resultado de elegir una determinada opción.

- **Barra de herramientas de acceso rápido:** Pequeña barra situada en la barra de título de la aplicación y donde se incluyen unos pocos comandos de uso frecuente. De forma predeterminada, únicamente están incluidos los comandos Guardar y Deshacer/Rehacer.

- **Botón de Office:** Situado en la esquina superior izquierda, al hacer clic sobre este botón se despliega un menú con comandos como Guardar, Nuevo, Abrir, Imprimir, Cerrar base de datos, Salir de Access, etc.

- **Barra de estado:** La barra de estado, emplazada en la parte inferior de la ventana, incluye ahora los botones utilizados para cambiar la vista de los objetos de Access.

- **Panel de exploración:** Sustituye a la ventana **Base de datos** de versiones anteriores de Access. En este panel se muestran todos los objetos existentes en la base de datos, agrupados según el tipo de objeto. Además, el panel puede replegarse hacia la izquierda de forma que facilita la visualización de los objetos abiertos en la pantalla.

- **Fichas de objetos:** Los objetos de la base de datos salvo los módulos, es decir, las tablas, formularios, informes, consultas y macros, aparecen en la ventana de Access como fichas de documentos.

- **Nuevas plantillas de base de datos:** Se incluyen nuevas plantillas de base de datos y se facilita el acceso a las mismas.

- **Filtros rápidos:** En el menú contextual que aparece al hacer clic con el botón derecho del ratón sobre un dato de un registro, ahora aparecen nuevas opciones de filtrado rápido dependientes del tipo de dato que hayamos seleccionado. Así, al hacer clic sobre un registro de tipo fecha, aparecerán opciones de filtro rápido como Mañana, Hoy, Ayer, La semana pasada, Este mes, etc.

- **Autofiltros:** En los elementos de formato tabular, en el encabezado de columna, aparece un pequeño icono de flecha sobre el que, si hacemos clic, se despliega un menú de filtrado y ordenación. En este menú aparecen todos los valores únicos de los registros de la columna seleccionada, de forma que podemos elegir los registros de los valores que queremos ver. Por ejemplo, en los autofiltros de una columna Compañía de una tabla Clientes aparecerían los nombres de todas la compañías que son clientes de nuestra empresa, y podríamos elegir fácilmente mostrar únicamente los datos de aquellas compañías que nos interesaran en un momento dado.

- **Realizar cambios de formato y diseño en la vista Presentación:** Ahora es posible realizar ciertos cambios en el diseño de un formulario o un informe directamente en la vista Presentación, sin tener que cambiar a la vista Diseño para realizar los cambios.

- **Calendario automático para los campos de tipo Fecha:** Ahora, para determinar el valor de un campo de tipo Fecha, se puede utilizar un calendario que aparece de forma automática a la derecha del campo fecha seleccionado.

- **Texto con formato en los campos Memo:** Ahora es posible guardar texto enriquecido en los campos de tipo Memo, de forma que es posible dar formato al texto almacenado, es decir, utilizar negritas, cursivas, distintos tipos y tamaños de letra, etc.

- **Creación de tablas en vista Hoja de datos mejorada:** Es una nueva forma de crear tablas rápidamente en vista Hoja de datos ya que podemos crear nuevos campos simplemente introduciendo valores y Access determina el tipo de campo y sus propiedades de forma automática. Simplemente hay que hacer clic sobre el comando **Tabla** en la ficha **Crear** de la cinta de opciones.

- **Fila Total en hojas de datos:** En la vista Hoja de datos de formularios se incluye una fila **Total** que permite realizar operaciones como sumas, cuentas, promedios, máximos, mínimos, desviaciones o varianzas fácilmente.

- **Plantilla de campos:** La plantilla de campos es un grupo de campos básicos que tienen predeterminadas sus propiedades y características. Permite crear campos rápidamente. Para utilizarla haremos clic sobre el comando **Nuevo campo** en la pestaña **Hoja de datos** de una tabla, estando en vista Hoja de datos de la misma.

- **Panel Lista de campos mejorado:** El panel **Lista de campos** ahora también muestra campos de otras tablas, no solamente de la tabla seleccionada como origen de datos.

- **Formularios divididos:** Es posible crear formularios que combinen una vista Hoja de datos y una vista Formulario.

- **Campos multivalor:** Hasta ahora no era posible tener campos con más de un valor sin definir relaciones varios a varios. En esta nueva versión de Access sí es posible, creando campos multivalor. Estos campos permiten una mejor integración con Windows SharePoint.

- **Nuevo tipo de campo Datos adjuntos:** Ahora existe un nuevo tipo de datos adjuntos que está pensado para almacenar archivos de datos binarios en la base de datos. Este tipo de campo permite almacenar datos binarios adjuntos sin que el tamaño de la base de datos crezca desproporcionadamente, ya que los datos se almacenan de forma comprimida.

- **Macros incrustadas:** Las macros incrustadas se almacenan en las propiedades de evento de los formularios, informes o controles, y no aparecen como objetos en la sección **Macros** del panel de exploración. Estas macros facilitan la administración de la base de datos ya que van ligadas al formulario o informe y se copian, exportan o importan con el mismo.

- **Reunir y actualizar datos con Outlook 2007:** Access 2007 y Outlook 2007 se integran de tal manera que es posible crear un formulario basado en Access y enviarlo por correo electrónico a varias personas utilizando Outlook, de tal manera que los destinatarios rellenan el formulario y lo devuelven, y Outlook reconoce el formulario entrante y almacena la información automáticamente en la base de datos Access.

- **Mejor integración con Windows SharePoint:** Esta nueva versión de Access se integra perfectamente con Windows SharePoint, siendo posible mover una base de datos a un sitio de SharePoint, integrar Access con el flujo de trabajo de SharePoint o desconectar listas de SharePoint con Access. También es posible determinar permisos de acceso a las bases de datos utilizando Windows SharePoint o realizar un seguimiento del historial de revisiones para ver quién o cuándo se ha realizado un cambio en un registro, e incluso recuperar de la Papelera de reciclaje registros eliminados.

- **Exportar datos a PDF y a XPS:** Es posible exportar datos a los formatos PDF y XPS siempre y cuando se haya instalado esta característica.

- **Nuevas vistas Informe y Presentación de los informes:** Estas dos nuevas vistas de los informes nos permiten realizar modificaciones a un informe más fácilmente, además de permitirnos acceder a los datos mostrados en el informe como si se tratase de un formulario, pudiendo copiarlos o incluso filtrarlos.

- **Mejoras de seguridad:** Se han realizado mejoras en la seguridad general de Microsoft Office, entre las que se incluyen las ubicaciones de confianza, que permiten almacenar nuestras bases de datos en carpetas seguras.

- **Guardar un historial de cambios en un campo Memo:** Debido a que los campos Memo permiten almacenar una gran cantidad de información, en esta nueva versión de Access se pueden configurar para que guarden un historial de los cambios que se efectúen.

- **Solución de problemas mediante los diagnósticos de Office:** Los diagnósticos de Office sustituyen a las funciones Detectar y reparar y Recuperación de aplicaciones existentes en versiones anteriores de Access.

- **Cambiar el idioma de Microsoft Office:** Durante la instalación, es posible elegir más de un idioma en el que poder ver las distintas aplicaciones de Office, de forma que luego podemos cambiar el idioma en el que queremos utilizar las aplicaciones. Este cambio afecta a todas las aplicaciones de Microsoft Office a la vez.

1.9. Utilizar la ayuda de Access 2007

Access 2007 incluye un sistema de ayuda mejorado. Es un sistema de ayuda muy intuitivo y fácil de utilizar, similar a la navegación por Internet utilizando Windows Internet Explorer. Además de los contenidos incluidos en el ordenador durante la instalación de Microsoft Office, existen otros contenidos de ayuda de gran utilidad disponibles en Office Online.

Los sistemas de ayuda proporcionan una herramienta de referencia e información acerca de distintas tareas que se pueden realizar con Access.

Se puede acceder a la ayuda de Access haciendo clic sobre el botón Ayuda ⊚ situado en la parte superior derecha de la ventana, o pulsando la tecla **F1**. Aparecerá la ventana de ayuda de Access 2007 (véase la figura 1.18).

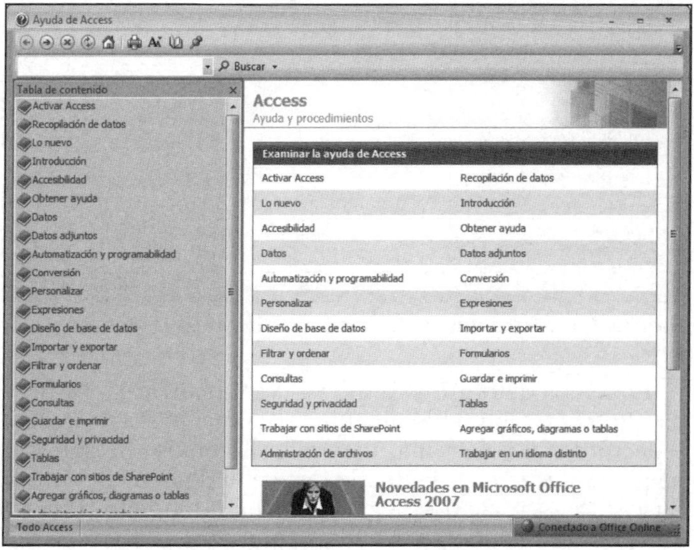

Figura 1.18. La ventana Ayuda de Access.

Podemos buscar información en la ayuda de dos formas, utilizando el cuadro de búsqueda o utilizando la tabla de contenidos.

1.9.1. Buscar ayuda

En el cuadro de texto situado junto al botón **Buscar**, en la parte superior izquierda de la ventana **Ayuda**, escribiremos aquello sobre lo que queremos buscar información y seguidamente haremos clic sobre el botón **Buscar**. Por ejemplo, podemos escribir **"crear una tabla"** y, tras hacer clic sobre el botón **Buscar** aparecerán, en la parte derecha de la ventana, los resultados de la búsqueda que coincidan con los términos de la búsqueda (véase figura 1.19).

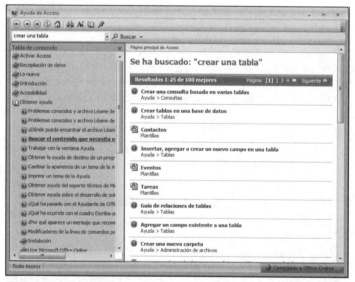

Figura 1.19. Resultados de la búsqueda en la ventana Ayuda.

Podemos determinar dónde se va a realizar la búsqueda, de forma que podemos limitar la búsqueda a un área específica del programa. Para ello, haremos clic sobre la pequeña flecha negra situada justo a la derecha del botón **Buscar** 🔍 Buscar ▾. Se desplegará un menú donde lo primero que podemos elegir es si buscar en el contenido de Office Online o en el incluido en el equipo durante la instalación.

Office Online dispone del mismo contenido que se instala con Microsoft Access más algunas secciones de ayuda adicionales, por lo que recomendamos utilizar esta opción siempre que se disponga de conexión a Internet.

También se puede cambiar el ámbito de la búsqueda en el menú Estado de la conexión situado en la parte inferior derecha de la ventana Ayuda. Esta opción muestra el texto Conectado a Office Online cuando la búsqueda se realiza en Office Online, y el texto Sin conexión cuando la búsqueda se realiza únicamente en la ayuda existente en el equipo. Haciendo clic sobre este control se despliega el menú que nos permite cambiar el ámbito de la búsqueda.

1.9.2. Utilizar la tabla de contenidos

La tabla de contenidos es similar a la tabla de contenidos de cualquier libro. En esta tabla se muestra un listado de los "capítulos" o secciones de la ayuda. Cada sección presenta el icono de un libro cerrado delante del nombre, que se abre al hacer clic sobre la sección, ya que entonces nos muestra los contenidos recogidos en la misma. Simplemente hay que hacer clic el tema que se desea consultar y su contenido se muestra en el panel derecho de la ventana.

1.9.3. Botones de la ventana de Ayuda

Es posible navegar por la ayuda utilizando los botones situados en la parte superior de la ventana. Estos botones son similares a los de cualquier navegador Web.

- ⬅ Permite volver al tema de ayuda anteriormente visitado.
- ➡ Permite ir hacia delante si habíamos regresado a un tema de ayuda previamente visitado.
- ✖ Detiene la carga de la página de ayuda si no se hubiese terminado ya de cargar.
- 🔄 Actualiza la ventana de ayuda actualmente abierta.
- 🏠 Nos lleva a la página de inicio de la Ayuda.

Otros botones que aparecen en esta ventana son:

- 🖨 Imprime el tema de ayuda actualmente mostrado en el panel de la derecha.

- Nos permite cambiar el tamaño de la fuente, es decir, de la letra con la que se muestra la ayuda.
- Nos permite ocultar o mostrar la **Tabla de contenidos**.
- Nos permite mantener la ventana de Ayuda siempre visible. De esta forma, aunque hagamos clic sobre otra ventana, por ejemplo sobre la de Access, la ventana de Ayuda seguirá estando en primer plano.

Aprender con bases de datos y tablas existentes

2.1. Introducción

La mejor manera de aprender es utilizar referencias existentes. Por eso, en este capítulo nos vamos a centrar en aprender algunos de los conceptos básicos de las bases de datos utilizando la base de datos de ejemplo Northwind 2007. Nos centraremos especialmente en el trabajo con las tablas, ya que son el elemento principal de una base de datos.

2.2. Utilizar una tabla existente

Las tablas son los ladrillos de cualquier base de datos. Las tablas sirven como depósito en el que se guarda la información, como nombres, direcciones, coste de productos y demás. Una base de datos que carezca de tablas no tiene mucho sentido. Una forma sencilla de aprender a diseñar e implementar tablas es examinar bases de datos existentes, especialmente el diseño de tabla. Esto resulta aún más útil si la tabla en cuestión lleva a cabo una función similar a la que queremos implementar.

2.2.1. Abrir una tabla

Cuando trabajamos con una base de datos existente, el lugar por el que debemos empezar es por las tablas de la base de datos. Las tablas contienen los datos de la base de datos. Las bases de datos de Access y las bases de datos SQL Server utilizan el modelo de base de datos relacional: la base de datos puede contener más de una tabla, y las tablas de la base pueden estar relacionadas entre sí. Para abrir una tabla existente los pasos son los siguientes:

1. Primero es necesario abrir la base de datos. Como estamos trabajando con la base de datos de ejemplo Northwind, abra esta base de datos como ya se ha explicado previamente. Recuerde que al abrir esta base de datos tendrá que habilitar su contenido. A continuación tendrá que elegir entre uno de los empleados de la supuesta empresa que utilizaría la base de datos Northwind.

2. Expanda el **Panel de exploración** haciendo clic sobre el botón situado en su parte superior ⟩⟩. También puede hacerlo pulsando la tecla **F11**. El **Panel de exploración** nos da la posibilidad de ver los objetos de la base de datos abierta de múltiples formas, pudiendo ver todos los objetos de la base de datos o únicamente los que pertenecen a un determinado tipo. Para ver el listado de tablas podemos elegir las opciones **Tipo de objeto** y **Tablas** en el menú desplegable del **Panel de exploración** (véase la figura 2.1). De esta forma, en el **Panel de exploración** aparecerán todas las tablas de la base de datos Northwind.

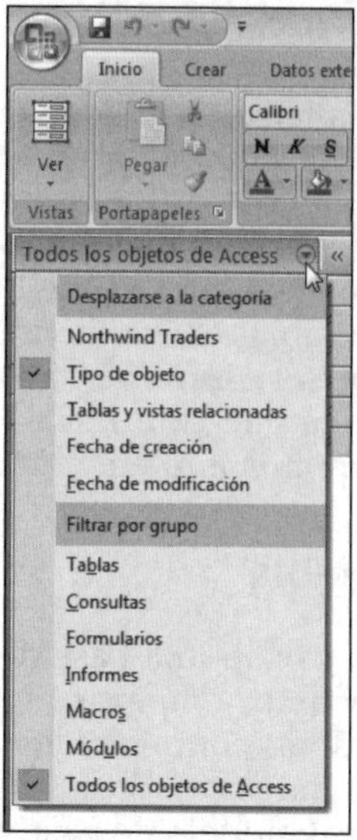

Figura 2.1. Menú desplegable del Panel de exploración.

3. Finalmente, seleccione la tabla que desea abrir y haga doble clic sobre ella. La tabla se abrirá en vista Hoja de datos en la parte derecha de la ventana de Access.

Para abrir la tabla en vista Diseño en lugar de en vista Hoja de datos hacemos clic con el botón derecho del ratón sobre la tabla y, seguidamente, seleccionamos la opción Vista Diseño en el menú contextual que aparece.

En el menú contextual que aparece al hacer clic con el botón derecho del ratón sobre la tabla, aparecen otras posibles acciones que podemos efectuar sobre las tablas. Además de Abrir y Vista Diseño, que tienen el efecto que acabamos de ver, este menú contiene los siguientes comandos:

- **Importar:** Permite importar o vincular datos de fuentes de diverso tipo, como bases de datos Access, hojas de cálculo Excel, etc.

- **Exportar:** Permite exportar la definición y los datos de la tabla a un archivo Access externo. También podemos exportarlos a un tipo distinto de archivo, como un archivo HTML o una hoja de cálculo Excel.

- **Recopilar y actualizar datos a través de correo electrónico:** Permite utilizar de forma combinada Access y Outlook 2007 para recopilar nueva información de varias personas, o actualizar la ya existente, utilizando el correo electrónico como herramienta de intercambio de información. Este proceso está prácticamente automatizado, de forma que la información incluida en los correos electrónicos de respuesta se puede incluir automáticamente en la base de datos.

- **Cambiar nombre:** Permite cambiar el nombre de la tabla. También podemos cambiar el nombre de una tabla haciendo clic en él después de seleccionar la misma.

- **Ocultar en este grupo:** Permite ocultar el objeto seleccionado, aunque no lo borra.

- **Eliminar:** Con este comando eliminamos la tabla y todos los datos que contiene. Si la tabla tiene relaciones con otras tablas, Access nos avisará y nos dará la oportunidad de eliminar las relaciones antes de eliminar la tabla.

- **Cortar, Copiar y Pegar:** Permiten utilizar el Portapapeles de Office para cortar y pegar o copiar y pegar toda una tabla, con todos sus datos. Podemos pegar una tabla cortada o copiada en la base de datos abierta actualmente o en una base de datos totalmente distinta.

- **Administrador de tablas vinculadas:** Permite actualizar los vínculos existentes con las tablas vinculadas.
- **Propiedades de la tabla:** Muestra las propiedades de la tabla actual.

2.3. La vista Hoja de datos

La vista Hoja de datos, que puede ver en la figura 2.2 para el caso de la tabla Clientes de la base de datos Northwind, es similar a una hoja de cálculo de Excel, y muestra los datos ordenados en una cuadrícula formada por filas y columnas. Las columnas representan los campos de la tabla, mientras que las filas son los registros de datos almacenados en la tabla. Las tablas no son los únicos objetos que disponen de esta vista. Las consultas y formularios disponen también de la vista Hoja de datos.

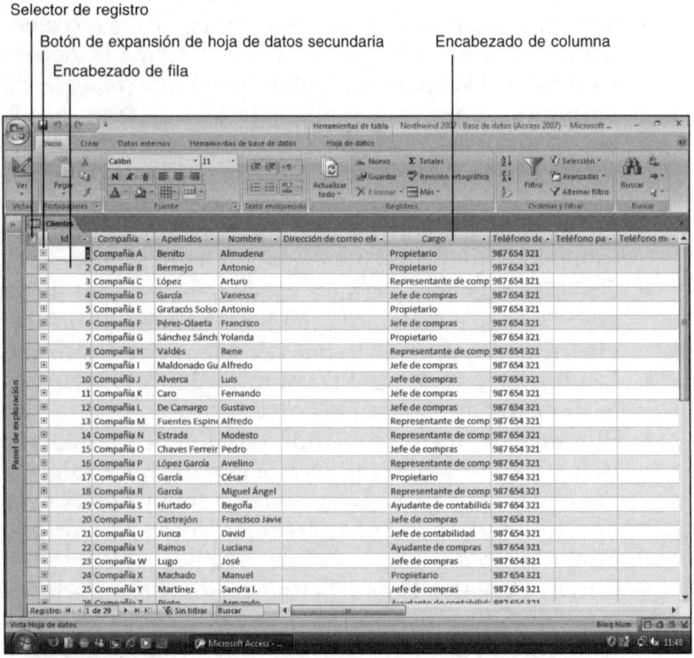

Figura 2.2. La vista Hoja de datos de la tabla Clientes de la base de datos Northwind.

Para movernos por la hoja de datos, podemos usar el ratón o el teclado. Con el ratón, hacemos clic en cualquier celda de la hoja de datos para activarla. Con el teclado, pulsamos **Tab** o **Mayús-Tab** para pasar de un campo a otro. Cuando llegamos al último campo de la fila actual y pulsamos de nuevo **Tab**, pasamos al primer campo del siguiente registro. Lo mismo se aplica para la combinación **Mayús-Tab**, que se mueve en sentido contrario. Si estamos en el primer campo de un registro, y pulsamos **Mayús-Tab**, pasamos al último campo del registro anterior. También podemos utilizar las teclas de flecha para movernos de un campo a otro.

Para añadir texto en un campo resaltado, pulsamos **F2**. Otra alternativa es hacer clic en el campo que queremos modificar. Para resaltar todo el contenido del campo, pulsamos **F2** de nuevo. La tecla **F2** sirve como conmutador entre los modos Editar y Resaltar.

> **Advertencia:** *Si no pulsa **F2**, o no hace clic dentro del campo antes de empezar a escribir, los datos resaltados serán reemplazados. Para deshacer, en caso de error, pulse la tecla **Esc**.*

Para seleccionar todo un registro, haga clic en la columna más a la izquierda de la fila de ese registro, es decir, la columna situada justo a la izquierda del botón de expansión (el símbolo +). Después podríamos cortar, copiar o eliminar todo el registro de datos.

Para añadir un nuevo cliente a la tabla, hacemos clic en la última fila de la hoja de datos, en la que aparece la palabra (Nuevo), e introducimos los datos apropiados. También podemos agregar una nueva fila copiando otra fila existente y seleccionando, a continuación, el comando Pegar datos anexados en el menú de la opción Pegar que aparece en la ficha Inicio. Podemos usar los encabezados de filas y columnas para distintas funciones de edición o para ordenar y filtrar la información. Utilizando el signo + de la primera columna (el botón de expansión), podemos expandir la hoja de datos secundaria para ver registros relacionados con el registro seleccionado. Las hojas de datos secundarias las describiremos un poco más adelante. También podemos modificar el formato con el que se visualizan los datos dentro de la hoja de datos, e imprimir o exportar esos datos.

2.3.1. Ordenar los registros de una hoja de datos

Los registros que muestra la vista Hoja de datos pueden ordenarse según una sola columna, resaltando la columna y haciendo clic en el botón apropiado de la Cinta de opciones. Podemos ordenar los datos de forma ascendente (del primero al último) ⯯ o descendente (del último al primero) ⯯. Para ordenar los datos según varias columnas, las columnas deben ser adyacentes en la vista Hoja de datos. Hay que resaltar de izquierda a derecha cada columna que queramos usar para la ordenación haciendo clic en el encabezado de columna mientras mantenemos pulsada la tecla **Mayús**, y a continuación hacer clic sobre el botón de orden ascendente o descendente, según prefiramos. Access empezará a ordenar los registros empezando por la columna más a la izquierda de las seleccionadas.

Podemos ordenar la tabla utilizando cualquier campo, excepto los que contienen los tipos de datos Memo, Hipervínculo, Datos adjuntos y Objeto OLE. Los tipos de datos Memo y Objeto OLE no proporcionan un medio para ordenar de forma eficiente, y los datos Hipervínculo y Datos adjuntos no están en un formato que se pueda utilizar para ordenar.

Para practicar con la ordenación, abra la base de datos de ejemplo Northwind. Abra la tabla Clientes en la vista Hoja de datos. Vamos a usar el campo Nombre del contacto para ordenar los datos. Seleccione la columna haciendo clic en Nombre en el encabezado de columnas. A continuación, haga clic en el botón **Orden ascendente** ⯯ o haga clic con el botón derecho del ratón sobre el encabezado de la columna y seleccione Ordenar de A a Z en el menú contextual. Los datos se ordenan según el campo Nombre. Devuelva la hoja de datos a su estado original haciendo clic sobre el botón Borrar todos los criterios de ordenación de la sección Ordenar y filtrar de la Cinta de opciones. Los datos vuelven a estar como antes de ordenarlos.

2.3.2. Buscar datos

Otra función que contribuye a la utilidad de las bases de datos es su capacidad para buscar datos. Tener la capacidad de buscar datos significa que podemos localizar la información específica en la que estamos interesados en un momento dado para trabajar con ella. Cuando efectuamos una búsqueda en la vista Hoja de datos, encontramos sólo un registro por turno. Vamos a ver cómo funcionan las búsquedas. Abra de nuevo la tabla Clientes de la base de datos Northwind. Haga clic en la columna del campo Cargo del contacto. Haga clic en el botón **Buscar** de la Cinta de opciones. Se abre el cuadro de diálogo **Buscar y reemplazar** con el campo Cargo ya seleccionado en el cuadro de lista Buscar en (véase la figura 2.3).

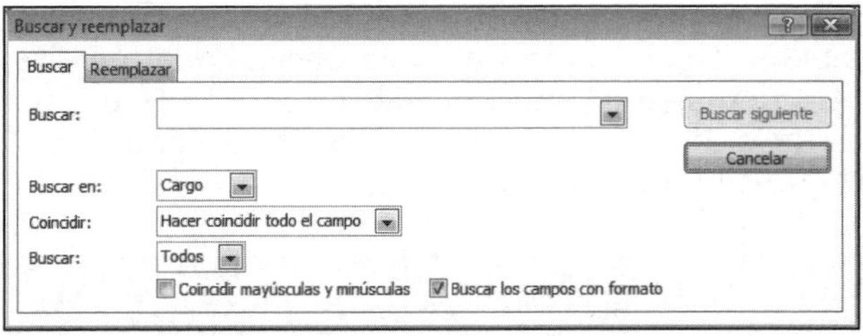

Figura 2.3. El cuadro de diálogo Buscar y reemplazar.

Escriba **Propietario** en el campo Buscar y haga clic en el botón **Buscar siguiente**. Aparece seleccionado el primer registro con el valor Propietario en el campo Cargo. Access señala el registro encontrado resaltando el valor coincidente con lo introducido en el campo Buscar y convirtiendo en actual el registro en el que se ha encontrado la coincidencia (puede ver que toda la fila del registro está seleccionada).

Continúe haciendo clic en el botón **Buscar siguiente** hasta que haya encontrado todos los registros.

2.3.3. Filtrar por selección

Localizar registros utilizando la búsqueda tiene limitaciones, ya que es necesario repetir múltiples veces la búsqueda para encontrar todas las coincidencias con el criterio de la búsqueda introducido. Y no podemos hacer demasiadas cosas con los registros que encontramos, porque se localizan uno por turno, y tan pronto como pasamos al siguiente registro, perdemos de vista el registro anterior. En esto reside la utilidad de los filtros. Los filtros quitan de la vista todos los registros que no coinciden con el criterio establecido. La hoja de datos mostrará únicamente los registros que coincidan con el filtro, sin que ello signifique

que la información no mostrada se haya borrado. Comprobemos cómo funcionan los filtros por selección.

Si el cuadro de diálogo Buscar y reemplazar sigue abierto, ciérrelo haciendo clic en el botón **Cancelar**. En la columna Cargo, seleccione uno de los registros que tengan el valor Propietario haciendo doble clic en esa palabra. A continuación, haga clic en el botón **Selección** 🔽 en la Cinta de opciones, y a continuación, seleccione la opción Igual a "Propietario". La hoja de datos tendrá ahora el aspecto mostrado en la figura 2.4. Únicamente los registros con el valor Propietario en el campo Cargo aparecen en la hoja de datos. Ahora podemos imprimir esta hoja de datos o exportar los datos a algún otro archivo. Resulta bastante más útil que la función Buscar.

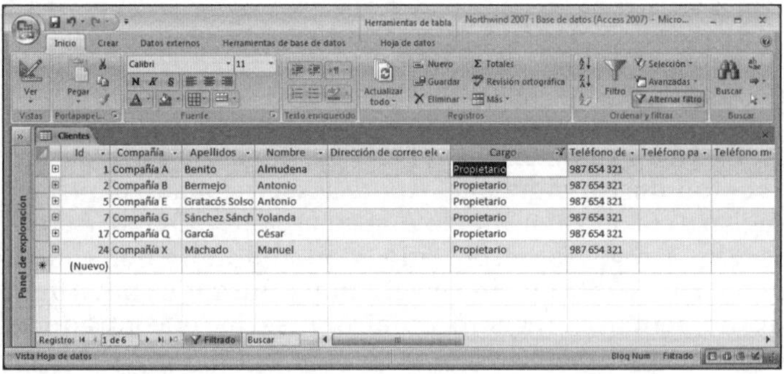

Figura 2.4. La tabla Clientes filtrada para mostrar los contactos cuyo cargo es Propietario.

Haga clic en el botón **Quitar filtro** 🔽 para quitar el filtro y volver a mostrar el contenido original de la hoja de datos.

2.3.4. Filtrar por formulario

A continuación vamos a comprobar el funcionamiento de los filtros por formulario, que permiten filtrar utilizando varios campos simultáneamente. Haga clic en el botón **Opciones de filtro avanzadas** 🔳 y seguidamente seleccione la opción Filtro por formulario. La ventana cambia para mostrar una cuadrícula con una sola fila mostrando en su barra de título Clientes: Filtro por formulario (véase la figura 2.5). En el campo Cargo, ya está presente el criterio Propietario,

que es el que utilizamos anteriormente. Desplace el contenido de la ventana utilizando la barra de desplazamiento de la
zona inferior derecha para ver el campo Ciudad. Al hacer
clic en un campo, éste se activa mostrando un pequeño triángulo que indica la presencia de una lista emergente con los
datos de la tabla. Haga clic bajo el campo Ciudad y abra la
lista emergente para ver todas las ciudades presentes en la
tabla Clientes. Seleccione Seattle en la lista emergente (véase la figura 2.6). Haga clic en el botón **Aplicar filtro** 🟥 en la
Cinta de opciones (se trata del mismo botón **Quitar filtro**).
Ahora la hoja de datos contiene únicamente dos registros,
que son los que cumplen los criterios Propietario en el campo Cargo y Seattle en el campo Ciudad.

Introduzca los criterios de búsqueda en esta fila y   Botón Aplicar filtro
después haga clic en el botón Aplicar filtro

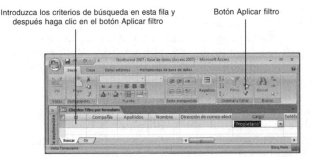

Figura 2.5. La ventana Filtrar por formulario de la tabla Clientes.

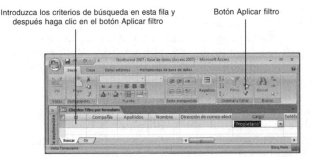

Figura 2.6. La ventana Filtrar por formulario
de la tabla Clientes con la lista emergente Ciudad abierta.

2.3.5. Añadir, modificar y eliminar registros

Para añadir registros a una hoja de datos que se puede actualizar, haga clic sobre la opción Nuevo [⊞ Nuevo] de la sección Registros que se encuentra en la pestaña Inicio de la Cinta de opciones. El cursor pasa a la primera fila en blanco al final de la hoja de datos. Ahora hay que introducir los datos para este registro. Al pasar a una fila distinta, o cerrar la ventana de hoja de datos, Access guarda la nueva fila. También podemos usar el comando Guardar de la sección Registros.

Para modificar los datos de una hoja de datos, basta con seleccionar el registro y el campo que queremos modificar haciendo clic en su fila y columna. Hacemos los cambios deseados y pasamos a una fila distinta o utilizamos la opción Guardar de la sección Registros para guardar los cambios. Si violamos una regla de diseño de la base de datos, Access muestra un mensaje informando del problema. Hay que corregir el problema de datos o cancelar las modificaciones hechas pulsando la tecla Esc.

Para eliminar un registro de la base de datos, hacemos clic en la fila de ese registro, y a continuación, hacemos clic sobre la flecha del botón Eliminar [✕ Eliminar ▾] en la sección Registros y seleccionamos la opción Eliminar registro. También podemos seleccionar la fila (haciendo clic en el selector de filas en la columna más a la izquierda), hacer clic con el botón derecho y elegir Eliminar registro en el menú contextual que entonces aparece. Normalmente, Access siempre pide una confirmación antes de eliminar un registro completo. Y si hubiese una regla de la base de datos que requiriera la presencia de este registro, aparecería un mensaje de Access informando del hecho.

2.3.6. Copiar, cortar y mover registros

En algunos casos podemos querer copiar un registro completo y modificar únicamente algunos campos. Primero, seleccionamos el registro a copiar haciendo clic en el encabezado de fila del registro. A continuación, utilizamos el comando Copiar [⊡] de la sección Portapapeles en la pestaña Inicio, o hacemos clic con el botón derecho y seleccionamos Copiar en el menú contextual. El registro se copia en el Portapapeles de Office. Para añadir la nueva copia a la hoja de datos actual, utilizamos el comando Pegar datos anexados del menú desplegable del botón **Pegar** existente en la sección **Portapapeles** de la pestaña **Inicio**. Para añadir la copia a una hoja de datos distinta, pero que tenga los mismos campos que la hoja de datos actual, abra la hoja de datos y utilice el comando **Inicio>Portapapeles>Pegar> Pegar datos anexados**.

> **Advertencia:** *Si no modifica ninguno de los datos en el registro pegado antes de pasar a otra fila de la hoja de datos, es altamente probable que Access muestre un mensaje de error. La mayoría de las tablas de una base de datos Access requieren que, al menos un campo, contenga un valor distinto de los otros registros de la tabla. Al copiar y pegar un registro sin modificarlo, todos los datos son iguales a los del registro copiado. Los campos definidos como la clave principal de la tabla tienen que tener valores distintos para cada registro de la tabla, y son los que normalmente darán este tipo de error de dato duplicado. Para ver el campo o los campos que son la clave principal de la tabla, pase a vista Diseño de la tabla. El campo clave principal tendrá un icono de llave.*

Para copiar un registro al Portapapeles de Office, y eliminarlo de la base de datos actual, utilizamos el comando **Cortar** 📇 de la sección **Portapapeles** de la pestaña **Inicio**, o hacemos clic con el botón derecho del ratón sobre el registro seleccionado y elegimos **Cortar** en el menú contextual. El registro se corta y pasa al Portapapeles de Office. Ahora podemos usar el comando **Pegar datos anexados** del menú del botón **Pegar** existente en la sección **Portapapeles**, para poner ese registro en otra hoja de datos. De nuevo, los campos deben ser idénticos en las dos hojas de datos.

2.3.7. Trabajar con hojas de datos secundarias

Hay una función muy útil oculta dentro de la mayoría de las hojas de datos. ¿Recuerda la figura 2.2 en la que aparecía la columna de expansión de las hojas secundarias de datos con el signo más? Podemos hacer clic en ese signo más (el botón de expansión) para ver la hoja secundaria de datos. Una hoja secundaria de datos muestra los registros de otra tabla o columna que están relacionados con la fila en cuyo botón de expansión hemos hecho clic. En la figura

2.7 mostramos la tabla **Clientes** y los registros de la tabla **Pedidos** relacionados con cierto cliente.

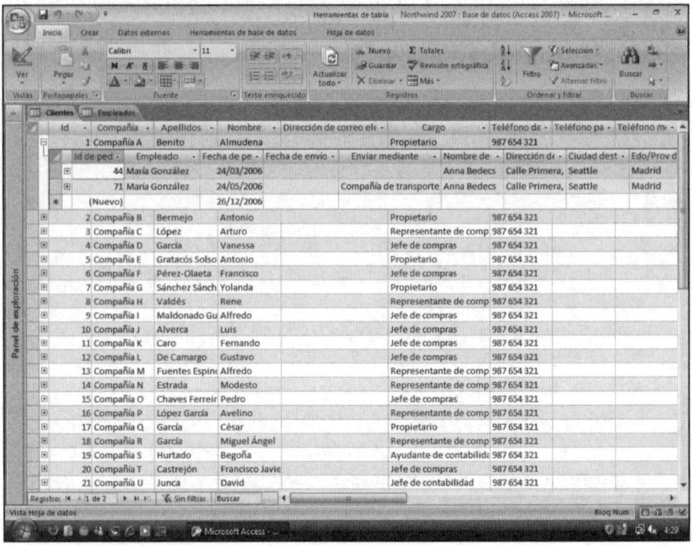

Figura 2.7. La tabla Clientes con una hoja de datos secundaria abierta.

Podemos continuar avanzando en este proceso con los registros de la hoja de datos secundaria, si a su vez tiene otras hojas de datos secundarias. Por ejemplo, en la figura 2.8 mostramos la tabla **Clientes** con una hoja secundaria de datos dentro de una hoja secundaria de datos. La primera hoja secundaria muestra todos los pedidos relacionados con el cliente seleccionado. La segunda hoja secundaria muestra todos los elementos del pedido seleccionado.

Nota: *Cuando damos formato a una hoja secundaria de datos, la información de formato se aplica a todas las hojas secundarias de datos que están en el mismo nivel que la hoja activa. Por ejemplo, cuando expandimos otro registro de pedido, después de haber establecido información de formato para una hoja de datos secundaria con detalles de pedido, la hoja secundaria con detalles de pedido recién abierta tendrá el mismo formato.*

Las hojas secundarias de datos no aparecen por arte de magia. Tenemos que definir las relaciones entre las tablas e informar a Access de que queremos usar las funciones de hojas secundarias de datos. Cuando una hoja secundaria de datos está activa, podemos efectuar en ella todas las funciones disponibles en la vista Hoja de datos estándar, incluyendo la posibilidad de modificar su formato o filtrar sus datos.

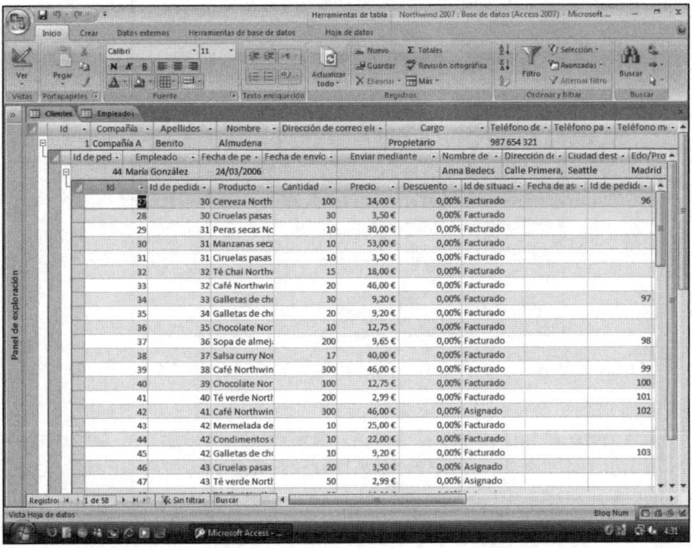

Figura 2.8. La tabla Clientes con dos niveles de hojas secundarias de datos abiertos.

2.3.8. Cambiar el formato de una Hoja de datos

La vista Hoja de datos no sólo es una forma útil de ver los datos, también proporciona un medio para decidir el aspecto que van a tener los datos. Access 2007 tiene muchas funciones que permiten ajustar el aspecto de la vista Hoja de datos. En esta sección vamos a ver algunas de estas funciones.

Modificar el formato de la vista Hoja de datos

Modificando el formato de la vista Hoja de datos, podemos cambiar elementos como el color de fondo y la visualización gráfica de las celdas. Para acceder a estos elementos, utilizamos las opciones de la sección **Fuente** de la ficha Inicio. Haciendo clic sobre el icono de despliegue de la sección Fuente 🔲, se abre el cuadro de diálogo **Formato de hoja de datos** mostrado en la figura 2.9.

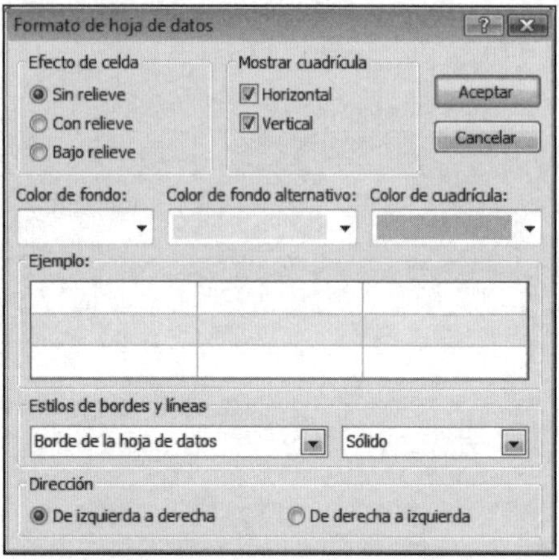

Figura 2.9. El cuadro de diálogo Formato de hoja de datos.

En este cuadro de diálogo podemos elegir si se muestran las líneas de cuadrícula horizontales y verticales, qué color y estilo de línea se utilizan para la cuadrícula y el fondo de la celda, y si se utiliza un efecto de relieve para las celdas.

Para cambiar el estilo de línea de un tipo de línea específico, como el borde de la hoja de datos o las líneas horizontales o las verticales de la cuadrícula, seleccione la opción apropiada en la lista emergente situada a más a la izquierda en la sección **Estilos de bordes y líneas**.

La cuadrícula ejemplo de este cuadro nos muestra el aspecto que tendrá la hoja de datos si hacemos clic en **Aceptar**.

Cambiar la fuente de la hoja de datos

También podemos cambiar la fuente que se utiliza en todo el texto mostrado en la hoja de datos. Para ello utilizamos los comandos de la sección **Fuente** de la ficha Inicio. Podemos cambiar el tipo de fuente, su tamaño y color, la alineación del texto, etc.

Modificar el ancho de columna y el alto de fila

También es posible cambiar el ancho de columnas individuales y el alto de todas las filas en la hoja de datos. Para redimensionar una fila o columna, lleve el cursor a la línea en el encabezado de la columna o fila que separa las columnas y filas. Cuando se encuentra en la posición adecuada, el puntero cambia y se convierte en un cursor de dimensiones. Para cambiar el ancho de una columna, el cursor, situado en la línea que separa dos encabezados de columnas, se transforma en una línea vertical con dos flechas opuestas señalando hacia los lados. Para cambiar el alto de las filas, el cursor es una línea horizontal con dos flechas opuestas señalando arriba y abajo. Haciendo clic y arrastrando este cursor en la dirección deseada, ampliamos o reducimos el tamaño de las columnas y filas.

Además de usar este método, también podemos hacer doble clic cuando aparece el cursor de dimensiones. Esto provoca que cambie el tamaño de la columna para ajustarse a los datos que muestra actualmente la hoja de datos.

> **Nota:** *Access imprimirá la hoja de datos utilizando los altos de fila y anchos de columna que se muestran en la vista* Hoja de datos.

Para trasladar una columna a un lugar distinto de la hoja de datos, hacemos clic en el encabezado de columna y arrastramos hasta el lugar deseado. Esto no puede aplicarse a las filas, pues se ordenan con los comandos que ya hemos visto.

2.3.9. Imprimir la hoja de datos

Imprimir en Access 2007 es una de las operaciones más sencillas que se pueden hacer en la aplicación, de modo que no nos llevará mucho tiempo.

Una vez cargada la hoja de datos con la información que queremos imprimir, no hay más que hacer clic sobre el Botón de Office y seleccionar la opción del menú Imprimir que mejor nos convenga en cada caso:

- Podemos elegir la opción Vista preliminar para ver el aspecto que tendrá la página una vez impresa. Además, eligiendo esta opción también podemos establecer los márgenes de la página impresa, la orientación del papel y su tamaño. Si todo está correcto, hacemos clic en el botón **Imprimir** para enviar el documento a la impresora.

- La opción Imprimir nos permite seleccionar la impresora, las páginas de la hoja de datos a imprimir y el número de copias. Se abre el cuadro de diálogo Imprimir estándar en el que podemos establecer todas estas opciones.

- La opción Impresión rápida envía directamente el objeto a la impresora predeterminada, sin dar la oportunidad de realizar ningún tipo de cambio en la configuración predeterminada de impresión.

2.3.10. Cerrar la hoja de datos

Cuando hemos terminado de trabajar con una hoja de datos, tenemos que cerrar su ventana. Para ello basta con hacer clic en su botón **Cerrar** ⊠, en la parte derecha a la altura de la pestaña con su nombre. También podemos hacer clic con el botón derecho del ratón sobre la pestaña con su nombre y seleccionar el comando Cerrar del menú contextual que entonces aparece.

Si se han hecho cambios en la hoja de datos o en su formato, Access preguntará si se desean guardar los mismos. Si respondemos **Sí**, la siguiente vez que abramos la hoja de datos, tendrá la misma apariencia y los mismos datos que tiene ahora. Respondiendo **No**, la hoja de datos se cierra conservando los datos y el formato originales.

2.4. La vista Diseño

Para estudiar la vista Diseño vamos a seguir utilizando la base de datos Northwind. Si no está abierta, ábrala para poder seguir el texto.

Para los ejemplos, vamos a utilizar la tabla Productos. Seleccione la tabla Productos en la lista Tablas.

Una vez seleccionada la tabla Productos, haga clic con el botón derecho del ratón sobre su título y seleccione Vista Diseño, o haga clic en el botón **Vista Diseño** ☑ de la barra de estado. También puede hacer clic sobre el botón **Ver** de la pestaña Inicio en la Cinta de opciones. Se abre la vista Diseño de la tabla Productos, mostrada en la figura 2.10.

Podemos utilizar la vista Diseño para examinar la estructura de la tabla: los campos que contiene la tabla y los tipos de datos y propiedades de esos campos. Cuando hacemos clic en cualquier parte en la vista Diseño, el texto del panel inferior derecho cambia para describir el elemento seleccionado actualmente. Por ejemplo, haga clic en uno de los campos de la columna Descripción. El texto describe el uso del campo Descripción. Para más información sobre cualquier elemento, podemos pulsar F1 para obtener ayuda sensible al contexto.

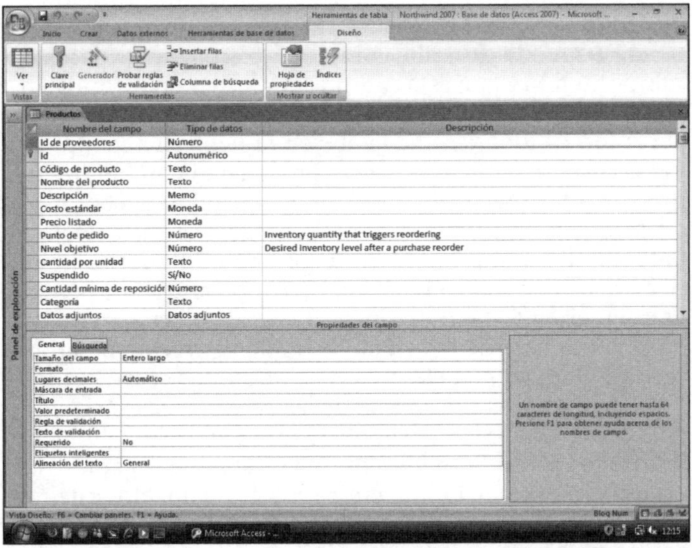

Figura 2.10. La tabla Productos en la vista Diseño.

La cuadrícula superior de la ventana Vista diseño enumera todos los campos de la tabla, sus tipos de datos y una descripción opcional del campo. Las fichas en la parte inferior del formulario muestran otras propiedades del campo seleccionado en la cuadrícula.

Para ver los detalles de otro campo, hacemos clic en la fila de la cuadrícula en la que se encuentra. La información que muestran las fichas cambia para mostrar las propiedades del campo recién seleccionado. La columna más a la izquierda de la cuadrícula, en la parte superior de la vista Diseño, muestra un cuadro de color para la fila del campo actualmente seleccionado.

Si en la columna más a la izquierda aparece el icono de una llave, se indica que el campo está siendo utilizado como clave principal. El modelo de base de datos relacional requiere que cada tabla tenga un campo, o más, que pueda utilizarse para identificar unívocamente cada registro almacenado en la tabla. Este campo o grupo de campos se conoce como clave principal de la tabla.

Las fichas en la parte inferior de la vista Diseño son General y Búsqueda. La ficha General contiene distintas propiedades de un campo. La ficha Búsqueda se utiliza para determinar si el campo está relacionado con otra tabla de la base de datos. Si es el caso, la información de la ficha Búsqueda describe cómo se introducen los datos del campo siempre que este campo aparece en un formulario o en la vista Hoja de datos. Seleccione la fila correspondiente al campo Categoría y haga clic en la ficha Búsqueda para ver cómo funciona el proceso. Fíjese en el contenido de la propiedad Origen de la fila. Ahora haga clic en el botón Ver de la Cinta de opciones para cambiar a la vista Hoja de datos, y clic en un campo de la columna Categoría. Aparece en la celda una flecha triangular indicando que hay una lista emergente oculta. Haga clic en la flecha triangular para ver la lista de los elementos que aparecían en la propiedad Origen de la fila en la vista Diseño (véase la figura 2.11). Si hacemos clic en una de las categorías, ésta sustituye a la que había en el campo. Igualmente, la columna Id de proveedores también contiene listas emergentes. Los nombres de esta lista son, en realidad, los mismos que contiene la propia tabla Proveedores. Podemos ver cómo está configurado esto volviendo a la vista Diseño, seleccionando el campo Id de proveedores y abriendo la ficha Búsqueda (véase la figura 2.12).

2.4.1. Estructura básica de las tablas

En esta sección vamos a estudiar cómo se construye una tabla. Ya hemos dicho que una de las mejores formas de aprender sobre el diseño de bases de datos es estudiar bases de datos existentes. Aquí vamos a examinar con más atención la tabla Empleados. Abra la vista Diseño de la tabla Empleados, si no está abierta ya.

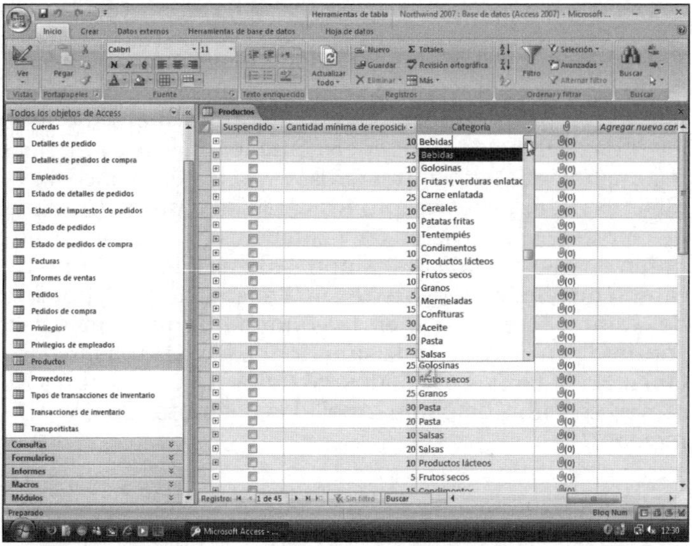

Figura 2.11. El efecto de la propiedad Origen de la fila
en la vista Hoja de datos.

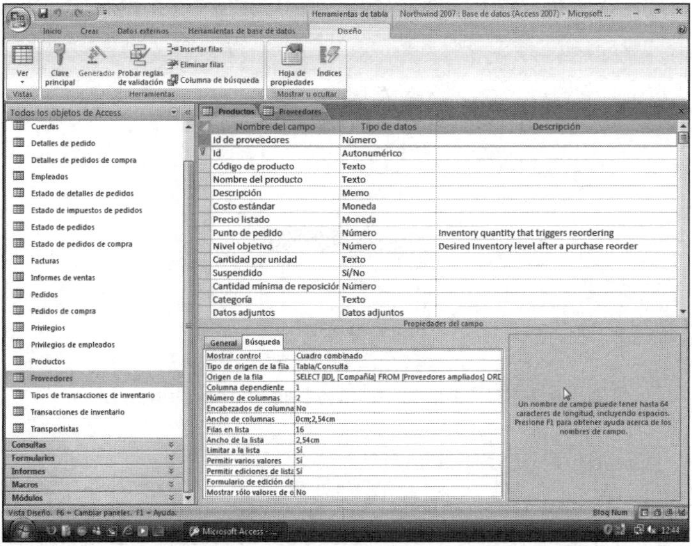

Figura 2.12. La vista Diseño mostrando
cómo está configurada la columna Id de proveedores

Nombre del campo

Como es obvio, la columna **Nombre del campo** especifica un nombre para cada campo. El nombre de un campo puede ser prácticamente como queramos, pero hay que tener en cuenta que no pueden contener más de 64 caracteres, incluyendo letras, números, espacios en blanco y caracteres especiales, excepto los caracteres punto (.), signo de cierre de exclamación (!) y corchetes ([]), que no se admiten en los nombres de campo. Además, los nombres de campo no pueden repetirse en una misma tabla. El nombre del campo se establece en la columna de texto más a la izquierda en la cuadrícula superior de la vista **Diseño** de la tabla. En la tabla **Empleados**, algunos de los nombres de campo son **Id**, **Compañía**, **Apellidos**, **Nombre**, **Cargo** y **Dirección**.

Tipos de datos

La columna **Tipos de datos**, la siguiente después de **Nombre del campo**, especifica el tipo de información que contiene el campo. El cuadro de edición de esta columna es una lista emergente (véase la figura 2.13). La lista contiene todos los tipos de datos disponibles más un Asistente para búsquedas.

Figura 2.13. La lista de tipos de datos disponibles.

Los tipos de datos son:

- **Texto:** Una cadena de caracteres utilizada para almacenar datos alfanuméricos. El número máximo de caracteres que se pueden almacenar en un solo campo Texto es de 255.

- **Memo:** Almacena textos más largos. El usuario no especifica un máximo, pero Access impone un límite de 64.000 caracteres. El campo **Notas** de la tabla **Empleados** es un campo Memo.
- **Número:** Almacena datos numéricos.
- **Fecha/Hora:** Almacena datos de fecha y hora.
- **Moneda:** Un tipo de datos numéricos especial utilizado para valores monetarios para evitar errores de redondeo en los cálculos.
- **Autonumérico:** Un tipo de datos numéricos especial que puede utilizarse para los campos clave principal. Los campos con este tipo de datos son únicamente de lectura, pues Access inserta automática-mente el siguiente número de forma consecutiva o aleatoria cuando se crea un registro de datos. El campo **Id** es un campo Autonumérico.
- **Sí/No:** Almacena datos booleanos, que pueden contener únicamente uno de dos valores, como **Activado/Desactivado, Sí/No** o **Verdadero/Falso**.
- **Objeto OLE:** Un tipo especial de objeto o componente proporcionado por un servidor OLE. Se utilizan para incrustar o vincular hojas de cálculo Excel, o documentos de Word, por ejemplo.
- **Hipervínculo:** Almacena el texto de una dirección de hipervínculo. Access permite que guardemos direcciones de documentos Web, archivos de red o archivos locales. El hipervínculo puede contener también información más detallada, como un marcador de un documento Word, un objeto en una base de datos Access o un rango de celdas en una hoja de cálculo Excel. Cuando se hace clic en un campo Hipervínculo, Access intenta cargar el archivo o documento aludido utilizando el visor apropiado.
- **Datos adjuntos:** Se utiliza para adjuntar archivos como imágenes, hojas de cálculo, documentos de texto, etc. Es similar a la forma de adjuntar archivos a un correo electrónico.

Como puede ver, hay tipos de datos para prácticamente todas las necesidades. Examinando la tabla **Empleados**, podemos hacernos una idea de qué tipos de datos son apropiados para cada caso.

Por su parte, el asistente para búsquedas nos guía a través de los pasos necesarios para rellenar la ficha **Bús-**

queda. El asistente para búsquedas es la última entrada en la lista de tipos de datos. Para utilizar el asistente en un campo, seleccionamos Asistente para búsquedas en la columna Tipo de datos. El Asistente para búsquedas nunca aparece como tipo de datos establecido en un campo, aunque se utilice como ayuda para rellenar las propiedades de la ficha Búsqueda de un campo.

Descripción

En la columna Descripción podemos introducir un breve comentarios sobre cada campo. La descripción proporcionará a los fututos usuarios que vean el diseño de tabla una explicación del propósito de cada campo.

> **Nota:** *Si el campo se añade a un formulario Access, la aplicación utiliza el texto de la columna* Descripción *como texto predeterminado a mostrar en el área de la barra de estado del formulario cuando el usuario modifica ese campo.*

2.4.2. Propiedades

Cada campo de una tabla tiene su propio grupo de propiedades, que define aún más el campo y cómo se utiliza en la base de datos. Aunque ahora mismo no es necesario que estudiemos en profundidad todas las propiedades, podemos dedicar unos momentos a ver brevemente algunas propiedades importantes. Las propiedades disponibles cambian dependiendo del tipo de datos elegido en un campo. Puede comprobarlo en la ficha General de la parte inferior de la vista Diseño seleccionando campos con distintos tipos de datos. Las propiedades disponibles son:

- **Tamaño del campo:** Define la cantidad de datos que puede alojar el campo.
- **Formato:** Define cómo se muestran los datos del campo.
- **Lugares decimales:** Especifica el número de dígitos que aparecerán a la derecha de la coma decimal. Únicamente está presente cuando el campo contiene el tipo de datos Número.
- **Máscara de entrada:** Proporciona una máscara que establece cómo introduce el usuario datos en el campo.

- **Título:** Se utiliza en el encabezado de columna de la hoja de datos o como etiqueta predeterminada cuando el campo aparece en un formulario o en un informe.
- **Valor predeterminado:** El valor inicial del campo cuando se crea un nuevo registro.
- **Regla de validación:** Define qué datos son válidos para el campo.
- **Texto de validación:** El mensaje a mostrar si un usuario introduce datos no ajustados a la Regla de validación.
- **Requerido:** Indica si es obligatoria la introducción de datos en el campo para guardar el registro.
- **Permitir longitud cero:** Indica si las cadenas de longitud cero son válidas en un campo con tipo de datos Texto.
- **Indexado:** Indica si hay que indexar el campo y si se permite usar el mismo índice en varios registros.
- **Compresión Unicode:** En campos con tipos de datos Texto, Memo o Hipervínculo, indica si la codificación de caracteres Unicode se comprime.
- **Modo IME:** Si el enfoque cambia un control, establece el modo de conversión Kanji para modificar el control.
- **Modo de oraciones IME:** Determina el modo de oración IME de los campos de una tabla o los controles de un formulario que cambian al adquirir o perder el enfoque.
- **Etiquetas inteligentes:** Especifica las etiquetas inteligentes asociadas con el campo, si las hay.

Tamaño del campo

La propiedad Tamaño del campo está disponible para los tipos de datos Texto y Número. Para los campos Texto, la propiedad especifica el número máximo de caracteres que puede guardase en el campo para un solo registro. Access sólo utiliza el espacio en disco necesario para almacenar los datos introducidos realmente en el campo, no la cantidad de espacio necesario para alojar el número de caracteres especificado en la propiedad Tamaño del campo. Para los tipos de datos Número, Tamaño del campo especifica el tipo de número que se guardará en el campo. Las opciones disponibles son:

- **Byte:** Un número de 0 a 255; sólo números enteros.
- **Entero:** Un número de -32.768 a 32.767; sólo números enteros.

- **Entero largo:** Un número de -2.147.483.648 a 2.147.483.647; sólo números enteros.
- **Simple:** Puede almacenar un número muy grande y números fraccionales.
- **Doble:** Almacena números más grandes que Simple.
- **Id. de réplica:** Se utilizan en las réplicas de base de datos con el fin de generar identificadores únicos para sincronizar réplicas.
- **Decimal:** Almacena números decimales.

La opción elegida en este caso sí influye en la cantidad de espacio en el disco que utiliza Access para almacenar el campo, de modo que la propiedad Tamaño del campo debe adecuarse a los datos a almacenar. Las elecciones más comunes que se suelen encontrar son Entero, Entero largo y Doble.

Los campos Entero largo pueden almacenar números más grandes que los campos Entero. Los campos Doble pueden almacenar datos con números a la derecha de la coma decimal.

Formato

La propiedad Formato afecta únicamente a cómo se muestran los datos, no a cómo se almacenan, y se utiliza para establecer cómo se muestran e imprimen los números, las fechas, las horas y el texto.

Podemos usar uno de los formatos predefinidos o crear un formato personal con símbolos de formato. Microsoft Access dispone de formatos predefinidos para los tipos de datos Fecha/Hora, Número y Moneda, Texto y Memo, y Sí/No.

En los campos Fecha/Hora, los formatos predefinidos son:

- **Fecha general (Predeterminado):** Muestra la fecha y la hora combinando los valores Fecha corta y Hora larga. Por ejemplo, 3/4/93 05:34:00 P.M.
- **Fecha larga:** Muestra la fecha completa. Por ejemplo: martes, 07 de octubre de 2003.
- **Fecha mediana:** Muestra una abreviatura del mes y el año con dos dígitos. Por ejemplo, 07-jun-2003.
- **Fecha corta:** Muestra sólo la fecha utilizando únicamente números. Por ejemplo, 19/04/2003.
- **Hora larga:** Muestra horas, minutos y segundos. Por ejemplo: 17:34:23.

- **Hora mediana:** Muestra horas y minutos en formato de 12 horas. Por ejemplo: 5:34 P.M.
- **Hora corta:** Muestra horas y minutos en formato de 24 horas. Por ejemplo: 17:34.

En los campos Número y Moneda, los formatos predefinidos son:

- **Número general (Predeterminado):** Muestra el número tal como se escribe.
- **Moneda:** Incluye el separador de miles y aplicar la configuración regional de Windows para todo lo relativo a importes negativos, símbolos decimales y de moneda, y cifras decimales.
- **Euro:** Usa el símbolo del euro (€), independientemente del símbolo de moneda especificado en la configuración regional de Windows.
- **Fijo:** Muestra al menos un dígito y aplica la configuración regional de Windows.
- **Estándar:** Usa el separador de miles y aplica la configuración regional de Windows.
- **Porcentaje:** Multiplica el valor por 100 y agrega el signo de porcentaje (%); aplica la configuración regional de Windows.
- **Científico:** Utiliza la notación científica estándar.

Los tipos de datos Texto y Memo permiten asignar un formato personalizado, pero no tienen formatos predefinidos. Por su parte, el tipo de datos Sí/No dispone de los formatos Verdadero/Falso, Sí/No y Activado/Desactivado.

Máscara de entrada

Esta propiedad se utiliza para limitar los tipos de datos que se pueden introducir en un campo y para establecer cómo se introducen. En las máscaras de entrada se utilizan caracteres especiales como marcadores de posición para indicar cómo deben introducirse los datos. Al introducir datos en un campo para el que se ha definido una máscara de entrada, los datos siempre se introducen en el modo Sobrescribir.

Para definir una máscara de entrada se utilizan los siguientes caracteres:

- **0:** Para introducir dígitos de 0 a 9 de forma obligatoria; no se permiten signos más [+] y menos [-].

- **9:** Dígitos o espacios; la introducción de dígitos no es obligatoria; no se permiten los signos más y menos.
- **#:** Dígitos o espacios; la introducción de datos no es obligatoria; los espacios se muestran en blanco en el modo Edición, pero se eliminan cuando se guardan los datos; se permiten los signos más y menos.
- **L:** Para introducir letras de la A a la Z de forma obligatoria.
- **?:** Para introducir letras de la A a la Z de forma opcional.
- **A:** Para introducir letras o dígitos de forma obligatoria.
- **a:** Para introducir letras o dígitos de forma opcional.
- **&:** Para introducir cualquier carácter o espacios de forma obligatoria.
- **C:** Para introducir cualquier carácter o espacios de forma opcional.
- **. , : ; - /:** Marcador de posición decimal y separadores de miles, fecha y hora. El carácter utilizado será el establecido en la configuración regional Windows.
- **<:** Hace que todos los caracteres se conviertan a minúsculas.
- **>:** Hace que todos los caracteres se conviertan a mayúsculas.
- **!:** Hace que la máscara de entrada se muestre de derecha a izquierda, en lugar de mostrarse de izquierda a derecha. Los caracteres introducidos en la máscara siempre se rellenan de izquierda a derecha. Puede incluir el signo de exclamación en cualquier lugar de la máscara de entrada.
- **\:** Hace que el carácter siguiente se muestre como un carácter literal (por ejemplo, \A se muestra como A).

Para practicar con la máscara de entrada, vamos a usar el Asistente para máscaras de entrada en la tabla Pedidos. Abra la tabla en la vista Diseño y seleccione el campo Fecha de pedido haciendo clic en el selector de fila.

A continuación sitúe el cursor en la propiedad Máscara de entrada en la sección Propiedades del campo. Aparece el botón con tres puntos suspensivos a la derecha del campo. Haga clic sobre él para abrir el asistente. Se muestran máscaras predefinidas para fecha y hora (véase la figura 2.14).

Seleccionando un tipo de máscara y haciendo clic dentro del campo Probar podemos ver cuál va a ser el aspecto de la máscara seleccionada en el campo de la tabla al editar los datos. Elija una máscara para la fecha y haga clic en

Siguiente. La ventana muestra ahora el nombre y el diseño de la máscara y permite elegir un nuevo marcador de posición que podemos ver en un nuevo campo Probar. Haga clic en **Finalizar** para usar la máscara en la tabla.

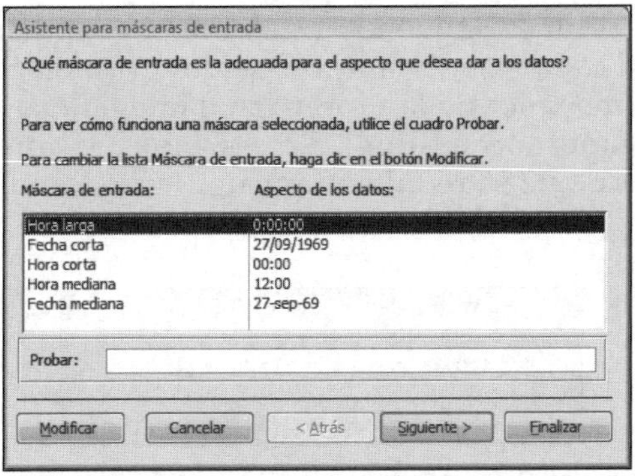

Figura 2.14. El Asistente para máscaras de entrada con máscaras de fecha y hora.

Título

La propiedad Título especifica una cadena a visualizar como encabezado de columna siempre que el campo se visualiza en la vista Hoja de datos. Además, si el campo se añade a un formulario, este valor se utiliza como título de la etiqueta que se añade junto al campo. Podemos usar la propiedad Título para introducir cualquier texto que etiquete el campo de forma apropiada.

Valor predeterminado

La propiedad Valor predeterminado especifica un valor que se insertará automáticamente en el campo cuando se añada un nuevo registro a la tabla. Ninguno de los campos de la tabla Empleados especifica un valor para la propiedad Valor predeterminado.

Regla de validación y Texto de validación

La propiedad Regla de validación especifica una prueba a efectuar sobre los datos introducidos en el campo. Si los datos no pasan la prueba, aparece un cuadro de texto con el texto especificado en la propiedad Texto de validación. Por ejemplo, en el campo Fecha de envío de la tabla Pedidos se especifica la propiedad **Regla de validación >=#01/01/1900#** para imponer que las fechas introducidas en este campo sean posteriores o igual al 1 de enero de 1900.

Requerido

La propiedad **Requerido** establece si es indispensable que en un campo se haya introducido un valor. Si asignamos **Sí** como valor de la propiedad e intentamos dejar vacío el campo en cuestión, Access muestra un mensaje informando que se requiere un valor en un campo (véase la figura 2.15).

Figura 2.15. Mensaje de Access informando de que se requiere un valor en un campo.

Permitir longitud cero

La propiedad **Permitir longitud cero** puede utilizarse para especificar si una cadena de longitud cero (" ") es una entrada válida para un campo de una tabla. La propiedad **Permitir longitud cero** únicamente se aplica a los campos de tipo Texto, Memo e Hipervínculo, y puede tener los valores **Sí** y **No**. La propiedad **Permitir longitud cero** funciona de manera independiente a la propiedad **Requerido**. La propiedad **Requerido** determina únicamente si un valor Nulo es válido para el campo. Si asigna **Sí** a la propiedad, una cadena de longitud cero será una entrada válida en el campo, independientemente del valor de la propiedad **Requerido**.

Indexado

Podemos usar la propiedad **Indexado** para establecer un índice de un solo campo. La propiedad **Indexado** puede tener los valores siguientes:

- **No (Predeterminado):** Sin índice.
- **Sí (Con duplicados):** El índice admite valores duplicados.
- **Sí (Sin duplicados):** El índice no admite valores duplicados.

No hay límite en el número de índices que podemos crear, pero hay que tener en cuenta que el indexado puede reducir el rendimiento de la base de datos, ya que los índices se actualizan automáticamente al modificar o agregar registros. Si la clave principal de una tabla es un solo campo, Microsoft Access asignará automáticamente a la propiedad Indexado de ese campo el valor Sí (Sin duplicados).

2.5. Las propiedades de la tabla

Las tablas tienen propiedades además de las que contienen los campos. Las propiedades de una tabla pueden examinarse haciendo clic con el botón derecho del ratón sobre el nombre de la tabla en el Panel de exploración y seleccionando el comando Propiedades de la tabla en el menú que entonces aparece. En la figura 2.16 mostramos las propiedades de la tabla Empleados.

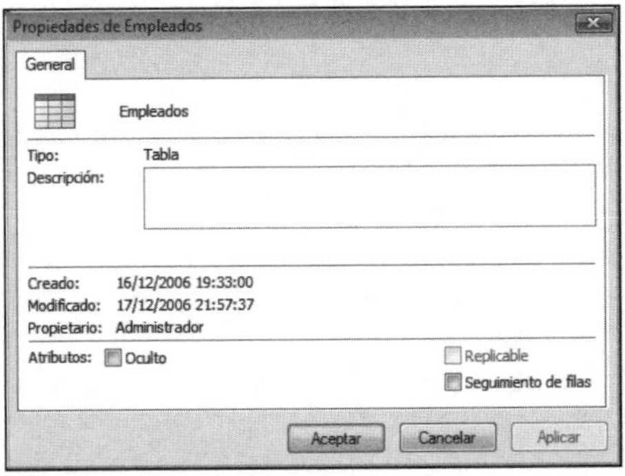

Figura 2.16. El cuadro de diálogo Propiedades de la tabla Empleados.

Este cuadro de diálogo muestra la descripción de la tabla, las fechas en que se creó y se modificó por última vez la tabla y quién es el propietario de la tabla. También contiene varios atributos de la tabla. El atributo Oculto especifica si está establecido que la tabla no debe ser visible en el Panel de exploración. El atributo Replicable, inhabilitado en este ejemplo, especifica si está establecido que la tabla debe incluirse en el proceso de replicación. Finalmente, el atributo Seguimiento de filas especifica cómo se activan los conflictos de replicación para esta tabla.

Crear una base de datos

3

3.1. Diseñar una base de datos

El primer paso para crear una base de datos es planificar su diseño. Esto implica decidir qué componentes incluirá la nueva base de datos, es decir, qué tablas vamos a necesitar y si vamos a usar consultas, formularios o informes.

Lo más importante es decidir qué tablas habrá en la base de datos. Debemos crear un modelo de base de datos para concretar las tablas antes de empezar con cualquier otra cosa en la nueva base de datos. Incluso un modelo simple servirá para impedir que cometamos errores. Es mucho más difícil añadir componentes a la base de datos posteriormente si no se planifica correctamente la estructura de la tabla desde el primer momento. Esto es especialmente importante cuando diseñamos bases de datos relacionales, en las que las tablas están relacionadas unas con otras. En la figura 3.1 mostramos la ventana **Relaciones** de la base de datos Northwind. Las líneas que conectan las tablas representan las relaciones entre los campos clave de las tablas.

Hay distintas cualidades que convierten un sistema de base de datos en relacional. Una base de datos relacional puede describirse como un grupo de tablas de datos en el que cada tabla tiene ciertos campos "clave" en común con otras tablas. Estos campos clave establecen los vínculos relacionales entre las tablas. El modelo relacional de bases de datos proporciona la capacidad de recopilar, organizar y producir informes con datos que pueden ser de distinta naturaleza, pero que están relacionados de alguna manera.

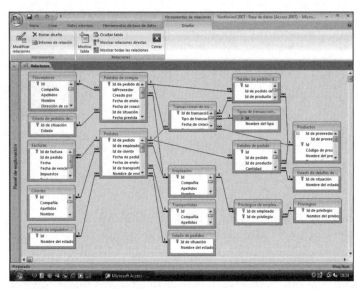

Figura 3.1. Las relaciones de la base de datos Northwind.

Algunos términos utilizados en las bases de datos relacionales son:

- **Campo:** El término campo alude al elemento fundamental de cualquier base de datos. Una base de datos representa la información en campos. Cada campo contiene un dato acerca de un tema determinado. Por ejemplo, puede que sea necesario almacenar los siguientes datos acerca de los clientes: nombre de la organización, dirección, ciudad, provincia y número de teléfono. Cada campo contendrá uno de estos datos. Los campos tienen asociado un tipo de datos que determina qué datos pueden almacenarse en el campo.

- **Tabla:** Una tabla es una colección de datos almacenados en registros (filas) y campos (columnas). Cada tabla de una base de datos debe representar una entidad distinta. Por ejemplo, la base de datos Northwind contiene, entre otras, las tablas: Clientes, Detalles de pedido, Empleados, Pedidos, Productos y Proveedores. Aunque están relacionadas entre sí, son entidades totalmente distintas.

- **Registro:** Un registro es una recopilación de datos de un objeto específico. En la base de datos Nortwind, un registro de cliente es la fila de datos almacenada para cada cliente. Cada registro de la base de datos debe contener información única, representando una instancia concreta de la entidad que representa la tabla.

- **Campo clave:** Un campo es clave cuando puede utilizarse para relacionar dos o más tablas entre sí. Los campos clave son los que tienen en común las tablas relacionadas. Los datos almacenados en los campos clave deben ser idénticos en los registros relacionados de las tablas.

  Las claves pueden ser principales o externas, dependiendo de su uso y de los campos en que se utilizan. Las claves principales identifican de forma exclusiva cada uno de los registros de la tabla. Las claves externas hacen referencia al campo clave principal de otra tabla.

  La clave principal, que se representa en la ventana Relaciones con el icono de una llave junto a su nombre, tiene que identificar en exclusiva cada registro de la tabla y, por tanto, nunca puede tener valores duplicados. Por ello es recomendable utilizar el tipo de datos Autonumérico al crear el campo clave principal. Este tipo de datos garantiza que nunca se inserta un valor duplicado en la clave principal. Access inserta automáticamente un valor unívoco en el campo al insertar un registro en la base de datos. Access también impide que modifiquemos o eliminemos los valores de este campo después de insertarlo.

- **Relaciones y uniones:** Una relación entre dos tablas indica que las dos tablas comparten un campo clave común. Una unión es una especie de tabla virtual creada cuando el usuario solicita información de tablas distintas que participan en una relación. Los campos clave se utilizan para encontrar los registros coincidentes en las tablas que participan en la relación.

3.1.1. Integridad referencial

La integridad referencial es la capacidad de conservar las relaciones definidas entre las tablas. Mantener la integridad referencial significa que cada valor clave externa de una tabla debe tener asignado un registro correspondiente en la tabla que tiene esa clave externa como clave prin-cipal.

Por ejemplo, si se creara un pedido en la tabla **Pedidos** de la base de datos Northwind con un valor incorrecto en el campo **Id de empleado**, no habría un registro correspondiente en la tabla **Empleados**. El registro de **Pedidos** sería un registro huérfano, porque no habría un registro principal correspondiente en la tabla **Empleados**. Es decir, estaríamos asignando un pedido a un empleado que no existe en la tabla Empleados. Permitir esto infringiría las reglas de integridad referencial reduciendo la utilidad de los datos.

Podemos hacer que Access exija la integridad referencial para evitar este tipo de situaciones. Esta función forma parte de la ventana **Relaciones**. Para abrir la ventana **Relaciones** hacemos clic en el botón **Relaciones** 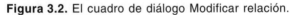 de la pestaña **Herramientas** de base de datos en la **Cinta de opciones**. En la ventana **Relaciones**, seleccionamos una relación haciendo clic en la parte más fina de la línea que une dos tablas, y seleccionamos el comando **Modificar relaciones** de la pestaña **Diseño**. El cuadro de diálogo **Modificar relaciones** contiene la casilla de verificación **Exigir integridad referencial** (véase la figura 3.2).

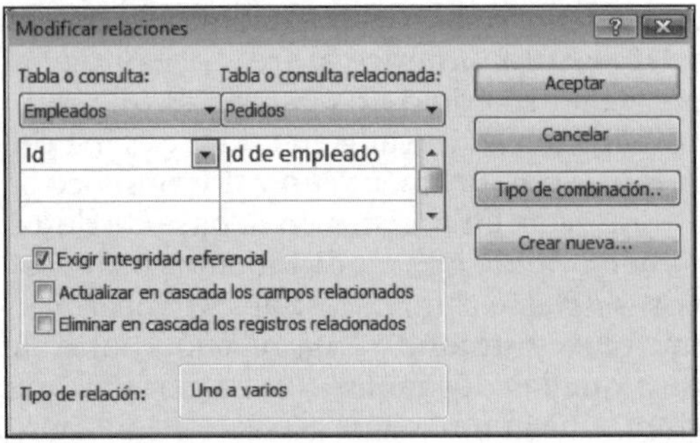

Figura 3.2. El cuadro de diálogo Modificar relación.

3.1.2. Los tipos de relaciones

La potencia de las bases de datos relacionales está en su capacidad para combinar claves principales y externas para establecer relaciones entre las tablas de datos. Hay tres tipos de relaciones que podemos crear con el modelo de base de datos relacionales:

- **Uno a uno:** La relación uno a uno es la más simple y menos utilizada. Implica que para cada registro de una de las tablas hay otro registro correspondiente en la otra tabla que forma parte de la relación.

- **Uno a varios:** En este tipo de relación, un registro en una tabla está relacionado con varios registros en la otra tabla de la relación. La relación uno a varios es la más utilizada en las bases de datos relacionales. Todas las relaciones de la base de datos Northwind son uno a varios.
- **Varios a varios:** Este tipo de relación es parecido al anterior, pero en este caso son varios registros de una tabla los que están relacionados con varios registros de la otra tabla de la relación. Para establecer este tipo de relación, se crea una tercera tabla intermedia a la que se agregan los campos clave principal de otras dos tablas, creando dos relaciones uno a varios en la tabla intermedia.

3.1.3. Diseño de una base de datos

Para crear una base de datos relacional hay que crear primero su estructura. Los pasos son:

1. **Identificar los datos necesarios:** Es necesario determinar exactamente qué información queremos controlar y cuál es el objeto perseguido al controlar la información. Es decir, hay que responder a la pregunta ¿cómo se van a utilizar los datos?
2. **Recopilar los campos identificados en tablas:** El siguiente paso es ordenar en tablas lógicas los campos identificados en el paso anterior. Para cada tipo de información se necesita una tabla, evitando así duplicar los datos y disminuyendo la posibilidad de cometer errores al modificar o eliminar la información. Por ejemplo, los campos que contienen información de contacto deben guardarse en una tabla distinta que los campos que contienen información de compañía.
3. **Identificar los campos de clave principal:** Hay que elegir la clave principal para aumentar el rendimiento de la base de datos. En Access, debe haber al menos una clave principal en cada tabla, aunque no es imprescindible. Todos los valores de los registros de la clave principal deben ser distintos y no se permiten valores nulos, pues la clave principal debe iden-

tificar de forma exclusiva cada uno de los registros para poder relacionar una tabla con las claves externas de otras tablas. Para relacionar unas tablas con otras, agregaremos el campo clave principal de una tabla en otra tabla como clave externa, teniendo en cuenta qué tipo de relación se quiere utilizar.

4. **Dibujar un diagrama de datos:** La siguiente tarea es crear un diagrama para la base de datos, similar al que aparece en la ventana Relaciones. Dibuje cada entidad de datos en su propio cuadro incluyendo los campos de clave principal. Una vez dibujada cada entidad, dibuje las relaciones entre las entidades (tablas) uniendo las claves principales con las claves externas.

5. **Normalizar los datos:** El objetivo de la normalización es eliminar los datos redundantes de una base de datos, garantizando que los campos de cada tabla están identificados unívocamente por la clave principal de la tabla, y comprobar que cada campo representa una sola pieza de información, eliminando los datos redundantes de las tablas y los grupos de campos repetidos.

6. **Identificar información específica de campo:** Cree nombres de campos y tablas que describan los datos pero que no sean demasiado largos. Identifique los tipos de datos de los campos y determine si se utilizan reglas de validación o se aplica formato al campo.

Truco: No es conveniente guardar en una tabla datos calculados, es mejor ponerlos en una consulta o informe que utilice los datos de las tablas.

3.2. Crear nuestra base de datos

En nuestro caso, queremos crear una base de datos para gestionar los clientes de un hotel. Al reflexionar sobre la primera tabla, podemos decidir incluir datos como el nombre y los apellidos de los clientes, su dirección, la fecha de llegada al hotel, la fecha de su última visita si ya hubiera estado en el hotel, la habitación que va a ocupar y algunas notas de interés. La lista de campos resultante sería:

1. Nombre.
2. Apellidos.

3. Dirección.
4. Número de teléfono.
5. Fecha de llegada.
6. Fecha de salida.
7. Última visita.
8. Habitación.
9. Notas.

Después de llegar a esta primera tabla, podemos decidir refinar la dirección del cliente descomponiéndola en calle, población, provincia y código postal, e incluir también datos sobre el empleado que ha atendido al cliente y la planta en que se encuentra la habitación. Llegamos así a una nueva tabla con los siguientes campos:

1. Nombre.
2. Apellidos.
3. Domicilio.
4. Población.
5. Provincia.
6. Código postal.
7. Número de teléfono.
8. Fecha de llegada.
9. Fecha de salida.
10. Última visita.
11. Planta.
12. Número de habitación.
13. Empleado encargado.
14. Notas.

Esta tabla podemos aún ampliarla incluyendo el DNI para identificar al cliente de forma exclusiva y descomponiendo el campo **Empleado encargado** en el nombre, los apellidos y el cargo del empleado, quedando nuestra tabla con los campos:

1. DNI del cliente.
2. Nombre.
3. Apellidos.
4. Domicilio.
5. Población.
6. Provincia.
7. Código postal.
8. Número de teléfono.
9. Fecha de llegada.
10. Fecha de salida.

11. Última visita.
12. Planta.
13. Número de habitación.
14. Nombre del empleado.
15. Apellidos del empleado.
16. Cargo del empleado.
17. Notas.

3.2.1. Tener en cuenta las relaciones

Una vez diseñada la primera tabla de la base de datos hay que pensar qué otras tablas vamos a incluir en la base para buscar posibles repeticiones de los datos, y también para establecer las relaciones que va a haber entre las tablas. En nuestro ejemplo, si vamos a incluir una tabla de empleados, vemos que se van a repetir los datos de los empleados en la tabla de clientes. Por tanto, será mejor relacionar la tabla de empleados con la de clientes mediante un campo común, y no repetir los datos en las dos tablas. Para ese campo común podemos establecer, por ejemplo, un número de identificación del empleado. Con esto llegamos a dos tablas.

La tabla **Clientes** con los campos:

1. DNI del cliente.
2. Nombre.
3. Apellidos.
4. Domicilio.
5. Población.
6. Provincia.
7. Código postal.
8. Número de teléfono.
9. Fecha de llegada.
10. Fecha de salida.
11. Última visita.
12. Planta.
13. Número de habitación.
14. Código de identificación del empleado.
15. Notas.

Y la tabla **Empleados**:

1. Código de identificación del empleado.
2. Nombre.
3. Apellidos.

4. Cargo.
5. Notas.

Observando la primera tabla, llegamos a la conclusión que ciertos datos no van a cambiar en los clientes, como el DNI, el nombre y los apellidos, mientras que otros, como la fecha de llegada, el empleado encargado o la planta y la habitación, sí cambiarán. Podemos, por tanto, dividir esta tabla en dos partes para llegar a tener tres tablas:

- Clientes:

  1. DNI del cliente.
  2. Nombre.
  3. Apellidos.
  4. Domicilio.
  5. Población.
  6. Provincia.
  7. Código postal.
  8. Número de teléfono.
  9. Número de cliente.
  10. Notas.

- Entradas:

  1. Número de cliente.
  2. Fecha de llegada.
  3. Fecha de salida.
  4. Última visita.
  5. Planta.
  6. Número de habitación.
  7. Código de identificación del empleado.
  8. Notas.

- Empleados:

  1. Código de identificación del empleado.
  2. Nombre.
  3. Apellidos.
  4. Cargo.
  5. Notas.

Vea cómo para relacionar las tablas **Entradas** y **Clientes** hemos incluido en ambas el campo **Número de cliente**. Es decir, hemos creado el campo clave **Número de cliente** para relacionar las tablas **Entradas** y **Clientes**, y el campo clave **Código de identificación del empleado** para relacionar las tablas **Empleados** y **Entradas**.

A continuación vamos a crear la nueva base de datos. La forma más sencilla y rápida es usar el Asistente para bases de datos, que crea tablas, formularios, consultas e informes para el estilo de base de datos que elijamos, que es lo que haremos primero como ejemplo. Otro método es crear una base de datos e ir añadiendo los objetos según los creamos, que es el que seguiremos para crear la base de datos del hotel.

> **Nota:** *El Asistente para bases de datos facilita mucho la tarea porque crea los objetos de la base de datos, pero tiene un inconveniente: no permite cambiar el nombre de los campos aunque sí el de los objetos.*

3.2.2. Partir de una plantilla de base de datos

Una forma de crear una base de datos es basarse en otra ya existente y modificarla para adecuarla a nuestras necesidades. Las plantillas incluidas en Access 2007 suponen un buen punto de partida, ya que nos permiten crear bases de datos completas, incluidas las relaciones entre las tablas.

Figura 3.3. Utilizar las plantillas para crear una base de datos.

Podemos elegir entre las plantillas locales, es decir, las que se encuentran instaladas en nuestro equipo, o las plantillas de Microsoft Office Online, para lo que será necesario que el equipo esté conectado a Internet. Siga estos pasos para crear una base de datos partiendo de una plantilla de Access 2007:

1. Cierre la base de datos Northwind si todavía está abierta. En la ventana Introducción a Microsoft Access, seleccione Plantillas locales o una de las opciones disponibles en la sección Desde Microsoft Office Online.
2. Seleccione el modelo que desee.
3. Seguidamente, en la parte derecha de la ventana, especifique el nombre del archivo de la base de datos que va a crear y el lugar donde se almacenará.
4. Finalmente, haga clic sobre el botón **Crear**.

3.2.3. Crear una base de datos en blanco

Para crear una base de datos en blanco, cierre cualquier base de datos que esté abierta y siga estos pasos.

1. En la ventana Introducción a Microsoft Access, ejecute el comando Nuevo del menú desplegable del Botón de Office. También puede hacer clic sobre la opción Base de datos en blanco situada en la parte central de la ventana. En la parte derecha de la ventana se abrirá el panel Base de datos en blanco (véase la figura 3.4).

> **Nota:** Por omisión, Access 2007 crea las nuevas bases de datos en el formato de Access 2007, con la extensión de archivo .accdb. Si desea mantener la compatibilidad con versiones anteriores de Access deberá, una vez creada la base de datos, crear una copia guardándola como una base de datos Access 2000 o 2003, según el caso.

2. Seguidamente, en la parte derecha de la ventana, especifique el nombre del archivo de la base de datos que va a crear y la carpeta donde se almacenará el archivo. En nuestro ejemplo, vamos a crear una base de datos llamada **Hotel**.
3. Finalmente, haga clic sobre el botón **Crear**. Tras un instante, la base de datos se creará y aparecerá en la

ventana de Access con una tabla vacía en vista Hoja de datos abierta (véase figura 3.5).

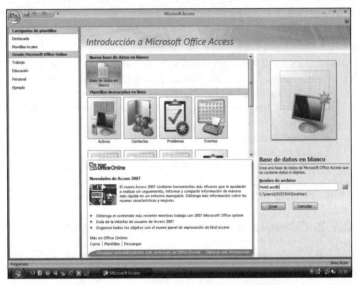

Figura 3.4. El panel Nuevo archivo.

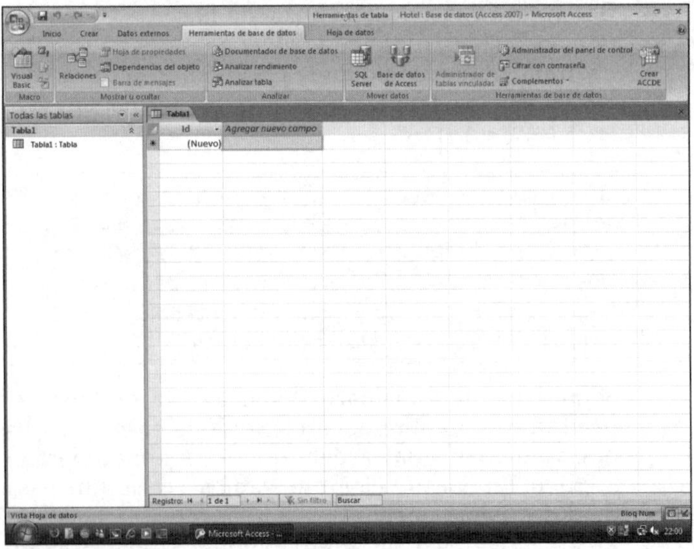

Figura 3.5. La primera tabla de la base de datos recién creada.

Ya está creada la base de datos, aunque todavía no contiene ninguna tabla.

3.3. Crear tablas

Lo siguiente, después de crear una base de datos, es crear las tablas, pues son los objetos más importantes debido a que el resto de los objetos se crean a partir de ellas. Tenemos la posibilidad de crear las tablas en blanco o utilizando una plantilla de tabla.

Primero utilizaremos la plantilla como ejemplo y después empezaremos a crear en blanco las tablas de nuestra base de datos del hotel.

3.3.1. Crear una tabla utilizando una plantilla de tabla

Podemos utilizar las plantillas de tabla para crear una tabla en una base de datos existente. Elegiremos entre distintas plantillas una que se ajuste a la tabla que queremos crear en la base de datos.

Ahora, como ejemplo, crearemos una tabla en una base de datos utilizando una plantilla de tabla:

1 Abra la base de datos que creamos anteriormente partiendo de una plantilla de base de datos. En nuestro ejemplo anterior creamos una base de datos utilizando la plantilla **Activos**.

2. En la ficha **Crear**, haga clic sobre el botón **Plantillas de tabla** existente en el grupo **Tablas**. Se desplegará una pequeña lista de plantillas predefinidas que incluye las opciones **Contactos**, **Tareas**, **Problemas**, **Eventos**, **Activos**.

3. Elija la plantilla de tabla que mejor se ajuste a sus necesidades y haga clic sobre ella. En este ejemplo vamos a crear una tabla **Eventos**. Se abrirá la nueva tabla en vista Hoja de datos con el nombre **Tabla1**.

4. Haga clic sobre el **Botón de Office** y seleccione **Guardar**. Aparecerá el cuadro de diálogo **Guardar como**. En el cuadro de texto **Nombre de la tabla**, especifique un nombre descriptivo para la tabla que acaba de crear. La tabla estará definitivamente creada.

Figura 3.6. Listado de las plantillas de tabla disponibles.

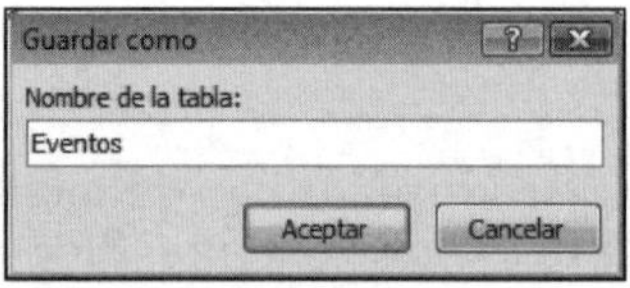

Guardar como	? ✕
Nombre de la tabla:	
Eventos	
	Aceptar Cancelar

Figura 3.7. Guardar la nueva tabla creada con la plantilla de tabla.

> **Nota:** *También le preguntarán si desea guardar la nueva tabla cuando cambia a vista Diseño o si decide cerrarla.*

3.3.2. Crear una tabla en blanco

Vamos ahora a crear la estructura de las tablas de la base de datos Hotel continuando con el diseño de tabla que hemos desarrollado. Cierre cualquier base de datos que tenga abierta y abra la base de datos Hotel que todavía está vacía. Hemos llegado a la conclusión de que necesitaremos tres tablas en nuestra base de datos: Clientes, Entradas y Empleados. Vamos pues a crear la estructura de estas tablas definiendo los campos y planificando la clave principal.

La tabla Clientes

Vamos a utilizar la vista Diseño para crear la tabla. Haga clic sobre la ficha Crear de la Cinta de opciones. A continuación, en el grupo Tablas, haga clic sobre Diseño de tabla.

> **Truco:** *Puede abrir la base de datos* Hotel *directamente. Access cerrará la base de datos abierta y abrirá la base seleccionada.*

Se abrirá la vista Diseño de una la tabla en blanco. Las tres columnas de la vista Diseño de una tabla son: Nombre del campo, Tipo de datos y Descripción. Para crear la tabla Clientes escriba en Nombre del campo los nombres que queremos dar a los campos de la tabla, es decir: DNI del cliente, Nombre, Apellidos, Domicilio, Población, Provincia, Código postal, Número de teléfono, Número de cliente y Notas. La clave principal que hemos elegido para esta tabla es el campo Número de cliente, de modo que le asignaremos el tipo de datos Autonumérico para que Access inserte automáti-camente números exclusivos. El resto de los campos van a ser tipo Texto, excepto el campo Notas, al que asignaremos el tipo Memo para que pueda alojar más información.

Una vez completada la estructura de la tabla, la vista Diseño será similar a la mostrada en la figura 3.8.

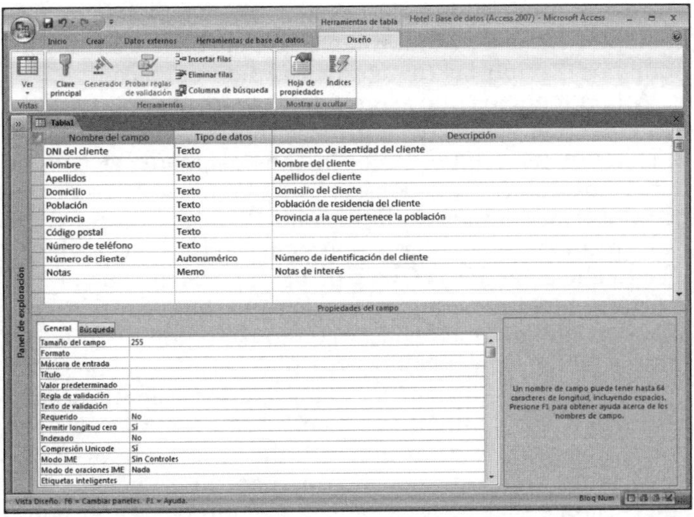

Figura 3.8. La vista Diseño de la tabla Clientes.

Podemos utilizar la vista Diseño para hacer modificaciones en la tabla. Por ejemplo, podemos decidir cambiar el nombre de los campos Nombre y Apellidos para que sean más descriptivos y evitemos posibles confusiones con los nombres y apellidos de los empleados. Para ello, siga estos pasos:

1. Utilice el Selector de filas, la columna más a la izquierda, para seleccionar la fila Nombre.
2. Haga clic dentro de Nombre y escriba Nombre del cliente.
3. Repita lo anterior en el campo Apellidos para convertirlo en Apellidos del cliente.

Otra modificación que podemos hacer en el diseño de una tabla es eliminar un campo. Para ello seleccionamos el campo que queremos eliminar con el selector de filas y pulsamos la tecla **Supr**, o hacemos clic sobre la opción Eliminar filas existente en el grupo Herramientas de la pestaña Diseño de la Cinta de opciones.

También podemos insertar nuevos campos entre los existentes. Para ello, seleccionamos con el selector de filas el campo que va a quedar justo debajo del campo insertado y hacemos clic en el botón **Insertar filas** existente en el grupo Herramientas de la pestaña Diseño de la Cinta de opciones. Se inserta una nueva fila en blanco en la que podemos escribir las características del nuevo campo.

Ahora tenemos que asignar la clave principal. La clave principal que hemos decidido usar en la tabla Clientes es el Número de cliente. Como hemos asignado el tipo de datos Autonumérico a este campo, estamos seguros de que no va a haber números duplicados. Para establecer como clave principal este campo, seleccione su fila con el selector y haga clic en el botón **Clave principal** existente en el grupo Herramientas de la pestaña Diseño de la Cinta de opciones. También puede hacer clic con el botón derecho del ratón sobre el campo seleccionado y elegir la opción Clave principal en el menú contextual que entonces aparece. Aparecerá el icono de una llave en el selector de filas, al lado del campo, para indicar que se trata de la clave principal de la tabla. Con esto tenemos preparado el diseño de la tabla Clientes. Guarde la tabla haciendo clic en el botón Guardar ⊞ de la barra de herramientas de acceso rápido, y asígnele el nombre Clientes en el cuadro de diálogo **Guardar como** que entonces aparece. Finalmente, cierre la tabla haciendo clic en el botón **Cerrar** ⊠.

La tabla Empleados

En la tabla Empleados vamos a colocar la información de los empleados del hotel. Los campos que hemos decidido incluir son Id de empleado (va a ser la clave principal), Nombre, Apellidos, Cargo y Notas. El primer campo va a ser de tipo Texto, pero para que sirva como clave principal, asignamos a la propiedad Indexado el valor **Sí (sin duplicados)** para garantizar que los códigos de identificación sean exclusivos. El resto de los campos serán de tipo Texto, excepto el campo Notas, que será tipo Memo para admitir más datos. En cuanto a las relaciones, entre las tablas Clientes y Empleados va a haber una relación varios a varios que estableceremos con la tabla intermedia Entradas, pues distintos clientes pueden ser atendidos por el mismo empleado. Una vez asignadas las opciones, establezca como clave principal el campo Id de empleado, asigne la propiedad Indexado al campo y guarde la tabla dándole el nombre Empleados. La vista Diseño será similar a la mostrada en la figura 3.9.

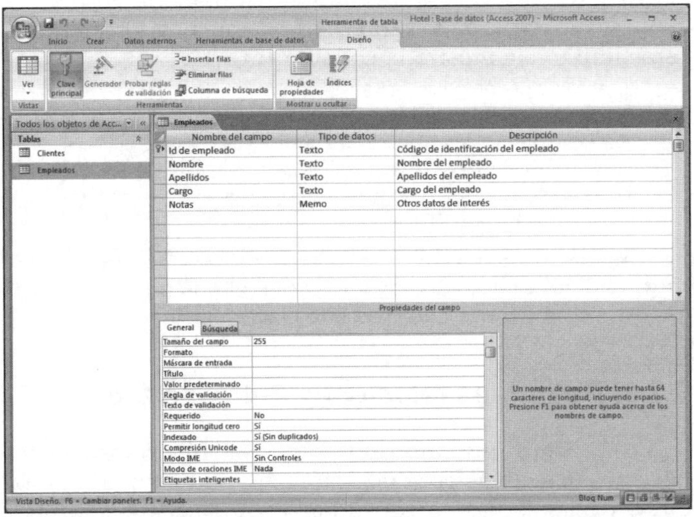

Figura 3.9. La tabla Empleados en la vista Diseño.

La tabla Entradas

La tabla Entradas va a contener los datos de las entradas de clientes en el hotel. Los campos que hemos decidido incluir son Número de cliente, Fecha de llegada, Fecha de salida, Última visita, Planta, Número de habitación, Id de empleado y Notas. En este caso, el campo Número de cliente es de tipo Número, pues el tipo de datos debe coincidir con el del mismo campo en la tabla Clientes. El campo Id de empleado es de tipo Texto por la misma razón, ahora con respecto a la tabla Empleados. Los campos Fecha de llegada, Fecha de salida y Última visita son de tipo Fecha/Hora; los campos Planta y Número de habitación son también de tipo Texto, pues aunque van a ser números, no vamos a realizar operaciones con ellos. Finalmente, el campo Notas es de tipo Memo. Ahora tenemos un problema, pues no podemos utilizar como clave principal el Número de cliente ni el Id de empleado, ya que los dos son claves externas en las tablas Clientes y Empleados, respectivamente, y no podríamos establecer relaciones uno a varios entre la tabla Entradas y esas tablas.

Lo más sencillo en este caso es guardar la tabla directamente con el nombre Entradas y dejar que sea Access el que cree la clave principal haciendo clic en Sí cuando aparezca el cuadro de advertencia mostrado en la figura 3.10. Access crea un campo Autonumérico llamado Id para la clave principal. Una vez guardada la tabla, la vista Diseño será similar a la mostrada en la figura 3.11.

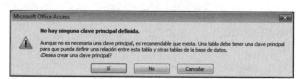

Figura 3.10. Cuadro de advertencia en el que podemos decir a Access que cree una clave principal.

3.3.3. Definir las relaciones entre las tablas

Lo siguiente que vamos a hacer es establecer las relaciones entre las tablas para más adelante poder combinar los datos de las tablas en consultas, formularios e informes. Para establecer las relaciones hay que tener en cuenta que, en las relaciones de uno a varios, el campo común de la primera tabla debe estar establecido como clave principal, y que los tipos de datos y propiedades de los campos comunes deben ser idénticos en las tablas relacionadas.

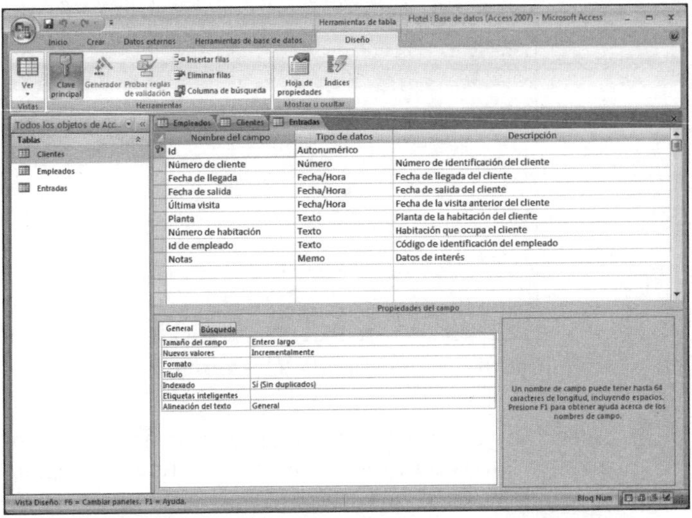

Figura 3.11 La tabla Entradas en la vista Diseño.

Ya hemos visto que podemos hacer que Access imponga la integridad referencial para que en la segunda tabla de una relación uno a varios sea indispensable el que haya datos que estén relacionados con otros datos de la primera tabla. En nuestro caso, podemos establecer la integridad referencial entre las tablas Clientes y Entradas para garantizar que únicamente puedan introducirse nuevos datos de Entrada para clientes que ya hayan sido incluidos en la tabla Clientes.

Primero vamos a definir la relación uno a varios entre las tablas Clientes y Entradas. Después definiremos la relación uno a varios entre las tablas Empleados y Entradas. De este modo, queda definida también la relación varios a varios entre las tablas Clientes y Empleados. Siga estos pasos:

1. Cierre todas las tablas que tenga abiertas.
2. Pulse el botón **Relaciones** existente en la ficha Herramientas de base de datos, en el grupo Mostrar u

ocultar de la Cinta de opciones. Se abrirá la ventana Mostrar tabla (véase la figura 3.12), en la que seleccionamos las tablas a relacionar.

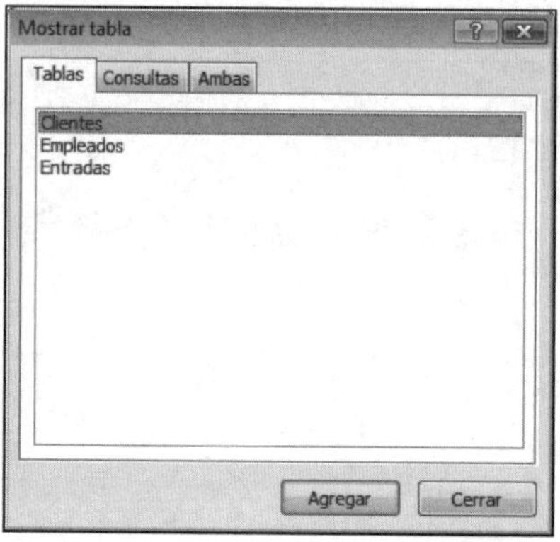

Figura 3.12 La ventana Mostrar tabla.

3. Seleccione las tres tablas de la base de datos haciendo clic en los nombres de las tablas mientras mantiene pulsada la tecla **Control** y, seguidamente, haga clic en **Agregar**. También puede hacer doble clic sobre el nombre de cada una de las tablas y estas se agregan automática-mente a la ventana Relaciones.
4. Haga clic en **Cerrar** para cerrar la ventana Mostrar tabla y ver la ventana Relaciones.
5. Modifique el tamaño de las ventanas para ver completos los campos de las tablas. Para ello sitúe el cursor sobre los bordes de las ventanas y haga clic y arrastre cuando el cursor se convierta en una flecha doble (véase la figura 3.13).
6. Haga clic sobre el campo Número de cliente de la tabla Clientes (presenta un icono de llave para indicar que es la clave principal) y arrástrelo hasta el campo del mismo nombre en la tabla Entradas. Al soltar el ratón se abre el cuadro de diálogo Modificar relaciones (figura 3.14).
7. Haga clic en la casilla de verificación Exigir integridad referencial y pulse **Crear**.
8. Repita los pasos 6 y 7 con el campo Id de empleado de las tablas Empleados y Entradas. La ventana Relaciones será similar a la que aparece en la figura 3.15.

9. Guarde las relaciones seleccionando haciendo clic sobre el botón **Guardar** de la barra de herramientas de acceso rápido, y cierre la ventana Relaciones.

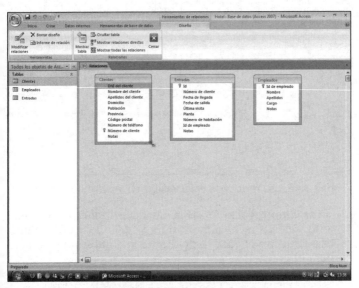

Figura 3.13. Redimensionamiento de las ventanas de tablas en la ventana Relaciones.

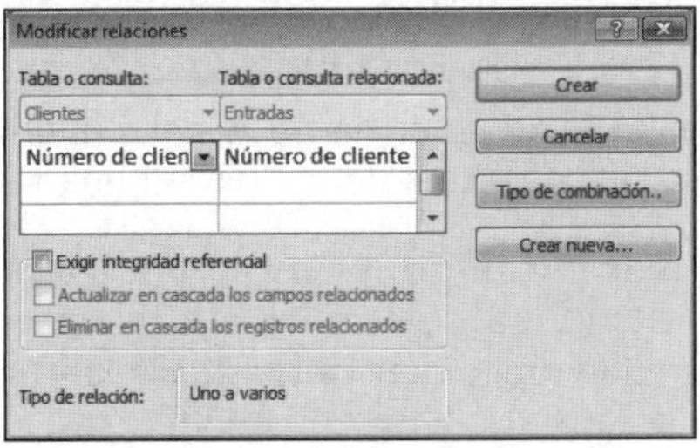

Figura 3.14. El cuadro de diálogo Modificar relaciones.

Una vez definidas las relaciones quedan establecidas ciertas limitaciones en la base de datos, pues ya no podemos borrar las tablas que hayan sido definidas como principales en una relación (las que tienen el campo común como clave principal), ni podemos borrar el campo común en ninguna de las tablas relacionadas, ni tampoco modificar el tipo de datos del campo común de la relación.

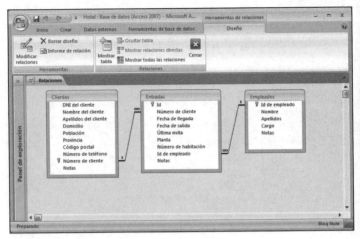

Figura 3.15. Las relaciones establecidas en la base de datos Hotel.

Para comprobarlo, abra la tabla Entradas en la vista Diseño, seleccione el campo Id de empleado y pulse **Supr**. Access muestra el cuadro de diálogo de la figura 3.16 para indicar el problema.

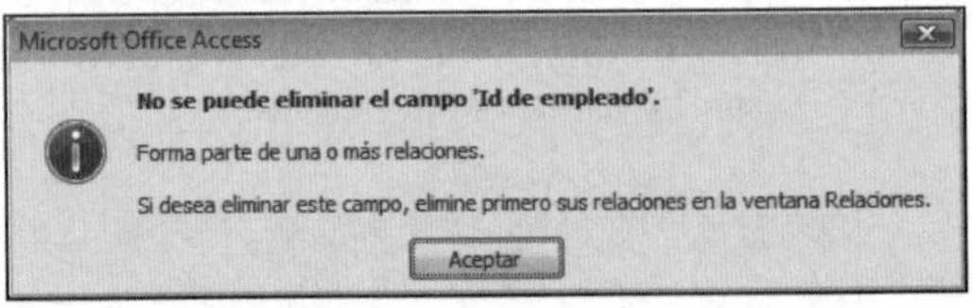

Figura 3.16. Advertencia de Access informando de la participación de un campo en una relación.

Para eliminar el campo, primero tendríamos que abrir la ventana Relaciones, seleccionar la relación en cuestión haciendo clic en la parte más delgada de la línea que indica la relación, y eliminala. Una vez hecho esto, abriríamos de nuevo la tabla y podríamos eliminar el campo.

3.4. Introducción de los datos en las tablas

Ya tenemos creadas las tablas, por tanto, es el momento de introducir datos en ellas. Empezaremos por las tablas Clientes y Empleados, pues necesitaremos las claves principales como claves externas para la tabla Entradas.

3.4.1. Rellenar la tabla Clientes

En la tabla Clientes introduciremos los datos que aparecen en la Tabla 3.1. Para insertar los datos, tenemos que abrir la tabla Clientes en la vista Hoja de datos. Cierre cualquier vista Diseño que pueda tener abierta, y haga doble clic sobre el nombre de la tabla Clientes en el Panel de exploración.

Se abre la vista Hoja de datos de la tabla con una sola fila. En cuanto empezamos a escribir un registro Access crea una nueva fila para el próximo registro e inserta el valor del campo Autonumérico (véase la figura 3.17).

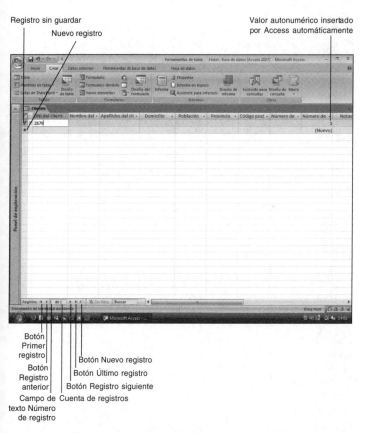

Figura 3.17. La vista Hoja de datos en la que introducimos los datos de la tabla.

DNI del cliente	Nombre del cliente	Apellidos del cliente	Domicilio	Población	Provincia	Código Postal	Nº Tel.	Nº cliente	Notas
2879456	Paz	Serrano Padilla	Ruiz 35	Valencia	Valencia	46020	1234566	1	
354678	Gaspar	Martín López	Plaza Isabel II 3	Madrid	Madrid	28003	2489035	2	
1789931	Mariano	Navascúes Pérez	Gravina 12	Alcorcón	Madrid	28922	3450806	3	
678994	Carolina	López Casas	Azorín 3	Alicante	Alicante	30010	3489730	4	
1132456	Carmen	Molina García	Huertas 26	Zaragoza	Zaragoza	50011	2098480	5	
324517	Manuel	Gómez Pereira	Camino viejo 3	Madrid	Madrid	28035	3599001	6	
254378	Ignacio	Pardo Castro	Costaleros 15	Madrid	Madrid	28010	1249880	7	
341654	María	Pérez Pérez	Plaza Lima 4	Barcelona	Barcelona	08950	9012938	8	
1111222	Fernando	Marín Méndez	Alfonso XIII	Barcelona	Barcelona	08006	5003294	9	
3399001	Irene	Martos Martínez	Peralejos 3	Tres Cantos	Madrid	28760	1903328	10	

Tabla 3.1. Datos de la tabla Clientes.

En la columna más a la izquierda de la vista Hoja de datos se encuentra el selector de registros, que muestra el estado de los registros en cualquier momento. En la parte inferior izquierda se encuentran los botones de navegación por los registros y la barra de desplazamiento, que permite ver todos los campos que no caben en la pantalla.

Adelante: introduzca los datos de la tabla anterior. Cuando termine de introducir un dato, pulse la tecla **Tab** para pasar al siguiente campo. Cuando llegue al campo Número de cliente, pulse **Tab** sin modificar el valor predeterminado que ha insertado Access. Una vez introducidos los datos, guarde la tabla y, seguidamente, ciérrela.

3.4.2. Rellenar la tabla Empleados

La tabla Empleados es igual que la tabla Clientes, pero más sencilla, pues contiene menos registros.

Los datos que vamos a usar son los que aparecen en la Tabla 3.2.

Tabla 3.2. Datos de la tabla Empleados.

Id de empleado	Nombre	Apellidos	Cargo	Notas
PJMAPE	Pedro J.	Martínez Pérez	Recep.	
LGOMA	Luis	Gómez Martín	Recep.	
MAROSA	Mª Ángeles	Romero Sánchez	R. Públicas	
RMSORU	Rosa Mª	Soto Rubia	Ay. de Direcc.	
ALOBE	Alfonso	López Berruguete	Conserje	

Introduzca los datos en la tabla, guárdela y ciérrela.

3.4.3. Rellenar la tabla Entradas

La última tabla es la intermediaria que establece relación varios a varios entre las tablas Empleados y Clientes, y tiene que contener en sus campos Número de cliente y Id de empleado, los mismos datos que Access ha asignado en las tablas Empleados y Clientes. Los datos que vamos a usar en la tabla Entradas son los que aparecen en la Tabla 3.3.

Id	Número de cliente	Fecha de llegada	Fecha de salida	Última visita	Planta hab.	Nº empleado	Código identificación	Notas
1	9	17/02/2006	21/02/2006	15/12/2003	1	3	PJMAPE	
2	2	22/08/2006	25/08/2006		2	1	LGOMA	
3	4	14/01/2006	15/01/2006		3	2	LGOMA	
4	8	02/09/2006	12/09/2006	17/08/2005	2	3	RMSORU	
5	5	02/01/2006	06/01/2006		1	1	ALOBE	
6	7	22/10/2006	12/11/2006		1	2	PJMAPE	
7	1	12/05/2006	19/05/2006		3	1	ALOBE	
8	3	17/07/2006	24/07/2006		4	1	MAROSA	
9	10	01/07/2006	09/07/2006		3	3	LGOMA	
10	6	03/08/2006	22/08/2006	01/08/2005	4	2	MAROS	

Tabla 3.3. Datos de la tabla Entradas.

> **Nota:** *Los campos* Id *los inserta Access automáticamente al escribir registros.*

Al abrir la vista Hoja de datos de la tabla Entradas, observará que Access, en el campo Id de empleado, únicamente admite valores existentes en la tabla Empleados.

Lo mismo nos ocurre con el campo Número de cliente, que únicamente admite valores existentes en la tabla Clientes.

Si intentamos poner en esos campos valores que no aparezcan en las tablas Clientes y Empleados relacionadas, al pasar al siguiente registro, Access nos mostrará una ventana de advertencia avisando del problema (véase la figura 3.18).

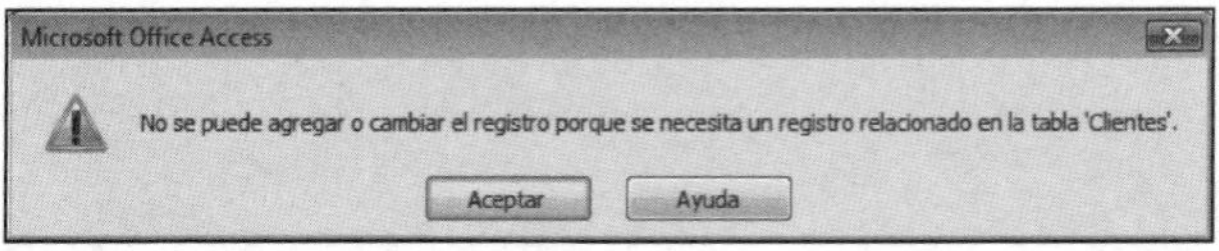

Figura 3.18. Aviso de Access sobre un registro incorrecto.

Introduzca los datos de la tabla 3.3 y guarde y cierre la tabla Entradas.

Con esto terminamos la versión preliminar de nuestra base de datos.

4

Trabajar con tablas

4.1. Analizar tablas

Cuando creamos tablas, podemos no quedar seguros del diseño. El Asistente para analizar tablas ayuda a eliminar información repetida de las tablas, separando los campos que contienen tal información en una nueva tabla. La información repetida malgasta el espacio que ocupa la base de datos y dificulta la actualización de los datos. El Asistente para analizar tablas es especialmente útil cuando los datos de las tablas son importados de otra aplicación, como una hoja de datos Excel, por ejemplo. Nosotros vamos a analizar, a modo de práctica, las tablas de la base de datos Hotel que hemos creado.

Para utilizar el Asistente para analizar tablas, siga estos pasos:

1. Abra la base de datos Hotel.
2. Haga clic sobre la opción Analizar tabla existente en la ficha Herramientas de base de datos, en el grupo Analizar. Se abrirá la primera ventana del Asistente para analizar tablas (véase la figura 4.1).
3. En esta ventana se explican los problemas que provoca la repetición de información, incluyendo ejemplos que se muestran al hacer clic en los botones **Mostrar un ejemplo**. Haga clic en **Siguiente** para continuar.
4. Se abre otra ventana informativa que comenta los pasos que va a seguir el Asistente. Haga clic en **Siguiente**.

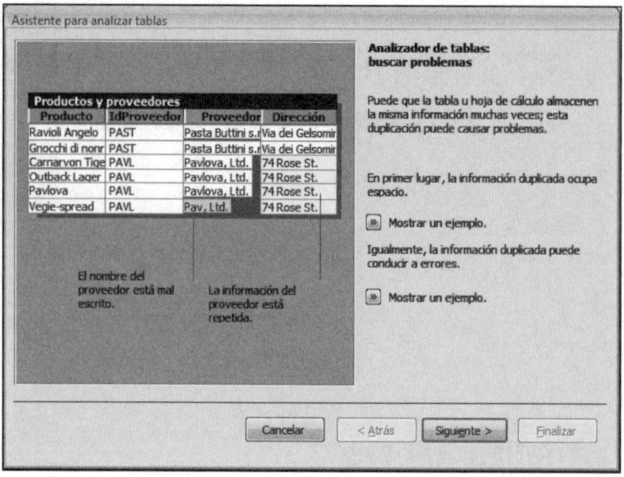

Figura 4.1. La primera ventana del Asistente para analizar tablas.

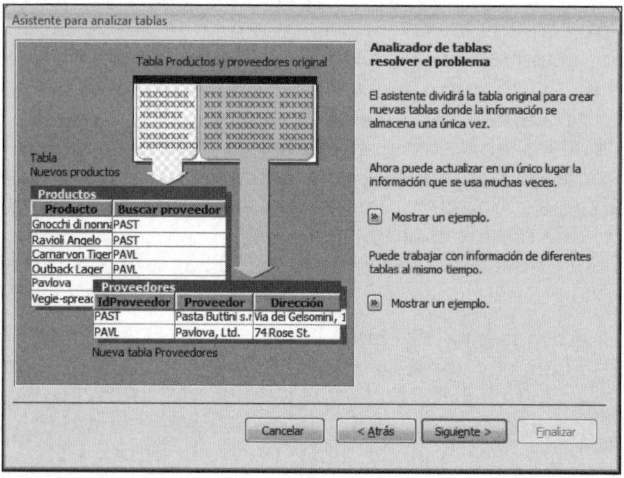

Figura 4.2. La segunda ventana del Asistente para analizar tablas.

5. En este cuadro de diálogo es en el que elegimos qué tabla queremos analizar (véase la figura 4.3). También proporciona una casilla de verificación que podemos desactivar para que no se muestren las dos

primeras ventanas informativas al iniciar el Asistente la próxima vez que se utilice.

Seleccione la tabla **Clientes** para analizarla y haga clic en **Siguiente**.

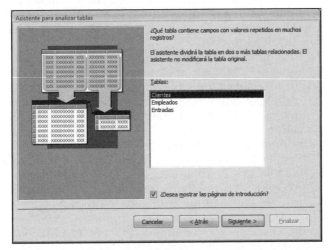

Figura 4.3. El cuadro de diálogo en el que seleccionamos la tabla que vamos a analizar.

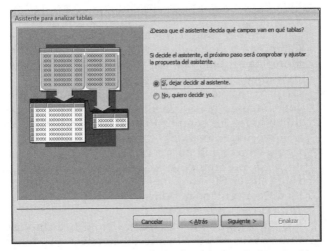

Figura 4.4. Especifique si es el Asistente quien decide qué campos incluir en cada tabla.

6. A continuación, tiene que decidir si va a ser el Asistente el que divida la tabla o si prefiere hacerlo usted mismo. Para que el Asistente divida la tabla, ésta debe contener datos suficientes para el análisis. En caso contrario, el Asistente no dividirá la tabla y nos pedirá que lo hagamos manualmente. Elija la opción Sí, dejar decidir al asistente y haga clic en **Siguiente**.

7. El Asistente encuentra información repetida en los campos Población y Provincia y decide dividir la tabla original en dos tablas, creando una copia de nuestra tabla Clientes sin la información de provincia, y una tabla más con el campo Provincia y un identificador generado por Access. Nos pide que demos nombre a las nuevas tablas.

   Para ello, hacemos clic en botón Cambiar nombre de la tabla 📝 y escribimos el nombre en la ventana que Access abre al efecto. Únicamente pretendemos mostrar un ejemplo del funcionamiento del Asistente, por lo que puede utilizar los nombres Clientes2 y Provincia, por ejemplo. Una vez cambiados los nombres de las tablas copia, haga clic sobre **Siguiente**.

8. En la siguiente ventana, el Asistente permite generar la clave principal para la tabla copia o que asignemos la clave a uno de los campos (véase la figura 4.5).

   Seleccione el campo Número de cliente de la tabla **Clientes2** y haga clic en el botón Establecer el identificador único 🔑 para generar la clave principal. Haga clic sobre **Siguiente**.

9. La próxima ventana muestra lo que Access juzga como errores, porque la información no se ha repetido en todos los campos Población y Provincia, dándonos oportunidad de corregirlos.

   Como en realidad no son errores, déjelo como está y haga clic en **Siguiente**. Access pedirá confirmación. Haga clic en **Sí**.

10. La última ventana nos da la opción de crear una consulta con las nuevas tablas.

    Las consultas las estudiaremos en el próximo capítulo, y esto es únicamente un ejercicio de ejemplo, de modo que seleccione la opción No, no crear la consulta y haga clic en **Finalizar**.

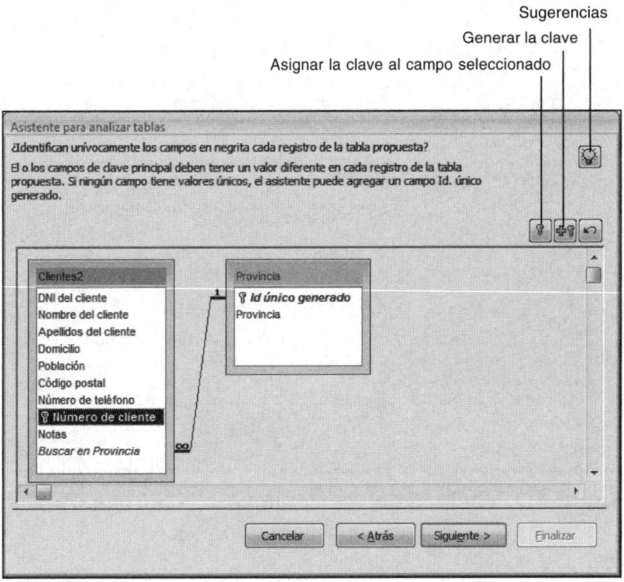

Figura 4.5. Ventana del Asistente para asignar la clave principal.

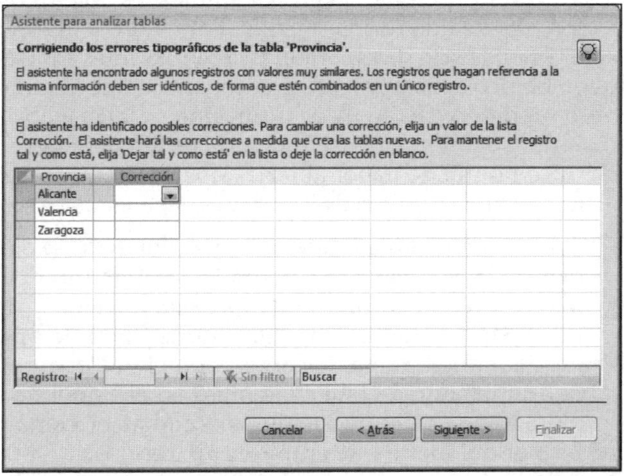

Figura 4.6. Ventana del Asistente para la corrección de errores.

Access genera las dos nuevas tablas y las abre para que comprobemos el resultado.

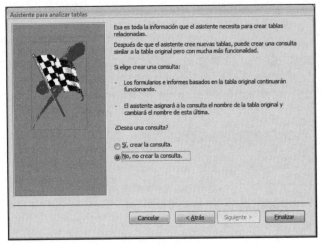

Figura 4.7. Ventana del Asistente para crear una consulta basada en la tabla original.

4.2. Copiar tablas

Access permite copiar, pegar y eliminar los objetos de la base de datos de una forma sencilla. Para ver cómo funciona, cierre la base de datos Hotel y cree una nueva base de datos en blanco con el procedimiento ya visto utilizando el nombre predeterminado. A continuación, vuelva a abrir la base de datos Hotel. La base de datos recién creada se cerrará, pues no puede haber abiertas dos bases de datos en la misma instancia de Access. Después, siga estos pasos:

1. Seleccione la tabla Clientes2 en el Panel de exploración (o la que haya creado en la sección anterior) y haga clic en el botón Copiar ⬚ existente en el grupo Portapapeles de la ficha Inicio de la Cinta de opciones. También puede hacer clic con el botón derecho del ratón sobre la tabla **Clientes2** en el Panel de exploración y a continuación seleccionar el comando Copiar del menú que entonces aparece.

2. Abra la base de datos en blanco recién creada.

3. Haga clic en el botón Pegar de la pestaña Inicio de la Cinta de opciones, o haga clic con el botón derecho del ratón sobre una zona vacía del Panel de exploración y seleccione la opción Pegar. Se abrirá el cuadro

de diálogo Pegar tabla como, en el que podemos elegir un nuevo nombre para la tabla y decidir cómo pegar la tabla (véase la figura 4.8). Las opciones son:

- **Estructura solamente:** Se pegan solamente los campos de la tabla, sin incluir los datos que contiene. La nueva tabla estará vacía.
- **Estructura y datos:** Se pegan todos los campos y los datos que contienen.
- **Anexar datos a la tabla existente:** Se añaden los datos de la tabla a una tabla ya existente en la base de datos receptora.

4. Escriba un nombre, elija la opción Estructura y datos y haga clic en **Aceptar**.

Ya está, acabamos de pegar la tabla completa.

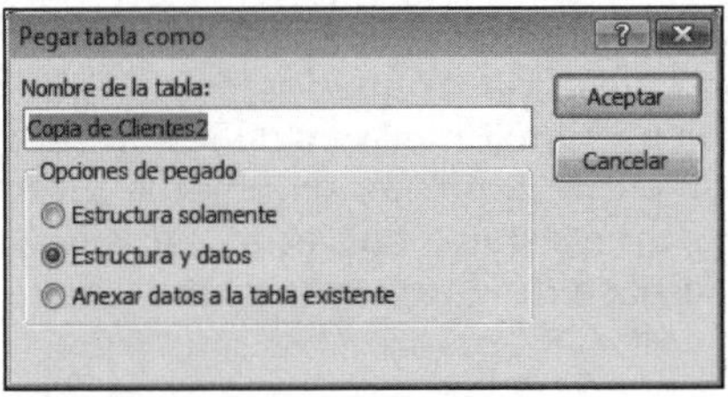

Figura 4.8. El cuadro de diálogo Pegar tabla como.

4.3. Eliminar tablas

En general, eliminar una tabla es un proceso sencillo, aunque se complica algo más si la tabla tiene relaciones con otras tablas de la base de datos. Por ejemplo, si queremos eliminar la tabla que acabamos de pegar en la base de datos en blanco, no tenemos más que seleccionar la tabla en el Panel de exploración y pulsar la tecla **Supr**. También podemos hacer clic con el botón derecho del ratón sobre su nombre y seleccionar el comando Eliminar en el menú contextual que entonces aparece. Una tercera opción es seleccionar la tabla y seguidamente utilizar el botón Eliminar existente en el grupo Registros de la ficha Inicio de la Cinta de opciones. Sea cual sea el método utilizado, Access mostrará un cuadro de confirmación en el que habrá que elegir **Sí** para eliminar la tabla.

Pero para eliminar la tabla original de la base de datos Hotel la cosa cambia. La tabla Clientes2 está relacionada con la tabla Provincias, de modo que si siguiésemos estos mismos pasos, y después eligiésemos Sí en el cuadro de confirmación de eliminación, a continuación, se abriría otro cuadro avisando de la existencia de relaciones (véase la figura 4.9).

Volviendo a hacer clic en Sí, Access eliminaría primero las relaciones y después la tabla, pero en nuestro caso haremos clic en No para estudiar las dependencias del objeto antes de eliminarlo.

Elija la opción No para estudiar primero las dependencias de la tabla Clientes2 de la base de datos Hotel. Conocer las dependencias de un objeto que pretendemos eliminar de la base de datos se hace más necesario cuanto mayor y más compleja es la base de datos, ya que podríamos eliminar un objeto que es necesario para otros objetos existentes en la base de datos.

Si esto ocurriese pasarían dos cosas, que tendríamos elementos que no funcionarían y deberían ser modificados o eliminados, y que tendríamos objetos inservibles en la base de datos que están ocupando espacio y que por lo tanto hacen la base de datos más grande de lo que podría ser.

Figura 4.9. Cuadro de advertencia avisando de la existencia de relaciones.

Ahora vamos a ver las dependencias de la tabla Clientes2. Seleccione la tabla en el Panel de exploración y, seguidamente, ejecute el comando Dependencias del objeto que se encuentra en el grupo Mostrar u ocultar de la ficha Herramientas de base de datos, en la Cinta de opciones. Se abrirá el panel Dependencias del objeto, con botones de opción para mostrar los objetos de los que depende la tabla o los objetos que dependen de la tabla (véase la figura 4.10).

En nuestro caso todavía no hemos creado consultas formularios ni informes, de modo que la única dependencia es la relación con la tabla Provincias.

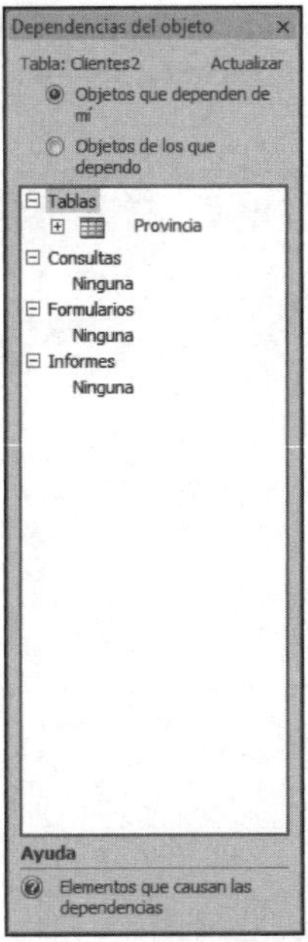

Figura 4.10. El panel Dependencias del objeto.

Nota: *Es posible que antes de abrir el cuadro de diálogo* **Dependencias del objeto,** *Access le indique que es necesario actualizar la información de dependencia. En este caso responda afirmativamente.*

Una vez comprobadas las dependencias, podemos eliminar la relación antes de borrar la tabla. Haga clic en el botón **Relaciones** en la pestaña **Herramientas de base de datos.** Se abrirá la ventana **Relaciones.** Esta ventana sólo muestra las relaciones de las tablas que agregamos al crear la base de datos.

Para ver las relaciones de las tablas que hemos creado posteriormente, abrimos el cuadro de diálogo **Mostrar tabla** haciendo clic en el botón **Mostrar tabla** existente en la pestaña **Diseño** de la Cinta de opciones. También podemos hacer clic con el botón derecho del ratón sobre cualquier zona vacía de la ventana **Relaciones** y ejecutar el comando **Mostrar tabla** que aparece en el menú contextual. Una vez tenemos abierto el cuadro de diálogo **Mostrar tabla** agregamos las tablas **Clientes2** y **Provincia.** Finalmente, cerramos el cuadro de diálogo. La ventana Relaciones ya contiene todas nuestras tablas (véase figura 4.11).

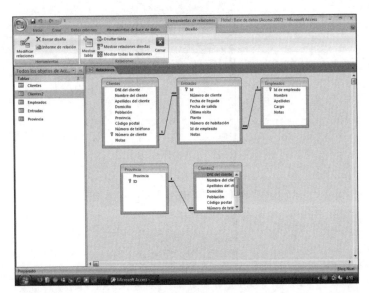

Figura 4.11. La ventana Relaciones con nuestras dos tablas copiadas.

Para eliminar la relación entre las tablas Clientes2 y Provincia, hacemos clic en la parte fina de la línea que une las dos tablas y pulsamos **Supr**. Access pide que confirmemos la eliminación de la relación. Una vez confirmada, la relación entre las dos tablas desaparece. Ya podemos eliminar la tabla Clientes2 sin dudas acerca de las dependencias de la tabla.

4.4. Copiar y cortar datos en una tabla

En Microsoft Access podemos utilizar las técnicas de Windows para copiar, cortar y pegar datos de un campo o de un registro en la misma tabla o en otra tabla. Todas estas operaciones se encuentran en el grupo Portapapeles de la ficha Inicio de la Cinta de opciones (véase la figura 4.12).

Figura 4.12. Comandos del grupo Portapapeles
de la ficha Inicio.

Los datos que se copian o cortan se guardan en el
Portapapeles de Office. Este portapapeles especial, que
acompaña a todas las aplicaciones de la suite Microsoft
Office, permite conservar hasta 24 elementos para pegar-
los a nuestra conveniencia. Por ejemplo, abra la tabla Provincia en la vista Hoja de datos y seleccione y copie algunos
registros.

A continuación, abra el Portapapeles de Office haciendo clic sobre el botón de despliegue del Portapapeles 🗔
(véase la figura 4.13).

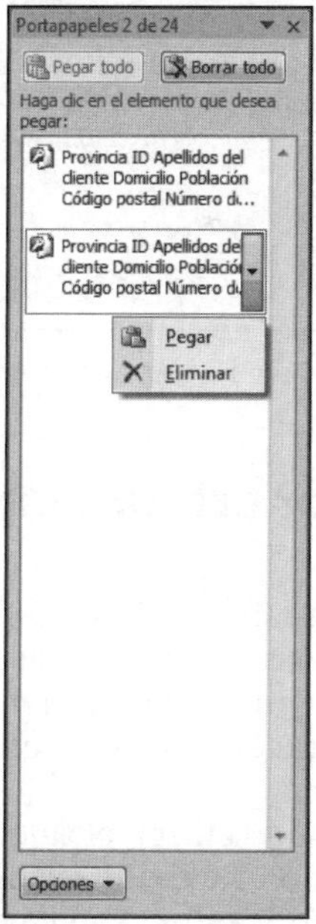

Figura 4.13. El Portapapeles de Access.

Todos los registros copiados aparecen en la barra de tareas **Portapapeles**.

Para pegar un registro, colocamos encima el cursor, hacemos clic en el triángulo de lista emergente y seleccionamos **Pegar**.

Ahora bien, a la hora de pegar los datos, hay que tener en cuenta cómo los hemos copiado. Si hemos copiado un registro completo, para pegarlo tendremos que hacerlo en todo el registro, no sólo en un campo. Para ello, seleccionamos el registro haciendo clic en el selector de registros y después elegimos **Pegar** en el Portapapeles o en la Cinta de opciones.

Otra opción es poner el cursor en el campo en blanco y elegir la opción **Pegar datos anexados** del menú desplegable que aparece al hacer clic sobre la pequeña flecha del botón **Pegar** (véase la figura 4.14). De esta forma los registros se añaden al final de la hoja de datos en lugar de reemplazar lo seleccionado.

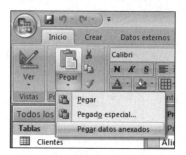

Figura 4.14. Pegar datos anexados.

4.5. El corrector ortográfico

Access incluye una herramienta de **Revisión** ortográfica que se encuentra en la ficha **Inicio**, en el grupo **Registros**. Para comprobar su funcionamiento, abra la tabla **Provincia** y modifique uno de los registros, por ejemplo cambie **Valencia** por **Vaencia**.

A continuación, haga clic en el selector de columna **Provincia** y clic en el botón **Revisión ortográfica**. Se abre el cuadro de diálogo **Ortografía**, señalando el error y dándonos la opción de corregirlo (véase la figura 4.15).

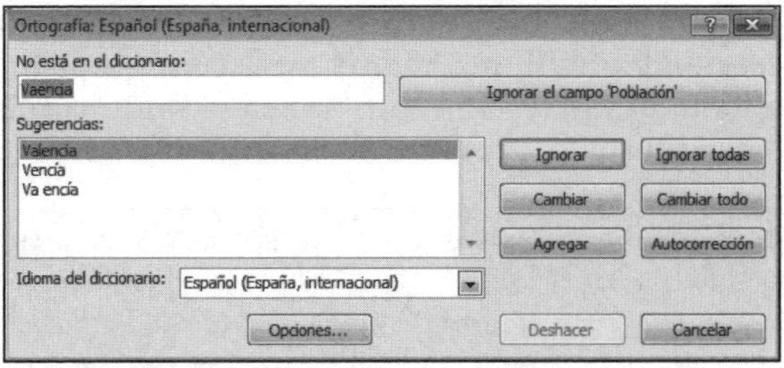

Figura 4.15. El cuadro de diálogo Ortografía.

Haciendo clic en **Cambiar** corregimos el error. Si en realidad no se trata de un error, hacemos clic en **Agregar** para añadir la palabra al diccionario personalizado, o en **Ignorar**, para que Access salte esa palabra y continúe haciendo la revisión ortográfica del resto de datos. Si hacemos clic en **Autocorrección**, la palabra será corregida automáticamente siempre que aparezca alguna sugerencia. Haciendo clic en **Opciones** se abre la sección **Revisión** del cuadro de diálogo **Opciones de Access** (véase la figura 4.16).

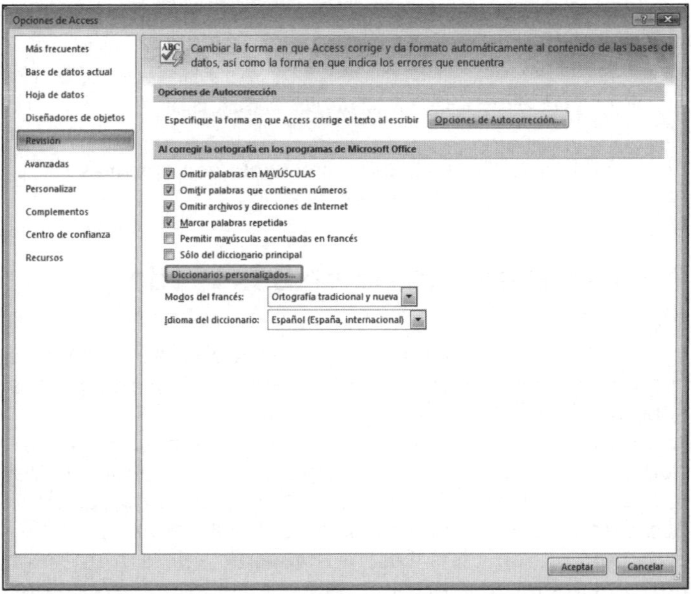

Figura 4.16. Opciones de la herramienta de corrección ortográfica de Access.

Aquí podremos designar a un diccionario personalizado, seleccionar un idioma, modificar la configuración de la herramienta de corrección ortográfica o modificar las opciones de autocorrección.

> **Nota:** *También es posible acceder a este cuadro de diálogo haciendo clic en el* **Botón de Office,** *haciendo clic a continuación sobre el botón* **Opciones de Access,** *y finalmente, seleccionando la opción* Revisión *en el listado de opciones situado en la parte izquierda del cuadro de diálogo.*

Por su parte, la autocorrección muestra una etiqueta inteligente 🔃 cuando se activa, para que podamos decidir si aceptar la corrección automática. Para comprobarlo, cambie Madrid por MAdrid.

Al salir del registro, se aplica la autocorrección y aparece la etiqueta inteligente que contiene las opciones de autocorrección (véase la figura 4.17).

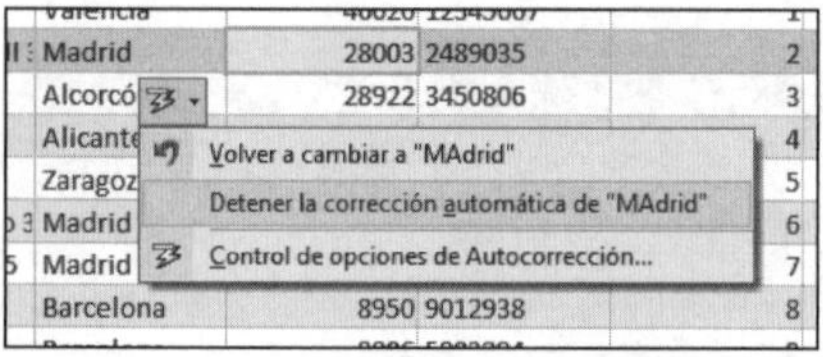

Figura 4.17. La etiqueta inteligente con opciones de autocorrección.

4.6. Crear un campo de búsqueda

A continuación, vamos a usar la tabla Provincia para comprobar cómo funciona el Asistente para búsquedas. Abra la vista Diseño de la tabla Provincia.

Si ya tiene abierta esta tabla en vista Hoja de datos, podrá pasar a vista Diseño haciendo clic en el botón **Ver** del grupo Vistas de la pestaña Inicio en la Cinta de opciones. Si todavía no ha abierto la tabla Provincia, puede abrirla directamente en vista Diseño haciendo clic con el botón derecho del ratón sobre su nombre en el **Panel de exploración** y seleccionando a continuación el comando **Vista Diseño** en el menú contextual que entonces aparece.

Una vez en vista Diseño, siga estos pasos:

1. Haga clic en la primera fila vacía bajo la columna **Nombre del campo** y escriba `Búsqueda` como nombre del nuevo campo (puede utilizar cualquier otro nombre ya que únicamente es un ejemplo).
2. Haga clic en la misma fila bajo la columna **Tipo de datos**, abra la lista emergente de tipos de datos y seleccione **Asistente para búsquedas**. Se abre el Asistente para búsquedas, en el que podemos elegir que se busquen valores en otra tabla o consulta, o que se utilicen los valores que escribamos nosotros.
3. Elija la primera opción, **Deseo que la columna de búsqueda busque los valores en una tabla o consulta**, y haga clic en **Siguiente**.
4. Ahora podemos elegir la tabla que se utilizará como origen de los datos que aparecerán en la columna de búsqueda (véase la figura 4.18). Seleccione la tabla **Clientes** y haga clic en **Siguiente**.

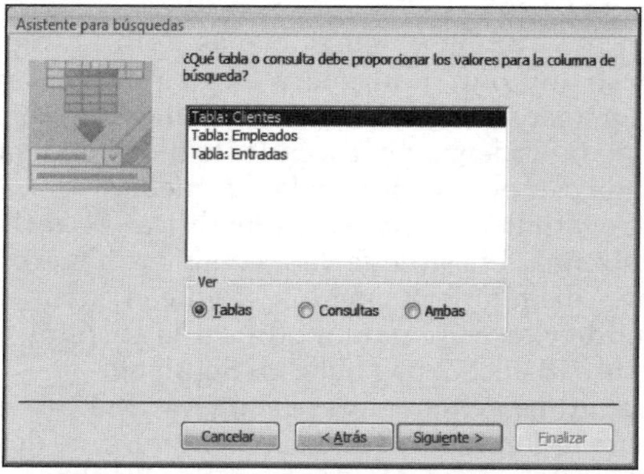

Figura 4.18. El Asistente para Búsquedas con las tablas que podemos utilizar como origen de datos.

5. En la siguiente ventana podemos elegir los campos de la tabla **Clientes** que queremos mostrar en el campo de búsqueda. En el cuadro de lista **Campos disponibles**, seleccione el campo **Número de cliente**, haga clic en [>] para pasar el campo a la lista **Campos seleccionados**, y finalmente haga clic en **Siguiente**. También es posible pasar campos de un cuadro de lista a otro haciendo doble clic sobre el nombre del campo.

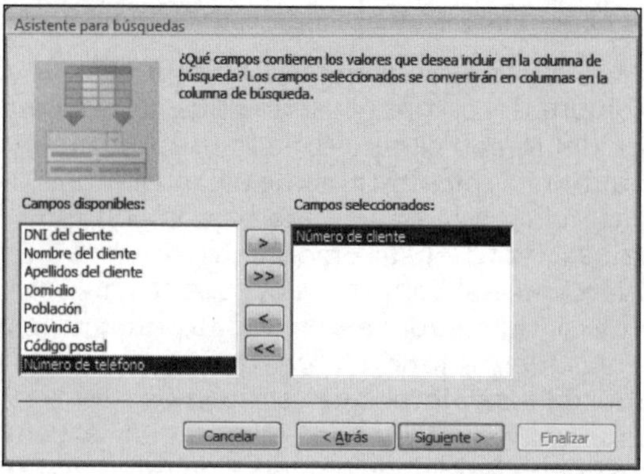

Figura 4.19. Elegir el campo o campos que contienen
los valores que queremos mostrar.

6. Ahora podemos elegir cómo se ordenan los campos.
   Nosotros únicamente hemos elegido un campo para
   la búsqueda y no necesitamos ordenarlo. Haga clic
   en **Siguiente**.
   En caso de haber elegido más de un campo en el
   paso anterior, aquí podrá elegir por qué campo se
   van a mostrar ordenados los elementos, así como el
   tipo de ordenación, ascendente o descendente, para
   cada campo incluido en la búsqueda.
7. A continuación podemos modificar el ancho de la
   columna. Puesto que va a contener números, podemos disminuir el ancho. Coloque el cursor sobre el
   borde y arrastre para modificar la anchura. Cuando
   esté satisfecho, haga clic en **Siguiente**.
8. La última ventana nos permite escribir una etiqueta
   para la columna. Escriba un nombre, si no desea usar
   el predeterminado, y haga clic en **Finalizar**.
9. Access nos informa de que debemos guardar la tabla
   para establecer la relación con la tabla Clientes. Haga
   clic en **Sí**.
10. Como hemos utilizado para la búsqueda un campo
    de tipo Autonumérico, Access ha asignado automá-
    ticamente el tipo de datos Número, que es compati-
    ble con Autonumérico. Para ver las propiedades de
    la búsqueda, haga clic en la ficha **Búsqueda** en la
    sección **Propiedades del campo**, teniendo por supues-
    to, seleccionado el nuevo campo **Búsqueda**. Para li-
    mitar los valores válidos a los que contiene la lista,

haga clic en el campo Limitar a la lista, abra la lista emergente y seleccione Sí.

> **Nota:** *Al cambiar la propiedad, aparece la etiqueta inteligente* 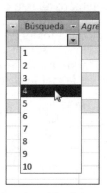*, que nos permite actualizar las propiedades o abrir la ayuda.*

11. Haga clic en el botón **Ver** de la pestaña Inicio en la Cinta de opciones para cambiar a la vista Hoja de datos y ver el aspecto del campo de búsqueda. Access nos informa de que debemos volver a guardar la tabla después del cambio de propiedad. Haga clic en **Sí**.

En la nueva columna Búsqueda hay ahora una lista emergente en la que podemos escoger los valores válidos (véase la figura 4.20).

Figura 4.20. La lista desplegable del nuevo campo Búsqueda.

Ahora ya puede eliminar la tabla Provincia, pues no vamos a utilizarla más. Recuerde que el Asiste para búsquedas creó una relación con la tabla Clientes que es preciso eliminar antes de eliminar la tabla Provincia.

4.7. Modificar los nombres de campo

Los nombres de campo que hemos utilizado no son muy adecuados, pues contienen espacios y eso puede dificultar su uso en consultas SQL y en Visual Basic. Parece mejor utilizar nombres con letras mixtas y emplear la propiedad

Título del campo para poner los espacios en el nombre que se muestra en las tablas, consultas e informes.

Los acentos y letras especiales de nuestro idioma, como la "ñ" es mejor no utilizarlos por el motivo que hemos expuesto anteriormente.

Para hacerlo, siga estos pasos:

1. Abra la tabla Clientes en la vista Diseño.
2. Haga clic dentro del campo DNI del cliente y conviértalo en DNI.
3. Haga clic en la propiedad Título, en la pestaña General, en la sección Propiedades del campo, y escriba DNI del cliente.
4. Haga clic dentro del campo Nombre del cliente y conviértalo en NombreCli.
5. En la propiedad Título, escriba Nombre del cliente.
6. Repita los pasos para convertir Apellidos del cliente, Código Postal, Número de teléfono y Número de cliente en ApellidosCli, Poblacion, CodPostal, Telefono e IdCliente, escribiendo los nombres originales en las propiedades Título respectivas.
7. Guarde y cierre la tabla Clientes.
8. Haga lo mismo en las tablas Empleados y Entradas, convirtiendo en la primera Id de empleado en IdEmpleado con el título Id de empleado, y en la segunda Número de cliente, Id de empleado, Fecha de llegada, Fecha de salida, Número de habitación y Última visita en IdCliente, IdEmpleado, FechaLlegada, FechaSalida, NumHab y UltVisita utilizando como títulos los nombres originales.

Con todos estos cambios el aspecto de las tablas sigue siendo el mismo, pero ahora hemos facilitado su uso.

4.8. Ocultar e inmovilizar columnas

Cuando una tabla es demasiado extensa para poder verla completa en pantalla cuando está abierta en vista Hoja de datos , o cuando únicamente queremos mostrar o trabajar con parte de los campos existentes en una tabla, podemos ocultar algunas columnas de la tabla vista en Hoja de datos.

Abra la tabla Clientes en vista Hoja de datos y siga estos pasos:

1. Para seleccionar una columna, coloque el cursor sobre el selector de campos (la celda superior que contiene el nombre del campo en la vista **Hoja de datos**) y haga clic. Para seleccionar varias columnas adyacentes, haga clic en el selector de la primera columna a seleccionar, pulse la tecla **Mayús** y, mientras la mantiene pulsada, haga clic en el selector de la última columna que desea seleccionar. Para este ejemplo, seleccione la columna **DNI del cliente**.

2. A continuación, haga clic con el botón derecho del ratón sobre el selector de campo, es decir, sobre **DNI del cliente**, y ejecute el comando **Ocultar columnas** del menú contextual que entonces aparece. La columna seleccionada desaparece de la vista, pero sigue en la base de datos, no se ha borrado.

3. Para volver a mostrar la columna que se ha ocultado, vuelva a hacer clic con el botón derecho del ratón sobre el selector de campo de cualquiera de los campos que están visibles en la Hoja de datos y ejecute el comando **Mostrar columnas**. Se abre el cuadro de diálogo **Mostrar columnas** (véase la figura 4.21).

Figura 4.21. El cuadro de diálogo Mostrar columnas.

4. En este cuadro de diálogo puede activar las casillas de verificación de las columnas que desea mostrar y desactivar las de las columnas que quiere que queden ocultas. En este caso, active todas las casillas y haga clic en **Cerrar**. La columna que habíamos ocultado vuelve a estar visible.

Ahora vamos a ver cómo inmovilizar una o más columnas de la vista Hoja de datos. Esta posibilidad es de utilidad si estamos trabajando con una tabla con bastantes campos, de forma que, en vista Hoja de datos, no vemos todos los campos de la tabla y debemos desplazarnos hacia la derecha para ver la información de los últimos campos. Las columnas inmovilizadas no desaparecen de la vista cuando utilizamos la barra de desplazamiento de la vista Hoja de datos para ver otros campos, quedando fijas en la parte izquierda de la pantalla. El proceso es el siguiente:

1. Seleccionamos las columnas que queremos inmovilizar igual que en el caso anterior (haciendo clic sobre su selector de campo y utilizando la tecla **Mayús** si queremos seleccionar más de una columna), seguidamente hacemos clic con el botón derecho sobre su selector de campo y ejecutamos el comando Inmovilizar columnas del menú contextual que entonces aparece. Las columnas seleccionadas permanecerán fijas cuando desplacemos la vista.

> **Nota:** *Las columnas inmovilizadas se colocarán en la parte izquierda de la ventana, independientemente de si su posición era o no esa antes de ser inmovilizadas.*

2. Para deshacer la inmovilidad de las columnas, volvemos a hacer clic con el botón derecho del ratón sobre el selector de campo de cualquier columna y ejecutamos el comando Liberar todas las columnas. Las columnas que habían estado inmovilizadas se quedarán en la parte izquierda de la Hoja de datos. Puede mover las columnas haciendo clic sobre su selector de campo y arrastrando a derecha o izquierda la columna seleccionada hasta llegar a la posición deseada.

4.9. Convertir en campos de búsqueda los campos de tablas existentes

Ya hemos estudiado los campos de búsquedas y podemos decidir utilizarlos en la tabla Entradas, pues hemos visto que va a contener valores ya existentes en las tablas Empleados y Clientes.

Para modificar los tipos de datos, primero tenemos que eliminar las relaciones existentes entre las tablas. Después será Access el que establezca las relaciones. Abra la ventana **Relaciones** y elimine las dos relaciones que hemos creado entre las tablas.

> **Advertencia:** *Modificar el tipo de datos de un campo que ya contiene datos puede crear un conflicto y provocar la pérdida de datos si no se hace con propiedad.*

A continuación, siga estos pasos:

1. Abra la vista **Diseño** de la tabla **Entradas**.
2. Haga clic en la columna **Tipo de datos** de la fila **IdCliente**.
3. Abra la lista emergente y seleccione el Asistente para búsquedas.
4. En el primer cuadro de diálogo del Asistente, seleccione la primera opción, **Deseo que la columna de búsqueda busque los valores en una tabla o consulta**, y haga clic en **Siguiente**.
5. En el segundo cuadro de diálogo del Asistente, seleccione la tabla **Clientes** y haga clic en **Siguiente**.
6. A continuación, seleccione el campo **IdCliente** en la lista de **Campos disponibles** y haga clic en ⧁ para pasarlo a la lista **Campos seleccionados**. Haga clic en **Siguiente**.
7. No necesitamos ordenar los datos ni modificar el ancho de la columna, de modo que haga clic en **Siguiente** en las dos ventanas que se abren a continuación.
8. Puede dejar la etiqueta predeterminada, que será **IdCliente**, y hacer clic en **Finalizar**.
9. Access nos pide guardar la tabla para crear las relaciones. Haga clic en **Sí**.
10. A continuación, haga clic en la ficha **Búsqueda** en la sección **Propiedades del campo** en la parte inferior de la pantalla. Para limitar los valores válidos a los que contiene la lista, haga clic en el campo **Limitar a la lista**, abra la lista emergente y seleccione **Sí**.
11. Repita los mismos pasos pero en el campo **IdEmpleado** de la tabla **Empleados**.
12. Guarde la tabla y cambie a la vista **Hoja de datos**.

El aspecto de la tabla no ha cambiado, pero ahora únicamente nos permite introducir los valores de las listas emergentes en los campos **Número de cliente** e **Id de empleado** (véase la figura 4.22).

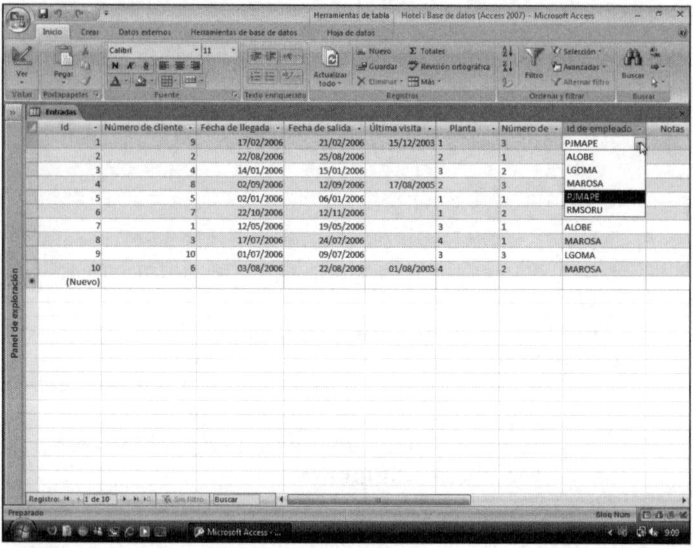

Figura 4.22. La lista con los valores válidos para el campo Id de empleado.

Lo que sí ha cambiado son las relaciones entre las tablas, pues tal como las ha establecido Access no se requiere la integridad referencial. Para establecerla, siga estos pasos:

1. Cierre la tabla y abra la ventana **Relaciones** ejecutando el comando **Relaciones** que se encuentra en el grupo **Mostrar u ocultar** de la ficha **Herramientas de base de datos** en la Cinta de opciones.
2. Haga clic con el botón derecho del ratón sobre la parte fina de la línea que relaciona las tablas **Clientes** y **Entradas** y seleccione **Modificar relación** en el menú contextual.
Se abrirá el cuadro de diálogo **Modificar relaciones**.
3. Active la casilla de verificación **Exigir integridad referencial** y haga clic en **Aceptar**.
4. Repita los pasos con la relación entre las tablas **Entradas** y **Empleados**.
5. Guarde las relaciones y cierre la ventana.

4.10. Modificar la estructura de la base de datos Hotel

En la base de datos que hemos creado, podemos decidir que faltan algunos campos que podrían resultar de interés, como por ejemplo, por motivos estadísticos, la edad del cliente y el sexo en la tabla Clientes; campos con la fotografía del empleado y la fecha de contratación en la tabla Empleados; y el coste diario de la habitación y el motivo de la visita en la tabla Entradas. Empezaremos por la tabla Clientes. Siga estos pasos:

1. Abra la tabla Clientes en la vista Diseño.
2. Sitúe el cursor en el campo Domicilio y haga clic en el botón **Insertar filas** ⊟= existente en la ficha Diseño de la Cinta de opciones.
3. Escriba como nombre del campo FechaNacimiento y pulse la tecla **Tab**.
4. Abra la lista emergente Tipo de datos y seleccione Fecha/Hora.
5. En la sección Propiedades del campo, escriba Fecha de nacimiento en el campo Título.
6. Vuelva a hacer clic en el campo Domicilio y vuelva a ejecutar el comando Insertar filas.
7. En la columna Nombre del campo de la nueva fila, escriba Sexo y pulse **Tab**.
8. Abra la lista emergente Tipo de datos y elija Sí/No.
9. Escriba Sexo del cliente en el campo Título, en la sección Propiedades del campo.
10. Guarde y cierre la tabla.

A continuación, abra la tabla Empleados en la vista Diseño y siga estos pasos:

1. Inserte dos filas encima del campo Notas poniendo el cursor sobre el campo y haciendo clic dos veces en el botón Insertar filas ⊟=.
2. En el primer campo, escriba FechaContratacion como nombre del campo y seleccione el tipo de datos Fecha/Hora.
3. Escriba como Título del campo Fecha de contratación.
4. Pase al segundo campo y escriba Fotografía como nombre del campo.

5. Seleccione el tipo de datos **Objeto OLE**. La vista **Diseño** será como la mostrada en la figura 4.23.
6. Guarde y cierre la tabla.

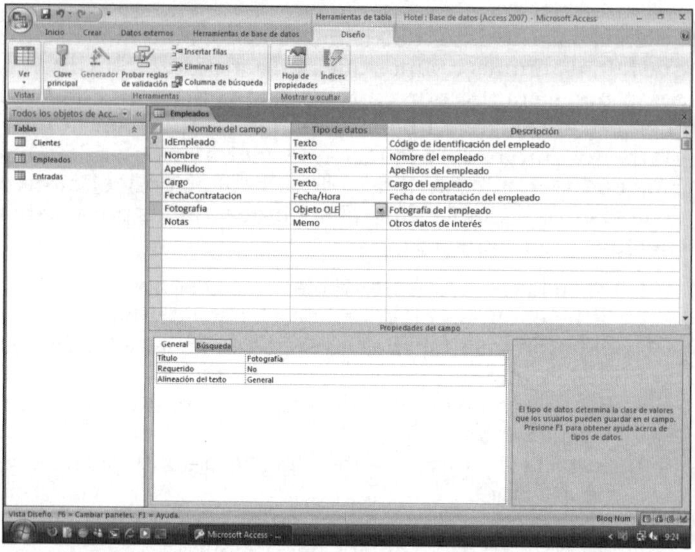

Figura 4.23. La vista Diseño con las modificaciones que hemos hecho a la estructura de la tabla Empleados.

Por último, abra la tabla **Entradas** en la vista **Diseño** y siga estos pasos:

1. Inserte dos filas encima del campo **IdEmpleado**.
2. Haga clic en la columna **Nombre del campo** de la primera fila, escriba `Motivo` y pulse **Tab**.
3. Deje el tipo de datos Texto predeterminado y escriba `Motivo de la visita` en el campo **Título**, en la sección **Propiedades del campo**.
4. Haga clic en la columna **Nombre del campo** de la segunda fila vacía, escriba `Coste` y pulse **Tab**.
5. Seleccione el tipo de datos **Moneda** en la lista emergente.
6. Escriba `Coste de la habitación` en el campo **Título**, en la sección **Propiedades del campo**.
7. Haga clic en el campo **Formato** en la ficha **General** de la sección **Propiedades del campo**, abra la lista emergente y seleccione el formato Euro.
8. Finalmente, guarde y cierre la tabla.

4.10.1. Rellenar los nuevos campos

En la tabla Clientes, tenemos que rellenar los valores de los campos Fecha de nacimiento y Sexo del cliente, utilizando para este último el valor Sí (una marca en la casilla de verificación del campo), para los clientes femeninos, y el valor No (la casilla de verificación sin marca), para los masculinos. Abra la vista Hoja de datos de la tabla Clientes e introduzca estos valores, teniendo en cuenta que únicamente incluimos el nombre del cliente en la tabla como referencia para la inserción de los datos.

Tabla 4.1. Valores de los nuevos campos de la tabla Clientes.

Nombre del cliente	Fecha de nacimiento	Sexo del cliente
Paz	20/05/1960	Sí
Gaspar	30/01/1949	No
Mariano	01/12/1980	No
Carolina	03/03/1975	Sí
Carmen	15/08/1971	Sí
Manuel	22/02/1978	No
Ignacio	18/07/1969	No
María	26/09/1940	Sí
Fernando	24/11/1968	No
Irene	30/01/1977	Sí

En la tabla Empleados vamos a rellenar el campo Fecha de contratación, y utilizaremos como fotografías algunas imágenes descargaremos de la Galería de imágenes de Microsoft Office Online. Las fechas utilizadas como ejemplo son:

Tabla 4.2. Valores de los nuevos campos de la tabla Empleados.

Código de empleado	Fecha de contratación
ALOBE	20/03/2000
LGOMA	22/03/2000
MAROSA	15/05/1997
PJMAPE	01/01/1998
RMSORU	08/08/2001

A continuación vamos a incluir las imágenes de nuestros empleados. Como es un ejemplo, vamos a descargar una imagen de la colección que Microsoft pone a nuestra disposición en la Galería de imágenes de Office Online y la utilizaremos como fotografía de uno de nuestros empleados. Para descarga las imágenes de la Galería de imágenes de Office Online el proceso es el siguiente:

1. En la página principal de la Galería de imágenes de Office Online (http://office.microsoft.com/es-es/clipart/default.aspx), mostrada en la figura 4.24, escriba gente en el cuadro de texto de la sección **Buscar** y seguidamente haga clic sobre la flecha desplegable del botón **Buscar**. Se abrirá un listado de opciones. Haga clic sobre la opción **Fotografías**.

Figura 4.24. Página principal de la Galería de imágenes de Office Online.

2. Aparecerán las imágenes resultantes de la búsqueda. Seleccione una imagen que crea conveniente para nuestro ejemplo activando la casilla de verificación situada bajo la imagen, junto al icono de una lupa. Office Online nos indica que tenemos un elemento seleccionado en la **Cesta de selección**, en la parte izquierda de la ventana.

3. Seguidamente, haga clic sobre la opción Descargar 1 elemento situada sobre la primera línea de imágenes. Se abre la página Descargar, donde podemos ver información del elemento que vamos a descargar.

4. Haga clic sobre el botón **Descargar ahora**. Si es la primera vez que utiliza este servicio de Office Online, antes de iniciar la descarga se instalará un control ActiveX de forma automática, y tras unos segundos, aparecerá un mensaje preguntándole si desea abrir el archivo ClipArt.mpf. Haga clic sobre el botón **Abrir**. Se iniciará la descarga del archivo.

5. Una vez finalizada la descarga del archivo, se abre la Galería multimedia de Microsoft, mostrando la imagen descargada. Es la que utilizaremos como ejemplo para uno de nuestros empleados. Para ver el lugar exacto de nuestro disco duro donde está ubicada la imagen, haga clic con el botón derecho sobre la imagen y seleccione la opción Vista previa o propiedades. En la parte inferior del cuadro de diálogo, en la sección **Rutas de acceso**, se indica la ubicación del archivo descargado.

Para insertar la fotografía que hemos descargado, haga clic con el botón derecho del ratón sobre el campo Fotografía de un empleado y seleccione Insertar objeto en el menú contextual. En el cuadro de diálogo que se abre, deje seleccionada la opción Crear nuevo y elija el tipo de objeto Imagen de mapa de bits (véase la figura 4.25). Haga clic sobre el botón **Aceptar**. Se abre el visor de imágenes de mapa de bits con un archivo en blanco. Seleccione Edición>Pegar desde para abrir una ventana de selección de archivos con la que navegar hasta la carpeta donde se encuentra la imagen que hemos descargado de la Galería de imágenes de Office Online.

> **Nota:** *El visor en nuestro caso es el programa Paint, que acompaña a Windows. Es posible que en su caso se utilice otro visor y tenga que copiar los archivos de mapa de bits utilizando los comandos del programa correspondiente.*

En el cuadro de diálogo Pegar desde, seleccione el archivo descargado y haga clic sobre el botón **Abrir**. La fotografía se pegará en el archivo en blanco. Seguidamente, haga clic sobre Archivo>Actualizar Empleados, y finalmente, haga clic sobre Archivo>Salir y volver a Empleados.

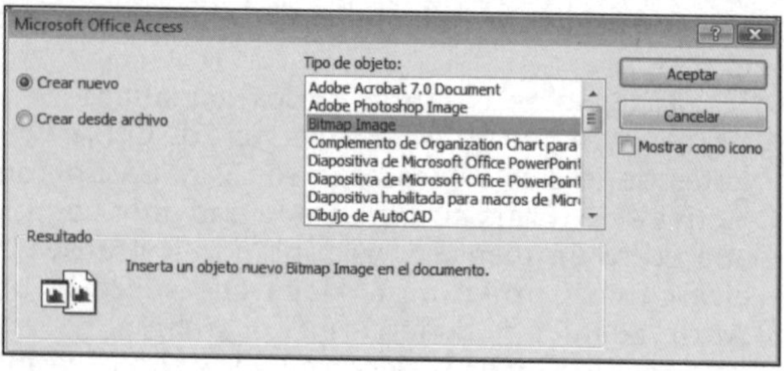

Figura 4.25. Cuadro de diálogo para insertar un objeto OLE.

La imagen ya estará añadida a la tabla **Empleados** y podrá abrirla en el visor de imágenes mapa de bits haciendo doble clic sobre su celda en el campo Fotografía de la tabla Empleados. Puede repetir el mismo proceso para añadir fotografías al resto de empleados si lo desea.

En cuanto a la tabla Entradas, los valores que utilizamos son:

Tabla 4.3. Valores de los nuevos campos de la tabla Entradas.

Id	Motivo de la visita	Coste de la habitación
1	Congreso	25,00 €
2	Vacaciones	40,00 €
3	Congreso	33,00 €
4	Vacaciones	35,00 €
5	Vacaciones	30,00 €
6	Vacaciones	30,00 €
7	Congreso	25,00 €
8	Congreso	25,00 €
9	Vacaciones	31,00 €
10	Vacaciones	40,00 €

Con esto terminamos las modificaciones de la tabla Hotel. En el próximo capítulo comenzaremos a estudiar las consultas.

Consultas

Las consultas son objetos de base de datos de Access que nos permiten obtener los datos de una o más tablas que cumplan unos determinados criterios especificados por nosotros. Son muy útiles porque nos presentan en un único sitio datos que, en realidad, están almacenados en varias tablas, y nos permiten trabajar con ellos igual que si estuviésemos trabajando con datos de una única tabla. Además, los datos que nos presentan son solamente aquellos que nosotros elegimos, ya que la consulta únicamente mostrará los datos que cumplan las condiciones que nosotros hemos impuesto. Y el formato de presentación ya nos es familiar, pues producen un resultado idéntico a la vista Hoja de datos de las tablas.

Existen distintos tipos de consulta, ya que algunas consultas nos presentan los datos que cumplen unos criterios, pero otras también pueden realizar acciones sobre esos datos de forma automática. A continuación vamos a aprender cómo utilizar este objeto de base de datos.

5.1. Abrir consultas

Abrir una consulta existente no se diferencia de abrir una tabla existente. Lo primero es abrir la base de datos en cuestión y seleccionar la sección Consultas en el Panel de exploración. Para ver un ejemplo, abra la base de datos Northwind y seleccione la sección Consultas. Los distintos tipos de consultas se indican con iconos al lado del nombre de la consulta en la lista. Haga doble clic sobre la consulta Análisis de ventas de la base de datos Northwind. La consulta se abrirá en vista Hoja de datos, siendo el resultado idéntico al de la hoja de datos de una tabla. Ahora haga clic sobre el botón **Ver** de la ficha Inicio de la Cinta de opciones. Se abrirá la vista Diseño de la consulta, la cual se parece más a la ventana Relaciones que a la vista Diseño de una tabla (véase figura 5.1). Más adelante veremos cómo utilizar esta vista de la consulta. Puede cerrar la consulta siguiendo el mismo procedimiento que para cerrar una tabla, haciendo clic sobre su botón **Cerrar** ⊠.

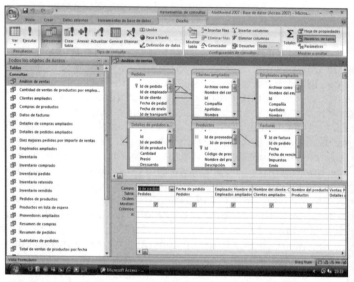

Figura 5.1. La vista Diseño de la consulta Análisis de ventas.

5.2. Tipos de consultas

Los tipos de consultas son:

- **Consultas de selección:** Estas consultas, las más habituales, obtienen los datos de una o más tablas y muestran los resultados en una hoja de datos en la que podemos actualizar los registros (con algunas restricciones). También se usan las consultas de selección para agrupar los registros y calcular sumas, cuentas, promedios y otros tipos de totales.

- **Consultas de acción:** Las consultas de acción realizan cambios en los registros con una sola operación. Hay cuatro tipos de consultas de acción:

> **Advertencia:** *Los cambios que realizan las consultas de acción no se pueden deshacer y pueden provocar pérdida de datos. Es aconsejable que se realice una copia de seguridad de los datos antes de ejecutar una consulta de acción.*

  - **Consulta de eliminación:** Elimina un grupo de registros de una o más tablas. Con las consultas de eliminación, siempre se eliminan registros enteros, no simplemente los campos seleccionados dentro de los registros.
  - **Consulta de actualización:** Realiza cambios globales en un grupo de registros de una o más tablas. Con una consulta de actualización modificamos los datos de las tablas existentes.
  - **Consulta de datos anexados:** Agrega un grupo de registros de una o más tablas al final de una o más tablas.
  - **Consulta de creación de tabla:** Crea una tabla nueva a partir de la totalidad o una parte de los datos de una o más tablas. Las consultas de creación de tabla son útiles para crear una tabla que se desee exportar a otra base de datos de Microsoft Access o una tabla histórica que contenga registros antiguos.

- **Consultas de tablas de referencias cruzadas:** Las consultas de referencias cruzadas se utilizan para calcular y reestructurar datos, de manera que su análisis sea más sencillo. Las consultas de referencias cruzadas calculan una suma, una media, un recuento u otro tipo de totales de datos, y se agrupan en dos tipos de información: uno hacia abajo, en el lado izquierdo de la hoja de datos, y otro a lo largo de la parte superior.
- **Consultas de parámetros:** Una consulta de parámetros es una consulta que, cuando se ejecuta, muestra un cuadro de diálogo propio que solicita información, como por ejemplo, criterios para recuperar registros o un valor que se desea insertar en un campo. Las consultas de parámetros también son útiles cuan-

do se emplean como base para formularios, informes y páginas de acceso a datos. Por ejemplo, podemos crear un informe de ingresos mensuales basado en una consulta de parámetros. Al imprimir el informe, Access muestra un cuadro de diálogo que solicita el mes para el que se desea obtener el informe. Cuando se especifica un mes, Access imprime el informe correspondiente.

- **Consultas SQL:** Una consulta SQL es una consulta creada con instrucciones SQL, el Lenguaje de consulta estructurado, para consultar, actualizar y administrar bases de datos relacionales. Cuando se crea una consulta en la vista Diseño, Access construye en segundo plano las instrucciones SQL equivalentes. Las consultas SQL específicas son:

  - **Consulta de unión:** Una consulta de unión combina campos de dos o más tablas o consultas en un solo campo. Para crear una consulta de unión, seleccionamos la sección Consultas en el Panel de exploración, hacemos clic sobre la ficha Crear de la Cinta de opciones, y a continuación, hacemos clic sobre el botón **Diseño de consulta** del grupo Otros. Aparecerá el cuadro de diálogo Mostrar tabla. Lo cerramos sin agregar ninguna tabla, y a continuación ejecutamos el comando Unión del grupo Tipo de consulta de la ficha Diseño, en la Cinta de opciones. Finalmente escribimos las sentencias SQL en la ventana de consulta. Puede ver un ejemplo de consulta de unión en la base de datos Northwind. Haga clic con el botón derecho del ratón sobre la consulta Transacciones de productos en el Panel de exploración y seguidamente seleccione la opción Vista Diseño del menú contextual que entonces aparece. Se abre la vista SQL de la consulta con las sentencias utilizadas (véase la figura 5.2), pues es la única vista Diseño disponible para las consultas SQL.

  - **Consulta paso a través:** Este tipo de consulta se utiliza para crear, eliminar o modificar tablas enviando comandos directamente a las bases de datos ODBC.

  - **Consulta de definición de datos:** Este tipo de consulta crea, elimina o modifica tablas, o crea índices en una tabla de base de datos.

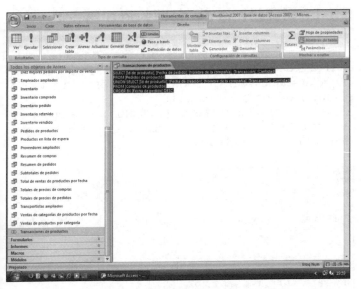

Figura 5.2. La vista SQL de la consulta Transacciones de productos.

Por ejemplo, la siguiente consulta de definición de datos utiliza la instrucción CREATE TABLE para crear una tabla denominada Clientes. La instrucción incluye el nombre y el tipo de datos de cada campo de la tabla, y asigna al campo IdCliente un índice que lo identifica como clave principal.

```
CREATE TABLE Clientes
([IdCliente] entero,
[Apellidos] texto,
[Nombre] texto,
[Llegada] fecha,
[Teléfono] texto,
[Notas] memo,
CONSTRAINT [Índice1] PRIMARY KEY ([IdCliente]));
```

- **Subconsulta:** Una subconsulta es una instrucción SQL SELECT dentro de otra consulta de selección o de acción. Podemos introducir estas instrucciones en la fila Campo de la cuadrícula de Diseño de la consulta para definir un campo nuevo, o bien en la fila Criterios para definir los criterios de un campo.

5.3. La vista Hoja de datos de una consulta

Para abrir una consulta en la vista Hoja de datos, como en el caso de las tablas, hacemos doble clic sobre la consulta que deseamos abrir en el Panel de exploración. La vista es muy similar a la de una tabla.

Abra la consulta Ventas de productos por categoría en la vista Hoja de datos. En la figura 5.3 mostramos la apariencia de la vista Hoja de datos.

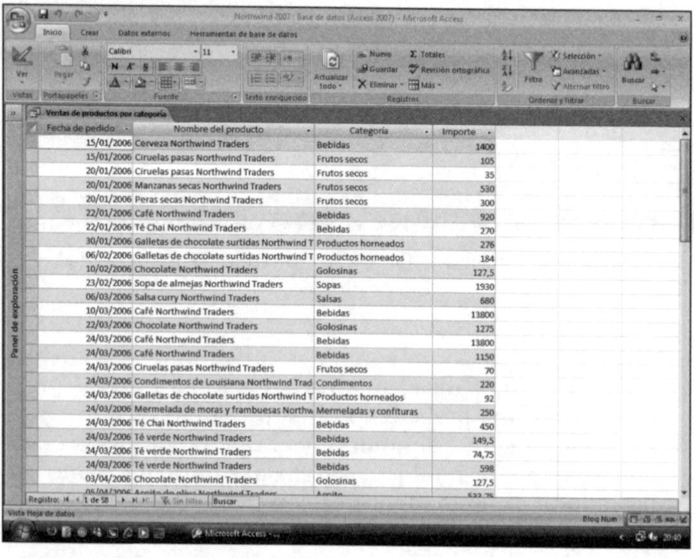

Figura 5.3. La vista Hoja de datos de la consulta Ventas de productos por categoría.

Igual que en las tablas, la hoja de datos tiene filas y columnas, las primeras representando los registros que devuelve la consulta, y las segundas representando los campos de la consulta. Pero la utilidad de las consultas puede verla en la columna Importe, que no es un campo que ya esté en la base de datos, sino que contiene el importe de las ventas de cada producto, es decir, la cantidad de unidades vendidas del producto multiplicado por lo que cuesta cada unidad. Ésa es la ventaja de las consultas: podemos seleccionar registros determinados y realizar operaciones con los datos de esos registros.

5.4. La vista Diseño de una consulta

Las consultas, como las tablas, también tienen una vista Diseño. En esta vista podemos ver cómo está definida la consulta y también las propiedades de las columnas que devuelve la consulta.

En realidad, las consultas tienen dos vistas de diseño: la cuadrícula de diseño, que aparece como Vista Diseño en los menús y en la Cinta de opciones, y la Vista SQL que aparece en la Cinta de opciones, en el menú desplegable del botón Ver. SQL es el acrónimo en inglés de "Lenguaje de consulta estructurado", el lenguaje de programación que se utiliza para definir una consulta. Como otros lenguajes informáticos, el SQL tiene un formato y unas palabras clave específicas. La vista Diseño es, en realidad, una forma gráfica de presentar el código SQL que subyace a las consultas en Access. Que las dos vistas de diseño estén disponibles para una consulta depende de qué hace la consulta y cómo está definida. Por ejemplo, una consulta de unión únicamente tiene la vista SQL para el diseño, porque en realidad es una combinación de dos o más declaraciones SQL Select.

Para abrir la vista Diseño de una consulta, abra el Panel de exploración y haga clic en la sección Consultas.

A continuación, haga clic con el botón derecho en la consulta que desea abrir y elija Vista Diseño en el menú contextual.

Si la consulta está abierta en vista Hoja de datos, puede pasar a vista Diseño o a vista SQL utilizando el botón Ver de la Cinta de opciones, o mediante los botones Vista Diseño y Vista SQL existentes en la barra de estado, en la parte inferior derecha de la ventana.

5.4.1. La cuadrícula de diseño y la lista de campos

La cuadrícula de diseño es la que aparece en la vista Diseño en la mayoría de las consultas, siempre que la única vista de diseño disponible no sea la vista SQL. En la figura 5.4 mostramos la cuadrícula de diseño de la consulta Ventas de productos por categoría.

La parte superior de la vista Diseño recibe el nombre de panel de tablas, ya que es donde se incluyen las tablas y consultas implicadas en la consulta actual.

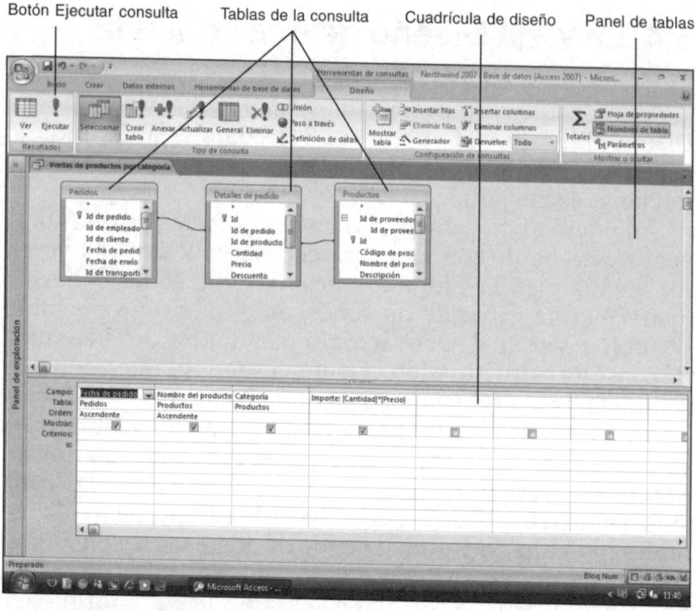

Figura 5.4. La cuadrícula de diseño de la consulta
Ventas de productos por categoría.

La cuadrícula en la parte de abajo de la ventana es la cuadrícula de diseño. Aquí es donde seleccionamos los campos que debe devolver la consulta, establecemos el orden de clasificación y especificamos los criterios que se utilizarán para determinar qué registros hay que devolver.

5.4.2. La vista SQL

Utilizar la vista SQL es una forma avanzada de examinar la consulta. Esta vista proporciona el código SQL real que se ejecutará al aplicar la consulta.

Para abrir la vista SQL, abra el menú desplegable del botón **Ver**, el que se encuentra más a la izquierda en la Cinta de opciones, y seleccione Vista SQL (véase la figura 5.5) o haga clic sobre el botón **Vista SQL** en la barra de estado, en la parte inferior derecha de la ventana. En la figura 5.6 mostramos la vista SQL de la consulta Ventas de productos por categoría.

La información que proporciona esta vista es exactamente lo que está representado en la cuadrícula de diseño, pero en el lenguaje que utiliza Access para ejecutar la consulta.

Figura 5.5. Menú del botón Ver.

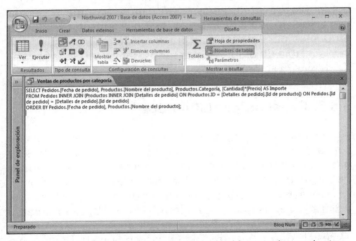

Figura 5.6. La vista SQL de la consulta Ventas de productos por categoría.

5.5. Estructura básica de las consultas

Ahora vamos a ver cómo se construye una consulta. Nos centraremos en la cuadrícula de diseño para estudiar los campos, cómo se especifica la ordenación, cómo se determina el criterio para los registros y cómo se ven las propiedades de la consulta y sus campos. Seguiremos utilizando la consulta de selección **Ventas de productos por categoría** de la base de datos Northwind.

5.5.1. Campos

Cada consulta de selección devuelve al menos un campo. Los campos que aparecen en la cuadrícula en la parte inferior de la vista **Diseño** son los campos que se verán cuando la consulta sea ejecutada o que se utilizarán en los ajustes de ordenación o en los criterios de la consulta.

Las consultas de acción, que pueden modificar registros al ejecutarse y que se utilizan para actualizar, insertar y eliminar registros, o para rellenar una nueva tabla utilizando los datos de tablas existentes, no devuelven campos, pero sus campos aparecen en la vista **Diseño**.

En la cuadrícula de diseño, la casilla de verificación de la fila **Mostrar** determina si un campo se muestra en la vista **Hoja de datos** de la consulta. En la consulta **Ventas de productos por categoría** se muestran todos los campos en la vista **Hoja de datos** ya que todos tienen activada la casilla de verificación **Mostrar**.

5.5.2. Ordenar los resultados

Digamos que queremos presentar los resultados de una consulta en un orden determinado. La consulta **Ventas de productos por categoría** está ordenada según los campos **Fecha de pedido** y **NombreProducto**. De esta forma, primero se ordenará la lista de registros por la fecha del pedido, y para aquellos que tengan la misma fecha, se ordenarán por el nombre de producto, ambos de forma ascendente. Access proporciona una fila **Orden** en la vista **Diseño** que utilizamos para especificar el orden de una consulta. La información de la fila **Orden** determina el orden en que aparecen los registros en la hoja de datos o en cualquier informe o formulario que utilice la consulta como origen de datos.

Podemos establecer el orden en **Ascendente** (de la A a la Z, por ejemplo), **Descendente** (de la Z a la A) o **Sin ordenar**. También podemos utilizar el orden de clasificación sobre datos numéricos devueltos por la consulta. Si un campo Número se clasifica en orden ascendente, los valores más pequeños aparecen los primeros. En orden descendente, son los números más grandes los primeros en aparecer.

5.5.3. Totales

Con Microsoft Access podemos utilizar una consulta para calcular totales. En la consulta Ventas de productos por categorías no aparece la fila Totales en la cuadrícula de diseño. En otra consulta de la base de datos Northwind llamada Ventas de categorías de productos por fecha, la fila Total sí aparece en la cuadrícula de diseño directamente. Normalmente hay que activar la opción Totales para que aparezca esta fila en la cuadrícula de diseño. Para ello simplemente hay que hacer clic sobre el botón **Totales** de la ficha Diseño en la Cinta de opciones.

También se puede hacer clic con el botón derecho del ratón sobre cualquier zona de la cuadrícula de diseño y seleccionar la opción Totales en el menú contextual que entonces aparece.

Una vez que tenemos visible la fila Total, al hacer clic en esta fila de un campo de la consulta, aparece el triángulo que indica la presencia de una lista emergente. Abriendo la lista emergente vemos las distintas opciones para calcular totales. Las opciones son:

- **Agrupar por:** Define los grupos para los que se realizan los cálculos.
- **Suma:** Calcula la suma de los valores numéricos contenidos en el campo en todos los registros.
- **Promedio:** Calcula el promedio de los valores de un campo.
- **Mín:** Halla el valor mínimo entre los valores numéricos contenidos en el campo en todos los registros.
- **Máx:** Halla el valor máximo entre los valores numéricos contenidos en el campo en todos los registros.
- **Cuenta:** Cuenta el número de registros de la tabla que no tienen en blanco ese campo.
- **DesvEst:** Calcula la desviación típica de los valores numéricos contenidos en el campo en todos los registros.
- **Var:** Calcula la varianza de los valores numéricos contenidos en el campo en todos los registros.

- **Primero:** Devuelve el valor que contiene el primer registro en el campo.
- **Último:** Devuelve el valor que contiene el último registro en el campo.
- **Expresión:** Crea un campo calculado que incluye una función agregada en su expresión.
- **Dónde:** Especifica un campo que no está siendo utilizado para definir los grupos.

Figura 5.7. Las distintas opciones de la fila Total.

5.5.4. Criterios de la consulta

Cada campo que aparece en la cuadrícula de diseño puede utilizarse para determinar qué registros devuelve la consulta. Cuando se ejecuta la consulta, o se utiliza en un formulario o informe, la consulta devuelve únicamente los registros con datos que coincidan con el criterio especificado. Por ejemplo, en la consulta Inventario comprado, la columna Tipo de transacción especifica que la consulta debe mostrar únicamente los productos de la tabla Transacciones de inventario que sean del tipo 1, es decir, del tipo Comprado.

Para cada campo, podemos especificar otros criterios utilizando las filas por debajo de la primera fila Criterios, marcados como O.

Estos valores extra de los criterios se utilizan siguiendo la operación lógica OR respecto a los otros criterios especificados para el campo. Esto significa que los registros se devuelven cuando los valores del campo coinciden con cualquiera de las filas de criterios.

Si se utilizan filas de criterios para varios campos, la información de criterios se combina siguiendo la operación lógica AND. Esto significa que los datos deben cumplir todos los criterios para ser incluidos en el grupo de datos resultante.

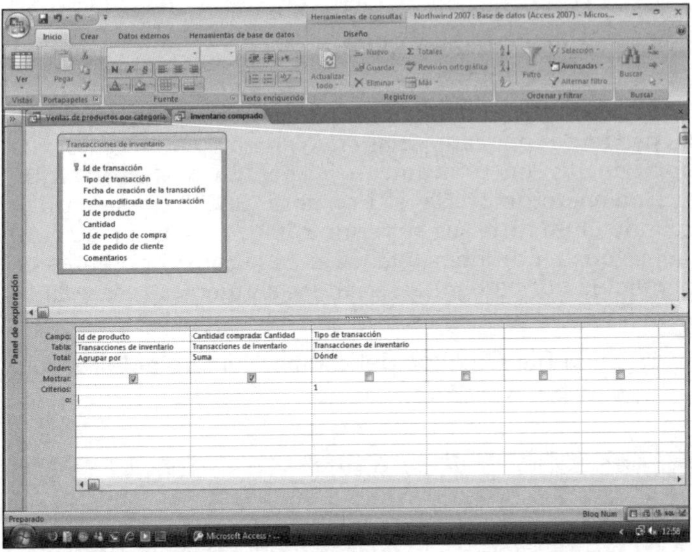

Figura 5.8. La vista Diseño de la consulta Inventario comprado.

Los criterios se definen utilizando comodines y operadores. Los comodines más utilizados son:

- *. Se utiliza para representar cualquier número de caracteres al principio o al final del campo. Por ejemplo, A* coincide con cualquier palabra que empiece por A.
- ?. Se utiliza para representar un único carácter. Por ejemplo, A?B coincide con todas las series de tres letras que empiezan con A y terminan con B.
- #. Se utiliza para representar un solo número en un campo. Por ejemplo, 6#1 coincide con todas las series de tres números que empiezan con 6 y terminan con 1.
- -. Se utiliza para definir un rango de caracteres. Por ejemplo, A[c-f]B coincide con las series de tres letras que empiezan con A, terminan con B y tienen como segunda letra C, D, E o F.

Los operadores que se utilizan para definir criterios son:

- <. Menor que.
- <=. Menor o igual que.
- =. Igual.
- >. Mayor que.
- >=. Mayor o igual que.
- <>. Distinto de.

Por ejemplo, supongamos que queremos ver las ventas de productos por categorías cuyo nombre empiece por C o por T, incluyendo únicamente los pedidos realizados entre el 1 de enero de 2006 y el 1 de abril de 2006, y siempre y cuando el importe sea superior a 100 euros. Las modificaciones que tendríamos que hacer en la consulta **Ventas de productos por categoría** serían las siguientes (véase la figura 5.9):

1. En la fila **Criterios** del campo **Nombre del producto** escribir Como "C*".

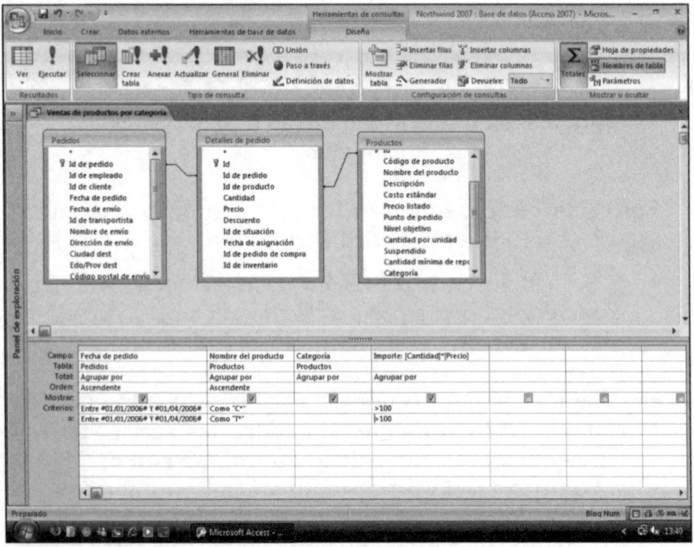

Figura 5.9. Ejemplo de utilización de criterios en la consulta Ventas de productos por categoría.

2. En la fila **O** debajo de **Criterios** del campo **Nombre del producto** escribir Como "T*".

3. En la fila Criterios del campo **Fecha de pedido** escribir la expresión `Entre #01/01/2006# Y #01/04/2006#`.

4. En la fila **O** debajo de Criterios del campo **Fecha de pedido** escribir la expresión `Entre #01/01/2006# Y #01/04/2006#` para que se aplique también la restricción de fechas a los productos que empiezan por T.

5. Escribir en la fila Criterios y en la primera fila **O** del campo **Importe** la expresión `>100` para que esta restricción se aplique tanto a los productos que empiecen por C como a los que empiecen por T.

Al cambiar a la vista **Hoja de datos**, se ejecuta la consulta y se muestran los productos que cumplen los criterios que hemos definido (véase la figura 5.10)

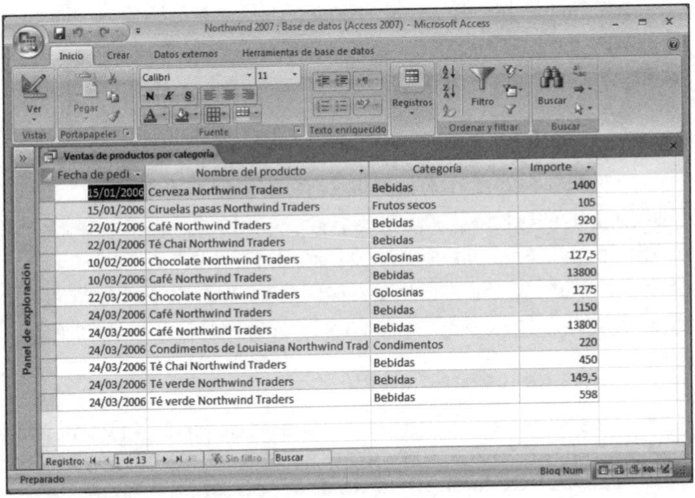

Figura 5.10. Resultado de la consulta Ventas de productos por categoría con los criterios adicionales.

5.5.5. Propiedades de consulta

Como todos los objetos de una base de datos Access, las consultas tienen propiedades. Para ver las propiedades específicas de una consulta como un todo, hacemos clic en el área en blanco del panel de tablas de la vista **Diseño**. Después hacemos clic sobre el botón **Hoja de propiedades** 🖻

del grupo **Mostrar u ocultar** de la ficha **Diseño**, en la Cinta de opciones. En la figura 5.11 puede ver las propiedades de la consulta **Ventas de productos por categoría**.

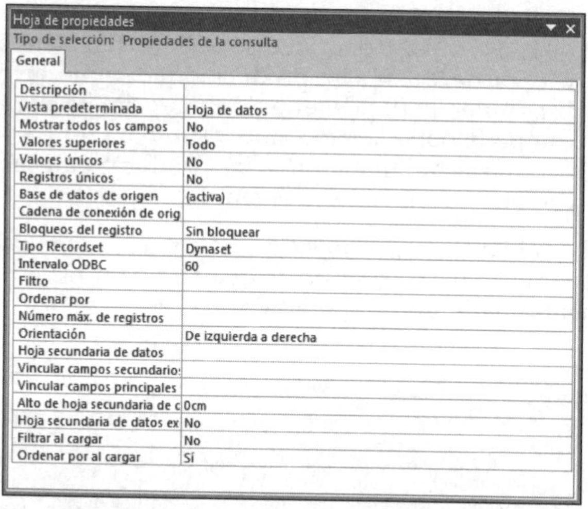

Figura 5.11. La ventana Propiedades de consulta.

> **Nota:** *Es posible redimensionar la ventana* **Propiedades de consulta**, *de modo que si alguna de las propiedades no fuera visible podemos ampliar la ventana para ver toda la información.*

Algunas de las propiedades son:

- **Descripción:** Es una cadena que describe la consulta.
- **Mostrar todos los campos:** Especifica si todos los campos de la cuadrícula aparecen en la hoja de datos de la consulta. Asignar **Sí** a esta propiedad es igual que activar la casilla de verificación **Mostrar** en todos los campos de la cuadrícula de diseño.
- **Valores únicos y Registros únicos:** Se utilizan para eliminar valores de campos repetidos o registros repetidos de los datos resultantes de la consulta.
- **Filtro:** Muestra cualquier filtro creado cuando se vio la consulta en la vista **Hoja de datos**.
- **Ordenar por:** Muestra cualquier información de ordenación utilizada cuando se vio la consulta en la vista **Hoja de datos**.

5.5.6. Propiedades de campo

Igual que en las tablas, los campos que aparecen en las consultas también tienen propiedades individuales. Las propiedades afectan a cómo aparece el campo en la vista Hoja de datos. Los campos que se utilizan en la consulta pero no aparecen en el grupo de registros (los campos que no tienen activada la casilla de verificación Mostrar) no tienen propiedades que se puedan establecer.

Los campos heredan las propiedades de la tabla en la que residen. Esto significa que una vez que una propiedad ha sido establecida en el diseño de tabla, el valor de la propiedad se utiliza siempre que el campo aparece en una consulta. Para ver las propiedades de un campo, seleccionamos el campo en la cuadrícula inferior de la vista Diseño y hacemos clic sobre el botón Hoja de propiedades 🗗 del grupo Mostrar u ocultar de la ficha Diseño, en la Cinta de opciones. En la figura 5.12 mostramos la ventana de las propiedades del campo.

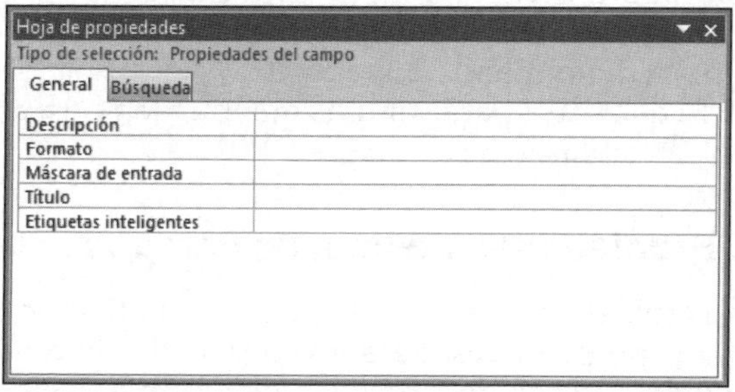

Figura 5.12. La ventana Propiedades del campo.

Las propiedades disponibles dependen del tipo de datos del campo. Algunas son:

- **Descripción:** Especifica una descripción del campo de la consulta.
- **Formato:** Especifica la cadena de formato utilizada para visualizar los datos del campo.
- **Lugares decimales:** Especifica el número de dígitos a mostrar a la derecha de la coma decimal (para valores numéricos que no son enteros).
- **Máscara de entrada:** Especifica la máscara utilizada al editar los datos del campo. Esta propiedad única-

mente está disponible para campos que contienen datos que podemos editar.

- **Título:** Especifica la etiqueta (en formularios e informes) o el encabezado de columna (en la vista Hoja de datos) que aparecerá asociado al campo.
- **Etiquetas inteligentes:** Especifica las etiquetas inteligentes asociadas con el campo, si las hay.

En el caso de la consulta Ventas de productos por categoría, todas las propiedades están vacías. Eso es porque los valores establecidos en el diseño de la tabla Ventas de productos por categoría son suficientes para las propiedades de estos campos.

Podemos anular los ajustes de propiedades de la tabla especificando valores en las propiedades de los campos de la consulta. Esto podríamos hacerlo, por ejemplo, si quisiéramos que apareciera una fecha en un formato determinado en la vista Hoja de datos. En tal caso, escribiríamos una expresión de formato para la propiedad Formato del campo. Por ejemplo, para el campo Importe podríamos especificar que su propiedad Formato fuera Euro.

En la ventana de propiedades del campo hay una segunda ficha denominada Búsqueda.

Esta ficha es útil para campos que pueden buscar valores en otras tablas.

5.5.7. Propiedades de lista de campos

Cada tabla del panel de tablas de la vista Diseño tiene a su vez dos propiedades. Para acceder a ellas hacemos clic con el botón derecho del ratón sobre una tabla y seleccionamos Propiedades en el menú emergente, o hacemos clic en la tabla y hacemos clic sobre el botón **Hoja de propiedades** 🗐 del grupo Mostrar u ocultar de la ficha Diseño, en la Cinta de opciones. Las propiedades de la lista de campos son:

- **Alias:** Especifica un nombre para la tabla o proporciona un nombre exclusivo si la tabla se utiliza varias veces en la misma consulta. Podemos utilizar como alias cualquier nombre que no se esté utilizando en la base de datos.
- **Origen:** Se utiliza cuando la tabla está asociada a un origen de datos externo. Especifica la base de datos de origen y la cadena de conexión necesaria para acceder a los datos externos.

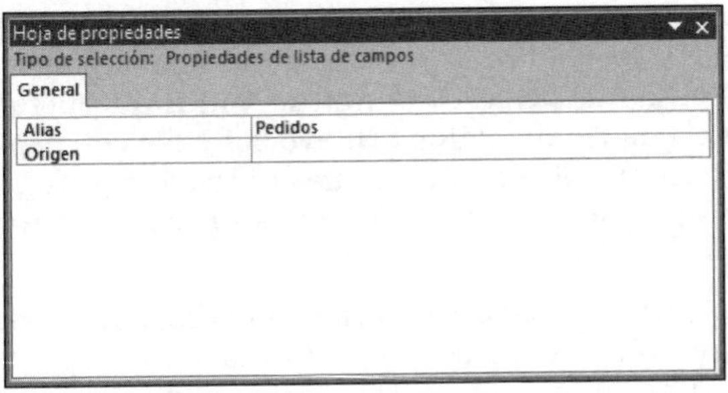

Figura 5.13. La ventana Propiedades de la lista de campos.

5.6. Crear consultas

Una base de datos sin consultas no tiene mucho sentido, pues son éstas las que permiten localizar, organizar y modificar la información que contienen las tablas. Por tanto, debemos crear consultas en nuestra base de datos Hotel. Cierre cualquier base de datos que esté utilizando y abra la base de datos Hotel.

Para crear una consulta tenemos que seguir estos pasos:

1. Abrir la consulta.
2. Agregar las tablas de interés.
3. Agregar los campos de las tablas.
4. Establecer las relaciones entre las tablas que hemos agregado.
5. Establecer los criterios de selección de registros.

5.6.1. Crear una consulta nueva

Access proporciona varios medios para crear consultas, pero en general se pueden resumir en dos: utilizar un Asistente para consultas o crearlas directamente en vista Diseño. Para crear una consulta de forma manual en vista Diseño haremos clic sobre el botón **Diseño de consulta** en el grupo Otros de la ficha Crear de la Cinta de opciones. Como ya hemos visto anteriormente, la vista Diseño de una consulta está dividida en dos partes: el área superior, con las tablas que se van a utilizar en la consulta, y la cuadrícula de diseño en la parte inferior, en la que se incluyen los campos a mostrar y los criterios de búsqueda y ordenación.

Para crear una consulta utilizando un Asistente haremos clic sobre el botón **Asistente para consultas** del grupo Otros de la ficha Crear, en la Cinta de opciones. Se abrirá el cuadro de diálogo Nueva consulta con cuatro formas diferentes de crear consultas (véase la figura 5.14).

Las opciones para crear una consulta nueva con el Asistente son:

- **Asistente para consultas sencillas:** Este asistente permite crear las consultas de selección más básicas. El asistente automatiza la tarea de seleccionar las tablas y consultas que se utilizarán como origen de los datos, así como los campos de esas tablas y consultas que aparecerán como resultado de la consulta creada.

Figura 5.14. El cuadro de diálogo Nueva consulta.

- **Asistente para consultas de tabla de referencias cruzadas:** Este asistente permite crear una consulta de referencias cruzadas, que muestra los valores calculados de un campo de una tabla y los agrupa, hacia abajo según un grupo de datos, y a lo largo de la parte superior según otro grupo de datos.
- **Asistente para búsqueda de duplicados:** Ayuda a crear una consulta que identifique los valores de campo duplicados que contiene una tabla o una consulta.
- **Asistente para búsqueda de no coincidentes:** Ayuda a crear una consulta que busca registros que de-

berían estar relacionados con uno o más registros de otras tablas pero no lo están, es decir, registros huérfanos.

Nosotros vamos a empezar creando una nueva consulta en la vista Diseño. Para ello haremos clic sobre el botón **Diseño de consulta** en el grupo Otros de la ficha Crear de la Cinta de opciones.

Se abre la vista Diseño y el cuadro de diálogo Mostrar tabla, que nos permite agregar las tablas a incluir en la consulta (véase la figura 5.15).

> **Truco:** *Para agregar una tabla a una consulta, puede seleccionarla en el* **Panel de** exploración *y arrastrarla a la parte superior de la vista Diseño de la consulta.*

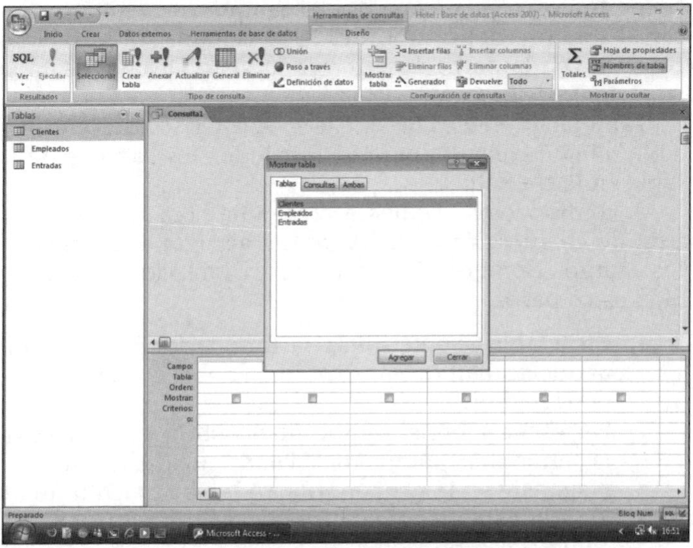

Figura 5.15. La vista Diseño de la consulta con el cuadro de diálogo Mostrar tabla.

En el cuadro de diálogo Mostrar tabla, seleccione la tabla Clientes y haga clic en **Agregar** o haga doble clic en la tabla Clientes para añadir la tabla a la consulta.

Después haga clic en **Cerrar**. La ventana Consulta1 muestra en la parte superior la tabla agregada a la consulta, y en la cuadrícula de diseño los campos que constituyen la consulta. Dependiendo del tipo de consulta, la cuadrícula de diseño mostrará distintas filas, y en ella definimos los campos que devuelve la consulta, establecemos el orden de clasificación y especificamos los criterios.

Las filas Tabla y Total, que, respectivamente, muestran los nombres de tabla o consulta a que pertenece el campo y permiten introducir campos calculados, únicamente aparecen si están activadas las opciones Totales y Nombres de tabla en el grupo Mostrar u ocultar de la ficha Diseño en la Cinta de opciones.

Para crear nuestra consulta, lo siguiente que tenemos que hacer es agregar los campos a utilizar en la consulta.

Agregar campos

Para agregar campos podemos utilizar dos métodos: hacer doble clic en el nombre del campo o arrastrar y colocar el nombre del campo desde la ventana de la tabla o consulta, en la parte superior de la vista Diseño, hasta la cuadrícula de diseño.

También podemos hacer clic en el asterisco que encabeza la tabla o consulta para incluir todos los campos de la tabla en la consulta.

A continuación, vamos a crear una consulta con una lista de clientes. Para ello, vamos a agregar a la consulta los campos NombreCli, ApellidosCli, Domicilio e IdCliente. Siga estos pasos:

1. En la tabla Clientes de la parte superior de la consulta que acabamos de crear, haga doble clic en el campo NombreCli.
2. Haga clic sobre el campo ApellidosCli y arrástrelo a la siguiente columna de la cuadrícula de diseño.
3. Haga clic en la primera fila de la tercera columna y abra la lista emergente (véase la figura 5.16). Seleccione el campo Domicilio.
4. Siga el método que prefiera para añadir el campo IdCliente.

> **Advertencia:** Si establece la visibilidad de la fila Totales, Access no permitirá utilizar la opción asterisco, porque representa todos los campos de la tabla y no se pueden calcular totales de todos los campos.

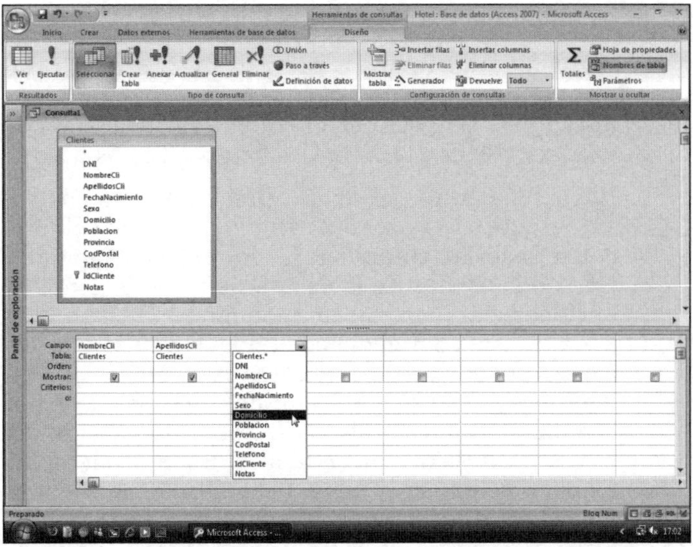

Figura 5.16. Selección de un campo de una tabla en la lista emergente.

Con esto terminamos la versión preliminar de nuestra consulta. Haga clic en el botón **Ver** de la Cinta de opciones para ver la vista Hoja de datos de la consulta. Será como la mostrada en la figura 5.17.

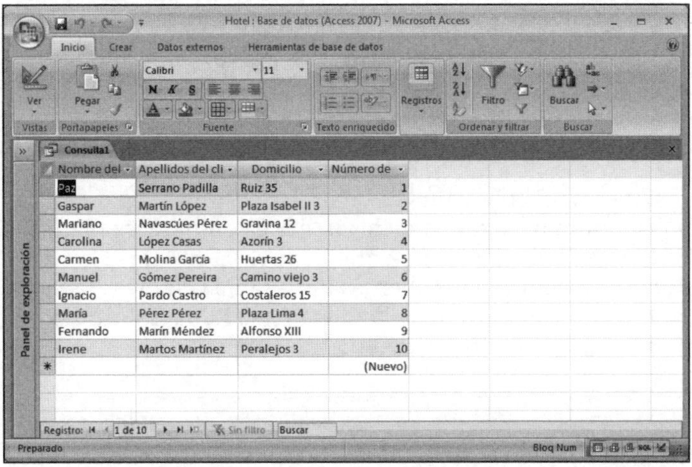

Figura 5.17. Vista Hoja de datos de la consulta.

Eliminar e insertar campos

Lo siguiente que vamos a hacer es practicar un poco con el diseño de la consulta para ver cómo se eliminan e insertan campos. Haga clic en el botón **Ver** de la Cinta de opciones para volver a la vista Diseño y siga estos pasos:

1. Haga clic dentro del campo Domicilio en la cuadrícula de diseño y, seguidamente, haga clic sobre el botón **Insertar columnas** 🔲 del grupo Configuración de consultas de la ficha Diseño, en la Cinta de opciones, para insertar una columna en blanco.

2. Abra la lista emergente en el nuevo campo y seleccione Telefono para agregar ese campo.

3. Ahora haga clic en el selector de columnas (la estrecha fila gris superior de la cuadrícula de diseño) del campo Domicilio y pulse la tecla **Supr** o seleccione Eliminar columnas 🔲 en la ficha **Diseño** en la Cinta de opciones.

4. Haga clic sobre el botón **Guardar** 🔲 de la barra de herramientas de acceso rápido y escriba Lista de clientes como nombre de la consulta.

Nota: *Si hacemos doble clic en el campo* Telefono, *en la tabla de la vista* Diseño, *el campo se añade al final de la cuadrícula de diseño, no en el campo en blanco que hemos insertado.*

Como práctica, cree una consulta Lista de empleados con los campos Nombre, Apellidos, Cargo e IdEmpleado de la tabla Empleados.

Consultas con varias tablas

En esta sección vamos a crear la consulta Lista de entradas combinando datos de las tablas Clientes, Empleados y Entradas, pues queremos que incluya el nombre, los apellidos y la edad de los clientes de la tabla Clientes; la fecha de llegada y el motivo de la visita de la tabla Entradas; y el nombre y los apellidos de la tabla Empleados.

Nota: *La edad de los clientes no aparece directamente en la tabla* Clientes, *pero podemos calcularla restando la fecha de llegada y la fecha de nacimiento.*

Para agregar las tres tablas a la consulta, haga clic sobre el botón **Diseño de consulta** en la ficha Crear de la Cinta de opciones. Se abre la vista Diseño de una nueva consulta y el cuadro de diálogo Mostrar tabla. El cuadro de diálogo permite seleccionar tablas, consultas o los dos objetos. Haga clic en la pestaña Ambas para comprobarlo (véase la figura 5.18).

Figura 5.18. El cuadro de diálogo Mostrar tabla con las tablas y consultas que podemos seleccionar.

Para seleccionar las tres tablas que nos interesan, haga clic en Entradas mientras mantiene pulsada la tecla **Mayús**. Quedan seleccionadas las tres tablas, y únicamente queda hacer clic en **Agregar** para añadirlas a la consulta. Haga clic sobre el botón **Cerrar** para cerrar el cuadro de diálogo Mostrar tabla. Las tablas muestran sus relaciones en el panel de tablas, en la mitad superior de la vista Diseño de la consulta. El único campo que resulta un poco más complicado crear es el campo calculado que nos va a dar la edad de los clientes.

Los demás campos se insertan con los métodos que hemos visto. Agregue a la consulta, por este orden, los campos ApellidosCli y NombreCli de la tabla Clientes; el campo FechaLlegada de la tabla Entradas; y los campos Apellidos y Nombre de la tabla Empleados. Por último, agregue el campo Motivo de la tabla Entradas al final de la consulta. Después guarde la consulta con el nombre Lista de entradas.

A continuación vamos a agregar el campo calculado que va a contener la edad del cliente. Para ello, inserte una nueva columna entre NombreCli y FechaLlegada situando el cursor en el campo FechaLlegada en la cuadrícula de diseño y haciendo clic sobre el botón **Insertar columnas** 🔠 del grupo Configuración de consultas de la ficha Diseño, en la Cinta de opciones. Ahora tenemos que escribir una expresión en el nuevo campo que reste la fecha de nacimiento a la fecha de entrada. La expresión correcta es Edad: Int(([FechaLlegada]-[FechaNacimiento])\365), donde Edad: va a ser el nombre que se utilice para el campo, Int indica que se utilice la parte entera del resultado de la expresión, y el resto no hace más que restar la fecha de nacimiento a la fecha de llegada y dividir el resultado por 365 para obtener años en lugar de días (véase la figura 5.19).

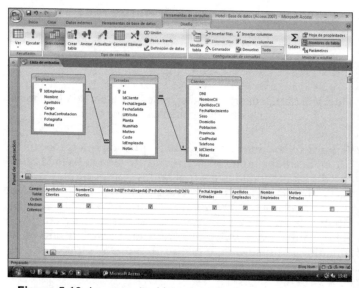

Figura 5.19. La consulta Lista de entradas en vista Diseño.

Ahora, al ejecutar la consulta, Access calcula la edad del cliente y la muestra en la vista Hoja de datos (véase la figura 5.20). Otras modificaciones que también podemos hacer en la consulta es colocar el campo Motivo de la visita después del campo Fecha de llegada para tener un orden más lógico, y poner un nombre más descriptivo a los campos Apellidos y Nombre, como Apellidos del empleado y Nombre del empleado.

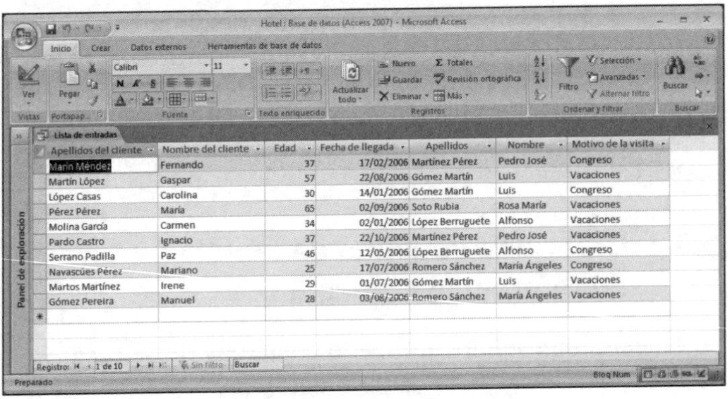

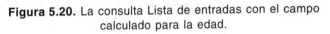

Figura 5.20. La consulta Lista de entradas con el campo calculado para la edad.

Para hacerlo, siga estos pasos:

1. Cambie a la vista Diseño de la consulta.
2. Seleccione el campo Motivo en la cuadrícula de diseño haciendo clic en el selector.
3. Haga clic y arrastre el campo Motivo hasta colocarlo entre los campos FechaLlegada y Apellidos.
4. A continuación, haga clic con el botón derecho del ratón sobre el campo Apellidos y seleccione la opción Propiedades en el menú emergente. Se abre el cuadro de diálogo Propiedades del campo.
5. Escriba Apellidos del empleado en la propiedad Título (véase la figura 5.21).

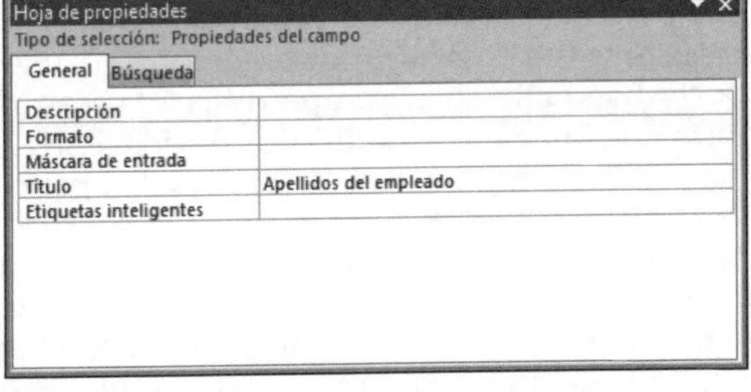

Figura 5.21. El cuadro de diálogo Propiedades del campo.

6. Por último, haga clic en el campo Nombre en la cuadrícula de diseño sin cerrar el cuadro de diálogo Pro-

piedades y escriba **Nombre del empleado** en la propiedad **Título** y cierre el cuadro de diálogo de las propiedades del campo.

7. Cambie a la vista **Hoja de datos** de la consulta para ver el resultado.
8. Cierre la consulta guardando los cambios.

5.6.2. Crear una consulta de tabla de referencias cruzadas

Hasta ahora hemos utilizado consultas de selección. Lo que vamos a hacer a continuación es crear una consulta que muestre los nombres de los clientes, los códigos de identificación de los empleados y el gasto realizado por cada cliente en relación con los empleados. Es decir, vamos a crear una tabla de referencias cruzadas. Para ello, siga estos pasos:

1. En la ficha **Crear** de la Cinta de opciones, haga clic sobre el botón **Diseño de consulta**.
2. Utilizando el cuadro de diálogo **Mostrar tabla**, agregue a la consulta las tres tablas que contiene nuestra base de datos.
3. En la ficha **Diseño**, en el grupo **Tipo de consulta**, haga clic sobre el botón **General** para especificar que la consulta que estamos creando es de Tabla de referencias cruzadas. Access incluye, en la cuadrícula de diseño, las filas **Total** y **Tab ref cruz** (véase la figura 5.22).
4. El campo que queremos que dé título a las columnas es el identificador del empleado. Por tanto, haga doble clic en el campo **IdEmpleado** en la tabla **Empleados** para insertarlo como primer campo.
5. Deje en la fila **Total** el valor predeterminado **Agrupar por** y haga clic en el campo de la fila **Tab ref cruz** para que aparezca el indicador de lista emergente.
6. Abra la lista emergente y seleccione la opción **Encabezado de columna**.
7. El campo que queremos que encabece las filas es el nombre del cliente, pero queremos que aparezca completo. Para ello vamos a introducir una expresión. Coloque el cursor en la primera fila de la siguiente columna y haga clic en el botón **Generador** ⚏ existente en el grupo **Configuración de consultas** en la ficha **Diseño**, en la Cinta de opciones. Se abrirá el cuadro de diálogo **Generador de expresiones**.

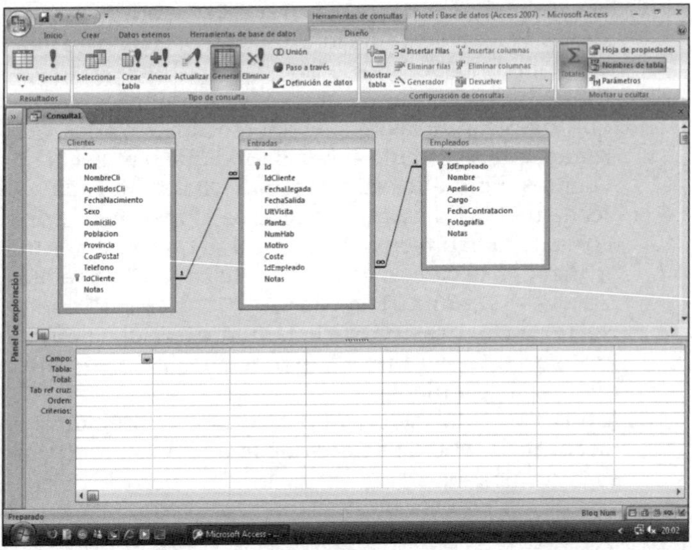

Figura 5.22. La consulta de referencias cruzadas con las nuevas filas en la cuadrícula.

8. Escriba la expresión Clientes: [NombreCli] & " " & [ApellidosCli] en la ventana del Generador de expresiones (véase la figura 5.23). Fíjese que entre las comillas hay un espacio para separar el nombre y los apellidos del cliente.

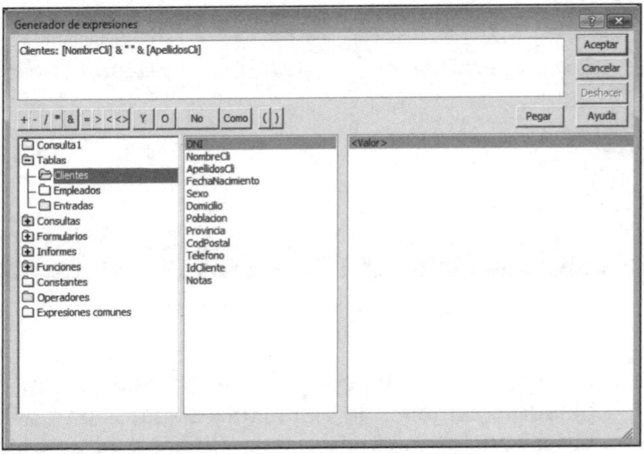

Figura 5.23. El Generador de expresiones.

9. Haga clic en **Aceptar** para cerrar el Generador de expresiones. Seleccione la opción Agrupar por en la fila Total y la opción **Encabezado de fila** en la fila Tab ref cruz.

10. En la última columna, que va a contener los valores que aparecen en la tabla de referencias cruzadas, queremos que se calcule el gasto total que han hecho los clientes. Para ello, restamos la fecha de llegada a la fecha de partida y multiplicamos el resultado por el coste de la habitación. La expresión que tenemos que utilizar en el campo es Gasto: Suma(([Fecha Salida] - [FechaLlegada]) * [Coste]). Puede insertar la expresión directamente en el campo o utilizar el Generador de expresiones para escribirla viéndola completa.

11. En la fila Total, seleccione la opción **Expresión** y en la fila Tab ref cruz seleccione la opción **Valor** (véase la figura 5.24).

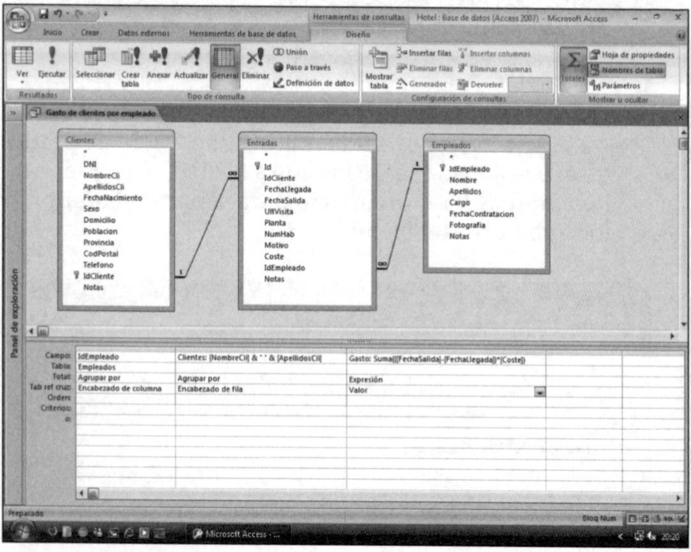

Figura 5.24. Vista Diseño de la consulta.

12. Guarde la consulta como Gasto de clientes por empleado y cambie a la vista Hoja de datos para ver la tabla con los gastos de cada cliente y el empleado encargado de cada cliente (véase la figura 5.25).

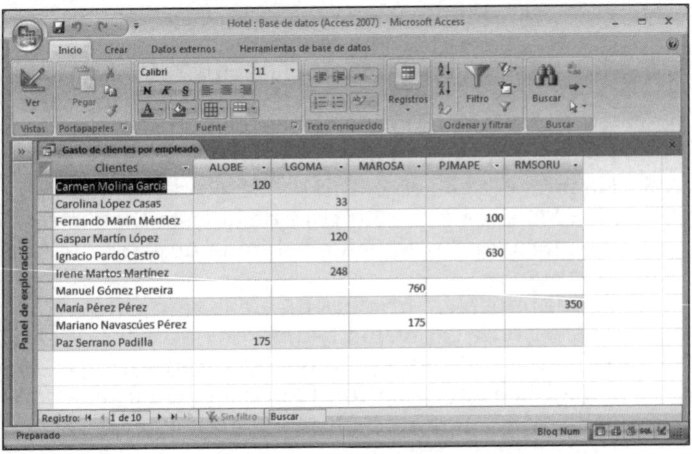

Figura 5.25. La vista Hoja de datos con el resultado
de la consulta.

5.6.3. Crear una consulta de parámetros

Una consulta de parámetros es una consulta de selección que abre un cuadro de diálogo para que el usuario introduzca un valor para obtener rápidamente información.

Por ejemplo, podemos querer averiguar qué ingresos ha generado cada empleado. Es fácil conseguirlo con una consulta de parámetros. Siga estos pasos:

1. En la ficha Crear de la Cinta de opciones, haga clic sobre el botón **Diseño de consulta**.
2. Utilizando el cuadro de diálogo Mostrar tabla, seleccione las tablas Empleados y Entradas y haga clic en **Agregar**. Cierre el cuadro de diálogo haciendo clic sobre el botón **Cerrar**.
3. En la Cinta de opciones, active las opciones Totales y Nombre de tabla existentes en el grupo Mostrar u ocultar de la ficha Diseño si no están ya activas.
4. Haga doble clic en el campo IdEmpleado de la tabla Empleados, en la parte superior de la vista Diseño, para insertarlo en la primera columna de la cuadrícula de diseño.
5. Deje los valores predeterminados que se han insertado y haga clic en la fila Criterios. Escriba entre corchetes la frase que se utilizará en el cuadro de diálogo

para pedir información al usuario: [Código del empleado].

6. En la siguiente columna de la cuadrícula, escriba en la primera fila la expresión Empleado: [Nombre] & " " & [Apellidos].

7. Deje en la fila Total el valor Agrupar por.

8. Haga doble clic en el campo Cargo de la tabla Empleados en la parte superior de la vista Diseño para insertarlo en la siguiente columna de la cuadrícula de diseño.

9. Por último, en la primera fila de la siguiente columna, escriba la expresión Ingresos: Suma(([Fecha Salida]-[FechaLlegada])*[Coste]) y asigne en la fila Total la opción Expresión. Guarde la consulta con el nombre Ingresos por empleado.

Ya está preparada nuestra consulta de parámetros. Al hacer clic sobre el botón Ver para pasar a vista Hoja de datos, o al hacer clic sobre el botón **Ejecutar** de la Cinta de opciones, aparece la ventana de solicitud de parámetros (véase la figura 5.26).

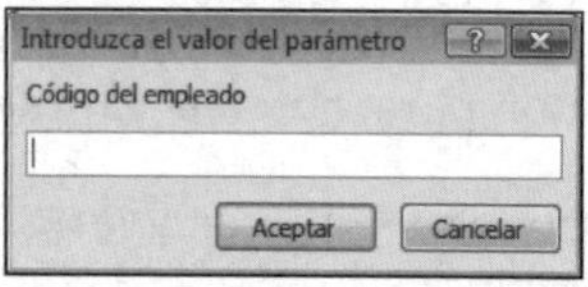

Figura 5.26. La ventana de solicitud de parámetros.

Escribiendo un código de empleado válido, como RMSORU, se abre la vista Hoja de datos con los ingresos generados por el empleado en cuestión (véase la figura 5.27).

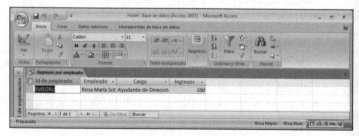

Figura 5.27. La vista Hoja de datos con los ingresos generados por el empleado.

5.6.4. Crear una consulta con campo calculado

Para finalizar con las consultas, vamos a crear un ejemplo para calcular los ingresos generados por trimestre y por planta utilizando dos campos calculados. Siga estos pasos:

1. En la ficha Crear de la Cinta de opciones, haga clic sobre el botón **Diseño de consulta**.
2. Utilizando el cuadro de diálogo Mostrar tabla, agregue la tabla Entradas al diseño de la consulta.
3. Haga doble clic en el campo Planta de la tabla Entradas para añadirlo a la consulta.
4. En la primera fila del siguiente campo, en la cuadrícula de diseño, escriba la expresión Ingresos:(([Fecha Salida]-[FechaLlegada])*([Cos-te])).
5. Para el siguiente campo, utilice la expresión Trimestre:ParcFecha("t";[FechaLlegada]), que es la que nos proporciona el trimestre al que corresponde la fecha de llegada.
6. Inserte como último campo la fecha de llegada haciendo doble clic en FechaLlegada en la tabla Entradas.
7. Para terminar, guarde la consulta como Ingresos por planta y por trimestre y haga clic sobre el botón **Ejecutar** de la Cinta de opciones para ejecutar la consulta. El resultado será como el mostrado en la figura 5.28.

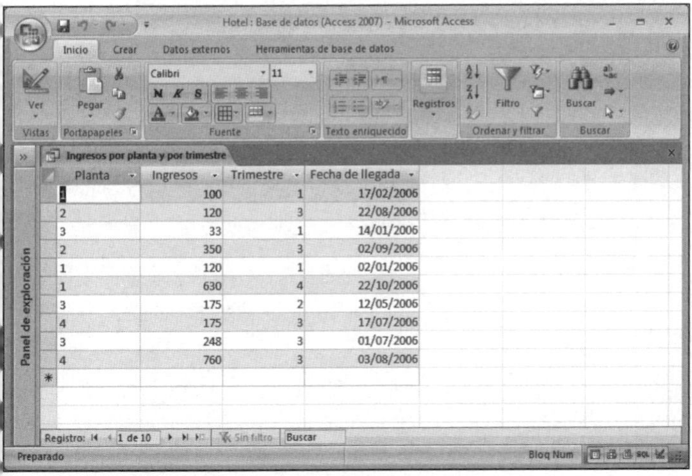

Figura 5.28. El resultado de la consulta Ingresos por planta y por trimestre.

6

Formularios

Los formularios son algo muy habitual en nuestra vida cotidiana. Cada vez que tenemos que realizar algún trámite nos enfrentamos irremediablemente a formularios, algunos más tediosos de rellenar que otros. Estamos muy acostumbrados a utilizarlos en formato papel y ahora cada vez más en formato electrónico. Access, con sus formularios, nos proporciona una herramienta a la que en realidad ya estamos muy habituados, y que supone un método muy flexible para ver y trabajar con la información de nuestras bases de datos. Con Access, podemos diseñar formularios para introducir o modificar datos utilizando una presentación similar a los impresos que vemos diariamente. Los formularios pueden incluir controles como cuadros de lista, grupos de opciones, casillas de verificación e incluso imágenes.

6.1. Qué son los formularios

Todos los datos que utilizamos en una base de datos se guardan en tablas. Aunque podemos ver y modificar los datos de una tabla, los formularios proporcionan una interfaz mucho más sencilla, amigable y flexible para ver y modificar la información. Los formularios muestran los datos de una tabla o consulta subyacente y nos permiten ver todos los registros, o únicamente algunos de ellos. Nosotros decidimos qué campos serán los que aparecerán en el formulario, pudiendo mostrar todos o únicamente una selección, en función de nuestras necesidades.

Toda la información que muestra un formulario está contenida en controles. Los controles son los elementos que muestran los datos (por ejemplo, cuadros de texto o cuadros de lista), llevan a cabo ciertas acciones (botones de comando, por ejemplo) y crean efectos especiales en el formulario (imágenes, líneas, marcos, etc.).

6.1.1. Abrir un formulario

Empezaremos por estudiar los formularios de la base de datos Northwind. Abra la base de datos Northwind y seleccione la sección Formularios en el Panel de exploración. En la figura 6.1 se muestra el listado de formularios de esta base de datos, con el formulario Inicio abierto.

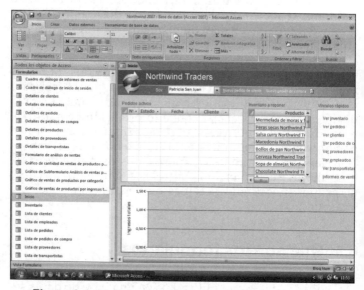

Figura 6.1. Listado de formularios de la base de datos Northwind.

Abramos un formulario de la base de datos Northwind para ver su aspecto. Haga doble clic en el formulario Detalles de clientes para abrirlo. En la figura 6.2 puede ver el formulario abierto. Este formulario muestra información de los clientes contenida en la consulta Clientes ampliados. Incluye un cuadro combinado para poder elegir el cliente cuyos datos mostrar en el formulario, así como dos fichas, una para mostrar la información general del cliente y otra para ver sus pedidos. Además, incluye varios hipervínculos, cada uno de los cuales realiza una acción. Con estos hipervínculos es posible enviar un correo electrónico al cliente, crear un nuevo contacto de Microsoft Outlook utilizando la información del cliente actual, guardar los datos del cliente actual si los hemos modificado o si se trata de un nuevo cliente que estamos dando de alta en la base de datos, y finalmente, un hipervínculo que cierra este formulario.

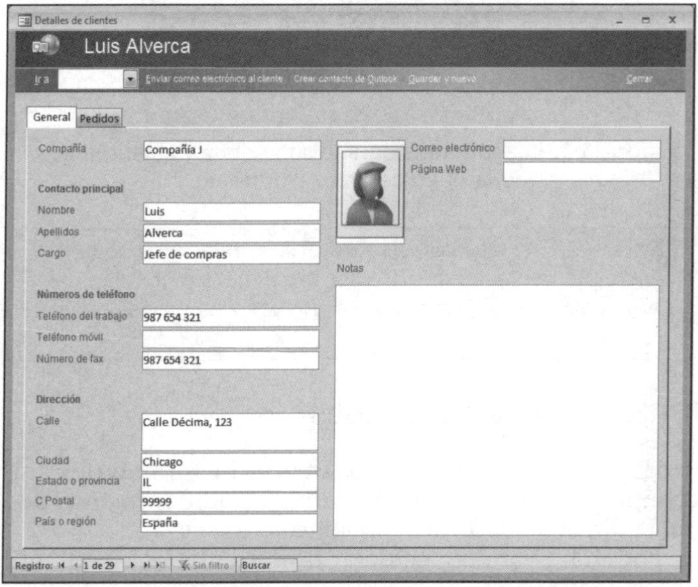

Figura 6.2. El formulario Detalles de clientes de la base de datos Northwind.

6.1.2. Formularios vs. hojas de datos

Las hojas de datos nos permiten ver la información de nuestras bases de datos, pero casi no tenemos control sobre la apariencia de la misma. Sin embargo, utilizando formularios, podemos poner en pantalla la información exactamente en el lugar que deseamos. También podemos dar a cada campo un formato distinto y utilizar varios tipos de efectos especiales. Los formularios también proporcionan mayor flexibilidad y proporcionan validación de datos y la capacidad de añadir campos calculados. Además, podemos agregar imágenes que formen parte del diseño, como el ejemplo del globo terráqueo en el formulario Inicio (véase la figura 6.3), o imágenes que se conviertan en el fondo del formulario. Estos gráficos o imágenes reciben el nombre de objetos OLE.

Figura 6.3. Imagen añadida al diseño del formulario Inicio de la base de datos Northwind.

> **Nota**: *OLE es el acrónimo en inglés de "vinculación e incrustación de objetos". Se trata de un método de Windows para insertar e incrustar objetos en aplicaciones Windows.*

6.1.3. Tipos de formularios

Hay disponibles siete tipos básicos de formularios: En columnas, Tabular, Hoja de datos, Dividido, Justificado, Tabla dinámica y Gráfico dinámico.

Por ahora vamos a estudiar los formularios en columnas y los tabulares.

Formularios en columnas

Los formularios en columnas muestran los campos de la tabla o consulta en la que están basados distribuyéndolos en columnas. Un ejemplo de este tipo de formularios existente en la base de datos Northwind es el **Formulario de análisis de ventas** (véase la figura 6.4). Los formularios pueden ser mayores o menores que la pantalla completa, dependiendo de la resolución de pantalla. Los formularios en columnas son un buen ejemplo de pantalla de introducción de datos. Aunque podemos introducir todos los datos directamente en la vista Hoja de datos de la tabla, utilizar un formulario puede ser un método más sencillo, fiable y productivo, y con el que ya estamos familiarizados. Los formularios pueden ayudar a impedir que se introduzcan datos repetidos y proporcionan una interfaz más simple para añadir nuevos datos a las tablas.

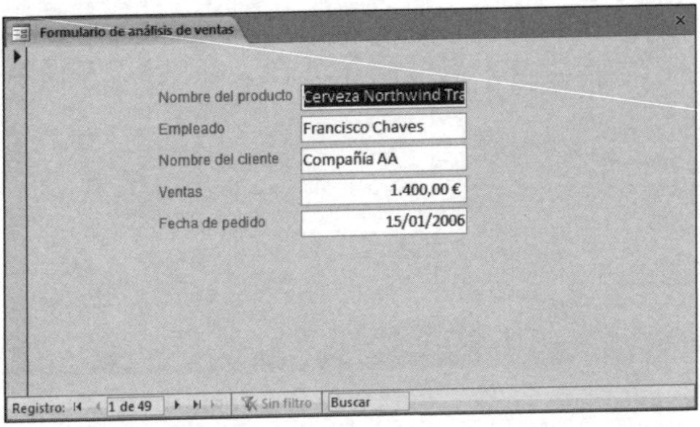

Figura 6.4. Ejemplo de formulario en columnas presente en la base de datos Northwind.

Formularios tabulares

Los formularios tabulares muestran varios registros de la tabla o consulta subyacente a la vez, siendo cada campo una columna y cada registro una fila.

El formulario Inventario de la base de datos Northwind es un ejemplo de formulario tabular. Para abrirlo, haga doble clic sobre su nombre en la sección Formularios del Panel de exploración. Puede ver la apariencia del formulario en la figura 6.5.

Es posible dar formato a cualquier parte de un formulario tabular, proporcionando más flexibilidad en cómo se visualiza e introduce la información. Pueden añadirse efectos especiales y podemos utilizar varias líneas para cada registro.

La mayor parte de la información de un formulario procede de una tabla o consulta, pero podemos incluir en el formulario información totalmente independiente. Por ejemplo, podemos mostrar datos como el nombre de una empresa o su logotipo. Este tipo de formularios es útil para ver o imprimir todos los registros y campos de una tabla.

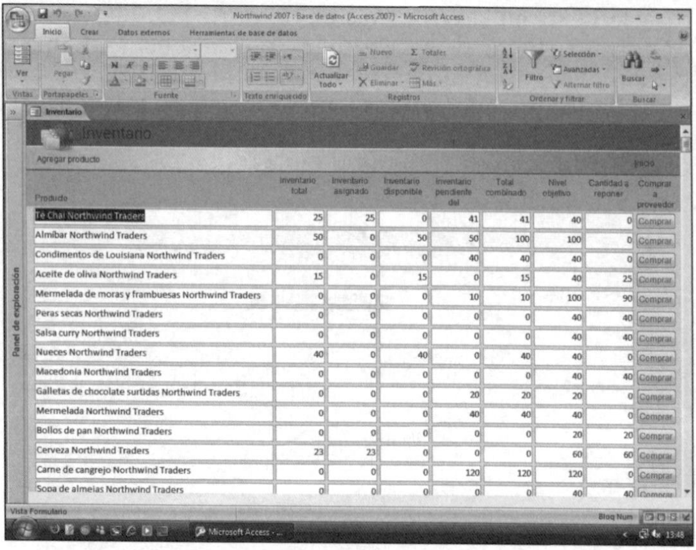

Figura 6.5. El formulario tabular Inventario de la base de datos Northwind.

6.1.4. Vistas de los formularios

Cuando abrimos el formulario Inventario de la base de datos Northwind haciendo doble clic sobre su nombre en el Panel de exploración estamos utilizando la vista Formulario. Ésta es la vista que usamos para introducir o modificar datos. Sin embargo no es la única vista posible de un formulario. Los formularios tienen varias vistas, aunque puede que no estén todas disponibles para todos los formularios. En las propiedades del formulario se especifican cuáles son las vistas permitidas para el formulario. Las vistas de un formulario pueden ser:

- Vista Formulario.
- Vista Hoja de datos.
- Vista Presentación.
- Vista Diseño.
- Vista Tabla dinámica.
- Vista Gráfico dinámico.

Para cambiar de vista estando en vista Formulario, por ejemplo, a la vista Hoja de datos, podemos utilizar varios métodos. Podemos hacer clic con el botón derecho del ratón sobre cualquier punto del formulario y seleccionar **Vista Hoja de datos** en el menú que entonces aparece. En esta vista, podemos ver los datos tal y como se verían en la tabla o consulta subyacente (véase la figura 6.6).

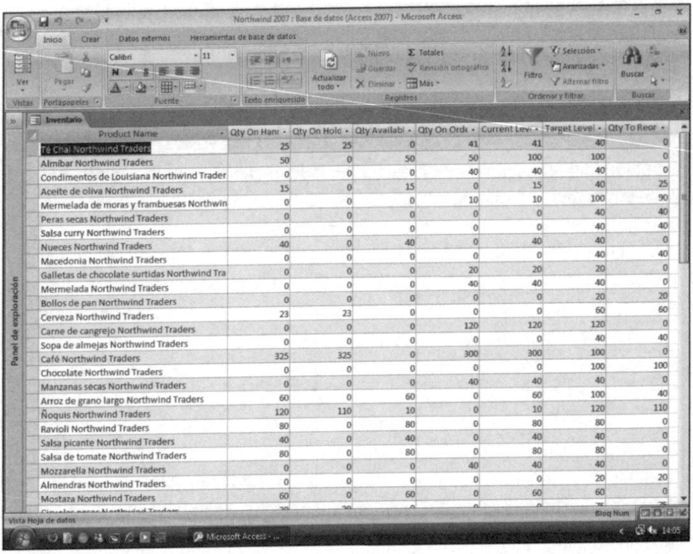

Figura 6.6. La vista Hoja de datos del formulario Inventario.

Otra forma de cambiar de vista es utilizar el botón **Ver** de la Cinta de opciones. Este botón presenta una flecha para desplegar un menú con las distintas vistas disponibles para el formulario actualmente abierto. También podemos utilizar los botones existentes en la barra de estado, en la parte inferior derecha de la ventana, para cambiar de una vista a otra.

Y para abrir directamente un formulario en vista Diseño o en Vista Presentación en lugar de en vista Formulario, haremos clic con el botón derecho del ratón sobre el nombre del formulario en el **Panel de exploración** y seleccionaremos la vista en la que deseamos abrirlo.

La vista Presentación del formulario es una nueva vista incluida en Access 2007. Es una vista intermedia entre la vista Formulario y la vista Diseño, ya que en vista Presentación podemos ver los datos igual que si estuviésemos en vista Formulario, pero también podemos realizar algunos cambios al diseño del formulario, cosa que hasta ahora únicamente era posible en vista Diseño del formulario. En la figura 6.7 puede ver la vista Presentación del formulario Inventario de la base de datos Northwind.

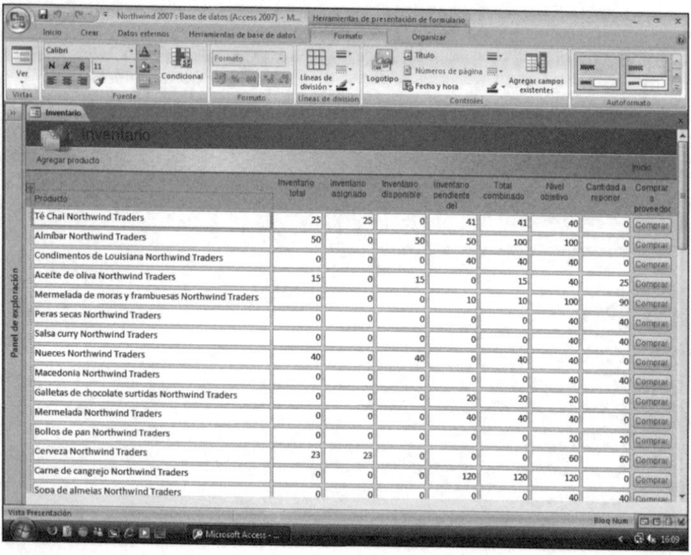

Figura 6.7. La vista Presentación del formulario Inventario.

La vista Diseño sigue siendo de gran utilidad, ya que es en esta vista donde se pueden diseñar los distintos campos y controles de un nuevo formulario para decirle a Access cómo queremos que muestre los datos, así como realizar cualquier modificación al diseño de un formulario ya existente. En la figura 6.8 mostramos la vista Diseño del formulario Inventario.

La vista Diseño es la que permite hacer todo el trabajo para decirle a Access qué datos queremos que se visualicen y con qué formato. La vista Diseño del formulario consta de tres secciones:

- **La sección Detalle:** Contiene el cuerpo principal del formulario. En esta sección aparecen todos los controles principales. No podemos eliminar o quitar la sección Detalles.

- **Secciones Encabezado o pie de formulario:** Contienen información como el título, la fecha, etc., que queremos que aparezca únicamente en la parte inferior o superior del formulario. Podemos agregar o eliminar estas secciones utilizando la opción **Encabezado o pie de formulario** 📇 existente en la pestaña **Organizar**, en el grupo **Mostrar u ocultar**, de la Cinta de opciones. Los datos aparecen en pantalla y también cuando imprimimos el formulario.

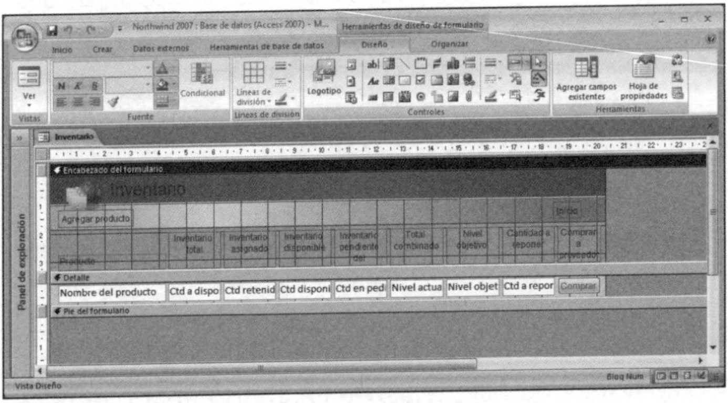

Figura 6.8. La vista Diseño del formulario Inventario.

- **Secciones Encabezado o pie de página:** Contienen información como la fecha, el nombre del formulario, el número de página, etc., que queremos que aparezca en la parte superior o inferior de cada página, pero únicamente al imprimir el formulario. Estas secciones no aparecen en pantalla en vista Formulario. Podemos agregar o eliminar estas secciones utilizando la opción **Encabezado o pie de página** 📇 existente en la pestaña **Organizar**, en el grupo **Mostrar u ocultar**, de la Cinta de opciones.

6.1.5. Trabajar con datos en formularios

Como hemos dicho, el modo más fácil, flexible y fiable de introducir datos en una base de datos es utilizar un formulario.

A continuación vamos a ver cómo se introducen o modifican datos utilizando un formulario. Los controles de navegación por los registros de un formulario son análogos a los que se utilizan en la vista Hoja de datos de una tabla (véase la figura 6.9) y también se encuentran en la parte inferior del formulario.

> **Nota:** *Es posible que se encuentre formularios que no presenten estos controles de navegación entre registros, ya que se pueden configurar las propiedades del formulario para especificar que no se muestren los botones de desplazamiento entre registros.*

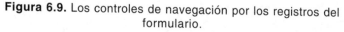

Figura 6.9. Los controles de navegación por los registros del formulario.

Añadir y modificar registros en un formulario

Añadir y modificar registros en un formulario es parecido a hacerlo en una hoja de datos. Para añadir un registro, utilizamos el botón **Nuevo registro** de la parte inferior de la ventana del formulario. El cursor pasa al final de los registros y muestra los campos vacíos en el formulario. Para modificar cualquier campo de un registro existente, hacemos clic en el campo y escribimos la nueva información. Si utilizamos la tecla **Tab** para pasar de un campo a otro, podemos modificar la información escribiendo directamente en cada campo. Para seleccionar todo un campo, pulsamos **F2** o hacemos doble clic en el campo.

> **Nota:** *Algunos campos pueden estar bloqueados impidiendo la modificación. Los campos se bloquean en la vista Diseño para garantizar que nadie modifica los datos guardados en esos campos.*

Eliminar registros y datos en un formulario

Eliminar registros es muy fácil. Algunos formularios muestran automáticamente un botón para agregar o eliminar registros. Si el formulario no muestra esos botones, no hay más que seleccionar un campo del registro y pulsar

Control-- (signo menos) para eliminar toda la información del registro. Dependiendo de las relaciones entre tablas, puede no ser posible eliminar ciertos registros si al hacerlo se crean registros vacíos en tablas relacionadas.

> *Advertencia: Compruebe que de verdad quiere eliminar un registro antes de hacerlo. No siempre es posible deshacer una eliminación.*

Para eliminar información de un campo, primero lo seleccionamos y después pulsamos **Supr**.

Copiar registros

A veces tendremos que introducir datos repetidos o añadir un nuevo registro cambiando únicamente algún valor de un registro existente. Para copiar información de un campo del registro anterior, seleccionamos el campo y pulsamos **Control-'** (apóstrofe). La información guardada en el mismo campo del registro anterior se copia en el campo del nuevo registro. Si el campo tiene un valor predeterminado, podemos reemplazar el valor actual con el predeterminado pulsando **Control-Alt-Barra espaciadora**. También podemos insertar en los campos información común, como la fecha o la hora actuales. Para insertar la fecha actual, pulsamos **Control-;**. Para insertar la hora actual, pulsamos **Control-:**.

6.1.6. Buscar registros utilizando formularios

Podemos buscar ciertos registros utilizando formularios. Para entender cómo encuentra Access los registros, vamos a buscar información utilizando el formulario **Detalles de pedido** de la base de datos Northwind. Abra el formulario en la vista Formulario, haga clic en el campo **Vendedor** y seguidamente pulse **Control-B**. Aparece el cuadro de diálogo Buscar y reemplazar (véase la figura 6.10).

En este ejemplo, vamos a buscar por un vendedor apellidado Acevedo. Escriba `Acevedo` el nombre en el campo **Buscar**. Hay varias opciones disponibles en el cuadro de diálogo. Vamos a utilizar un apellido del vendedor, de modo que seleccionamos el campo **Vendedor** en la lista emergente Buscar en, aunque en este caso también podríamos realizar la búsqueda en todo el formulario. Si el formulario tuviese muchos campos o tuviese muchos registros, realizar la búsqueda en todos los campos del formulario haría más lenta la aparición de los resultados. Como únicamente tenemos el apellido, seleccionamos la opción Cualquier parte del campo en la lista emergente Coincidir para que aparezcan todos los registros que contienen la palabra Acevedo en el nombre del vendedor.

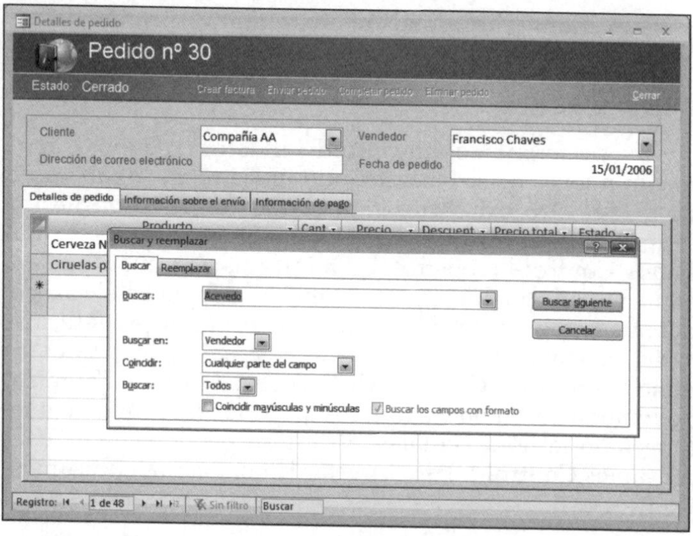

Figura 6.10. El cuadro de diálogo Buscar y reemplazar.

En la lista emergente Buscar se nos da la opción de buscar hacia arriba, hacia abajo o en todos los campos. La casilla de verificación Buscar los campos con formato se utiliza, desactivándola, para buscar campos en blanco sin formato, y no afecta cuando buscamos un texto concreto. Al hacer clic en el botón **Buscar siguiente**, Access pasa al primer registro que encuentra conteniendo "Acevedo" en el nombre del vendedor, como se muestra en la figura 6.11. Cada vez que hacemos clic en **Buscar siguiente**, aparece el siguiente registro, hasta que Access no encuentra nuevos registros coincidentes con el criterio de búsqueda. Otra forma de abrir el cuadro de diálogo Buscar y reemplazar es utilizando el botón **Buscar** de la ficha Inicio de la Cinta de opciones.

Truco: Podemos utilizar la función Buscar y reemplazar *para corregir rápidamente varias instancias de la misma información. Por ejemplo, si hemos cometido un error y escrito Perez en lugar de Pérez, con la ficha* Reemplazar *del cuadro de diálogo* Buscar y reemplazar *podemos corregir todos los registros en un momento.*

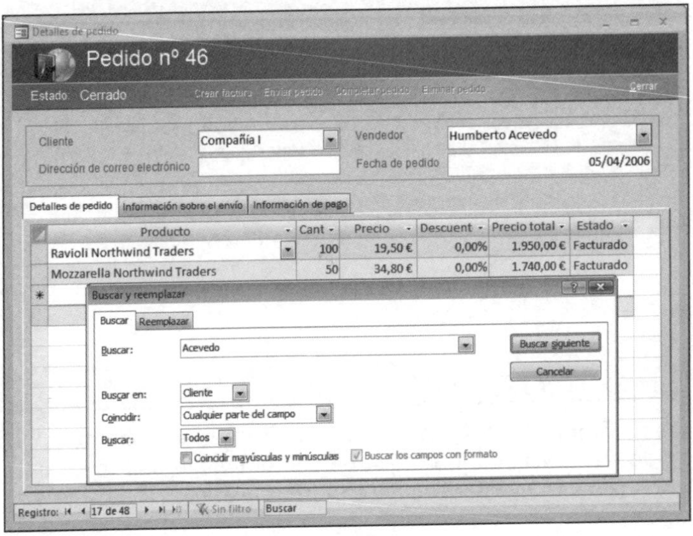

Figura 6.11. Uso del cuadro de diálogo Buscar y reemplazar en el formulario Detalles de pedido de la base de datos Northwind.

Existe otra forma de realizar una búsqueda en un formulario. En la barra navegación entre registros de un formulario, situada en la parte inferior del formulario, aparece también un control Buscar. Introduciendo el texto que se desea buscar en este cuadro de texto, Access nos desplaza por los registros del formulario automáticamente, mostrándonos los datos que coinciden con los términos buscados. Si queremos pasar a la siguiente coincidencia, simplemente pulsaremos la tecla **Intro**. Por ejemplo, en el formulario Detalles de pedido de la base de datos Northwind, si introducimos `Compañía D` en el campo de texto Buscar situado junto a los botones de navegación entre registros del formulario, Access se desplaza automáticamente hasta el primer registro en el que aparece ese texto en cualquier campo del formulario (véase la figura 6.12). Si queremos ver la siguiente coincidencia, pulsamos la tecla **Intro**.

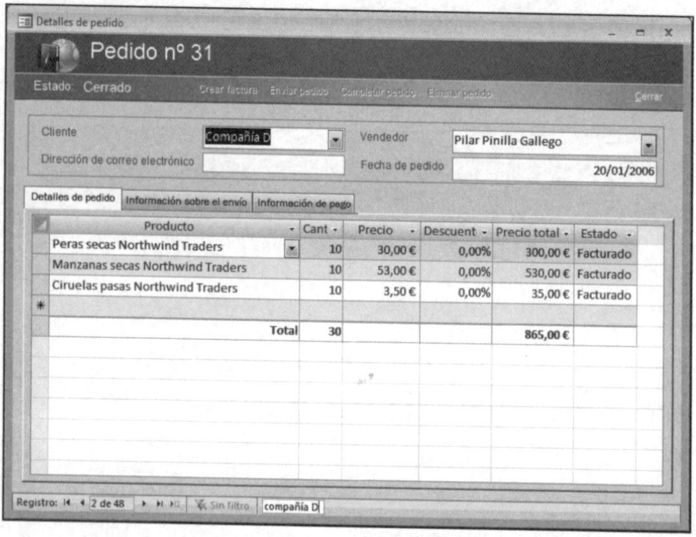

Figura 6.12. Utilizar el control Buscar de la barra de navegación entre registros del formulario para buscar información en el formulario.

6.2. Utilizar los controles de formulario

Los controles son los elementos que hay en un formulario, como los campos de texto y las etiquetas. Los controles proporcionan un medio para que podamos introducir y ver datos.

Estos controles están vinculados a una tabla o consulta subyacente.

6.2.1. Tipos de controles

En un formulario hay muchos tipos de controles y algunos de los más comunes pueden crearse fácilmente con los botones del grupo **Controles** de la ficha **Diseño** de la Cinta de opciones, estando en vista Diseño del formulario (véase la figura 6.13).

Figura 6.13. Conjunto de controles que pueden añadirse a un formulario en su vista Diseño.

Básicamente, hay tres tipos de controles:

- **Controles dependientes:** Para estos controles, el origen de los datos es un campo de una tabla o consulta. Una vez introducido un dato en un control dependiente, el campo correspondiente en la tala o consulta se actualiza con la nueva información. La mayoría de los controles que permiten introducir información son controles dependientes.
- **Controles independientes:** Estos controles no tienen un origen de datos. Conservan los valores que introducimos, pero no actualizan campos de tablas o consultas. Podemos utilizar estos controles para que muestren texto o gráficos y efectos especiales.
- **Controles calculados:** Para estos controles, el origen de datos es una expresión. Están basados en expresiones o cálculos. Los controles calculados no actualizan campos en tablas o consultas, por lo que son un tipo de controles independientes.

El formulario **Detalles de pedido** de la base de datos Northwind contiene ejemplos de los tres tipos de formularios (véase la figura 6.14).

Los controles que podemos incluir en un formulario son:

- **Cuadros de texto:** Los cuadros de texto muestran datos de un origen de datos y permiten al usuario introducir información. Estos controles pueden ser dependientes o independientes. Por ejemplo, podemos crear un cuadro de texto independiente para mostrar los resultados de un cálculo o para aceptar las entradas de un usuario.
- **Etiquetas:** Las etiquetas muestran texto descriptivo, como títulos o instrucciones breves. Las etiquetas no muestran los valores de los campos o expresiones; son siempre independientes y no cambian al pasar de un registro a otro.

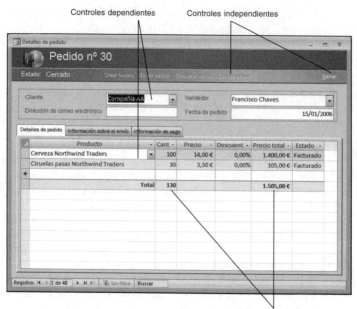

Figura 6.14. Los tres tipos básicos de controles en el formulario Detalles de pedido.

- **Cuadros de lista y cuadros combinados:** En muchos casos, es más rápido y fácil seleccionar un valor de una lista que tener que recordarlo para escribirlo. Una lista de opciones también ayuda a garantizar que el valor especificado en un campo es correcto. Si disponemos de espacio suficiente en el formulario para mostrar la lista en todo momento, utilizaremos un cuadro de lista. Para crear un control que muestre una lista, pero requiera menos espacio, utilizaremos un cuadro combinado, en el que podremos tanto escribir un valor como seleccionarlo de una lista desplegable.

- **Botones de comando:** Los botones de comando permiten ejecutar acciones con un simple clic. Un botón de comando se utiliza en un formulario para iniciar una acción o un conjunto de acciones.

- **Casillas de verificación:** Podemos utilizar una casilla de verificación en un formulario como control dependiente para mostrar un valor Sí/No de una tabla, consulta o instrucción SQL.

- **Botones de opción:** Podemos utilizar un botón de opción en un formulario como control dependiente para mostrar un valor Sí/No de un origen de registros. Cuando se activa o desactiva un botón de opción que está enlazado a un campo Sí/No de una base de datos de Microsoft Access, el valor de la tabla se muestra de acuerdo con la propiedad **Formato** del campo (Sí/No, Verdadero/Falso o Activado/Desactivado).
- **Grupos de opciones:** Podemos utilizar un grupo de opciones en un formulario o informe para mostrar un conjunto limitado de alternativas. Un grupo de opciones permite seleccionar fácilmente un valor, ya que basta con hacer clic en el valor que desee. Únicamente se puede seleccionar al mismo tiempo una opción del grupo. Si desea presentar más opciones, utilice un cuadro de lista o un cuadro combinado en lugar de un grupo de opciones.

6.2.2. Propiedades de los controles

Para determinar las características de controles y campos de un formulario se utilizan propiedades. También usamos propiedades para especificar el comportamiento de ciertos controles, como por ejemplo, que sean visibles o muestren un valor predeterminado. Cada control de un formulario tiene una lista de propiedades, y también el propio formulario tiene propiedades.

Para ver las propiedades de un formulario, abrimos el formulario en la vista Diseño y hacemos clic en el botón **Hoja de propiedades** existente en la ficha Diseño de la Cinta de opciones. En la figura 6.15 puede ver las propiedades del formulario Inventario de la base de datos Northwind.

La primera lista desplegable del cuadro de diálogo Hoja de propiedades nos permite seleccionar si queremos ver las propiedades de todo el formulario o únicamente las de algún control incluido en el formulario. En nuestro ejemplo estamos viendo las propiedades del propio formulario, como muestran el nombre seleccionado en la lista y la etiqueta situada bajo la barra de título del cuadro de diálogo.

Debajo de la lista emergente aparecen cinco fichas para mostrar las distintas propiedades. La ficha Formato muestra propiedades de presentación. La ficha Datos muestra las propiedades de datos o valores específicos que se han establecido en la vista Diseño de la tabla o consulta subyacente. La ficha **Eventos** muestra las macros o códigos asociados a un evento o suceso determinado. La ficha **Otras** muestra propiedades que no pertenecen a las clasificaciones anteriores. La ficha **Todas** muestra todas las propiedades existentes.

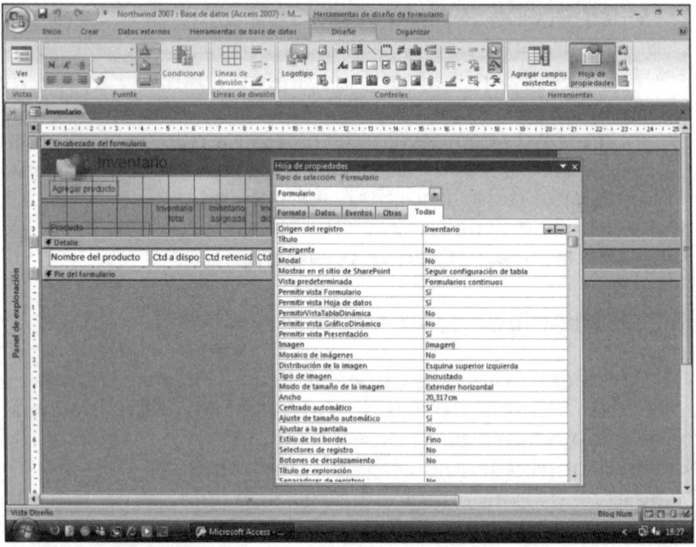

Figura 6.15. La hoja de propiedades del formulario Inventario.

Por último, bajo las pestañas de las fichas que acabamos de mencionar, se encuentra el listado de propiedades y sus valores. La lista puede ser amplia y con frecuencia hay que usar la barra de desplazamiento del lado derecho del cuadro de diálogo **Hoja de propiedades** para poder verlas todas.

Para modificar cualquiera de las propiedades que aparecen en la lista podemos escribir directamente el valor de la propiedad o abrir la lista emergente para seleccionar un valor, si la propiedad en cuestión dispone de una. También hay ciertas propiedades que, al seleccionarlas, muestran un botón con tres puntos ⊞ (véase la figura 6.16). Este botón permite abrir un generador para crear consultas, expresiones, macros o códigos para la propiedad.

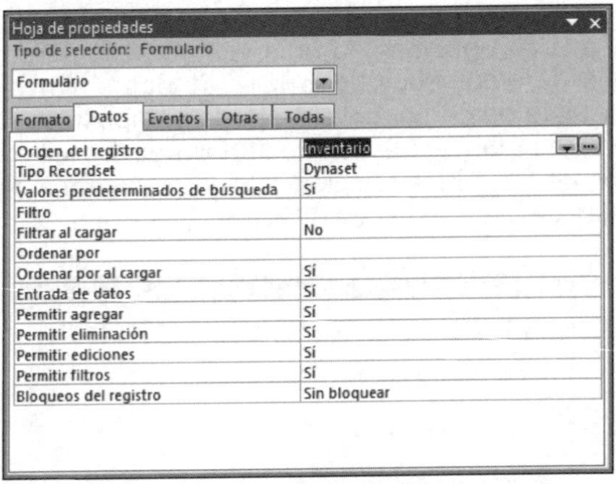

Figura 6.16. La propiedad Origen del registro muestra un botón para iniciar el Generador de consultas.

> *Nota: Al seleccionar una propiedad en el cuadro de diálogo* **Hoja de propiedades**, *aparece en la barra de estado un comentario que explica cómo funciona la propiedad.*

6.3. Modificar formularios

Antes de crear formularios para nuestra base de datos, vamos a practicar un poco modificando controles en la vista Diseño de un formulario. Practicaremos con los formularios existentes en la base de datos de ejemplo Northwind.

6.3.1. Crear controles

Para crear controles primero abriremos un formulario en vista Diseño, a continuación seleccionaremos el botón correspondiente al control que queremos crear en la Cinta de opciones, en el grupo Controles de la ficha Diseño, y seguidamente haremos clic en la ventana de la vista Diseño del formulario para crear un control independiente del tipo seleccionado.

Para añadir controles dependientes de campos de tablas podemos utilizar la Lista de campos. Para abrir la Lista de campos haremos clic sobre el botón **Agregar cam-**

pos existentes del grupo Herramientas de la ficha Diseño, en la Cinta de opciones. Abra la vista Diseño del formulario Lista de empleados de la base de datos Northwind y abra la Lista de campos. La Lista de campos contiene los campos de la tabla subyacente al formulario, así como los campos de las tablas relacionadas y los campos del resto de tablas de la base de datos (véase la figura 6.17).

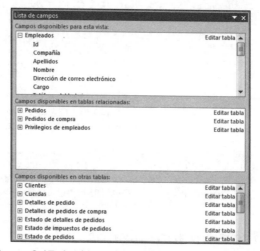

Figura 6.17. La Lista de campos para el formulario Lista de empleados.

Para seleccionar un control en la ventana de la vista Diseño del formulario, hacemos clic sobre el mismo. Como resultado, aparecen manejadores que nos permiten manipular el control moviéndolo o cambiando su tamaño, utilizando los manejadores. Si el control tiene asociada una etiqueta, ésta también queda seleccionada. En la figura 6.18 mostramos la vista Diseño del formulario Lista de empleados, con la Lista de campos en el lado derecho, después de seleccionar el control Id. Fíjese en la forma del cursor. Cuando es una flecha cuádruple indica que si hacemos clic y arrastramos moveremos el control. Cuando es una flecha doble señalando en direcciones opuestas, indica que al hacer clic y arrastrar cambiamos el tamaño del control en las direcciones indicadas por las flechas. Para seleccionar simultáneamente varios controles, mantenemos pulsada la tecla **Mayús** mientras hacemos clic en los distintos controles.

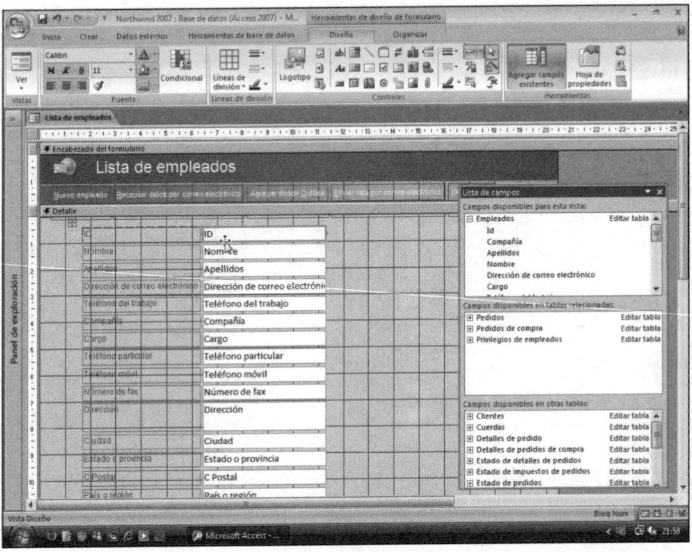

Figura 6.18. La vista Diseño del formulario Listado de empleados con la Lista de campos y con el control Id seleccionado.

6.3.2. Alinear y dimensionar controles

Para que la presentación de un formulario sea más atractiva, los controles deben estar alineados de alguna forma. Para alinear varios controles, los seleccionamos haciendo clic con la tecla **Mayús** pulsada, y seguidamente hacemos clic con el botón derecho del ratón sobre alguno de los controles seleccionados para abrir el menú contextual, en el que elegimos Alinear para abrir un submenú con distintas opciones (véase la figura 6.19), o elegimos alguna opción del grupo Alineación de controles de la ficha Organizar de la Cinta de opciones. Las opciones de alineación son:

- **Izquierda:** Todos los controles quedan alineados con el borde izquierdo del control que se encuentra más a la izquierda.
- **Derecha:** Todos los controles quedan alineados con el borde derecho del control que se encuentra más a la derecha.
- **Arriba:** Todos los controles quedan alineados con el borde superior del control que se encuentra más arriba.

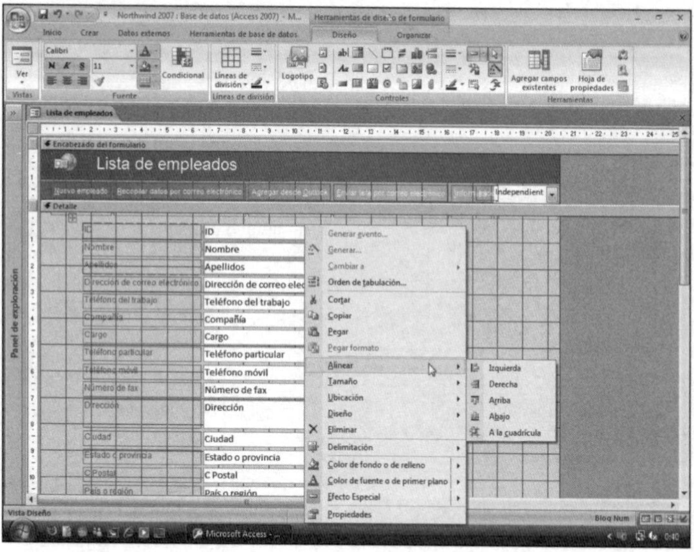

Figura 6.19. Submenú de opciones de alineación.

- **Abajo:** Todos los controles quedan alineados con el borde inferior del control que se encuentra más abajo.
- **A la cuadrícula:** La cuadrícula ayuda a alinear los controles. Para que sea visible hay que activar la opción Cuadrícula ▦ en el grupo Mostrar u ocultar de la ficha Organizar de la Cinta de opciones. Seleccionando esta opción de alineación, los controles se alinean a la cuadrícula subyacente.

Para modificar el tamaño de un control o de varios simultáneamente, los seleccionamos y hacemos clic con el botón derecho del ratón sobre alguno de los controles seleccionados. Aparecerá un menú contextual en el que seleccionamos la opción Tamaño para abrir un submenú con distintas opciones. También podemos utilizar las opciones del grupo Tamaño de la ficha Organizar de la Cinta de opciones.

Las opciones de Tamaño que se encuentran disponibles en el submenú son:

- **Ajustar:** Ajusta la anchura y la altura del control a la fuente seleccionada para el texto.
- **A la cuadrícula:** Ajusta los laterales del cuadro del control a las líneas de la cuadrícula.

192

- **Ajustar al más alto:** Asigna a los controles la misma altura que la del control más alto entre los seleccionados.

- **Ajustar al más corto:** Asigna a los controles la misma altura que la del control más bajo entre los seleccionados.

- **Ajustar al más ancho:** Asigna a los controles la misma anchura que la del control más ancho entre los seleccionados.

- **Ajustar al más estrecho:** Asigna a los controles la misma anchura que la del control más estrecho entre los seleccionados.

Otra característica que podemos utilizar para mejorar la apariencia de un formulario es el espacio entre los controles.

Para modificarlo, seleccionamos los controles y utilizamos las opciones relacionadas con el espacio, tanto horizontal como vertical, existentes en el grupo **Posición** de la ficha **Organizar** de la Cinta de opciones. Las opciones, que no necesitan explicación, son: **Igualar espacio horizontal, Aumentar espacio horizontal, Disminuir espacio horizontal, Igualar espacio vertical, Aumentar espacio vertical** y **Disminuir espacio vertical..**

6.3.3. Subformularios

Un subformulario no es más que un formulario dentro de otro formulario. Podemos usar un subformulario para mostrar e introducir datos en varias tablas. Un formulario normal permite modificar varias tablas, pero es necesario utilizar subformularios para mostrar datos de varias consultas o tablas simultáneamente.

En la base de datos Northwind tenemos un ejemplo del uso de subformularios en el formulario **Detalles de clientes**, como puede verse en la figura 6.20. El subformulario permite que los datos de distintas tablas se muestren con formatos diferentes.

La característica más importante de los subformularios es que nos dan la capacidad de mostrar las relaciones uno a varios.

El formulario principal muestra datos de la tabla de la parte individual de la relación, mientras el subformulario muestra datos de la parte múltiple.

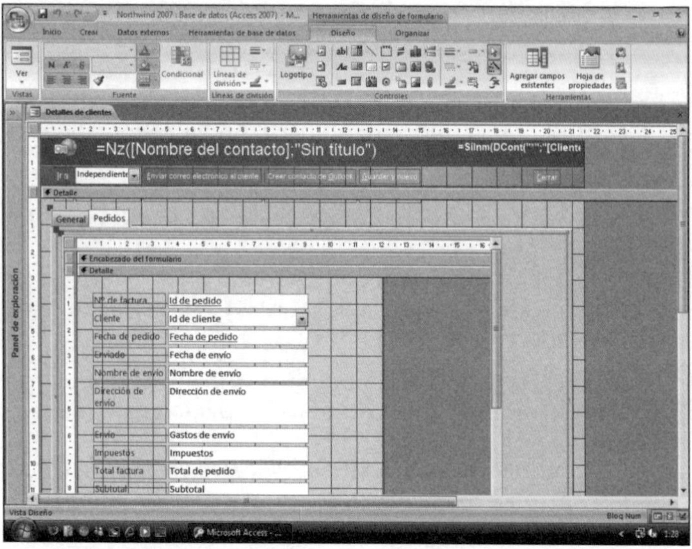

Figura 6.20. Ejemplo de formulario con subformulario.

6.4. Crear formularios con asistentes

A continuación vamos a crear algunos formularios para nuestra base de datos Hotel utilizando los asistentes que proporciona Microsoft Access. Vamos a empezar por un formulario en columnas sencillo.

6.4.1. Un formulario en columnas

Para crear un formulario en columnas, siga estos pasos:

1. Abra la base de datos Hotel.
2. En el grupo Formularios de la ficha Crear, haga clic sobre el botón **Más formularios** 🖬. Se desplegará un menú con distintas opciones. Haga clic sobre la opción Asistente para formularios. Se abrirá el primer cuadro de diálogo del Asistente para formularios (véase la figura 6.21).
3. En la lista Tablas/Consultas, seleccione Tabla: Clientes.
4. Haga clic en el botón ⟩⟩ para incluir todos los campos de la tabla Clientes en el nuevo formulario. Los

campos pasarán de la listas **Campos disponibles** a la lista **Campos seleccionados.**

5. Haga doble clic en los campos **Notas** y **Sexo** para que no aparezcan en el formulario (véase la figura 6.21.

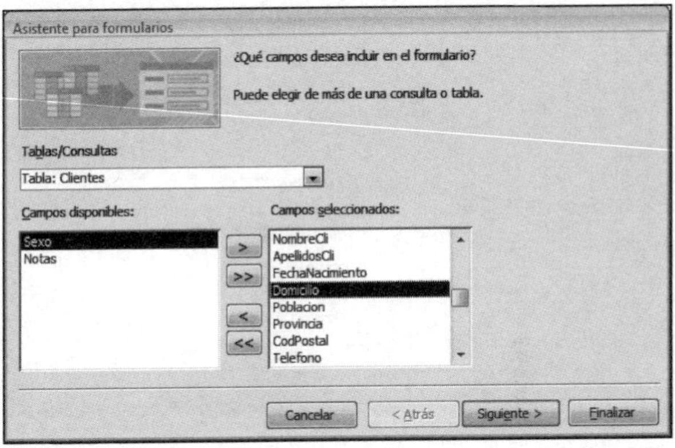

Figura 6.21. El Asistente para formularios con los campos de la tabla Clientes seleccionados para el nuevo formulario.

6. Haga clic en el botón **Siguiente**.
7. En el segundo cuadro de diálogo del Asistente elegiremos el tipo de formulario que queremos crear. Seleccione la opción **En columnas** para el formulario, y haga clic en **Siguiente**.
8. En el tercer cuadro de diálogo del Asistente seleccionaremos el estilo que deseamos aplicar al formulario. Elija un estilo para la presentación del formulario, por ejemplo **Windows Vista**, y haga clic en **Siguiente** (véase la figura 6.22).

Nota: *Es posible cambiar el estilo del formulario una vez hemos finalizado su creación con el Asistente. Para ello utilizaremos, en vista Diseño del formulario, la opción* **Autoformato** *de la ficha* **Organizar** *de la Cinta de opciones.*

9. Se abrirá el último cuadro de diálogo del Asistente, en el que elegiremos el nombre que deseamos dar al formulario, así como la vista en la que se abrirá el formulario al finalizar su creación. Escriba como título del formulario `Datos de clientes`, y deje ac-

tivada la opción **Abrir el formulario para ver o intro-ducir** información para que al finalizar se abra en vista Formulario. Para terminar, haga clic sobre el botón **Finalizar**.

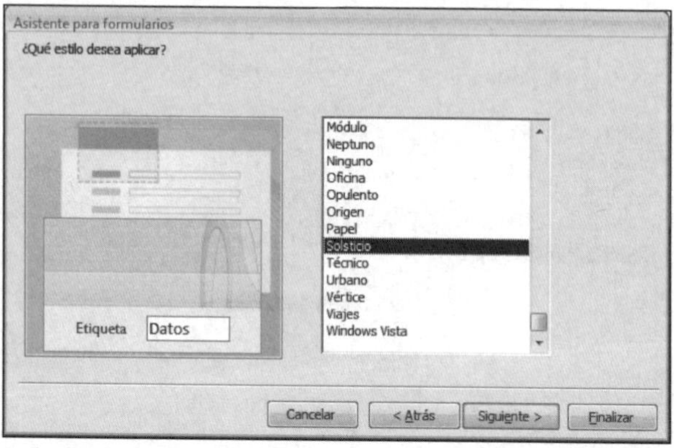

Figura 6.22. Seleccione un estilo para el formulario.

Se abre la vista Formulario, permitiendo que veamos el resultado de las opciones que hemos escogido. En nuestro caso, algunos controles son demasiado grandes para los datos que van a almacenar (véase la figura 6.23). Para solucionarlo, siga estos pasos:

1. Haga clic sobre el botón **Ver** para abrir la vista Diseño del formulario.

2. Seleccione todos los controles haciendo clic sobre ellos mientras mantiene pulsada la tecla **Mayús**. No es necesario hacer clic sobre las etiquetas de los controles, pues se seleccionan automáticamente al seleccionar su cuadro de texto.

3. Haga clic con el botón derecho del ratón sobre alguno de los controles seleccionados. Se abrirá un menú contextual. Dirija el cursor del ratón hasta la opción **Tamaño** y seguidamente seleccione la opción **Ajustar al más corto**. De esta forma, la altura de los cuadros de texto se reducirá para igualar al que tiene una altura menor, aunque suficiente para los datos que van a contener.

4. A continuación vamos intentar reducir la longitud de los cuadros de textos para adecuar cada campo a

su contenido. Pero para poder hacerlo primero es necesario desactivar la selección múltiple de los controles, ya que tal y como están creados por el Asistente, todos los controles tienen la misma longitud, y no es posible modificar la longitud de un único control sin afectar a la longitud de los demás. Seleccione todos los controles haciendo clic sobre el control de selección múltiple ⊞ que aparece en la esquina superior izquierda de los controles al hacer clic sobre cualquiera de ellos.

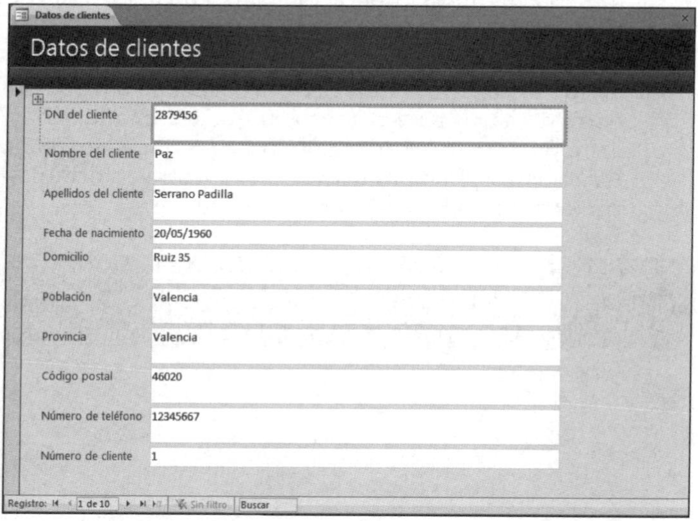

Figura 6.23. El formulario creado por el Asistente para formularios.

5. Con todos los controles seleccionados, haga clic sobre el botón **Quitar** del grupo **Diseño de controles** de la ficha **Organizar**, en la Cinta de opciones. Ahora podemos modificar los controles de forma individual.
6. Pase a la vista Presentación del formulario. Puede hacerlo utilizando el menú desplegable del botón **Ver** de la Cinta de opciones, o utilizando el botón **Vista Presentación** de la barra de tareas de Access. En esta vista podrá ver los datos reales mostrados por el formulario, igual que en vista Formulario, pero tam-

bién es posible realizar algunas modificaciones al diseño del formulario, como la que vamos a hacer a continuación, que es reducir la longitud de los cuadros de texto para adecuarlos mejor a su contenido.

7. Seleccione el primer cuadro de texto haciendo clic sobre él, no sobre su etiqueta. Sitúe el cursor del ratón en la parte derecha del cuadro de texto hasta que se convierta en una doble flecha horizontal. Entonces, haga clic y arrastre hasta conseguir un tamaño para el campo que sea más apropiado para su contenido.

8. Repita esta última operación con el resto de controles del formulario hasta que los cuadros de texto tengan una longitud más adecuada a su contenido. Puede utilizar los botones de la barra de navegación entre registros para comprobar que el tamaño de los campos de texto es adecuado para los datos de todos los registros. En la figura 6.24 se muestra el formulario terminado, en vista Presentación.

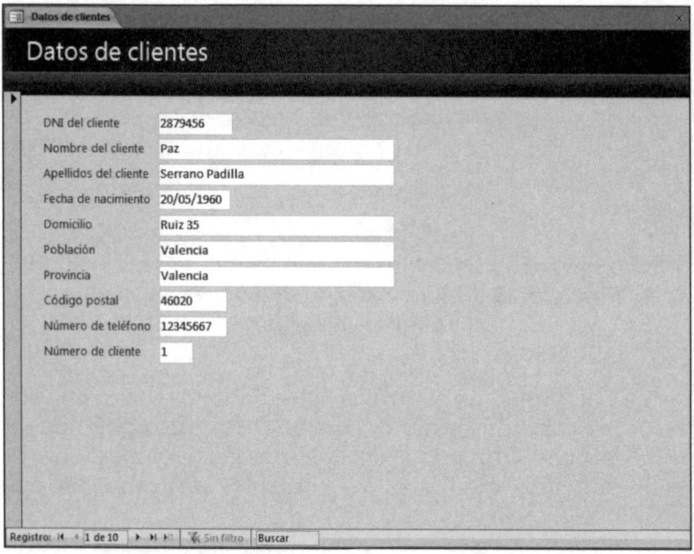

Figura 6.24. El mismo formulario, pero modificado para ajustar los controles a su contenido.

9. Vuelva a abrir el formulario en vista Diseño y seleccione el cuadro de texto DNI. A continuación abra

las propiedades de este objeto haciendo clic sobre el botón **Hoja de propiedades** de la ficha Diseño en la Cinta de opciones. Busque la propiedad Barras de desplazamiento en la ficha Formato de la Hoja de propiedades, y asegúrese de que está seleccionado el valor Ninguna. Repita el proceso para el resto de cuadros de texto del formulario.

10. Finalmente, guarde el formulario y pase a la vista Formulario haciendo clic sobre el botón **Ver** de la Cinta de opciones.

Ahora podemos modificar datos de la tabla Clientes simplemente escribiéndolos en este formulario. Por ejemplo, si selecciona el nombre del cliente, no tiene más que escribir un otro nombre e inmediatamente se guarda el registro con el dato modificado en la tabla Clientes.

6.4.2. Un formulario con subformulario

A continuación vamos a crear un formulario que va a contener otro formulario. Siga estos pasos.

1. Abra la base de datos Hotel.

2. En la Cinta de opciones, en la ficha Crear, haga clic sobre el botón **Más formularios** 🖼 y a continuación seleccione la opción Asistente para formularios en el menú que entonces aparece. Se abrirá el primer cuadro de diálogo del Asistente para formularios.

3. En la lista desplegable Tablas/Consultas situada en la parte superior del cuadro de diálogo, seleccione la opción Tabla: Clientes.

4. Seleccione el campo IdCliente y haga clic en el botón ⊳ para pasar el campo de la lista Campos disponibles a la lista Campos seleccionados.

5. Haga lo mismo con los campos NombreCli y ApellidosCli. Puede utilizar el botón antes utilizado, o también puede hacer doble clic sobre los campos para pasarlos de una lista a otra.

6. Vuelva a abrir la lista desplegable Tablas/Consultas y seleccione la opción Tabla: Entradas.

7. Incluya en la lista Campos seleccionados los campos FechaLlegada, FechaSalida, UltVisita, Planta, NumHab y Motivo, y haga clic en **Siguiente**.

8. Access presenta un nuevo cuadro de diálogo (véase la figura 6.25) en el que se puede elegir entre mostrar

los datos de las dos tablas como un formulario con subformulario, como un único formulario, o como formularios vinculados. Seleccione la opción Formulario con subformularios y haga clic en **Siguiente**.

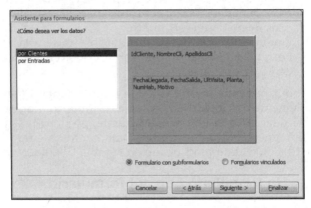

Figura 6.25. Cuadro de diálogo para elegir cómo se muestran los datos.

9. Elija la distribución Hoja de datos para el subformulario y haga clic en **Siguiente**.
10. Elija un estilo para la presentación del formulario, por ejemplo Viajes, y haga clic en **Siguiente**.
11. Escriba Datos de entradas como título del formulario y Subformulario de entradas como título del subformulario (véase la figura 6.26), y haga clic en **Finalizar**.

Access abre el formulario en vista Formulario. El formulario incluye tres cuadros de texto, para los campos pertenecientes a la tabla Clientes, y un subformulario en vista Hoja de datos, para los campos de la tabla Entradas. El subformulario mostrará los datos de las visitas realizadas por cada cliente. Ahora podemos modificar el ancho de los campos en la hoja de datos del subformulario sin necesidad de cambiar a la vista Diseño, pero, como podemos ver en la figura 6.27, necesitamos modificar ligeramente el diseño del formulario resultante para poder ver bien los campos del subformulario sin tener que utilizar su barra de desplazamiento horizontal. Además, vamos a modificar ligeramente el tamaño de los cuadros de texto de los campos de la tabla Clientes para adecuarlos mejor a su contenido, y a cambiar la ubicación del subformulario y de su etiqueta para alinearlos con las etiquetas de los cuadros de texto.

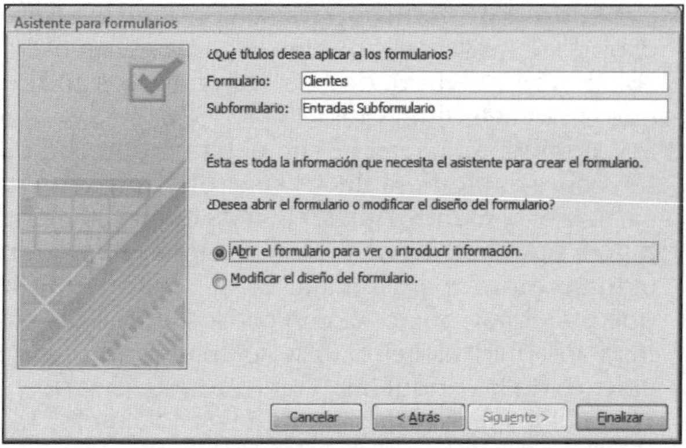

Figura 6.26. Último cuadro de diálogo del Asiste para crear un formulario con subformulario.

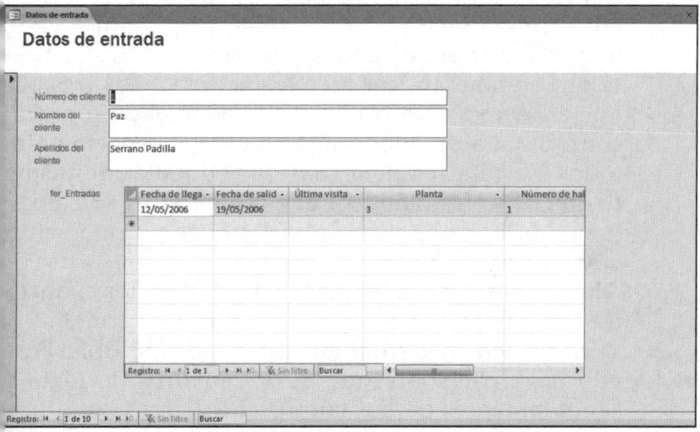

Figura 6.27. El formulario Datos de entradas con el subformulario de entradas.

Siga los siguientes pasos:

1. Pase a vista Diseño del formulario haciendo clic sobre el botón **Vista Diseño** de la barra de tareas.
2. Haga clic sobre uno de los tres cuadros de texto correspondientes a los campos de la tabla Clientes. El

Asistente para formularios ha creado una selección múltiple con los tres cuadros de texto, por lo que aparecerá el control de selección múltiple ⊞ en la esquina superior izquierda de los controles. Haga clic sobre este control para seleccionar los tres cuadros de texto y sus etiquetas. Aparecerá un marco de color naranja alrededor de los controles indicando que están seleccionados.

3. Seguidamente, haga clic con el botón derecho del ratón sobre cualquiera de los controles seleccionados y ejecute el comando Ajustar al más corto del menú Tamaño. Los cuadros de texto y sus etiquetas han reducido su altura para igualar la del cuadro IdCliente, que era el más corto. Como consecuencia, las etiquetas y los cuadros de texto se solapan, impidiendo ver el texto de las etiquetas. Vamos a solucionarlo.

4. Haga clic sobre el cuadro de texto IdCliente. El control aparece rodeado por un marco de color naranja para indicar que está seleccionado.

5. Coloque el cursor del ratón en el lado izquierdo del cuadro de texto seleccionado, y cuando el cursor cambie y se convierta en una doble flecha horizontal, haga clic y arrastre ligeramente hacia la derecha, hasta que se puedan leer bien los textos de las tres etiquetas. Aunque únicamente hemos actuado sobre un control, ha aumentado ligeramente el espacio entre todos los cuadros de texto y sus etiquetas al mismo tiempo. Esto es debido a que estos cuadros de texto han sido creados por el Asistente como una selección múltiple.

6. Ahora vamos a modificar la longitud de los cuadros de texto para que se ajusten mejor a su contenido. Primero debemos eliminar la selección múltiple. Para ello haga clic sobre uno de los cuadros de texto y seguidamente sobre el control de selección múltiple ⊞. A continuación haga clic sobre el botón Quitar de la ficha Organizar de la Cinta de opciones. Ya es posible modificar los controles de forma individual.

7. Pase a vista Presentación utilizando el botón correspondiente de la barra de estado, y seguidamente reduzca la longitud de los cuadros de texto para ajustarla mejor a su contenido, tal y como hicimos en un ejemplo anterior. Una vez hecho esto, pase de nuevo a la vista Diseño del formulario.

8. Ahora vamos a cambiar el emplazamiento de la etiqueta del subformulario para colocarla sobre él. Haga clic sobre la etiqueta. Aparecerá un control de selección múltiple ⊞ en la esquina superior izquierda de la etiqueta. Hemos de eliminar esta selección múltiple para poder mover la etiqueta sin que afecte al subformulario. Para ello, repita el procedimiento visto en el punto 6.

9. Una vez eliminada la selección múltiple, seleccione únicamente la etiqueta del subformulario. A continuación, coloque el cursor del ratón sobre el controlador de desplazamiento de la etiqueta. Es un pequeño cuadrado oscuro situado en la esquina superior izquierda del marco de selección de la etiqueta. El cursor se convertirá en una cuádruple flecha. Haga clic y arrastre la etiqueta hasta colocarla sobre el subformulario, alineada con el lateral izquierdo del subformulario.

10. Ahora vamos a alargar el marco de la etiqueta para que ocupe una única línea. Desplace el cursor del ratón hasta la esquina superior derecha del marco de selección de la etiqueta hasta que se convierta en una doble flecha en diagonal. Entonces, haga clic y arrastre hasta que la etiqueta quede en un única línea sobre el subformulario (véase la figura 6.28).

11. Ahora vamos a alinear el subformulario y su etiqueta con las etiquetas de los cuadros de texto, y finalmente, modificaremos el tamaño del subformulario para poder ver todos sus campos en vista Formulario. Manteniendo la tecla **Mayús** pulsada, haga clic sobre el subformulario, sobre su etiqueta y sobre la etiqueta de uno de los cuadros de texto para seleccionar los tres elementos.

12. A continuación, haga clic sobre el botón Izquierda ⬚ del grupo Alineación de controles de la ficha Organizar, en la Cinta de opciones. El subformulario y su etiqueta se alinearán a la izquierda con la etiqueta del cuadro de texto seleccionada.

13. Ahora vamos a aumentar la anchura del subformulario. Seleccione únicamente el subformulario. Coloque el cursor del ratón sobre el controlador de tamaño derecho del subformulario. Es una pequeña marca en la parte central del lateral derecho del marco de selección del subformulario. El cursor del ratón se convertirá en una doble flecha horizontal.

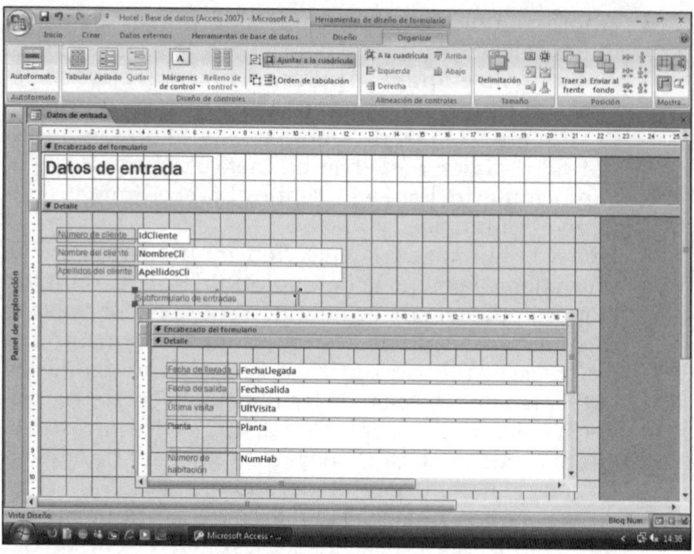

Figura 6.28. Colocar la etiqueta encima del subformulario.

Haga clic y arrastre ligeramente hacia la derecha para aumentar el tamaño del subformulario. Pase a vista Presentación para comprobar que se ven todas las columnas de la hoja de datos del subformulario. Modifique, directamente en vista Presentación, el tamaño del subformulario hasta que lo consiga. Recuerde que en vista Presentación también puede modificar el ancho de las columnas de la hoja de datos del subformulario. El resultado final será similar al mostrado en la figura 6.29.

14. Haga clic sobre el botón **Guardar** 🖫 de la barra de herramientas de acceso rápido para guardar las modificaciones efectuadas al diseño del formulario y ciérrelo.

6.4.3. Un formulario gráfico

Para finalizar con los asistentes, vamos a crear un formulario de tipo gráfico que muestre los ingresos totales por planta en el hotel utilizando un gráfico de barras. Para ello vamos a utilizar la consulta Ingresos por planta y por trimestre que creamos en el capítulo anterior.

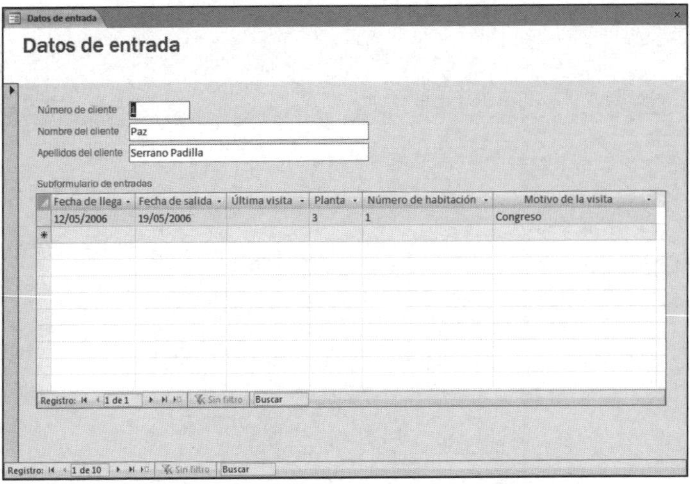

Figura 6.29. El formulario Datos de entradas con el subformulario de entradas modificado.

Siga estos pasos:

1. Si no está abierta, abra la base de datos Hotel, y en el **Panel de exploración**, seleccione la consulta Ingresos por planta y por trimestre.

2. En la Cinta de opciones, en el grupo **Formularios** de la ficha **Crear**, haga clic sobre el botón **Gráfico dinámico** 📊. Se abrirá un formulario con el nombre de la consulta que se utilizará como origen de datos para el gráfico.
   El formulario aparece en vista Gráfico dinámico (véase la figura 6.30).

3. Lo primero que vamos a hacer es cambiar el tipo de gráfico. Haga clic con el botón derecho sobre cualquier zona vacía del formulario y seleccione la opción **Cambiar tipo de gráfico**. También puede utilizar el botón **Cambiar tipo de gráfico** del grupo **Tipo** existente en la ficha **Diseño** de la Cinta de opciones. Se abrirá un cuadro de diálogo **Propiedades** que incluye varias pestañas (véase la figura 6.31).

4. En la ficha **Tipo** del cuadro de diálogo **Propiedades**, seleccione el tipo de gráfico **Columna** y seguidamente el estilo Columna 3D, tal y como se muestra en la figura 6.31. A continuación cierre el cuadro de diálogo **Propiedades**.

205

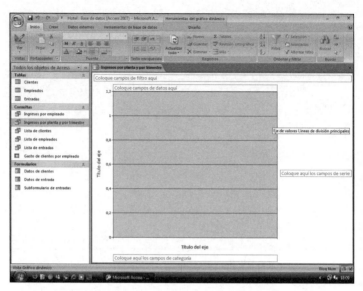

Figura 6.30. El formulario Ingresos por planta y trimestre en vista Gráfico dinámico.

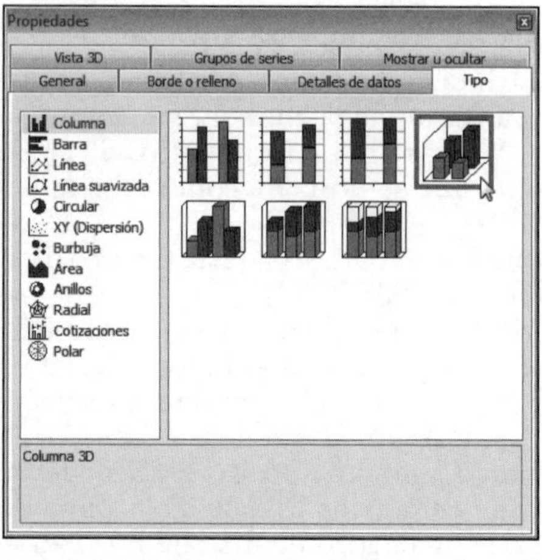

Figura 6.31. Podemos elegir el tipo de gráfico que vamos a crear.

5. Ahora vamos a añadir los campos de la consulta Ingresos por planta y por trimestre al gráfico. Haga clic sobre el botón **Lista de campos** del grupo Mostrar u

ocultar de la ficha Diseño, en la Cinta de opciones. Se abrirá el cuadro de diálogo Lista de campos de gráfico con los campos de la consulta origen de datos del gráfico.

6. En la Lista de campos de gráfico, seleccione el campo Ingresos y arrástrelo hasta la zona del gráfico con el texto Coloque campos de datos aquí, en la parte superior del gráfico.

7. Seguidamente, arrastre el campo Planta desde la Lista de campos de gráfico hasta la zona del gráfico con el texto Coloque aquí los campos de la serie, en la parte derecha del gráfico.

8. A continuación, en la Lista de campos de gráfico, haga clic sobre el signo + de la opción FechaLlegada por mes. Ahora, arrastre la opción Meses hasta la zona del gráfico con el texto Coloque aquí los campos de categoría, en la parte inferior del gráfico. El gráfico estará creado (véase la figura 6.32).

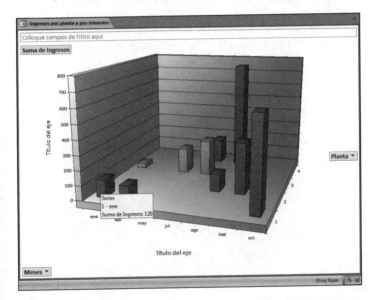

Figura 6.32. El gráfico de los ingresos por planta y por mes.

9. Nos queda poner los títulos de los ejes. Haga clic sobre el texto Título del eje situado en la parte izquierda del gráfico, en posición vertical, y a conti-

nuación haga clic sobre el botón **Hoja de propiedades**. En el cuadro de diálogo Propiedades, haga clic
sobre la ficha Formato, y a continuación, en el cuadro de texto Título, sustituya el texto actual por Ingresos. Sin cerrar el cuadro de diálogo Propiedades,
haga clic sobre el texto Título del eje situado bajo el
gráfico. Vuelva a sustituir el texto que aparece en el
campo Título de la ventana Propiedades por el texto
Meses.

Ya tenemos los títulos correctos de los ejes del gráfico. Ya puede cerrar la ventana Propiedades.

10. Finalmente, haga clic sobre el botón **Colocar zonas**
del grupo Mostrar u ocultar de la ficha Diseño, en la
Cinta de opciones.

11. Haga clic sobre el botón **Leyenda** del grupo Mostrar
u ocultar de la ficha Diseño, en la Cinta de opciones.
Ya hemos terminado el gráfico (véase la figura 6.33).

12. Guarde el gráfico haciendo clic sobre el botón **Guardar** 🖫 en la barra de herramientas de acceso rápido.
Aparecerá el cuadro de diálogo Guardar como. Escriba el nombre Gráfico de ingresos por planta y
mes. Ya puede cerrar el gráfico cuando lo desee.

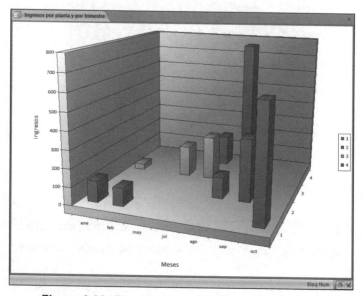

Figura 6.33. El gráfico creado a partir de los datos
de la consulta Ingresos por planta y trimestre.

6.5. Crear formularios sin asistentes

Lo siguiente que vamos a hacer es crear un formulario para los datos de empleados sin utilizar los asistentes. Como práctica, vamos a crear el mismo formulario de dos formas distintas. La primera forma nos permite crear un formulario de la forma más rápida posible, en un único clic. A continuación, y como contraste, crearemos el mismo formulario directamente desde cero, en vista Diseño.

6.5.1. Crear un formulario en un clic

A continuación vamos a ver la forma más rápida de crear un formulario. Los pasos son los siguientes:

1. En el Panel de exploración, seleccione la tabla Empleados.
2. Seguidamente, haga clic sobre el botón **Formulario** del grupo Formularios existente en la ficha Crear, en la Cinta de opciones.

Ya está creado el formulario (véase la figura 6.34). Aparece abierto en vista Presentación, y podemos ver que incluye todos los campos de la tabla Empleados, un subformulario con los datos de la tabla relacionada Entradas y un encabezado de formulario para incluir un título y un logotipo para el formulario.

Es una forma realmente rápida de crear un formulario, pero normalmente habrá que modificar el diseño del formulario resultante para ajustarlo a nuestras necesidades y gustos. A continuación vamos a seguir practicando en la modificación del diseño de este formulario hasta conseguir el resultado mostrado en la figura 6.35. Siga los pasos siguientes:

1. En vista Presentación, elimine el subformulario haciendo primero clic sobre él para seleccionarlo y seguidamente pulsando la tecla **Supr**. Elimine también el campo Notas.
2. A continuación, haga clic sobre uno de los cuadros de texto y reduzca su longitud más o menos a la mitad. Se reducirá la longitud de todos los cuadros de texto, ya que Access los crea como una selección múltiple.

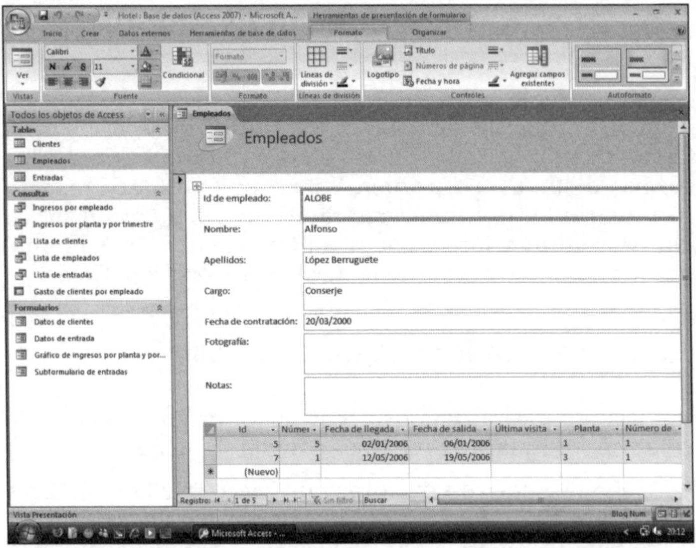

Figura 6.34. El formulario creado en un único clic.

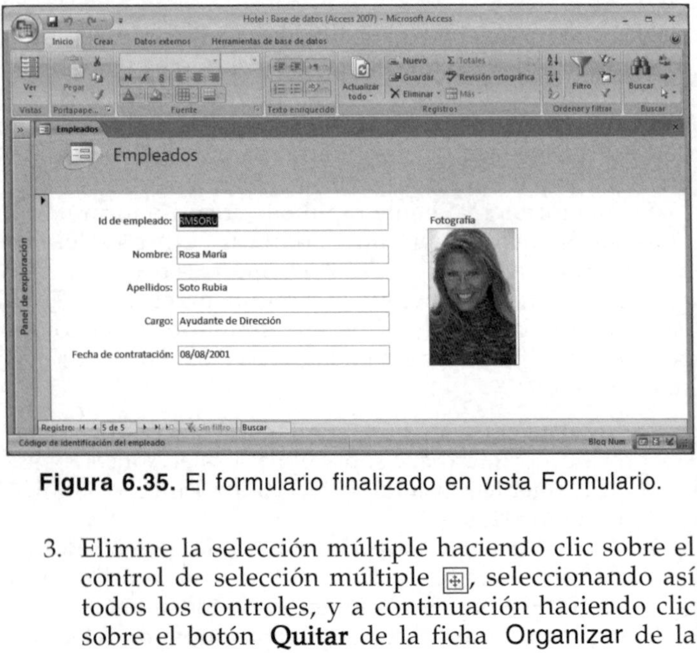

Figura 6.35. El formulario finalizado en vista Formulario.

3. Elimine la selección múltiple haciendo clic sobre el control de selección múltiple ⊞, seleccionando así todos los controles, y a continuación haciendo clic sobre el botón **Quitar** de la ficha Organizar de la Cinta de opciones.

4. A continuación, cambie a vista Diseño del formulario haciendo clic sobre el botón **Vista Diseño** de la barra de tareas.

> **Nota:** *Recuerde que tiene a su disposición varias opciones de alineación para poder colocar los controles en el formulario de forma precisa. Se encuentran en la ficha* **Organizar,** *en el grupo* **Alineación de controles.**

5. Una vez en vista Diseño, pase el control de la fotografía y su etiqueta a la derecha de los cuadros de texto. Coloque la etiqueta de la fotografía sobre el control. Recuerde que para mover únicamente la etiqueta sin mover el control, deberá utilizar el controlador de desplazamiento de la etiqueta, que es un cuadro oscuro situado en la esquina superior izquierda del marco de selección de la etiqueta.

6. Modifique el tamaño del control donde aparecerá la fotografía de los empleados para que se ajuste al formato de un retrato.

7. Reduzca la altura de los cuadros de texto y sus etiquetas, seleccionándolos todos primero, haciendo clic con el botón derecho del ratón sobre uno de los cuadros, y ejecutando el comando **Ajustar al más corto** del menú **Tamaño.**

8. Para finalizar, cambie la alineación del texto de las etiquetas de los cuadros de texto para que el texto esté alineado a la derecha. Utilice para ello el botón **Alinear texto a la derecha** ▤.

9. El formulario ya está modificado. Guárdelo como **Datos de empleados** haciendo clic sobre el botón **Guardar** de la barra de inicio rápido.

6.5.2. Crear un formulario en vista Diseño

A continuación vamos a ver cómo crear un formulario con los mismos campos directamente desde cero en vista Diseño.

1. Haga clic sobre el botón **Diseño del formulario** en el grupo **Formularios** de la ficha **Crear,** en la Cinta de opciones. Aparecerá un formulario vacío en vista Diseño.

2. Vamos a especificar que el origen de datos del formulario es la tabla Empleados. Haga clic sobre el pequeño cuadrado situado en la intersección de las reglas horizontal y vertical, justo debajo de la pestaña con el nombre del formulario, de forma que aparezca un pequeño cuadrado negro en su interior. Esto indica que el formulario está seleccionado (véase la figura 6.36).

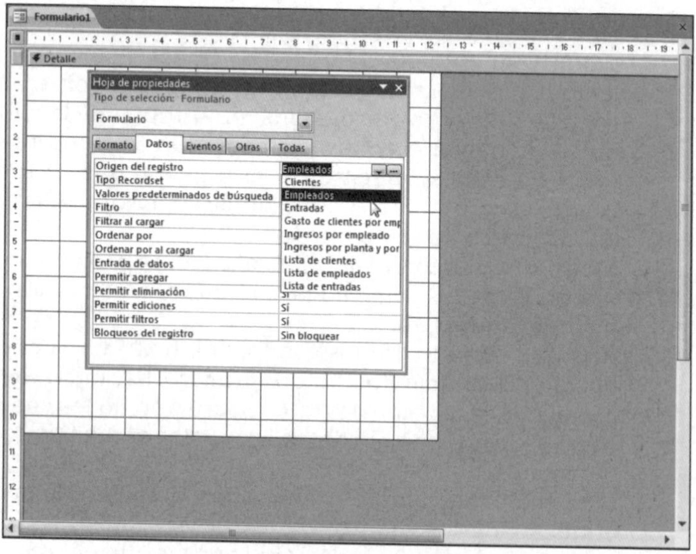

Figura 6.36. Seleccionar el origen de datos del nuevo formulario.

3. Abra la Hoja de propiedades del formulario haciendo clic sobre el botón **Hoja de propiedades** del grupo **Herramientas** de la ficha **Diseño**, en la Cinta de opciones.

4. En la ficha **Datos**, haga clic sobre el casilla vacía situada junto a la propiedad **Origen del registro**. Aparecerán una flecha de lista desplegable y un botón **Generador** con tres puntos. Haga clic sobre la flecha de lista desplegable y seleccione la opción **Empleados** (véase figura 6.36). De esta forma indicamos que el origen de los datos incluidos en el formulario será la tabla Empleados. Cierre la Hoja de propiedades.

5. A continuación vamos a incluir los campos en el formulario. Haga clic sobre el botón **Agregar campos existentes** del grupo Herramientas en la ficha Diseño. Aparecerá la Lista de campos.

6. En la Lista de campos, seleccione todos los campos de la tabla Empleados, excepto Notas, y arrástrelos hasta el formulario. Recuerde que para seleccionar más de un campo puede utilizar las teclas **Mayús** y **Control** mientras hace clic sobre los nombres de los campos. Cierre la Lista de campos. Su vista Diseño será similar a la mostrada en la figura 6.37.

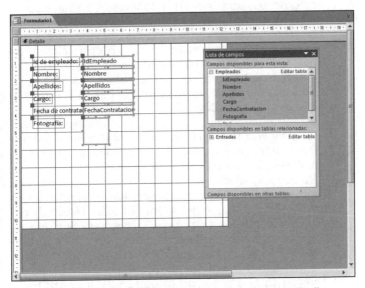

Figura 6.37. Utilice la Lista de campos para añadir los campos al nuevo formulario.

7. Amplíe el tamaño del formulario colocando el cursor sobre el límite derecho y haciendo clic y arrastrando para dejar espacio al campo que va a contener la fotografía.

8. Haga clic en el campo de la fotografía y sitúe el cursor sobre el controlador superior izquierdo. Cuando se convierta en una cuádruple flecha, haga clic y arrastre el campo hacia el lado superior derecho. A continuación, arrastre también la etiqueta Fotografía para colocarla encima del campo.

9. Modifique el tamaño del espacio asignado a la fotografía para que sea similar al del ejemplo anterior. Para ello, haga clic en el campo y sitúe el cursor sobre la esquina inferior derecha. Cuando se convierta en una flecha doble, haga clic y arrastre hasta obtener el tamaño deseado.

10. Modifique los campos y las etiquetas para conseguir colocar los campos y sus etiquetas de forma similar a la del ejemplo anterior (véase figuras 6.35 y 6.38). Le recomendamos que utilice las opciones del grupo **Alineación de controles** y las del grupo **Posición**, especialmente **Aumentar espacio vertical** 🔳 y **Aumentar espacio horizontal** 🔳, de la ficha **Organizar**.

11. Reduzca el tamaño del formulario para ajustarlo a lo que ocupan los campos.

12. Cuando haya terminado, su formulario será parecido al mostrado en la figura 6.38. Ya tendría el formulario listo para guardarlo. Sin embargo, vamos a hacerle algunas modificaciones más.

13. Vamos a añadirle un encabezado de formulario para albergar un título para el formulario. Siguiendo en vista Diseño, haga clic sobre el botón **Título** 🔳 del grupo **Controles** en la ficha **Diseño**, en la Cinta de opciones. Se abre un encabezado y un pie de formulario. Reduzca el tamaño del pie de formulario hasta que desaparezca. Para ello, coloque el cursor del ratón al final del pie de formulario y arrastre hacia arriba hasta que desaparezca.

14. Haga clic sobre la etiqueta situada en el encabezado del formulario y escriba un texto descriptivo para el título del formulario. Por ejemplo, puede escribir Datos de los empleados.

15. Ahora vamos a aplicar un estilo a todo el formulario. Primero asegúrese de que está seleccionado el formulario y no únicamente alguno de sus elementos. Para ello, haga clic sobre el cuadrado situado en la intersección de las reglas horizontal y vertical, justo debajo de la pestaña con el nombre del formulario, hasta que aparezca un cuadrado negro dentro del otro cuadrado. Esto indica que el formulario está seleccionado.

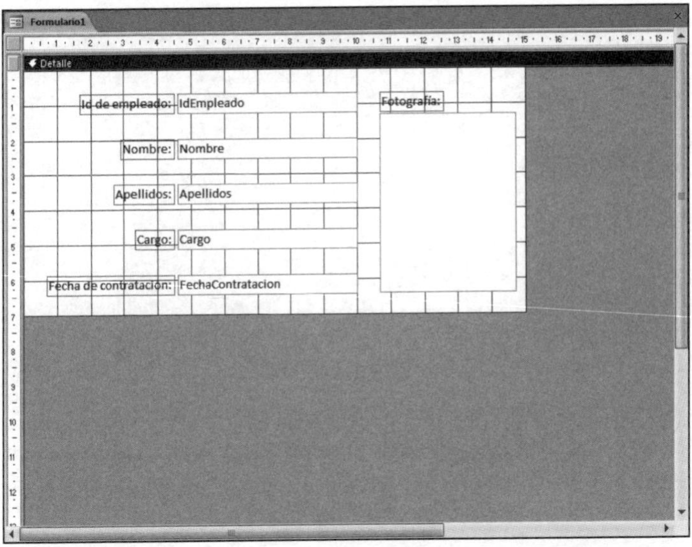

Figura 6.38. El formulario con los datos de empleados después de alinear los campos y ajustar su tamaño.

16. Seguidamente, haga clic sobre el botón **Autoformato** de la pestaña Organizar y elija un estilo para su formulario.

    En el ejemplo mostrado en la figura 6.39 se ha aplicado el estilo Brío al formulario.

Ya tiene el formulario terminado y listo para ser utilizado. Si lo desea puede guardarlo como Datos de empleados 2.

Como ha podido comprobar, crear un formulario desde cero directamente en vista Diseño no es algo complicado ni tampoco lleva mucho más tiempo que hacerlo mediante asistentes o formularios automáticos.

6.6. Las vistas Tabla dinámica y Gráfico dinámico

Para las tablas, formularios y consultas, el botón **Ver** de la Cinta de opciones incluye las vistas Tabla dinámica y Gráfico dinámico (véase la figura 6.40).

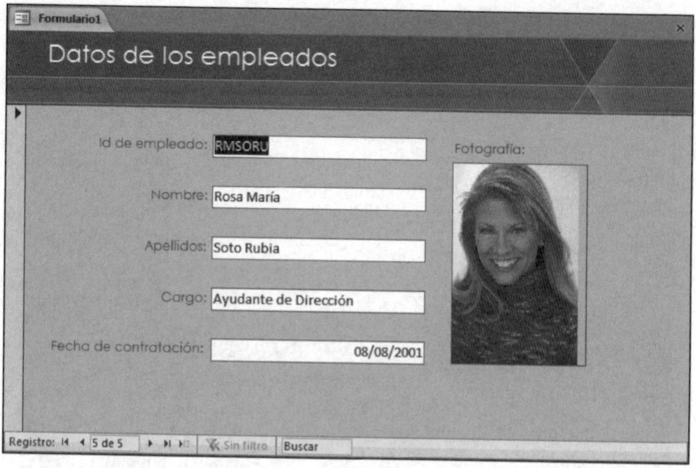

Figura 6.39. El mismo formulario en vista Formulario después de aplicarle el estilo de autoformato Brío.

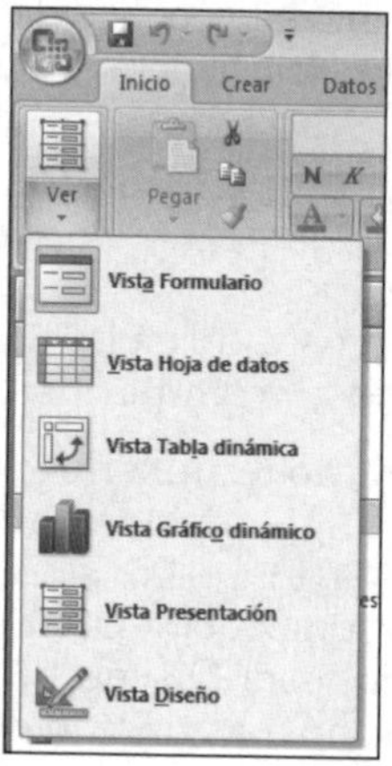

Figura 6.40. El menú de vistas disponibles para un formulario.

En dichas vistas, podemos modificar el diseño de un formulario dinámicamente para analizar los datos de diferentes formas. Reorganizando los encabezados de filas, encabezados de columnas y campos de filtro, obtenemos el diseño deseado. Cada vez que modificamos el diseño, el formulario actualiza inmediatamente los datos a partir de la nueva organización.

En la vista Tabla dinámica, podemos ver los datos de detalles o datos resumidos organizando los campos en las áreas de filtros, filas, columnas y detalles.

En la vista Gráfico dinámico, podemos mostrar visualmente los datos seleccionando un tipo de gráfico, o ver los datos organizando los campos en las áreas de filtros, series, categorías y datos.

6.6.1. Crear una tabla dinámica

Para ver el funcionamiento de la vista Tabla dinámica, vamos a crear un formulario de este tipo partiendo de la consulta Ingresos por planta y por trimestre. Siga estos pasos:

1. En la sección Consultas del Panel de exploración, haga clic sobre la consulta Ingresos por planta y por trimestre.

2. En la ficha Crear de la Cinta de opciones, haga clic sobre el botón **Más formularios** 📑, y seguidamente ejecute el comando Tabla dinámica. Se abre la tabla dinámica en blanco y la lista de campos que podemos agregar a la tabla (véase la figura 6.41).

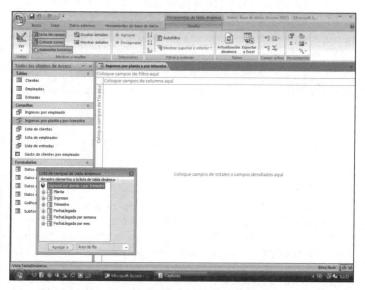

Figura 6.41. La tabla dinámica y la lista de campos que podemos agregar a la tabla.

Los tipos de campos son:

- **Campos de filtro:** Se usan para filtrar los datos que muestra la tabla y aparecen en la parte superior de la ventana.
- **Campos de fila:** Identifican las filas a lo largo del lado izquierdo de la tabla.
- **Campos de columna:** Identifican las columnas a lo largo del lado superior de la tabla.
- **Campos de detalle:** Muestran todos los registros del origen de datos.
- **Campos de totales:** Calculan valores a partir de los datos del origen de datos.

> **Nota:** *Si no ve la Lista de campos, utilice el botón* **Lista de campo** *del grupo* Mostrar u ocultar *de la ficha* Diseño *de la Cinta de opciones para mostrarla.*

3. Para agregar un campo a la tabla, lo seleccionamos en la lista de campos, elegimos el área en la que queremos que aparezca en la lista emergente y hacemos clic en **Agregar a**. En nuestro caso, seleccione el campo Planta, elija en la lista emergente Área de fila y haga clic en **Agregar a**.

> **Truco:** *También podemos seleccionar el campo en la lista de campos y arrastrarlo al área en que queremos que aparezca.*

4. Repita el paso anterior para agregar el campo FechaLlegada por mes al área de columna, y el campo Ingresos al área de datos. Cierre la lista de campos.
   Su tabla dinámica debe ser como la mostrada en la figura 6.42.

Nuestra tabla ya está completa. Ahora podemos hacer clic en el signo más del año 2006 para abrir los trimestres, en el signo más de los trimestres para poder abrir los meses y en el signo más de los meses para abrir las fechas de llegada.

También podemos hacer clic en el triángulo de lista emergente del campo Planta para seleccionar qué registros deben aparecer en la tabla (véase la figura 6.43).

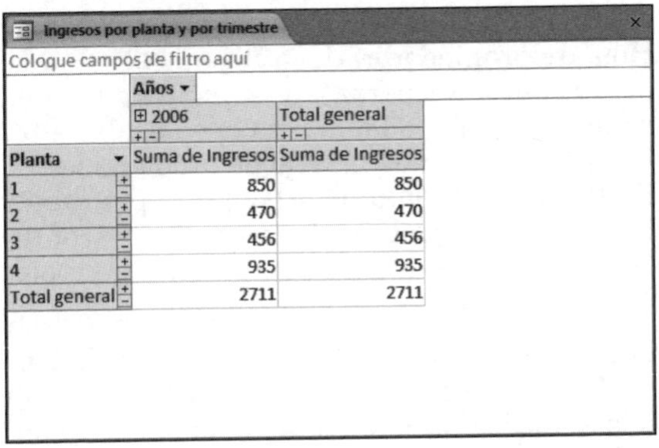

Figura 6.42. La tabla dinámica después de agregar los datos.

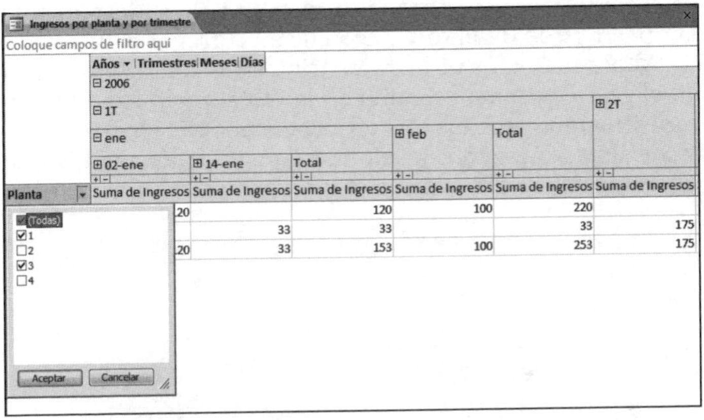

Figura 6.43. La tabla dinámica después de abrir las fechas y seleccionar los registros a mostrar del campo Planta.

Lo último que queda por hacer es guardar el formulario con la tabla dinámica. Utilice como nombre para el formulario Tabla de ingresos. Ahora vamos a abrir el formulario en vista Gráfico dinámico para ver la información que contiene la tabla en forma de gráfico. Es posible que al hacer clic sobre el botón **Ver** de la Cinta de opciones, la vista Gráfico dinámico no esté disponible. En este caso la podemos habilitar siguiendo los siguientes pasos:

1. Abra el formulario en vista Diseño.
2. Abra la Hoja de propiedades del formulario haciendo doble clic sobre el cuadrado situado en la intersección de las reglas horizontal y vertical, o seleccio-

nando el formulario y haciendo clic sobre el botón **Hoja de propiedades** de la ficha Diseño en la Cinta de opciones. Recuerde que también puede elegir la opción Formulario en la lista desplegable situada en la parte superior de la Hoja de propiedades.

3. En la ficha Formato de la Hoja de propiedades del formulario, cambie el valor de Permitir vista GráficoDinámico a Sí. Cierre la Hoja de propiedades.

Ya está habilitada la vista Gráfico dinámico para este formulario. Ahora, seleccione la opción Vista Gráfico dinámico en el botón **Ver** de la Cinta de opciones, o utilice el botón **Vista Gráfico dinámico** 🔳 de la barra de tareas de Access. Se abre el gráfico dinámico y de nuevo la Lista de campos. Vamos a utilizar esta vista para colocar un filtro. Seleccione el campo Trimestre, elija en la lista desplegable la opción Área de filtro y haga clic en **Agregar a**.

Ahora podemos utilizar los trimestres como filtro tanto en el gráfico dinámico como en la tabla dinámica. El filtro funciona igual que los campos. Hacemos clic en el triángulo de lista emergente y seleccionamos los elementos que queremos que aparezcan en el gráfico (véase la figura 6.44).

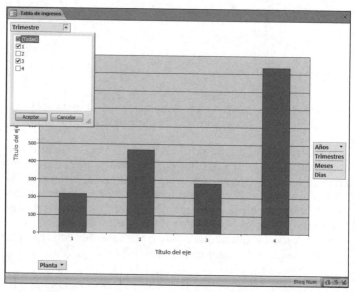

Figura 6.44. Selección de los trimestres a mostrar en el gráfico.

6.6.2. Creación de un gráfico dinámico

Lo que vamos a hacer ahora es crear directamente un gráfico dinámico.

Para ello vamos a utilizar los ingresos por empleado, pero antes tenemos que modificar la consulta Ingresos por empleado para que no sea una consulta de parámetros que muestre un único empleado.

Abra la consulta en la vista Diseño y borre el criterio que solicitaba el parámetro ([Código del empleado]). Únicamente tiene que borrar el criterio, no el campo. A continuación, guarde la consulta como Ingresos por empleado2.

Para ello, haga clic sobre el Botón de Office, seleccione el submenú Guardar como y a continuación la opción Guardar objeto como. Ahora siga estos pasos:

1. Seleccione la consulta Ingresos por empleado 2 en el Panel de exploración, y seguidamente haga clic sobre el botón **Gráfico dinámico** 📊 del grupo Formularios de la ficha Crear, en la Cinta de opciones.

2. Se abren la vista Gráfico dinámico, con un gráfico en blanco, y la Lista de campos (véase la figura 6.45).

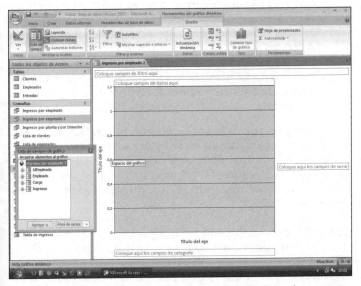

Figura 6.45. La vista Gráfico dinámico con la lista de campos.

Como ya vimos en un ejemplo anterior, el funcionamiento es análogo al de la vista Tabla dinámica. En este caso, los tipos de campo son:

- **Campos de datos:** Los datos que queremos comparar o medir.
- **Campos de serie:** Proporcionan las series de datos en diferentes colores para facilitar la comparación.
- **Campos de categoría:** Proporcionan las categorías para las que se muestran los datos.
- **Campos de filtro:** Proporcionan un filtro para que se muestren sólo ciertos datos.

3. Los datos que queremos comparar son los ingresos generados por cada empleado.
   Seleccione el campo Ingresos en la Lista de campos de gráfico, elija en la lista emergente Área de datos y haga clic en **Agregar a**.

4. A lo largo del eje inferior, queremos que aparezcan los nombres de los empleados.
   A continuación, seleccione el campo Empleado, elija en la lista emergente Área de categorías y haga clic en **Agregar a**.

5. Para que los empleados con el mismo cargo aparezcan en el gráfico con el mismo color, el campo de serie debe ser Cargo. Seleccione el campo Cargo, elija en la lista emergente Área de series y haga clic en **Agregar a**.

6. Por último, podemos utilizar los códigos de los empleados como filtro. Seleccione el campo IdEmpleado, elija en la lista emergente Área de filtro y haga clic en **Agregar a**.

Ya puede cerrar la lista de campos. Su gráfico dinámico será análogo al mostrado en la figura 6.46.

Ahora puede incluir textos descriptivos en los títulos de los ejes del gráfico tal y como hicimos en un ejemplo anterior, que era utilizando la Hoja de propiedades de esas etiquetas.

Finalmente, practique un poco con las listas emergentes IdEmpleado, Empleado y Cargo para ver cómo cambia el gráfico al seleccionar que se muestren o no ciertos registros.

También puede cambiar a la vista Tabla dinámica para ver la tabla que genera este formulario.

Después guarde el formulario como Gráfico de ingresos por empleado.

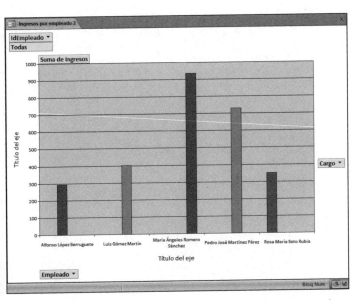

Figura 6.46. El gráfico dinámico con los ingresos generados por cada empleado.

Con esto terminamos con los formularios. En el próximo capítulo estudiaremos los informes.

Informes

Los informes proporcionan un medio para obtener una copia impresa de los datos que contienen las tablas y consultas de la base de datos. Nos permiten agrupar la información de los registros para presentarla de forma compacta y más comprensible. El ejemplo más sencillo y habitual de informe es una factura. En este capítulo vamos a conocer los temas básicos de los informes.

7.1. Introducción a los informes

Los informes presentan una vista personalizada de la información contenida en la tabla o consulta subyacente. Si podemos imaginar una forma en la que queremos que se presenten los datos, Access probablemente será capaz de generar un informe que coincida con nuestras intenciones. Los informes proporcionan el método más potente y flexible para ver e imprimir la información de una base de datos. Podemos imprimir únicamente la información relacionada con una tarea determinada, y podemos ver e imprimir esta información con cualquier formato o estilo. También podemos agregar información como totales, comparaciones, gráficos e imágenes.

Los formularios y los informes se parecen en muchos aspectos, pero responden a propósitos distintos. La principal diferencia es que los formularios suelen utilizarse para introducir datos, mientras que los informes se usan para ver datos en pantalla o sobre papel. De cualquier forma, todo lo que podemos mostrar en pantalla con un informe podemos verlo también con un formulario. Los informes y los formularios se basan en los datos de las tablas o consultas subyacentes, pero únicamente con un formulario podemos añadir datos o modificar los datos originales.

7.2. Utilizar los informes

Los informes proporcionan el mejor método para imprimir la información y distribuirla, y nos dan un gran control sobre el diseño general. Gracias a los informes podemos controlar fácilmente los estilos y tamaños de los tipos de letra, efectuar fácilmente cálculos con los datos subyacentes, dar formato a los datos para que se ajusten a formularios ya diseñados e impresos (como pedidos de compra, facturas y etiquetas de correo) incluir gráficos, imágenes y otros elementos, o agrupar y organizar los datos para que resulte más fácil entender el informe.

7.2.1. Abrir y ver un informe

Los informes se abren de forma similar a los formularios, las consultas y las tablas: seleccionamos la sección Informes en el Panel de exploración y hacemos doble clic en el informe que queremos abrir. También podemos seleccionar el informe y hacer clic con el botón derecho del ratón sobre el informe seleccionado y elegir la vista en la que queremos abrir el informe. En la figura 7.1 mostramos el Informe de ventas anuales de la base de datos Northwind. Esta ventana es la Vista Informes del informe. La Vista Informes predeterminada muestra una página completa del informe. En breve, comentaremos otras formas de abrir y ver informes.

7.2.2. Tipos de informes

En Access hay cuatro tipos de informes básicos: tabulares, en columnas, para gráficos y para etiquetas. Los informes tabulares muestran los datos en filas y columnas, y son parecidos a las tablas. Sin embargo, los informes tabulares se diferencian de las tablas en que agrupan sus datos según los valores de uno o más campos. Los informes tabulares pueden además contener otros elementos, como totales, fechas y subtotales. Generalmente, se utilizan para calcular y mostrar los subtotales de campos numéricos de grupos del informe.

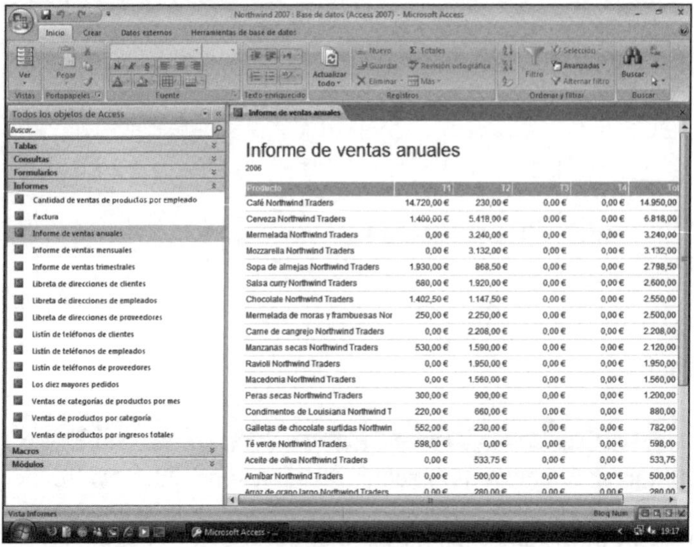

Figura 7.1. El Informe de ventas anuales de la base de datos Northwind.

Los informes en columnas muestran los datos verticalmente, con uno o más registros por página. Estos informes muestran los datos de forma parecida a los formularios de introducción de datos, pero se utilizan para ver e imprimir la información, no para introducir datos. En la base de datos Northwind se utiliza un informe en columnas para imprimir facturas. En la figura 7.2 mostramos la Vista Informes del informe **Factura**. Los informes para gráficos se utilizan para imprimir gráficos utilizando la información de la base de datos. Con los informes para etiquetas podemos crear etiquetas para correo de diferentes tamaños.

7.3. Vistas de los informes

Ahora que sabemos cómo abrir y ver un informe, qué es un informe y cuál es su función, podemos estudiar nuevas formas de abrir y ver informes.

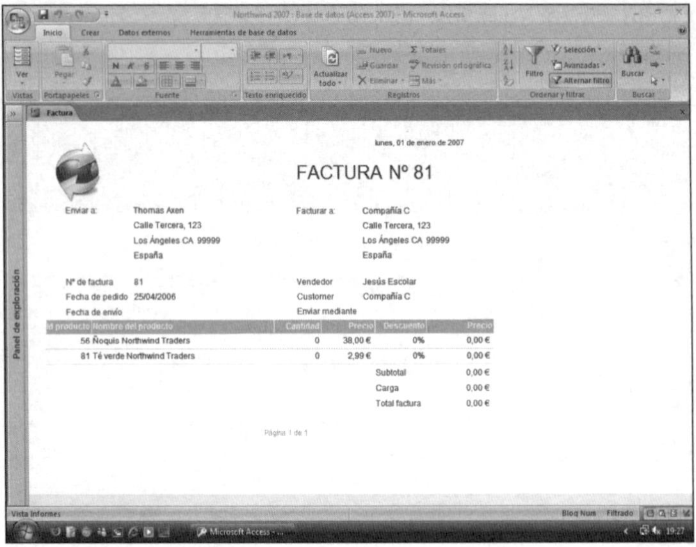

Figura 7.2. El informe Factura de la base de datos Northwind.

Un informe tiene cuatro posibles vistas:

- Vista Informe. Se utiliza para ver la información final del informe, es decir, la de la tabla o consulta subyacente, y al mismo tiempo, trabajar con él en pantalla. Por ejemplo, en esta vista se pueden utilizar los hipervínculos incluidos en un informe.
- Vista preliminar. Vista que permite ver la apariencia que tendrá el informe una vez impreso.
- Vista Presentación. Esta vista permite ver la información final del informe en pantalla, y al mismo tiempo, nos permite realizar algunas de las modificaciones más habituales al diseño del mismo.
- Vista Diseño. En esta vista podemos crear y modificar en su totalidad el diseño del informe, pudiendo disponer de todas las herramientas de diseño de informes incluidas en Access. No muestra datos de la tabla o consulta subyacente, únicamente elementos de diseño.

Los métodos para pasar de una vista a otra son los mismos que los que ya hemos visto en formularios, tablas o consultas. Disponemos de botones para las distintas vistas en la barra de estado de Access, y también podemos utilizar el botón **Ver** de la Cinta de opciones.

7.3.1. Vista preliminar

La Vista preliminar únicamente muestra una vista reducida del informe. Para verlo completo, colocamos el cursor sobre el informe y hacemos clic cuando el puntero se convierte en una lupa con el signo +. Para ver el informe, utilizamos las barras de desplazamiento horizontal y vertical. También podemos usar los botones de navegación en la parte inferior izquierda de la ventana, análogos a los ya vistos en tablas, consultas y formularios, para pasar de una página del informe a otra.

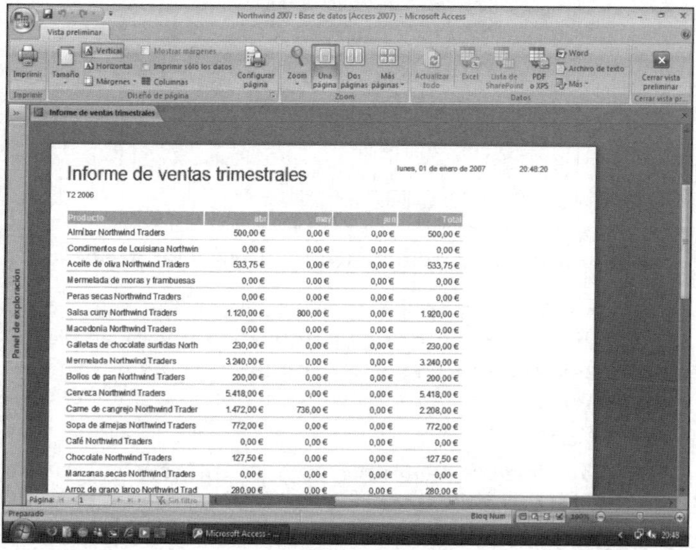

Figura 7.3. La Vista Preliminar del Informe de ventas trimestrales.

En algunos casos, trabajando en la vista preliminar, no cabe todo el informe en la página y la información aparece cortada por la parte derecha, aunque sí se ve entero en la pantalla cuando trabajamos en Vista Informes. Esto es debido a que el ancho de una hoja de impresión puede ser menor que el espacio de trabajo proporcionado por muchos de los monitores con los que trabajamos hoy en día. Para corregirlo, podemos modificar la configuración de página. Para ello hacemos clic en el botón **Configurar pá-**

gina del grupo Diseño de página de la ficha Vista preliminar. Se abrirá el cuadro de diálogo Configurar página (véase la figura 7.4) donde podemos, en la ficha Página, cambiar
la orientación de impresión del informe, de vertical a horizontal, para que el informe no quede cortado en la página.

Figura 7.4. El cuadro de diálogo Configurar página.

La ventana Vista preliminar ofrece otras opciones, como
la posibilidad ver más de una página del informe en pantalla al mismo tiempo, o la de crear una copia del informe en
distintos formatos. Entre estos formatos podemos encontrar los siguientes:

- PDF: Permite crear una copia del informe en formato
  PDF, muy útil para poder distribuirlo en un formato
  muy extendido y no fácilmente modificable.
- XPS: Un formato que nos permite ver la información
  vía Web conservando el formato original. Es el
  acrónimo de Especificación de papel XML (*XML
  Paper Specification*). La figura 7.5 muestra un ejemplo
  de una copia de un informe de la base de datos
  Northwind en este formato.
- Word: Posiblemente el formato de texto más popular. Nos permitiría ver y modificar los datos, así como
  el propio diseño del informe. También es un formato
  muy utilizado para compartir información.
- Archivo de texto (txt): Es un formato que únicamente incluye texto, sin ningún tipo de información de
  diseño o formato.

- HTML: El formato más popular para la publicación Web. No permite guardar tan fielmente el formato y apariencia del informe como el formato XPS.

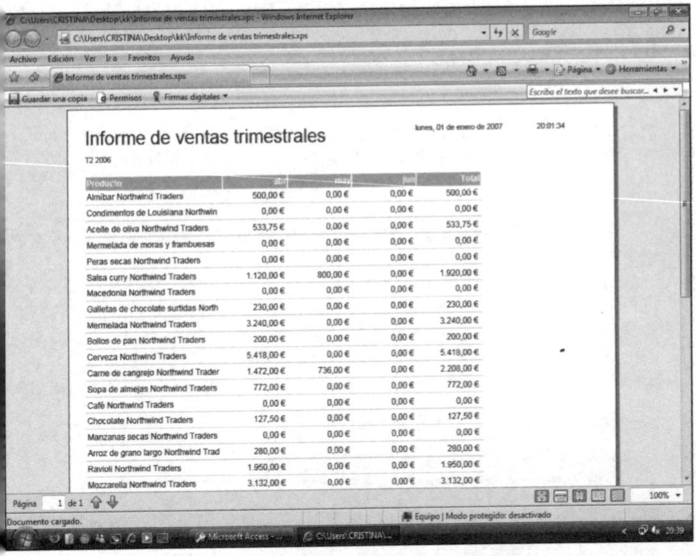

Figura 7.5. Una copia del Informe de ventas trimestrales en formato XPS.

7.3.2. Vista Diseño

Otra forma de abrir un informe es hacer clic con el botón derecho del ratón sobre él en el Panel de exploración y seleccionar la opción Vista Diseño. Se abrirá directamente en Vista Diseño. Esta vista de un informe es muy similar a la vista Diseño de un formulario. Muchas de las funciones de un formulario son iguales en un informe. Los formulares y los informes tienen los dos una sección Detalles, pero los informes proporcionan también distintos encabezados y pies de página que podemos usar para organizar mejor la información mostrada en el informe.

Igual que en los formularios, en la vista Diseño de los informes podemos utilizar la Lista de campos y el cuadro de diálogo Hoja de propiedades, que contienen, respectivamente, los campos de la tabla o consulta que se utiliza como origen de datos, y las propiedades del informe que podemos establecer o modificar. Además, también disponemos del mismo conjunto de controles que hemos visto con los formularios. En la figura 7.6 mostramos la vista Diseño del Informe de ventas trimestrales con el cuadro de diálogo Hoja de propiedades, en el que está seleccionado el informe completo, como muestra la opción seleccionada en la lista desplegable.

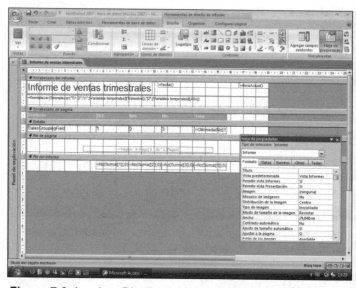

Figura 7.6. La vista Diseño del Informe de ventas trimestrales con el cuadro de diálogo Hoja de propiedades abierto.

7.3.3. Vista Presentación

Esta nueva vista de Access 2007 es similar a la vista Presentación de los formularios. En ambos cosos, permite ver los datos de la tabla o consulta origen de los datos, pero al mismo tiempo nos permite realizar muchos de los cambios más comunes al diseño del informe.

La figura 7.7 nos muestra la vista Presentación del Informe de ventas trimestrales, con la columna abr seleccionada. En esta vista podríamos añadir un campo Suma simplemente haciendo clic con el botón derecho del ratón sobre la columna y seleccionando la opción Suma del submenú Total 1.

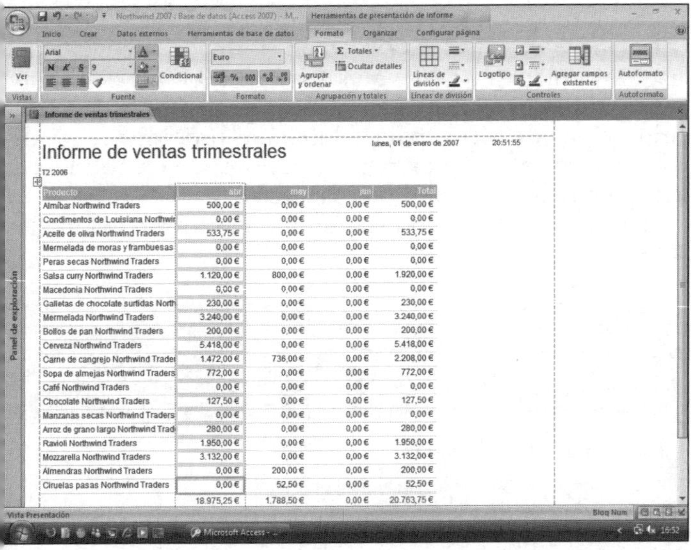

Figura 7.7. Vista Presentación del Informe
de ventas trimestrales.

Añadir campos de total, como una suma, es un ejemplo de las modificaciones que se pueden realizar en esta vista, sin necesidad de pasar a vista Diseño. Otras modificaciones que se pueden realizar son, por ejemplo, cambiar las propiedades del informe, añadir y quitar elementos, añadir campos de la tabla o consulta subyacente, cambiar el tamaño de los controles, cambiar la fuente de los textos, así como su estilo, tamaño, color, etc. En esta vista también disponemos de la herramienta Autoformato, que, igual que ocurría en los formularios, nos permite cambiar completamente el estilo del informe de una forma rápida, aplicándole unos valores predefinidos al conjunto de elementos del informe.

7.3.4. Vista Informe

La vista Informe nos permite ver y trabajar con el informe desde nuestra pantalla de una forma interactiva. En versiones anteriores de Access era posible ver la apariencia final del informe, pero no era posible trabajar con él. En Access 2007 es posible ver los datos del informe, igual que antes, pero también es posible trabajar con él en pantalla igual que si de un formulario se tratara. Es decir, podemos seleccionar y copiar el texto del informe, podemos hacer uso de controles activos que existan en el informe, como por ejemplo hipervínculos, también podemos utilizar distintos tipos de filtros para seleccionar únicamente los datos de informe que queremos ver, o podemos utilizar la búsqueda para buscar datos concretos.

La figura 7.8 nos muestra el Informe de ventas trimestrales en vista Informe.

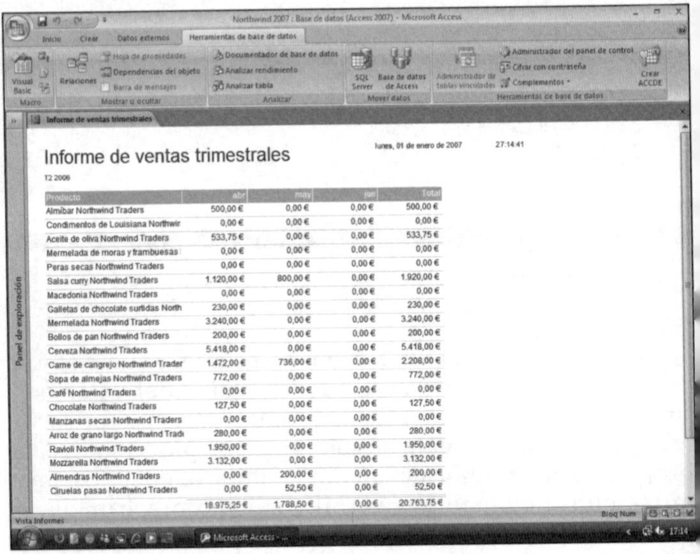

Figura 7.8. El Informe de ventas trimestrales en vista Informe.

7.4. Secciones de un informe

Como podemos ver en la vista Diseño, las secciones que podemos encontrar en un informe son:

- **Encabezado del informe:** Es el encabezado principal del informe. Se imprime una sola vez al principio de informe. Normalmente se utiliza como título del informe. En el Informe de ventas trimestrales que hemos visto se utiliza el encabezado del informe para mostrar el título del informe y la fecha y hora actual, así como información del trimestre que se está viendo.

- **Encabezado de página:** Contiene información que se imprime en la parte superior de todas las páginas, como el número de página o los títulos de columnas. En el informe Informe de ventas trimestrales se utiliza para incluir los encabezados de columna de los campos mostrados en el informe, de forma que se muestren siempre en la parte superior de todas las páginas del informe.
- **Encabezados de grupo:** No se utilizan en todos los informes, pero, cuando se usan, contienen datos que se imprimen al principio de cada nuevo grupo de datos del informe. Esta opción se establece en la vista Diseño del informe, utilizando la herramienta Ordenar y agrupar ⊞ de la pestaña Diseño de la Cinta de opciones (véase la figura 7.9).

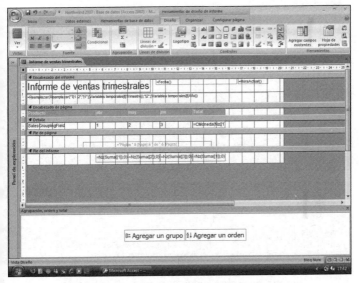

Figura 7.9. Las opciones Agregar un grupo y Agregar un orden en un informe.

- **Detalle:** Es la sección principal del informe. Los datos que contiene la sección Detalle se imprimen para cada registro de la tabla o consulta subyacente. En el Informe de ventas trimestrales se utiliza la sección Detalle para mostrar los datos de ventas, en forma de columnas.

- **Pies de grupo:** No se utilizan en todos los informes, pero, cuando se usan, contienen datos que se imprimen al final de cada nuevo grupo de datos del informe. Generalmente, la información que contiene esta sección será un resumen, como pueden ser subtotales. Esta opción también se establece en utilizando la herramienta Ordenar y agrupar 〔≡〕. En el Informe de ventas trimestrales no se utiliza, pero el informe Factura incluye un Pie de grupo para el campo Id de pedido para mostrar campos calculados Subtotal, Carga y Total factura para cada uno de los pedidos (véase la figura 7.10).

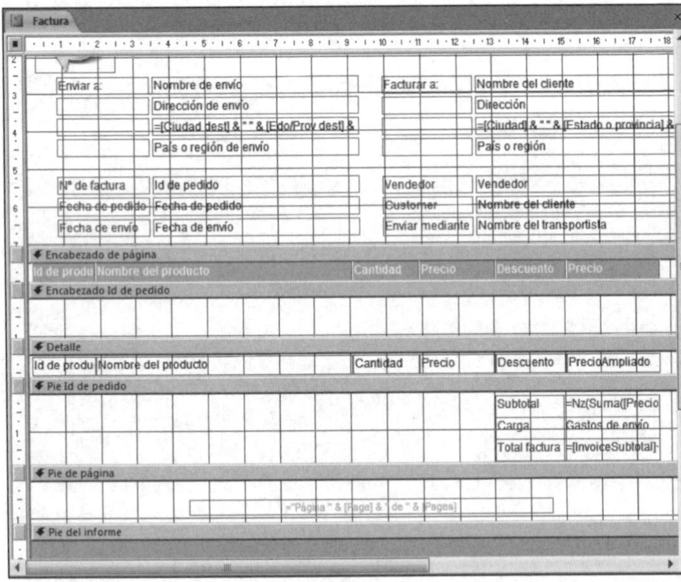

Figura 7.10. Vista Diseño del informe Factura, que incluye un pie de grupo para el campo Id de pedido.

Nota: El informe Factura *no se puede abrir desde del* Panel de exploración *en otra vista que no sea vista Diseño. Para poder verlo en vista Informe es preciso abrirlo desde el formulario* Lista de pedidos, *seleccionando previamente el pedido, es decir, la fila, cuya factura se desea ver.*

- **Pie de página:** Contiene información que se imprime en la parte inferior de cada página, generalmente números de página, totales de página o la fecha actual. En Informe de ventas trimestrales se utiliza el pie de página únicamente para mostrar el número de página.
- **Pie del informe:** Es el principal pie del informe, y se imprime una sola vez al final de éste. Generalmente se utiliza para información de resumen. En el Informe de ventas trimestrales se utiliza para mostrar los campos calculados que muestran los totales de cada columna.

7.5. Propiedades de los informes

Como los formularios, los informes tienen ciertas propiedades que determinan las características y elementos del informe. Cada sección del informe tiene propiedades, y también las tiene el propio informe. En la figura 7.11 aparece la ventana Hoja de propiedades del Informe de ventas trimestrales mostrando las propiedades del informe. Podemos abrir esta ventana desde la vista Diseño y desde la vista Presentación del informe. Para abrirla hacemos clic sobre el botón Hoja de propiedades de la Cinta de opciones. También podemos hacer clic con el botón derecho del ratón sobre el informe y seleccionar la opción Propiedades del menú contextual que entonces aparece. Si estamos en vista Diseño, también podemos hacer doble clic sobre el cuadrado donde se unen las reglas vertical y horizontal para abrir la Hoja de propiedades. También podemos hacer doble clic en una sección (Detalles, Encabezado del informe, etc.) para abrir directamente la hoja de propiedades de esa sección. Una vez abierto la Hoja de propiedades, podemos elegir el elemento del que queremos ver las propiedades utilizando la lista desplegable situada en la parte superior del cuadro de diálogo (véase la figura 7.11).

Para cambiar el valor de una propiedad, hacemos clic sobre ella y escribimos directamente un nuevo valor, o si aparece un triángulo de lista desplegable, seleccionamos un valor en la lista de propiedades. Igual que en los formularios, las propiedades están distribuidas en cinco categorías que aparecen como fichas en la ventana Hoja de propiedades.

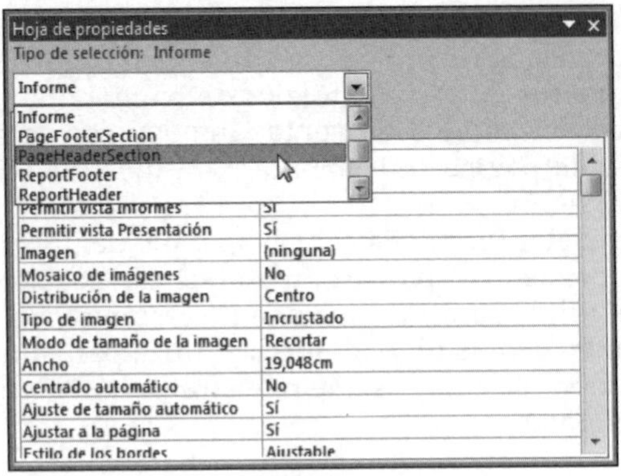

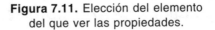

Hoja de propiedades		▾ ×
Tipo de selección: Informe		
Informe	▾	
Informe	▲	
PageFooterSection		
PageHeaderSection		▲
ReportFooter		
ReportHeader	▼	
Permitir vista Informes	SÍ	
Permitir vista Presentación	SÍ	
Imagen	(ninguna)	
Mosaico de imágenes	No	
Distribución de la imagen	Centro	
Tipo de imagen	Incrustado	
Modo de tamaño de la imagen	Recortar	
Ancho	19,048cm	
Centrado automático	No	
Ajuste de tamaño automático	SÍ	
Ajustar a la página	SÍ	
Estilo de los bordes	Ajustable	▼

Figura 7.11. Elección del elemento
del que ver las propiedades.

Las fichas disponibles son:

- **Formato:** Estas propiedades determinan la apariencia del informe y sus elementos. Por ejemplo, seleccionando en la lista desplegable propia el informe, podemos asignar propiedades como Ancho, para determinar el tamaño del informe, Imagen, para determinar si se incluye algún gráfico en el informe, u Origen de la paleta para determinar la paleta de colores utilizada en el informe.

- **Datos:** Estas propiedades determinan las características de los datos que muestra el informe. Siguiendo con las propiedades del informe, vemos que determinan el origen de los registros, los filtros y el orden de los datos.

- **Eventos:** Estas propiedades nos permiten establecer que se ejecuten macros al producirse ciertos eventos. Algunas de las propiedades disponibles en esta ficha son Al abrir, Al cerrar, Al Activar, etc.

- **Otras:** Esta ficha contiene propiedades que no se pueden clasificar en las categorías anteriores, como Bloqueos del registro o Agrupación de fechas.

- **Todas:** Esta ficha muestra todas las propiedades de las fichas anteriores agrupadas en una sola ficha. En la figura 7.12 mostramos la ficha Todas del Informe de ventas trimestrales. Dado que las propiedades son muchas, hay que usar la barra de desplazamiento de la ventana para poder verlas todas.

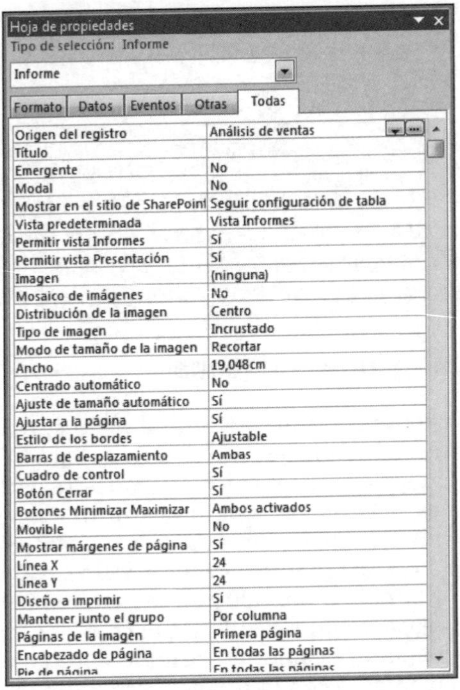

Figura 7.12. La ficha Todas del Informe de ventas trimestrales.

7.6. Uso de expresiones en informes

Ya hemos visto algunas expresiones que hemos utilizado para establecer criterios o crear campos calculados en las consultas. Las expresiones en los informes se usan para calcular valores de ciertos campos del informe y para calcular valores matemáticos y estadísticos. Con las expresiones podemos calcular valores numéricos y también textuales, por ejemplo, combinando valores de varios campos de texto en un solo campo del informe. En la vista Diseño del Informe de ventas trimestrales puede ver algunas expresiones, como = Fecha () en el encabezado del informe, que indica a Access que muestre la fecha actual; =Nz (Suma ([1]) ; 0) en el pie del informe, que indica a Access que muestre la suma de las cantidades del grupo 1, es decir, de abril, y en caso de que el valor fuera nulo, muestre un cero; o ="Página " & [Page]

& " de " & [Pages] en el pie de página, que indica a Access que muestre el número de página actual y el total de páginas del informe.

> **Truco:** *No podrá ver las expresiones completas con el tamaño que tienen los campos en el informe. Le recomendamos que tenga la* **Hoja de propiedades** *abierta y vea, en la propiedad* **Origen del control** *de la ficha* **Datos,** *la expresión completa. Simplemente tendrá que hacer clic sobre el campo calculado cuya expresión desea ver.*

7.6.1. Expresiones de fecha

Access proporciona un método sencillo para mostrar la fecha en que se ha impreso un informe. Para ello se utilizan tres funciones: Ahora(), que muestra la fecha y la hora actuales, Fecha(), que muestra únicamente la fecha, y HoraActual(), que muestra únicamente la hora actual. Podemos asignar un formato a estos valores con la propiedad **Formato** disponible en la ventana **Hoja de propiedades** (véase la figura 7.13). En el caso del informe **Resumen de ventas por año,** el formato "Fecha general" se asigna directamente con la función Formato().

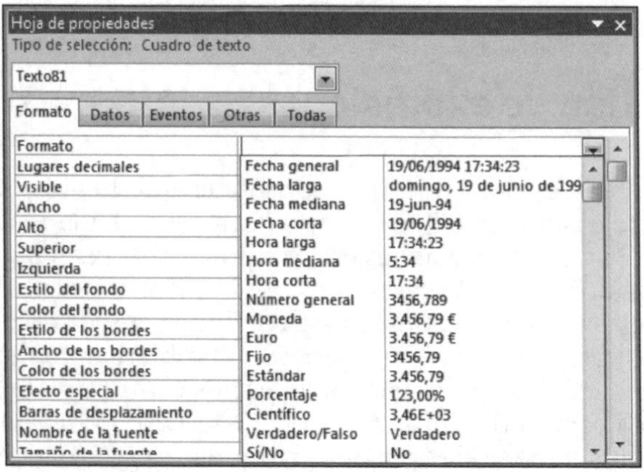

Figura 7.13. Los formatos disponibles para las fechas y las horas.

Para añadir la fecha actual a un control de un informe, añadimos un cuadro de texto independiente al informe y abrimos su ventana de propiedades. A continuación, en la ficha **Datos** o en la ficha **Todas** asignamos a la propiedad **Origen del control** el valor =Fecha(), para incluir únicamente la fecha; o el valor =Ahora(), para incluir la fecha o la hora. Si lo que queremos es mostrar únicamente la hora utilizamos la expresión =HoraActual(). También podemos escribir directamente esas funciones en el propio campo, como en el caso del informe que acabamos de comentar.

7.6.2. Números de página

Con los números de página organizamos los informes impresos. Normalmente, los números de página se insertan en el encabezado o el pie de página. Para insertar un número de página se usa la función Page. En el **Informe de ventas trimestrales**, se utiliza en el pie de página la expresión ="Página " & [Page] & " de " & [Pages] para escribir el texto Página seguido de un espacio, después el número de página que proporciona la función, seguido de un espacio, la palabra de, otro espacio y finalmente el número total de páginas del informe. Igual que en el caso de las fechas, para insertar el número de página en el pie o el encabezado de página, añadimos un cuadro de texto independiente a la página y asignamos en la propiedad **Origen del control** la función = [Page], o escribimos directamente esa función en el campo (véase la figura 7.14).

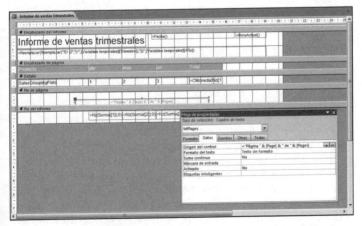

Figura 7.14. La expresión de página en el campo de texto del pie de página y en la propiedad Origen del control.

7.6.3. Uso de gráficos

Como queda dicho, podemos utilizar gráficos en los informes. Para ver un ejemplo, abra la vista Diseño del informe Factura de la base de datos Northwind. En el encabezado del informe se utiliza un gráfico con el logotipo de la empresa ficticia.

Si hace clic con el botón derecho del ratón sobre el logotipo y selecciona la opción Propiedades en el menú contextual, se abre la ventana con las propiedades del gráfico (véase la figura 7.15), que muestra el nombre del archivo gráfico y el método utilizado para insertarlo en el documento.

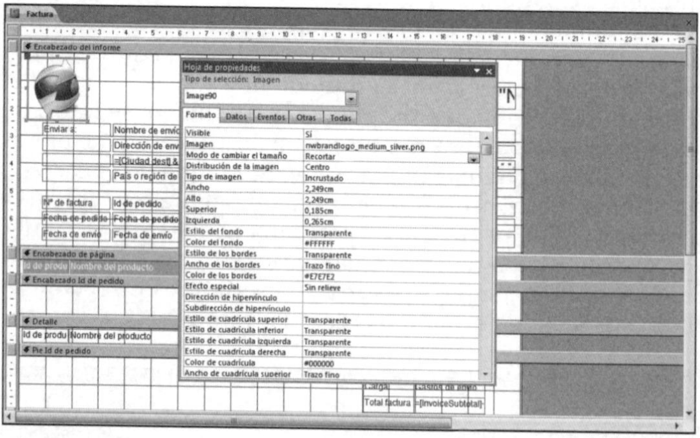

Figura 7.15. Propiedades del gráfico incrustado en el informe Factura.

En este caso, el gráfico está incrustado en el documento en lugar de estar vinculado.

No hay mucha diferencia entre vincular e incrustar gráficos, salvo que al incrustar el gráfico, se guarda una copia de éste junto con la base de datos, por lo que las modificaciones hechas en el gráfico no afectarán al original; mientras que si el gráfico está vinculado, el original queda como archivo independiente que se abre dentro de la base de datos, con lo que los cambios hechos al gráfico afectarán al propio archivo, no a una versión guardada con la base de datos.

Otra propiedad importante a la hora de incluir imágenes en un informe o en un formulario es la propiedad Modo de cambiar el tamaño. Lo ideal a la hora de utilizar imágenes es que el tamaño de la imagen original y la del control utilizado para mostrarla sean iguales.

Así en un control de 2x2 cm., la imagen también debería tener ese tamaño.

Pero lo normal es que no concuerden, y es entonces cuando la propiedad Modo de cambiar el tamaño especifica la forma en la que la imagen se adapta al control. Las posibilidades son:

- **Recortar:** La imagen mantiene su tamaño original, de forma que si es más grande que el marco del control donde se va a mostrar, parte de la imagen aparecerá cortada.
- **Extender:** La imagen cambia de tamaño para adaptarse, tanto en alto como ancho, al marco del control donde se va a mostrar. Si el tamaño de la imagen y su control no son iguales, el resultado será una imagen distorsionada.
- **Zoom:** La imagen cambia de tamaño para entrar en el marco del control donde se va a mostrar, pero mantiene sus proporciones de alto y ancho. Si el tamaño de la imagen y del marco del control donde se va a mostrar no guardan la misma relación entre sus proporciones, la imagen no rellenará todo el control, dejando zonas vacías.

En la figura 7.16 puede ver ejemplos de las tres opciones de la propiedad Modo de cambiar el tamaño. En estos ejemplos el tamaño de los controles es el mismo y los tres muestran la misma imagen.

Figura 7.16. Las tres formas de mostrar una imagen en un control.

7.7. Diseño y creación de informes

Para diseñar un informe, hay que dar una serie de pasos importantes para el correcto diseño y desarrollo de la base de datos. Estos pasos son:

1. **Diseñar la apariencia, funcionamiento y orígenes de datos del informe:** Los informes muestran los datos en pantalla o sobre el papel. Antes de diseñar el informe, tenemos que saber qué información queremos que muestre el informe y cuál será el origen de esa información. Por ejemplo, si una sola tabla contiene toda la información que queremos mostrar en el informe, utilizaremos esa tabla como base del informe. Si la información está en varias tablas, es mejor crear una consulta que combine las tablas y basar el informe en esa consulta. Diseñar la tabla o consulta es tan importante como diseñar el informe. Si no hay una forma sencilla de que el informe reciba datos válidos, no será útil.

2. **Crear un nuevo informe:** Una vez que se han determinado los datos que queremos que muestre el informe, podemos crear un informe en blanco. Como se comentó en el capítulo anterior al hablar de los formularios, los controles pueden ser dependientes, independientes o calculados. El origen de los datos que muestra un control ayuda a determinar qué tipo de control vamos a necesitar. Los controles dependientes son adecuados cuando queremos que muestren datos de un campo de la tabla o consulta subyacente. Los controles independientes son adecuados cuando el control muestra información que no se encuentra en otro lugar de la base de datos. En un control calculado se utiliza una expresión en lugar de un campo para determinar los datos a mostrar. Una vez creado el informe en blanco, añadimos controles utilizando los comandos análogos a los vistos en los formularios.

3. **Ordenar y agrupar:** Ordenando los datos determinamos cómo los mostrará el informe. Agrupándolos conseguimos que los datos relacionados aparezcan juntos en el informe. Esto permite determinar fácilmente las relaciones entre los grupos. También hace que el informe se lea más fácilmente y se comprendan datos complejos. Podemos ordenar los datos en

la tabla o consulta subyacente, pero ordenándolos en el informe no necesitamos modificar el orden en la tabla o consulta.

4. **Añadir efectos especiales:** Podemos mejorar la apariencia de los informes utilizando gráficos y efectos especiales. Un informe que únicamente contenga texto puede resultar muy aburrido. Los elementos gráficos mejoran la legibilidad y contribuyen a que el informe resulte más agradable a la vista. Utilizando las reglas que recorren la vista Diseño del informe y la cuadrícula, podemos colocar los controles y elementos gráficos del informe de manera que resulte más fácil y agradable leerlo.

7.7.1. Diseñar y crear un nuevo informe

Antes de empezar a crear informes para nuestra base de datos Hotel, podemos practicar la creación de informes utilizando los de la base de datos Northwind. Lo que vamos a hacer es crear el informe Lista alfabética de productos partiendo de un informe en blanco. En la figura 7.17 se muestra el resultado final del informe que queremos conseguir.

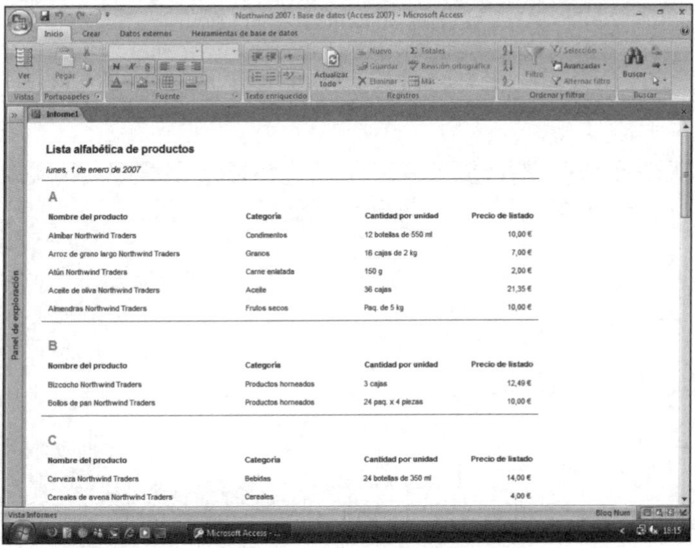

Figura 7.17. El informe Lista alfabética de productos que vamos a crear en la base de datos Northwind.

Lo primero que tenemos que hacer es determinar qué queremos que muestre el informe. En el informe que utilizamos como ejemplo se muestran el nombre del producto, el nombre de la categoría, la cantidad por unidad y el precio de listado. Además, los nombres de producto están agrupados según la primera letra. El informe también muestra el título y la fecha en el encabezado del informe, y el número de páginas y la cantidad total de páginas en el pie de cada página. Los datos que muestra este informe se encuentran en la tabla Productos. Es el momento de crear el informe en blanco. Siga los pasos indicados a continuación:

1. En la Cinta de opciones, haga clic sobre el botón **Diseño de informe** del grupo Informes de la ficha Crear. Se abrirá un nuevo informe vacío en vista Diseño.
2. A continuación, abra la Hoja de propiedades del informe. Puede hacerlo haciendo doble clic sobre el cuadrado donde se juntan las reglas horizontal y vertical, o haciendo clic sobre el botón **Hoja de propiedades** de la Cinta de opciones y seleccionando la opción Informe en el cuadro de lista desplegable situado en la parte superior del cuadro de diálogo.
3. En la ficha Datos del cuadro de diálogo Hoja de propiedades, haga clic sobre la propiedad Origen del registro. Aparecerán un botón flecha de lista desplegable y un botón generador con tres puntos. Haga clic sobre la flecha desplegable y seleccione la tabla Productos como valor para la propiedad (véase la figura 7.18).

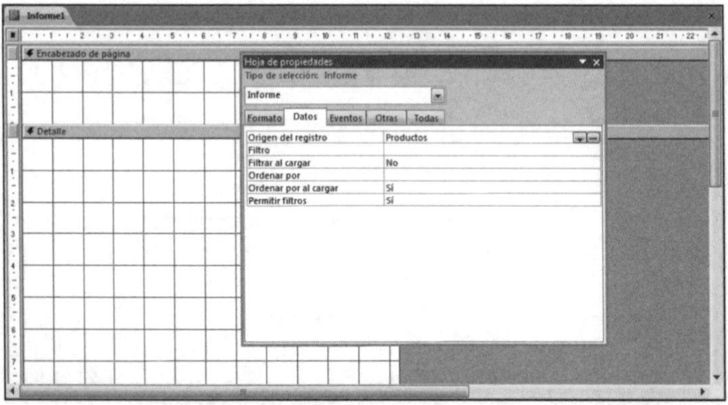

Figura 7.18. Especifique el origen de datos del informe en la Hoja de propiedades.

4. Abra la **Lista de campos** de la tabla **Productos** haciendo clic sobre el botón **Agregar campos existentes** de la ficha **Diseño**, en la Cinta de opciones. Lo primero que tenemos que añadir es el título y la fecha que se muestra en el encabezado del informe que estamos utilizando de ejemplo. Para que sea visible el encabezado del informe, haga clic con el botón derecho del ratón sobre el diseño del informe y seleccione la opción **Encabezado o pie de página del informe** en el menú contextual que entonces aparece.

5. En la Cinta de opciones, en el grupo **Controles** de la ficha **Diseño**, seleccione la herramienta **Cuadro de texto** (el icono), y haga clic dentro de la sección **Encabezado del informe**. Se inserta el cuadro de texto con dos partes: una etiqueta (**Texto0**) y un campo de texto (**independiente**). Haga clic dentro de la etiqueta y, cuando aparezca el cursor de inserción parpadeante, escriba `Lista alfabética de productos` borrando la etiqueta `Texto0`.

> *Advertencia:* Al hacer clic en la etiqueta se selecciona la etiqueta, no el texto. Para colocar el cursor de inserción dentro de una etiqueta o un campo tenemos que hacer de nuevo clic cuando está seleccionado, o pulsar la tecla **F2** de nuestro teclado.

6. Arrastre la etiqueta para colocarla en la esquina superior izquierda del informe y asigne la fuente `Arial`, el tamaño `12 puntos` y el estilo `negrita` a la etiqueta utilizando las opciones del grupo **Fuente** de la ficha **Diseño** de la Cinta de opciones. A continuación, redimensione el tamaño de la etiqueta para que sea visible todo el campo.

7. Ahora tenemos que escribir la fecha en el campo de texto. Escriba la expresión `= Fecha()` en el campo de texto, después seleccione el campo de texto y asígnele el formato `cursiva` y alineación a la izquierda utilizando los controles correspondientes del grupo **Fuente** de la ficha **Formato** en la Cinta de opciones. Acceda a las propiedades del campo y asigne el valor **Fecha larga** a su propiedad **Formato**. Después arrastre el campo para colocarlo debajo del título anterior.

8. Ahora vamos a crear un encabezado de grupo. Haga clic en el botón **Agrupar y ordenar** 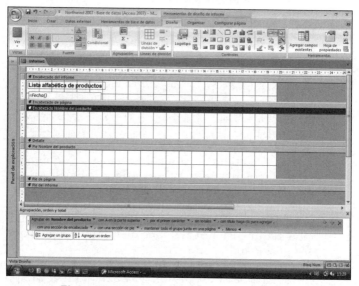 del grupo Agrupación y totales de la ficha Diseño, en la Cinta de opciones. A continuación, haga clic sobre la opción Agregar un campo que aparece en la parte inferior de la ventana. En la lista de campos que aparecen, seleccione el campo Nombre del producto. En el diseño del formulario aparecerá un Encabezado Nombre del producto. Para añadir también el pie de grupo haga clic sobre la opción Más que aparece en la barra naranja de la sección Agrupación, orden y total situada al final de la ventana. Se desplegarán más opciones, entre las que estará la opción sin una sección de pie. Haga clic sobre su flecha desplegable y seleccione la opción con una sección de pie (véase la figura 7.19).

Figura 7.19. La vista Diseño del informe después de crear el encabezado de grupo.

Además, queremos agrupar los datos que tengan igual el primer carácter para crear la lista alfabética. Por tanto, en la sección Agrupación, orden y total, haga clic sobre la flecha desplegable de la opción por valor completo y seleccione la opción por el primer carácter. También vemos, observando el informe de la figura 7.17, que los grupos aparecen completos en las páginas, por lo que, en la última opción de la sección Agrupación, orden y total debemos establecer la opción mantener todo el grupo junto en una página. La vista Diseño de su informe será similar a la mostrada en la figura 7.19. Cierre la sección Agrupación, orden y total haciendo clic sobre su botón **Cerrar cuadro de diálogo de agrupación** [x].

9. Ahora tenemos que insertar las etiquetas en el encabezado del grupo. Para encabezar cada grupo, queremos que se utilice la primera letra de los nombres de productos que pertenecen al grupo para crear la lista alfabética.

 La expresión correcta es =Izq$([Nombre del producto];1), que hace que se inserte la primera letra de Nombre del producto empezando por la izquierda. Para insertar este campo, se utiliza también la herramienta Cuadro de texto. Haga clic en la herramienta Cuadro de texto en el grupo Controles de la ficha Diseño, en la Cinta de opciones. Seguidamente, haga clic dentro de la sección Encabezado Nombre del producto. Se insertan una etiqueta y el campo.

10. Haga clic en la etiqueta dos veces para que aparezca el cursor de inserción de texto dentro de la etiqueta y borre todo el texto, pues no queremos que aparezca una etiqueta asociada al campo.

11. A continuación, haga clic dos veces en el campo para que aparezca el cursor de inserción y escriba la expresión que acabamos de comentar.

12. Ahora haga clic fuera del campo y después clic en el campo para seleccionarlo. Asigne el estilo negrita, la fuente Arial de 14 puntos y el color de fuente naranja.

13. Arrastre el campo para colocarlo en la esquina superior izquierda de la sección Encabezado del grupo. Ya tenemos la primera letra de cada nombre de producto encabezando los grupos. Haga clic en el botón Vista Presentación [▤] de la barra de estado para comprobarlo.

14. Vuelva a la vista Diseño. Vamos a insertar ahora las etiquetas de los campos que se usarán en cada grupo. Estas etiquetas no deben estar asociadas a campos, pues, de ser así, aparecerían para todos los

productos, y únicamente queremos que parezcan para los grupos. Por tanto, la herramienta a utilizar es **Etiqueta**, que tiene el icono  en el grupo **Contro-les** de la ficha **Diseño** de la Cinta de opciones. Haga clic en ese icono y clic en la sección **Encabezado Nombre del producto**.

15. Escriba `Nombre del producto` dentro de la etiqueta y asigne el estilo `negrita`, la fuente `Arial` y el tamaño 8.

16. Al terminar de escribir la etiqueta y salir de ella para asignarle la fuente, Access hace aparecer una etiqueta inteligente informando de lo que interpreta como un error, pues la etiqueta no está asociada a un control. Abra la lista emergente de la etiqueta situando el cursor sobre ella (véase la figura 7.20) y haga clic en **Omitir error**.

Figura 7.20. Etiqueta inteligente informando de que la etiqueta no está asociada con ningún control.

17. Añada el resto de las etiquetas, **Categoría**, **Cantidad por unidad** y **Precio de listado**, repitiendo el paso anterior para que Access no las identifique como error, y asignando las mismas características de letra que a la etiqueta **Nombre del producto**.

18. Amplíe el tamaño del informe situando el cursor sobre el borde derecho y haciendo clic y arrastrando

cuando aparece el cursor de dimensiones para que quepan todas las etiquetas en el informe.

> **Advertencia:** *El tamaño del informe no debe superar el tamaño de página establecido; en caso contrario se imprimirían páginas en blanco. Si se produce este error, aparecerá en la esquina superior izquierda del informe el icono* ▢ *, que activa al hacer clic una etiqueta inteligente que nos permite corregir el error.*

19. Alinee los campos de forma pareja a lo largo de la sección de encabezado del grupo ampliando el tamaño de los campos de las etiquetas para que se muestre el texto completo (véase la figura 7.21).

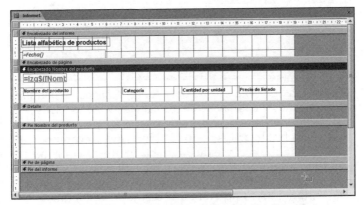

Figura 7.21. Las etiquetas después de alinearlas y modificar su tamaño.

20. Lo siguiente es insertar los campos en la sección De-talle. En la Cinta de opciones, haga clic sobre la herramienta Cuadro de texto de la ficha Diseño, y seguidamente haga clic sobre la sección Detalle.

21. Borre la etiqueta asociada al campo y escriba en el primer campo Nombre del producto.

22. Repita el paso anterior para insertar los campos Categoría, Cantidad por unidad y Precio listado. También se puede utilizar la Hoja de propiedades del cuadro te texto para asociar el control a un campo de la tabla subyacente. Para ello se selecciona el campo correspondiente en la lista desplegable de la propie-

dad **Origen del control**. Asigne a todos los campos el tipo de letra Arial y el tamaño 8.

23. Alinee los campos con las etiquetas del encabezado del grupo y disminuya el tamaño de la sección **Detalle**.

24. Para comprobar cómo queda el informe, cambie a la vista Presentación. Corrija las alineaciones y los tamaños de los campos, si es necesario, para mejorar la apariencia del informe (véase la figura 7.22).

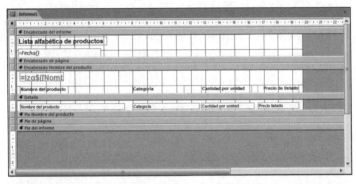

Figura 7.22. La vista Diseño del informe después de corregir los tamaños y posiciones de los campos y las secciones.

25. Para finalizar los textos del informe únicamente falta añadir en el pie de página la expresión que inserta los números de página. Para ello primero tenemos que ampliar la zona de trabajo del pie de página, que ahora está completamente cerrado. Simplemente hay que colocar el cursor del ratón en la parte inferior de la barra **Pie de página** y cuando el cursor adopte la forma de una doble flecha vertical atravesada por una barra horizontal, arrastre hacia abajo hasta tener el espacio suficiente como para albergar un cuadro de texto. Seguidamente, haga clic en la herramienta **Cuadro de texto** del grupo **Controles** de la ficha **Diseño** de la Cinta de opciones, y a continuación haga clic sobre la sección **Pie de página**.

26. Borre la etiqueta del control y, en el campo, escriba la expresión `="Página " & [Page] & " de " & [Pages]`. Esta expresión inserta el texto "Página ", el número de la página actual, el texto " de " y el número total de páginas. Asigne al control la letra Arial y el tamaño de letra 8, con alineación central

(botón **Centrar** 📄 del grupo **Fuente** de la ficha **Diseño**, en la Cinta de opciones). Coloque el control en la parte central del diseño sirviéndose de la cuadrícula y de la regla horizontal para ello.

27. Para completar el informe tal como está el del ejemplo de la figura 7.17, nos falta añadir una línea horizontal en el encabezado de cada página y otra en el pie de cada grupo. Para ello utilizamos la herramienta **Línea**, representada en el grupo **Controles** de la pestaña **Diseño** de la Cinta de opciones con el icono 📄. Para utilizar una línea horizontal de la cuadrícula como guía, amplíe el tamaño del encabezado de página, si es necesario, para ver una línea horizontal. A continuación, haga clic en la herramienta **Línea** y sitúe el cursor en uno de los extremos del informe. Haga clic y arrastre hasta el otro extremo, teniendo cuidado de que la línea permanezca recta. Ya está insertada la línea. Arrastre la línea situando el cursor sobre ella y haciendo clic cuando el puntero se transforma en una flecha cuádruple (véase la figura 7.23), para colocarla en el encabezado de página, y disminuya el tamaño de la sección para ajustarla a la línea.

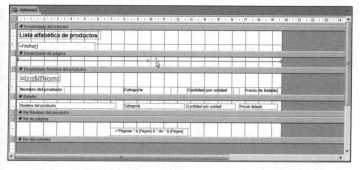

Figura 7.23. Arrastre de la línea para colocarla dentro del encabezado de página.

28. Repita el paso anterior en el pie de grupo para crear la última línea. Pase a vista Presentación para comprobar la posición de las líneas y realice cualquier modificación a su posición que crea conveniente para que el resultado final sea lo más parecido posible al mostrado en la figura 7.17. El resultado final, en vista Diseño, se muestra en la figura 7.24. Guarde el

formulario con el nombre Lista alfabética de productos.

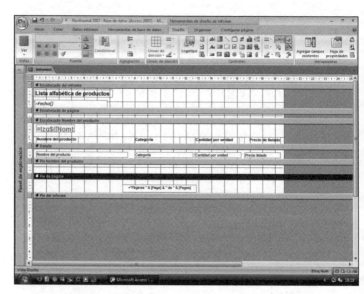

Figura 7.24. El diseño finalizado del informe.

Con esto terminamos nuestro formulario. Cambie a la Vista preliminar y a Vista Informe para comprobar que es análogo al original.

7.8. Crear informes con asistentes

Los asistentes para informes, como los asistentes para formularios, automatizan la tarea de crear un informe utilizando las respuestas que proporcionamos para seleccionar la tabla o consulta en que se basa el informe, determinar el tipo de informe, determinar qué campos de la tabla se utilizarán en el informe, etc.

7.8.1. Utilizar el Asistente para informes

A continuación, vamos a utilizar un asistente para crear un informe para nuestra base de datos Hotel. Siga estos pasos:

1. Abra la base de datos Hotel.
2. En la Cinta de opciones, haga clic sobre el botón **Asistente para informes** del grupo Informes de la ficha Crear. Se abre la primera página del Asistente para informes (véase la figura 7.25) en la que seleccionamos las tablas o consultas y los campos que queremos incluir en el informe.
3. En la lista emergente Tablas/Consultas seleccione la consulta Lista de empleados, y en el cuadro de lista Campos disponibles, agregue los campos IdEmpleado, Nombre, Apellidos y Cargo, por este orden, para que aparezcan así en el informe. No haga clic en **Siguiente** todavía.
4. Ahora vuelva a abrir la lista desplegable Tablas/Consultas, seleccione la consulta Ingresos por empleado2 y agregue el campo Ingresos (véase la figura 7.25). Haga clic en **Siguiente**.

Figura 7.25. El Asistente para informes con los campos que hemos seleccionado de dos consultas.

> *Nota: Podríamos haber elegido únicamente la consulta* Ingresos por empleado2 *para agregar todos sus campos, pero utilizando las dos consultas separamos el nombre y los apellidos de los empleados y mostramos cómo se utilizan campos de consultas y tablas distintas en un solo informe.*

5. En la siguiente ventana, el asistente nos pregunta si queremos agrupar los datos de alguna forma. Para

este informe no vamos a agrupar los datos. Haga clic en **Siguiente**.

6. En la siguiente ventana podemos modificar la ordenación que hemos elegido al seleccionar los campos eligiendo los que queramos que aparezcan primero y se utilicen para ordenar el informe. Dado que hemos escogido los campos pensando en cómo deben mostrarse en el informe, no necesitamos cambiar la ordenación. Haga clic en **Siguiente**.

7. Ahora el asistente nos permite seleccionar una distribución para el informe (véase la figura 7.26). Al hacer clic en los botones de opción, se muestra una vista preliminar de ejemplo en la parte izquierda de del cuadro de diálogo.

Seleccione la opción Tabular, la orientación Vertical, deje activada la opción Ajustar el ancho del campo de forma que quepan todos los campos en una página y haga clic en **Siguiente**.

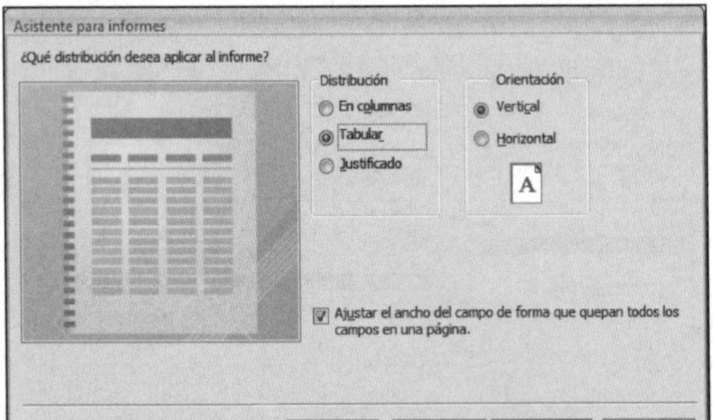

Figura 7.26. La página del asistente para seleccionar la distribución del informe.

8. En la siguiente ventana elegimos un estilo para la visualización del informe. Seleccione, por ejemplo, el estilo Concurrencia y haga clic en **Siguiente** (véase la figura 7.27).

9. En la última ventana del asistente, escriba el título `Tabla de ingresos por empleado` y deje seleccionado el botón de opción **Vista previa del informe**. Haga clic en **Finalizar**.

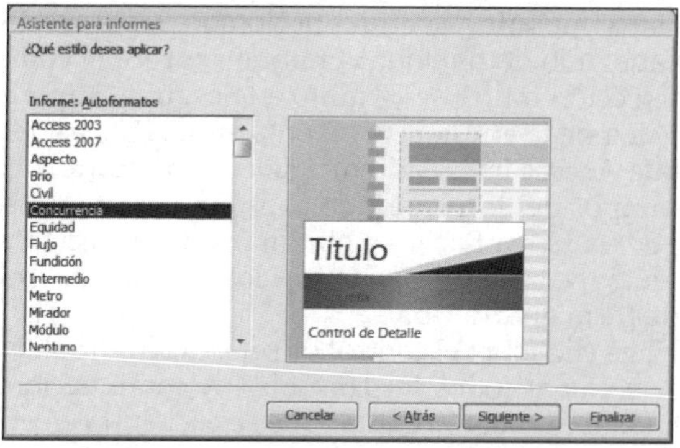

Figura 7.27. Cuadro de diálogo del Asistente donde elegir un estilo para el informe.

10. Se abre la vista preliminar de nuestro informe (véase la figura 7.28). En esta ventana podemos ver que el título del campo Id de empleado ha quedado demasiado cerca del campo Nombre. Para solucionarlo, haga clic el botón **Vista Diseño** 📐 de la barra de tareas de Access para cambiar a la vista Diseño y modificar los campos.

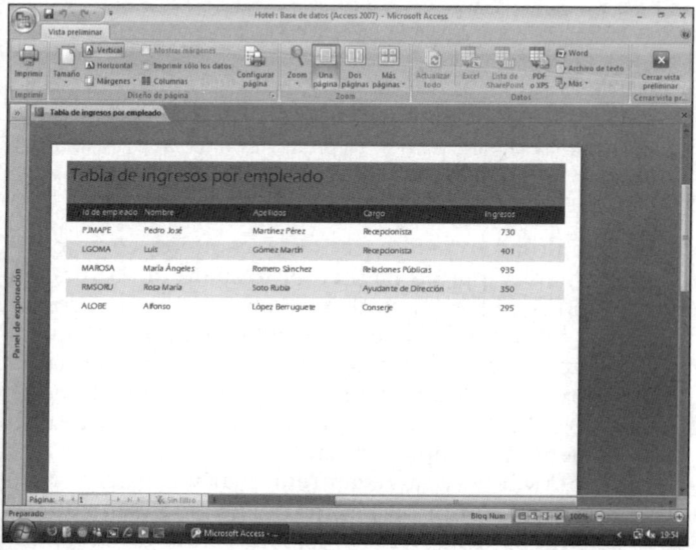

Figura 7.28. Vista preliminar del informe creado por el Asistente para informes.

11. Haga clic sobre la etiqueta **Nombre** en la sección **Encabezado de página**. Verá que aparece el control de selección múltiple ⊞ junto a la esquina superior derecha de la etiqueta **Id de empleado**. Esto es debido a que Access ha creado una selección múltiple con los campos del informe y con sus etiquetas. Lo primero que vamos a hacer es eliminar esta selección múltiple para poder trabajar con los campos del informe de forma individual.

12. Haga clic sobre el control de selección múltiple ⊞ para seleccionar todos los controles. A continuación, haga clic sobre el botón **Quitar** que se encuentra en el grupo **Diseño de controles** de la ficha **Organizar**, en la Cinta de opciones. La selección múltiple se ha eliminado.

13. Seguidamente, seleccione la etiqueta **Nombre** del **Encabezado de página** y disminuya su longitud. Después arrástrela ligeramente hacia la derecha. Haga lo mismo con el campo **Nombre** de la sección **Detalle** para dejarlo debajo del anterior. Puede hacer las modificaciones al mismo tiempo para los dos controles si trabaja teniendo ambos seleccionados. Para ello haga seleccione el primero y a continuación haga clic sobre el segundo control manteniendo la tecla **Mayús** pulsada.

Truco: Puede hacer estas modificaciones directamente en vista Presentación y así podrá ver el resultado de las modificaciones en el diseño y los datos del informe al mismo tiempo.

14. Por último, puede hacer otros cambios, como cambiar, en el pie de página, el formato de la función Ahora() de **Fecha larga** a **Fecha corta** en la propiedad **Formato** de la ventana **Hoja de propiedades** del campo, o cambiar, también en el pie de página, la expresión =`"Página " & [Page] & " de " & [Pages]` por =`"Página " & [Page]`, dado que el informe únicamente tiene una página.

15. Ahora vuelva a la vista preliminar y haga clic sobre el botón **Configurar página** del grupo **Diseño de página** de la ficha **Vista preliminar**, en la Cinta de opciones. Aparecerá el cuadro de diálogo Configurar página.

16. Seleccione la ficha Página en el cuadro de diálogo Configurar página y elija el botón de opción **Horizontal** y el tamaño Carta para el papel (véase la figura 7.29). Haga clic en **Aceptar**.

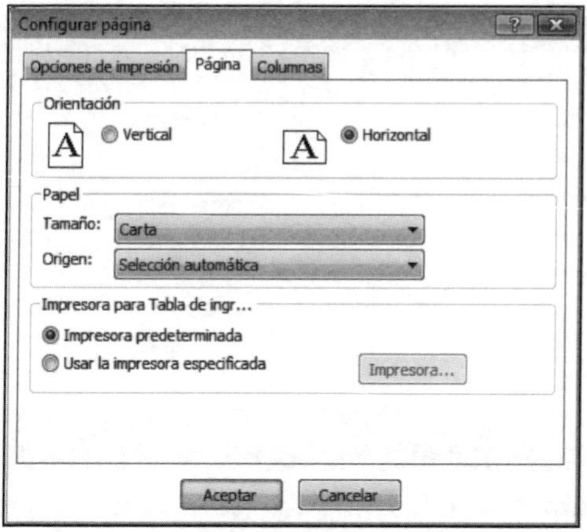

Figura 7.29. El cuadro de diálogo Configurar página.

17. Si la página no cabe completa en la pantalla del ordenador, puede abrir la lista emergente del botón **Zoom** de la Cinta de opciones y disminuir la ampliación. Su informe después de hacer los cambios será parecido al mostrado en la figura 7.30. Guarde los cambios haciendo clic sobre el botón **Guardar** de la barra de herramientas de acceso rápido.

7.8.2. Utilizar el Asistente para etiquetas

Lo siguiente que vamos a hacer es utilizar el Asistente para etiquetas para crear etiquetas con las direcciones de los clientes que luego podremos imprimir fácilmente y utilizar en la correspondencia, por ejemplo. Con este asistente podemos crear numerosos tipos de etiquetas, de distintos tamaños y también siguiendo los diseños de múltiples estándares y fabricantes. Para crear nuestro informe con etiquetas, siga estos pasos:

1. Si no tiene abierta la base de datos Hotel, ábrala y seleccione la sección Tablas en el Panel de exploración.

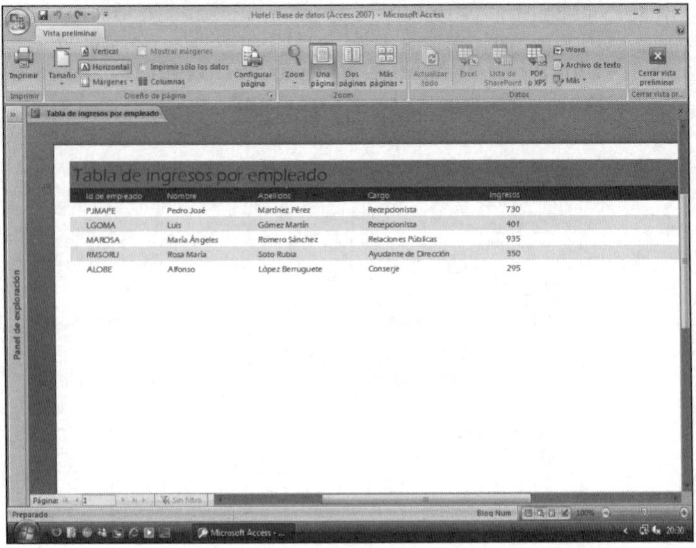

Figura 7.30. El informe con los ingresos generados
por cada empleado.

2. En la Cinta de opciones, haga clic sobre el botón **Etiquetas** 🗒 del grupo **Informes** de la ficha **Crear**.
3. Se abre el Asistente para etiquetas, en el que podemos seleccionar un tamaño estándar para las etiquetas (véase la figura 7.31).

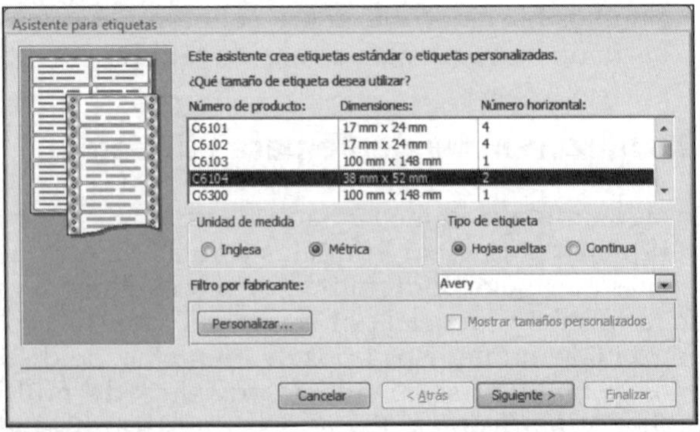

Figura 7.31 La primera ventana del Asistente para etiquetas.

4. De forma predeterminada, aparecen los modelos del fabricante Avery por ser el estándar de mayor acep-

tación y uso. Si cambia el fabricante en la lista desplegable Filtro por fabricante, los valores de la lista de tamaños de etiquetas variarán. Mantenga los valores por defecto de esta ventana, es decir, el fabricante Avery, Métrica como unidad de medida y Hojas sueltas en la sección Tipo de etiqueta, y seleccione un tamaño, por ejemplo, la opción C6104 de 38mm x 52mm. Haga clic en **Siguiente**.

5. En la siguiente ventana elegimos el formato, tamaño, grosor y color de la fuente. Puede dejar las opciones predeterminadas o escoger otras a su gusto. Haga clic en **Siguiente**.

6. En el siguiente cuadro de diálogo especificamos los campos de la tabla que se van a utilizar en la etiqueta. Para pasar campos de la lista Campos disponibles a la Etiqueta prototipo haga clic sobre el botón ▣. Además de los campos, también debemos, utilizando el teclado, escribir los espacios, signos de puntuación, etc., para que aparezcan en la etiqueta (véase la figura 7.32). Una vez que la etiqueta prototipo esté completada a su gusto, haga clic en **Siguiente**.

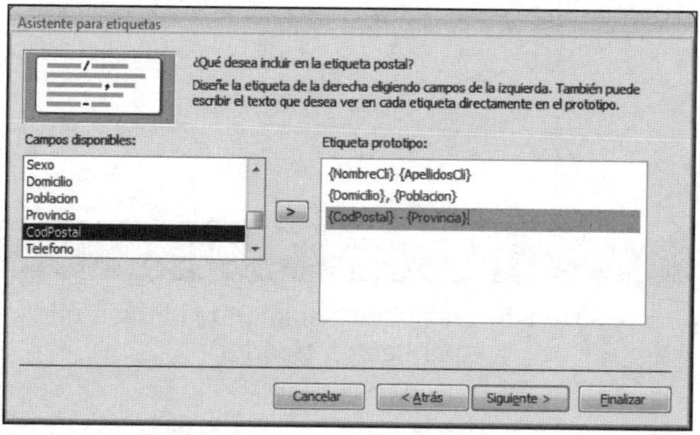

Figura 7.32. Página del asistente para seleccionar qué campos de la tabla subyacente aparecerán en las etiquetas.

7. En la siguiente ventana del Asistente para etiquetas decidimos si queremos ordenar las etiquetas según algunos de los campos. Por ejemplo, ordene las etiquetas según el apellido de los clientes y después según el nombre. Para ello, en la lista Campos disponibles, haga doble clic sobre el campo ApellidosCli y

después sobre el campo **NombreCli**, por ese orden. Los campos pasarán a la lista **Ordenar por**. Después haga clic sobre **Siguiente**.

8. En la última ventana del asistente, damos un título para el informe. Escriba el título Etiquetas de los clientes, deje seleccionado el primer botón de opción **Ver las etiquetas tal y como se imprimirán** y haga clic sobre el botón **Finalizar**.

Access crea el informe y lo abre en la vista preliminar (véase la figura 7.33).

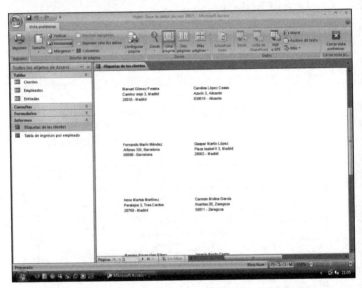

Figura 7.33. Vista preliminar del informe con las etiquetas que hemos creado.

7.9. Crear un informe en un clic

Esta opción es similar a la que utilizamos para crear un formulario en un clic. Es la forma más rápida de crear un informe. Para este ejemplo vamos a crear un informe de forma automática con los datos de la tabla **Empleados**. Siga los pasos descritos a continuación:

1. En el **Panel de exploración** de la base de datos Hotel, seleccione la tabla **Empleados**.

2. A continuación, en la ficha **Crear** de la Cinta de opciones, haga clic sobre el botón **Informe** del grupo Informes. Ya está. Access ha creado de forma automática un informe tabular con los datos de la tabla Empleados y lo abre en vista Presentación (véase la figura 7.34).

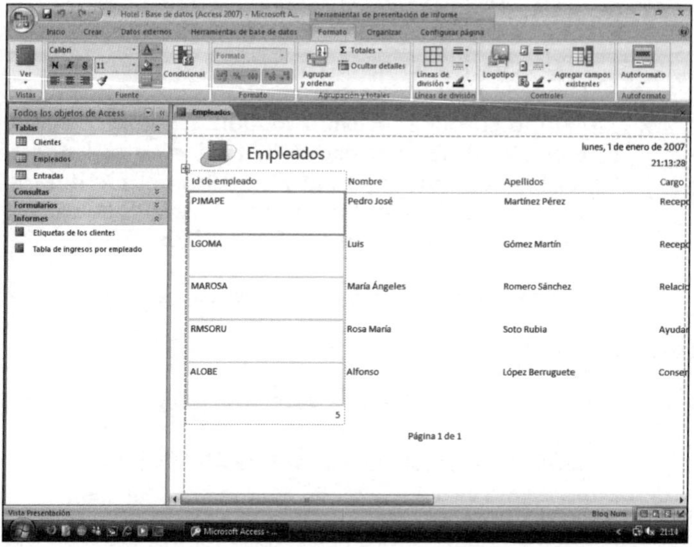

Figura 7.34. El informe de empleados creado automáticamente por Access.

Igual que pasaba cuando creamos el formulario siguiendo este mismo sistema, el resultado final necesitaría algunos retoques. En este caso, el tamaño del informe es muy ancho y tiene los campos muy separados unos de otros. Vamos a solucionarlo:

1. Lo primero que vamos a hacer es pasar a vista Diseño haciendo clic sobre el botón correspondiente de la barra de tareas.
2. Si hace clic sobre uno de los campos del informe comprobará que Access ha creado una selección múltiple con todos ellos. Elimínela haciendo clic sobre el control de selección múltiple ⊞ y a continuación sobre el botón **Quitar** del grupo Diseño de controles de la ficha Organizar, en la Cinta de opciones.

3. Reduzca el tamaño de los campos para adecuarlos a su contenido. Esta acción puede hacerla tanto en vista Diseño como en vista Presentación, aunque en vista Presentación tiene la ventaja de ver los datos del informe al mismo tiempo que modifica el tamaño de los controles.

4. Elimine los campos Fotografía y Notas y reubique los campos de forma que no estén tan separados y quepan, en formato tabular, en el ancho de una página. En vista Presentación aparecen marcados los límites de la hoja.

5. El campo con la expresión =Cuenta(*) especifica el número total de empleados incluidos en el listado. Colocar el campo en el lado derecho del pie del informe y añadirle la etiqueta Total de empleados: delante del campo (véase la figura 7.35).

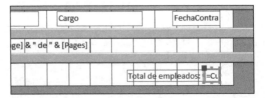

Figura 7.35. Detalle del campo cuenta y su etiqueta.

6. Añadir una línea horizontal en la sección Pie del informe que ocupe todo el ancho del informe. Podéis jugar con el grosor, tipo de línea y color utilizando los controles pertinentes del grupo Controles de la ficha Diseño en la Cinta de opciones. Añada también una línea en la sección Encabezado de página, justo debajo de las etiquetas de los campos.

7. Ahora vamos a añadir un color de fondo alternativo para las filas de registros del informe, de forma que, al ver los datos de los empleados, una fila aparezca de color blanco y la siguiente de otro color. Esto ayuda a leer mejor el informe. Para ello, en vista Diseño, haga clic sobre una zona vacía de la sección Detalle. A continuación, haga clic sobre la flecha desplegable del botón Color de fondo o de relleno alternativo ▦ ▾ existente en el grupo Fuente de la ficha Diseño de la Cinta de opciones. Se abrirá un menú con una variada paleta de colores. Seleccione uno y pase a vista

Informe o a vista Presentación para ver el resultado (véase la figura 7.36).

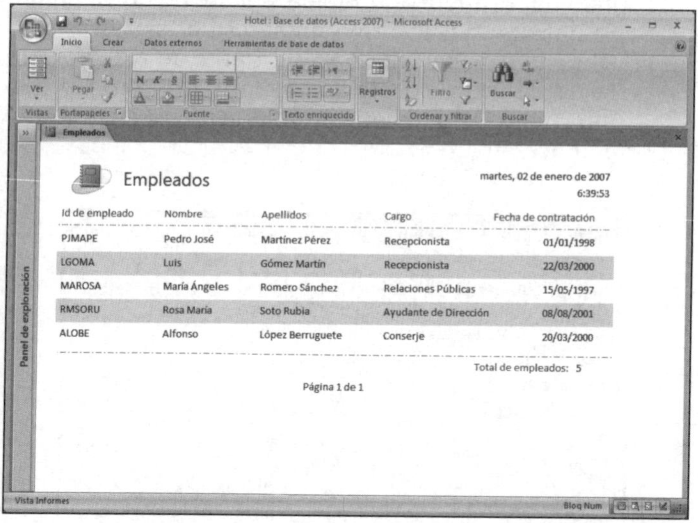

Figura 7.36. Vista Informe del informe una vez modificado.

8. Para finalizar, haga clic sobre el botón **Guardar** de la barra de herramientas de acceso rápido y escriba Lista de empleados como nombre para el informe.

> **Nota:** *Recuerde que puede utilizar la herramienta* Autoformato *para cambiar rápidamente la apariencia del informe por una de las predefinidas por Access.*

7.10. Imprimir un informe

Para imprimir un informe podemos seguir uno de los siguientes métodos:

* Abrir el informe en la Vista preliminar y hacer clic en el botón **Imprimir** de la Cinta de opciones. Se abre el cuadro de diálogo Imprimir estándar de Windows, que permite seleccionar las opciones de impresión (véase la figura 7.37).

- Abrir la sección Informes del Panel de exploración, seleccionar el informe que se desea imprimir, hacer clic sobre el Botón de Office, seleccionar la opción Imprimir o Impresión rápida del submenú Imprimir. Se imprimirá el informe sin necesidad de abrirlo.
- Abrir la sección Informes del Panel de exploración, hacer clic con el botón derecho del ratón sobre el informe y elegir la opción Imprimir en el menú que entonces aparece.

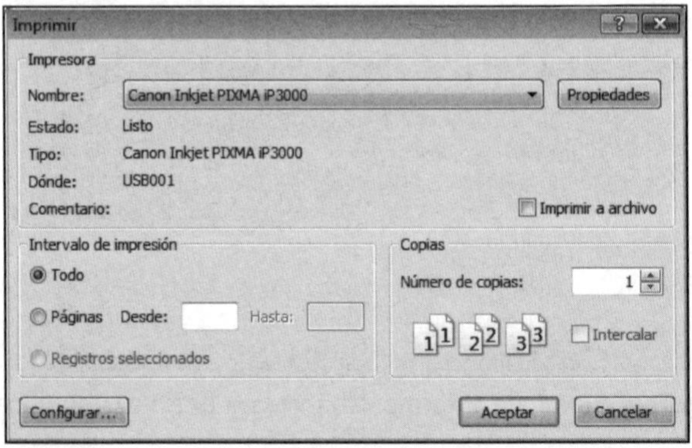

Figura 7.37. El cuadro de diálogo Imprimir estándar de Windows.

Para elegir la orientación del papel en el cuadro de diálogo Imprimir, hacemos clic sobre el botón **Propiedades** situado junto al nombre de la impresora seleccionada, y seguidamente elegimos la orientación en la ficha Presentación. Con el botón **Configurar** vuelve a abrirse el cuadro de diálogo Configurar página, pero ahora únicamente con las fichas Opciones de impresión y Columnas.

A veces se imprimen páginas en blanco al imprimir el informe. Esto sucede cuando las dimensiones del informe son mayores que las del papel en que se imprime. Compruebe que la anchura del informe más la anchura del margen no supera la anchura del papel.

8

Macros

Las macros ayudan a automatizar tareas que se ejecutan frecuentemente o son repetitivas. Podemos utilizar macros independientes o combinarlas con otros objetos de la base de datos. También es posible utilizar eventos, como el clic de un botón en un formulario, para que se ejecuten macros automáticamente. En este capítulo vamos a estudiar cómo funcionan las macros y cómo podemos integrarlas en nuestras bases de datos.

8.1. Qué son las macros

Las macros son objetos de una base de datos Access que ejecutan ciertas acciones. Las acciones son las tareas que realizan las macros. Con una macro podemos llevar a cabo decenas de acciones. Para ejecutar las macros se pueden utilizar dos métodos:

- Ejecutar la macro directamente desde el Panel de exploración.
- Asociar la macro a un suceso o evento, tal como el clic en un botón o la modificación de datos en un formulario, para que se ejecute al producirse tal suceso o evento.

Advertencia: Las macros pueden modificar los datos que contienen las tablas.

Cuando se ejecuta una macro, Access utiliza los objetos y datos especificados en las acciones de la macro para realizar esas acciones en el orden que determina la macro. Por ejemplo, podemos diseñar macros para:

- Abrir una tabla, formulario, consulta o informe en la vista Diseño o en la vista Hoja de datos.
- Abrir juntos varios formularios e informes en el orden especificado.
- Imprimir un informe al hacer clic en un botón de un formulario.
- Simplificar búsquedas de datos en formularios e informes sin tener que diseñar una consulta.
- Establecer o modificar propiedades de formularios e informes, o de sus controles.
- Ejecutar consultas de acción.
- Ejecutar cualquiera de los comandos de la barra de menús de Access.
- Establecer valores para controles de formularios e informes utilizando el resultado de cálculos realizados con valores de otras tablas.
- Mostrar cuadros informativos.
- Iniciar otras aplicaciones.

Una nueva característica de Access 2007 referente a las macros es que ahora existe la posibilidad de crear macros incrustadas en formularios o informes. Estas macros incrustadas en un formulario o informe forman parte integral del mismo, y no aparecen en la sección Macros del Panel de exploración. Se crean directamente asociadas a una propiedad de evento del formulario o informe, o de uno de sus controles, de forma que si el formulario o informe se copia, cualquier macro incrustada que incluya también lo hará, como si de otra propiedad se tratara.

En resumen, las macros permiten crear aplicaciones personales que faciliten el uso de nuestras bases de datos creando formularios e informes con botones, menús y controles que ejecuten comandos.

8.2. La vista Diseño de las Macros

Como para los otros objetos de base de datos, Access incluye una sección Macros en el Panel de exploración donde aparecen listadas todas las macros independientes de la base de datos. Para abrir una macro en vista Diseño, haremos clic con el botón derecho del ratón sobre el nombre de la macro en el **Panel de exploración** y, a continuación, seleccionaremos, en el menú que entonces aparece, la opción **Vista Diseño**. En realidad esta es la única vista de que dispone una macro, ya que la otra opción es ejecutarla, lo que da como resultado la realización de las acciones especificadas en el diseño de la macro.

Abra la base de datos Northwind y haga clic sobre la sección **Macros** en el **Panel de exploración** para ver las macros contenidas en la base de ejemplo (véase la figura 8.1).

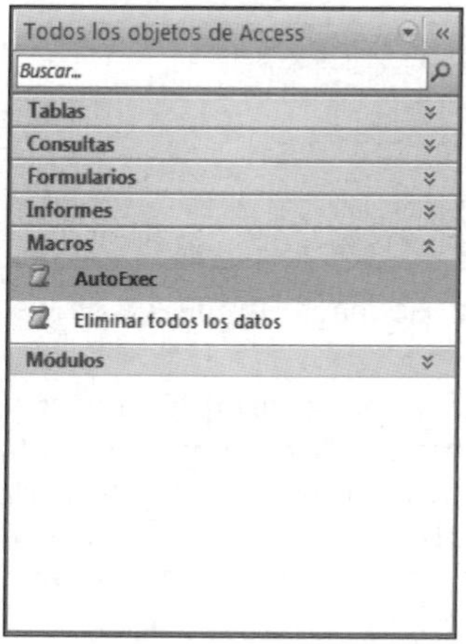

Figura 8.1. Las macros de la base de datos Northwind.

Las macros se crean y modifican utilizando el **Generador de macros**, es decir, la vista Diseño de la macro. Ahora vamos a abrir en vista Diseño una macro existente en la base de datos Northwind para ver su estructura y componentes.

En el **Panel de exploración**, haga clic con el botón derecho del ratón sobre la macro **AutoExec** y seguidamente ejecute el comando **Vista Diseño** del menú que entonces aparece, para abrir así la vista Diseño de esta macro (véase la figura 8.2).

La parte superior de la vista Diseño muestra cuatro columnas: **Condición**, **Acción**, **Argumentos** y **Comentario**. La columna **Condición** permite establecer condiciones para la acción escribiendo en ella alguna expresión.

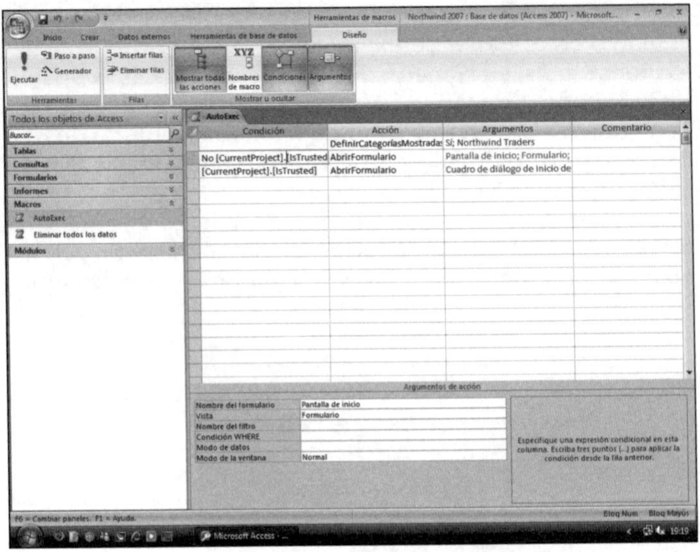

Figura 8.2. La macro AutoExec en vista Diseño.

De esta forma, si no se cumplen los criterios especificados en esta columna, la acción no se ejecutará. Por lo tanto,
las expresiones utilizadas en esta columna deben ser aquellas que den resultados del tipo sí/no, verdadero/falso, 1/
0. La acción se llevará a cabo si la respuesta a la condición
es afirmativa.

La columna Condición no aparece de forma predeterminada cuando creamos una macro nueva. Para que sea visible tenemos que activar la opción Condiciones 📷 del grupo
Mostrar u ocultar de la ficha Diseño de la Cinta de opciones.

> *Truco: Para poder ver completas las expresiones escritas
> en las celdas de la columna Condición, sitúe el cursor en
> la celda en cuestión y pulse **Mayús-F2** para abrir el cua-
> dro Zoom (véase la figura 8.3).*

La columna Acción se utiliza para añadir las acciones
de la macro. Existe una gran variedad de acciones disponibles en la lista desplegable de la columna Acción. Este número será mayor si está activada la opción Mostrar todas
las acciones 📷 en el grupo Mostrar u ocultar de la ficha
Diseño, en la Cinta de opciones.

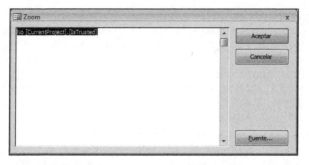

Figura 8.3. El cuadro de diálogo Zoom permite ver con claridad las expresiones de la columna Condición.

Si este botón no está activado, las acciones disponibles serán únicamente las que no requieren estado de confianza para su ejecución, es decir, cuya ejecución es considerada segura. Las acciones adicionales que se habilitan al activar el botón Mostrar todas las acciones no se podrán ejecutar si en la configuración de seguridad de la base de datos no se permite la ejecución de código VBA (Visual Basic para Aplicaciones). Access solicitará el permiso explícito para habilitar estas acciones al abrir las bases de datos que contengan estas acciones. Es lo que ocurre, por ejemplo, al abrir la base de datos de ejemplo Northwind. En cualquier caso, las acciones que componen la macro se establecen por orden de ejecución seleccionándolas en la lista emergente que aparece al hacer clic en una celda en la columna, o arrastrando el nombre de un objeto desde el Panel de exploración hasta la celda, de forma que primero se ejecutarán las acciones situadas primero en la columna Acción. Haciendo clic sobre una acción, se muestra una descripción de la misma en la parte inferior de la ventana. Y para obtener más información de ayuda sobre una determinada acción, podemos seleccionarla en la columna Acción y pulsar la tecla F1. Aparecerá la ventana de Ayuda de Access relativa a la acción seleccionada.

La columna Argumentos se muestra si está activado el botón **Argumentos** ⊞ en el grupo Mostrar u ocultar de la ficha Diseño, en la Cinta de opciones. Esta columna es una nueva característica de las macros incorporada en Access 2007. Permite ver más fácilmente los argumentos establecidos para cada acción de la macro sin tener que seleccionarla y mirar en el panel Argumentos de acción, situado en la parte inferior de la ventana. Son los mismos valores que aparecen en este panel, separados por un punto y coma (;), de forma que si un argumento no tiene asignado un valor en el panel Argumentos de acción, en la columna Argumentos aparecerán dos punto y coma seguidos (;;). Sin embargo, será necesario utilizar el panel Argumentos de acción para modificar el valor de un argumento, ya que en la columna Argumentos únicamente se muestran los valores, pero no se pueden editar. Los argumentos proporcionan información a la acción, y cada acción tiene sus propios argumentos. Algunos de los argumentos de acción son obligatorios y otros no. Haciendo clic sobre el argumento en el panel Argumentos de acción se muestra una descripción del mismo en la parte derecha del panel. Si pulsa la tecla F1 aparecerá información de ayuda relacionada con el argumento y la acción seleccionados.

La columna Comentarios se utiliza para escribir descripciones de las acciones que puedan resultar de utilidad a los administradores de la base de datos. Su carácter es meramente informativo, pues Access hace caso omiso de esta columna al ejecutar la macro.

Existe otra columna que, aunque no está presente en el ejemplo mostrado en la macro AutoExec, es posible ver en el diseño de una macro. Es la columna Nombres de macro, que se muestra haciendo clic sobre el botón Nombres de macro ⊞ en el grupo Mostrar u ocultar de la ficha Diseño, en la Cinta de opciones (véase la figura 8.4). Esta columna es necesaria cuando se quiere crear un grupo de macros, es decir, una macro que contenga más de una macro. Si únicamente se va a incluir una macro, esta columna no es necesaria, aunque se podría utilizar. Cuando se trabaja con un grupo de macros, se especifica el nombre de macro en esta columna para la primera macro, a continuación se especifican las acciones de la primera macro, que pueden ser más de una, y por lo tanto ocupar más de una fila en la columna Acción, y cuando se hayan terminado de definir las acciones y argumentos de la primera macro, se incluye el nombre de la segunda macro en la siguiente fila vacía después de la última acción de la primera macro. Por supuesto, los nombres de las macros incluidas en un grupo de macros deben ser únicos, es decir, no puede haber dos macros con el mismo nombre.

Cuando se quiera hacer referencia a una macro incluida dentro de un grupo de macros se deberá seguir la siguiente sintaxis: `nombre_grupo_macros.nombre_macro_individual`. Y si se ejecuta un grupo de macros desde el **Panel de exploración** únicamente se ejecutará la primera macro individual incluida en el grupo, salvo que una de las acciones de la primera macro fuese la ejecución de otra de las macros incluidas en el grupo.

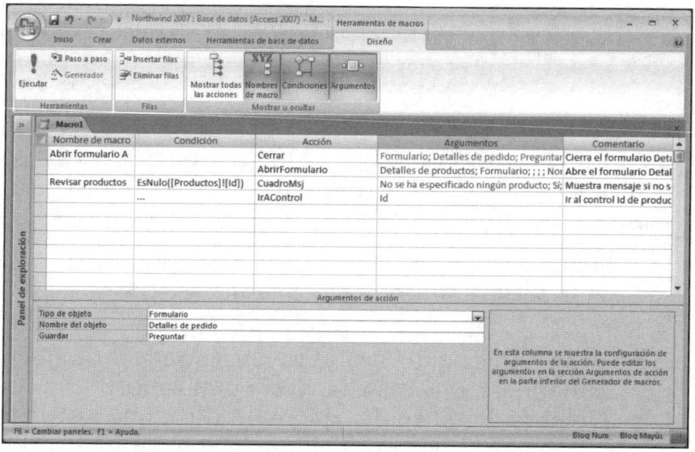

Figura 8.4. Ejemplo del diseño de un grupo de macros.

Como ya hemos indicado, en el panel **Argumentos de acción**, situado en la parte inferior de la vista Diseño, en el lado izquierdo, se especifican los argumentos de cada acción. Hay que proporcionar información para la mayoría de las acciones para que Access pueda realizarlas. Access utiliza estos argumentos para obtener más información acerca de las acciones. En el lado derecho de la parte inferior de la vista Diseño, hay un panel que muestra información sobre la celda o elemento actualmente seleccionado.

Por ejemplo, abra la macro **AutoExec** de la base de datos Northwind y a continuación haga clic en la primera acción **AbrirFormulario** (véase la figura 8.5). Aparece el triángulo que indica la presencia de una lista emergente. En el panel **Argumentos de acción**, situado en la parte inferior de la vista Diseño, se muestran los argumentos de la acción. En este caso, los argumentos utilizados son:

- **Nombre del formulario:** Indica qué formulario se va a abrir. En este caso, el formulario **Pantalla de inicio**.

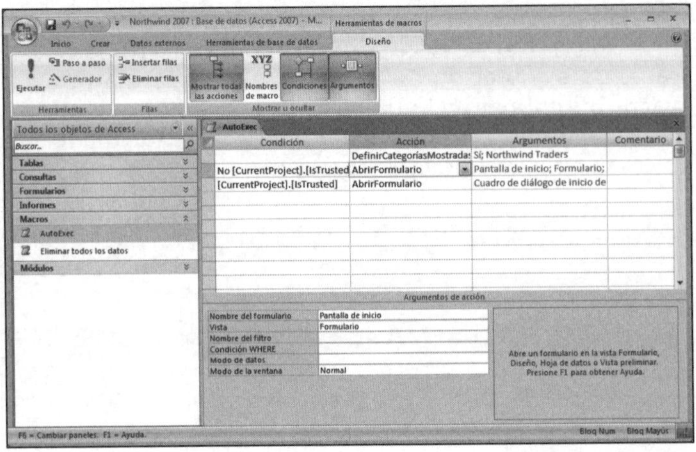

Figura 8.5. La vista Diseño de la macro AutoExec
con la primera acción Abrir formulario seleccionada.

- **Vista:** Indica qué vista se va a usar para abrir el formulario; en este caso, la vista Formulario.
- **Nombre del filtro:** Establece un filtro que restringe u ordena los registros del formulario. En este caso el argumento está en blanco.
- **Condición WHERE:** Contiene una cláusula WHERE de SQL o una expresión válida que Access utiliza para seleccionar registros de la tabla o de la consulta base del formulario, también en blanco en este ejemplo.
- **Modo de datos:** Establece el modo de introducción de datos en el formulario. En este caso también está en blanco.
- **Modo de la ventana:** Indica cómo se abre la ventana Formulario. La opción Normal del ejemplo establece que se utilicen las propiedades asignadas en el formulario para abrir la ventana.

8.3. Crear macros independientes

Para crear una macro hacemos clic en el botón **Macro** del grupo Otro, en la ficha Crear de la Cinta de opciones. Si el comando Macro no aparece en la Cinta de opciones, haga clic sobre la flecha desplegable del botón **Módulo** o **Módulo de clase**, en el grupo Otros de la ficha Crear y seleccione la opción **Macro**. Se abre inmediatamente la vista **Diseño** de la nueva macro mostrando únicamente las columnas **Acción**, **Argumentos** y **Comentarios**. Una vez añadida una acción, hay que especificar sus argumentos antes de poder guardar la macro. En la figura 8.6 mostramos la vista **Diseño** de una nueva macro con la lista emergente de acciones abierta.

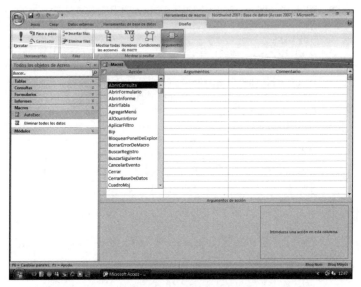

Figura 8.6. La vista Diseño de una macro en blanco con la lista de acciones abierta.

A continuación se describen algunas de las acciones disponibles en la lista emergente cuando está activada la opción **Mostrar todas las acciones**:

- **AbrirObjeto:** Abre el objeto especificado.
- **AgregarMenú:** Añade un menú a una barra de menús.
- **AlOcurrirError:** Especifica qué hacer cuando se produce un error en la ejecución de la macro.
- **AplicarFiltro:** Aplica un filtro, consulta o cláusula WHERE de SQL a una tabla, formulario o informe.
- **Bip:** Emite un sonido a través de los altavoces del ordenador.
- **BloquearPanelDeExploración:** Bloquea el Panel de exploración para impedir que los usuarios de la base

275

de datos tengan acceso a los objetos de base de datos.

- **BorrarErrorDeMacro:** Cuando se produce un error en la ejecución de una macro, la información referente a dicho error se envía a un objeto ErrorDeMacro. Esta acción borra el último error del objeto ErrorDe Macro.
- **BuscarRegistro:** Busca la primera instancia de datos que cumpla los criterios especificados por los argumentos.
- **BuscarSiguiente:** Busca el siguiente registro que cumpla los criterios especificados por la acción BuscarRegistro anterior o el cuadro de diálogo Buscar en campo, que aparece al hacer clic en Buscar en el menú Edición.
- **CambiarNombre:** Permite cambiar el nombre de un objeto de base de datos.
- **CancelarEvento:** Se utiliza para cancelar el evento que hizo que Microsoft Access ejecutase la macro que contenía esta acción.
- **Cerrar:** Cierra una ventana determinada de Microsoft Access, o, si no se especifica ninguna, la ventana activa.
- **CerrarBaseDeDatos:** Cierra la base de datos actualmente abierta.
- **CopiarObjeto:** Copia el objeto de base de datos especificado en una base de datos de Microsoft Access diferente o en la misma base de datos con un nombre nuevo.
- **CuadroMsj:** Muestra un cuadro de mensaje que contenga una advertencia o un mensaje de información. Por ejemplo, podemos usar la acción CuadroMsj con macros de validación. Cuando un control o registro no cumple una condición de validación en la macro, un cuadro de mensaje puede mostrar un mensaje de error y proporcionar al usuario instrucciones acerca de la clase de datos que debería escribir.
- **DefinirCategoríasMostradas:** Permite especificar las categorías que se pueden mostrar en el Panel de exploración.
- **DefinirPropiedad:** Permite definir la propiedad de un control existente en un formulario o en un informe.
- **DefinirVariableTemporal:** Permite crear una variable temporal y darle un valor determinado. Esta va-

riable temporal se puede luego utilizar de múltiples maneras, por ejemplo, como argumento en otra acción, en un evento o en un formulario.

- **DetenerMacro:** Interrumpe la macro que está en ejecución.
- **DetenerTodasMacros:** Permite detener todas las macros actualmente en ejecución.
- **Eco:** Muestra u oculta los resultados de la macro mientras está en ejecución.
- **EjecutarAplicación:** Nos permite iniciar una aplicación desde Access, siempre y cuando esta aplicación se ejecute en Microsoft Windows o en MS-DOS
- **EjecutarCódigo:** Permite ejecutar una función de Visual Basic para Aplicaciones (VBA).
- **EjecutarComando:** Permite ejecutar un comando de Access.
- **EjecutarMacro:** Permite ejecutar una macro desde la macro actual.
- **EjecutarSQL:** Permite ejecutar una instrucción SQL.
- **EliminarObjeto:** Elimina el objeto de base de datos especificado.
- **EncontrarRegistro:** Busca un registro determinado según los criterios de búsqueda especificados en los argumentos de la acción.
- **EnviarObjeto:** Incluye la hoja de datos, formulario, informe o módulo especificado en un mensaje de correo electrónico, en el que puede examinarse y enviarse.
- **EnviarTeclas:** Envía pulsaciones de teclas directamente a Microsoft Access o a una aplicación activa basada en Windows.
- **EstablecerValor:** Establece el valor de un campo, control o propiedad de Microsoft Access en un formulario, en una hoja de datos de formulario o en un informe.
- **Guardar:** Guarda un objeto de Microsoft Access especificado, o, si no se especifica ninguno, el objeto activo. En algunos casos, también puede guardar el objeto activo con otro nombre (el funcionamiento es el mismo que el del comando Guardar como).
- **Imprimir:** Imprime el objeto activo de la base de datos.
- **IrAControl:** Lleva el enfoque a un control o campo específico de un formulario, tabla o consulta.

- **IrARegistro:** Permite especificar como registro activo un registro determinado.

- **MostrarTodosRegistros:** Quita los filtros aplicados al objeto de base de datos que están activos y muestra todos los registros del objeto.

- **PasoAPaso:** Realiza una ejecución paso a paso de la macro.

- **QuitarTodasLasVariablesTemporales:** Elimina todas las variables temporales definidas mediante la acción DefinirVariableTemporal.

- **QuitarVariableTemporal:** Permite eliminar una variable temporal específica.

- **RelojDeArena:** Convierte el puntero del ratón en una imagen de reloj de arena (o el icono que se haya seleccionado) mientras se ejecuta una macro.

- **RepintarObjeto:** Finaliza las actualizaciones de pantalla pendientes para un objeto de base de datos especificado, o para el objeto de base de datos activo, si no se especifica ninguno.

- **SalidaHacia:** Permite crear una copia de los datos de un objeto de base de datos en varios formatos, como PDF, XPS, HTML, Excel, etc.

- **Salir:** Sale de Microsoft Access.

- **SeleccionarObjeto:** Selecciona el objeto de base de datos especificado.

- **TransferirBaseDatos:** Importa o exporta datos entre otra base de datos y la base de datos actual.

> *Nota: Hay más acciones disponibles. Esto únicamente es una muestra, pero recuerde que deberá activar el botón **Mostrar todas las acciones** de la pestaña Diseño para poder ver el listado completo. Para averiguar el uso de una acción, selecciónela en la lista emergente y pulse **F1**.*

Otro método que ya hemos mencionado para establecer una acción es arrastrar un objeto de la base de datos a una celda de la columna Acciones. Como ejemplo, siga estos pasos para crear una acción en una nueva macro en la base de datos Northwind.

1. Abra la base de datos Northwind si no está ya abierta.
2. En la pestaña Crear de la Cinta de opciones, haga clic sobre el botón **Macro** 📄 del grupo Otros. Si no existiese el botón **Macros**, haga clic sobre la flecha

desplegable del botón **Módulo** o **Módulo de clase** en el grupo Otros de la ficha Crear, y seleccione la opción Macro.

3. Despliegue el Panel de exploración y seleccione la sección Formularios para ver todos los formularios de la base de datos.

4. Arrastre el formulario Detalles de clientes a la primera celda de la columna Acción (véase la figura 8.7).

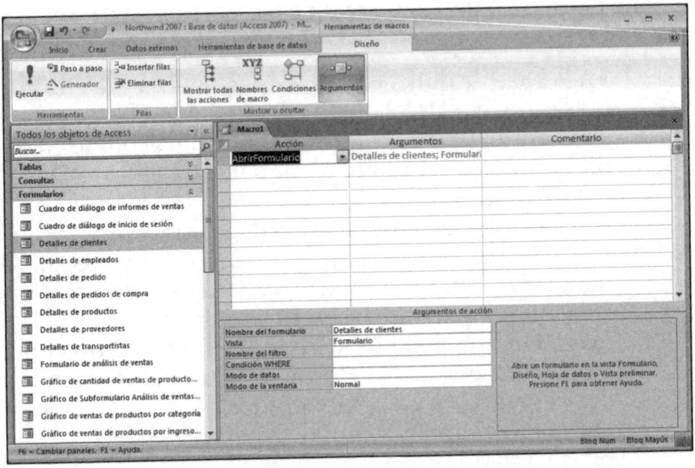

Figura 8.7. La vista Diseño de la macro y el Panel de exploración después de arrastrar el formulario Detalles de clientes a la columna Acción.

Se inserta la acción `AbrirFormulario` y también los argumentos indispensables para que funcione la macro. Esto mismo podemos hacerlo con los otros objetos de la base de datos, insertándose en todos los casos la acción `AbrirObjeto`, salvo cuando se utiliza otra macro, que se inserta la acción `EjecutarMacro` con la que llamamos a una macro desde dentro de otra macro.

8.4. Crear macros incrustadas

Las macros incrustadas están asociadas a una propiedad de evento de un formulario o de un informe, o de un control existente en un formulario o en un informe. Este tipo de macro no aparece en la sección Macros del Panel de exploración ya que forman parte integral del formulario o informe en el que se encuentran.

Si el formulario o informe se borra, la macro también desaparece. Y si el objeto se copia, la macro incrustada se copia también.

Ahora vamos a ver cómo crear una macro incrustada utilizando un sencillo ejemplo en el que haremos que un control del formulario Detalles de clientes que abra el informe Libreta de direcciones de clientes. Los pasos son los siguientes:

1. En la base de datos Northwind, abra en vista Diseño, el formulario Detalles de clientes.
2. En el encabezado del formulario, junto al botón **Guardar y nuevo**s, añada una etiqueta con el texto Direcciones de clientes.
3. Abra la Hoja de propiedades de la etiqueta.
4. En la ficha Eventos, haga clic sobre la propiedad Al hacer clic. Aparecerán un botón de lista desplegable y un botón generador con tres puntos ⟨...⟩.
5. Haga clic sobre el botón generador de la propiedad. Aparecerá el cuadro de diálogo Elegir generador. Seleccione la opción Generador de macros y haga clic sobre el botón **Aceptar**. Aparecerá la vista Diseño de una macro vacía.
6. En la lista desplegable de la primera celda de la columna Acción, seleccione la opción AbrirInforme.
7. En el panel Argumentos de acción situado en la parte inferior de la ventana, haga clic sobre la opción Nombre del informe. Aparecerá una flecha de lista desplegable. Haga clic sobre ella y seleccione el informe Libreta de direcciones de clientes (véase la figura 8.8).
8. Haga clic sobre el botón **Cerrar** situado en la ficha Diseño de la Cinta de opciones. Cuando Access le pregunte si desea guardar los cambios realizados en la macro, responda Sí. Ya habrá terminado.

Para ver el efecto, pase a la vista Formulario del formulario Detalles de clientes y haga clic sobre la nueva etiqueta.

Se abrirá el informe Libreta de direcciones de clientes. Para ver y modificar una macro incrustada, simplemente hay que abrir la hoja de propiedades del elemento al que está incrustada la macro, y hacer clic sobre el botón generador de la propiedad de evento que muestra el texto [Macro incrustada]. Se abrirá la vista Diseño de la macro.

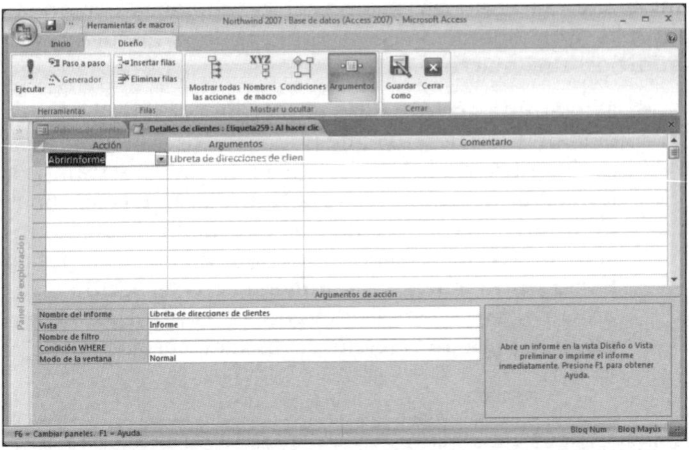

Figura 8.8. La nueva macro incrustada creada para abrir un informe.

> **Nota:** *El ejemplo que hemos puesto es un mero ejercicio práctico, ya que en realidad no tiene mucho sentido utilizar una etiqueta para este tipo de acciones, siendo mucho más habitual utilizar un botón de comando para este efecto. El motivo por el que lo hemos hecho así es que al crear un botón de comando se inicia un asistente que habría realizado esta acción por nosotros sin ver realmente el proceso de creación de la macro. Más adelante utilizaremos botones de comando.*

Aunque en Access 2007 es posible crear macros incrustadas, sigue siendo posible asociar macros independientes (las que aparecen en la sección Macros en el Panel de exploración) a propiedades de evento de objetos y controles. Para ello, en la Hoja de propiedades del objeto o control, simplemente hay que hacer clic sobre la flecha de lista desplegable de la propiedad de evento a la que se desea asociar una macro independiente, y elegir la macro deseada en la lista.

8.5. Modificar acciones

Cuando tenemos una macro con varias acciones, puede resultar necesario modificar el orden de las acciones, eliminar ciertas acciones, establecer condiciones o realizar algunas otras operaciones. A continuación veremos cómo modificar una macro:

- **Mover una acción:** Para mover una acción, la seleccionamos haciendo clic en el selector a la izquierda del nombre de la acción y después la arrastramos a la nueva posición (véase la figura 8.9). Las acciones de las macros se ejecutan en el orden en que aparecen en la vista Diseño. Si en una de las acciones se llama a otra macro, esa nueva macro se ejecuta completamente, y después devuelve el control a la macro original para que ejecute el resto de sus acciones.

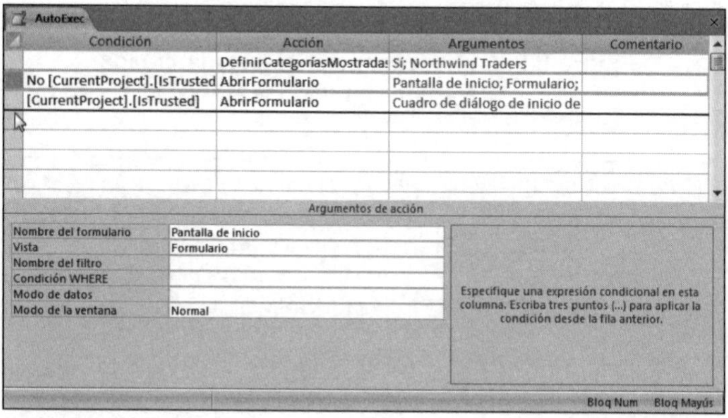

Figura 8.9. Para mover una acción, seleccionarla y arrastrar hasta la posición deseada.

- **Borrar una acción:** Para borrar una acción, pulsamos la tecla **Supr** después de seleccionar la acción, o hacemos clic sobre el botón **Eliminar filas** del grupo Filas de la pestaña Diseño, en la Cinta de opciones.
- **Añadir una nueva acción entre otras ya existentes:** En este caso podemos optar por crear la acción en la última fila vacía y luego moverla hasta el lugar de-

seado, o podemos hacer clic en la fila sobre la que queremos añadir la nueva y utilizar el botón **Insertar filas** ⊞ del grupo Filas de la pestaña Diseño, en la Cinta de opciones, para añadir una nueva fila.

- **Mostrar y ocultar la columna** Argumentos: Esta columna es visible de forma predeterminada en la vista Diseño, pero si quisiese ocultarla simplemente tendría que desactivar el botón **Argumentos** del grupo Mostrar u ocultar de la ficha Diseño, en la Cinta de opciones.

- **Mostrar y ocultar la columna** Condición: Utilice el botón **Condiciones** de la ficha Diseño, en la Cinta de opciones, para mostrar u ocultar la columna Condiciones. Si se han definido condiciones para una macro, ocultar la columna Condiciones no borra las condiciones establecidas.

- **Mostrar u ocultar la columna** Nombres de macro: Utilice el botón **Nombres de campo** de la ficha Diseño, en la Cinta de opciones, para mostrar u ocultar la columna Nombres de macro, utilizada para crear grupos de macro.

8.6. Macros condicionales

En ciertos casos, querremos que únicamente se lleven a cabo determinadas acciones, dependiendo de si se cumple cierta condición. Por ejemplo, podríamos crear una macro que comprobara que se ha rellenado un campo de un formulario y presentara un cuadro informativo en caso de que el usuario lo dejara en blanco. En casos como éste, utilizamos condiciones para controlar la ejecución de la macro.

Una condición es una expresión lógica que únicamente puede dar resultados finales del tipo verdadero o falso, sí o no, 1 ó 0. Cuando la condición se cumple, la macro ejecuta la acción y las acciones posteriores que muestran tres puntos suspensivos en la columna Condición. Estos tres puntos suspensivos se utilizan para indicar que la condición de la acción es exactamente la misma que la de la acción inmediatamente por encima. Cuando la condición no se cumple, la acción no se ejecuta y la macro continúa con la ejecución de la siguiente acción que no muestra puntos suspensivos en su columna Condición. En la figura 8.10

se puede ver un ejemplo de macro que utiliza condiciones. Esta macro está incrustada en una propiedad de evento del botón **Iniciar sesión** del formulario Cuadro de diálogo de inicio de sesión de la base de datos de ejemplo Northwind, que es cuadro de diálogo donde se pide el nombre del usuario que va a hacer uso de la aplicación nada más iniciar la base de datos.

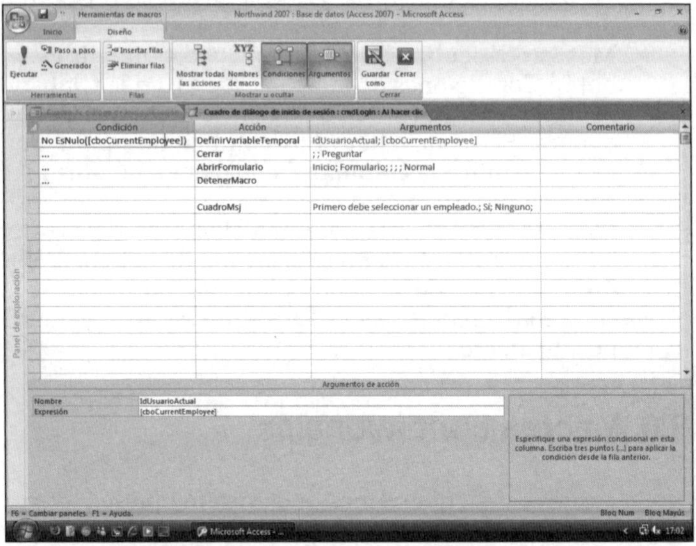

Figura 8.10. Esta macro contiene condiciones para la ejecución de acciones.

Las acciones que tienen la condición **No EsNulo([cbo CurrentEmployee])** se ejecutan si el valor de **cboCurrent Employee** no es nulo. Como cboCurrentEmployee es el nombre del único cuadro combinado de este formulario, la condición se cumplirá siempre que el cuadro combinado no esté vacío, es decir, siempre que hayamos elegido un empleado de la lista.

Mientras se cumpla esta condición, se ejecutarán las cuatro primeras acciones de la macro, en las que ocurre lo siguiente:

1. Se crea una variable temporal cuyo valor es el contenido del cuadro de texto cboCurrentEmployee, es decir, el empleado seleccionado.

2. Se cierra este cuadro de diálogo.
3. Se abre el cuadro de diálogo Inicio, que tomará el valor de la variable temporal para identificar al usuario.
4. Se detiene la ejecución de esta macro.

Si la condición anterior no se cumpliese, es decir, cuando el cuadro combinado está vacío porque no se ha elegido un empleado antes de hacer clic sobre el botón **Iniciar sesión**, se ejecutaría la acción CuadroMsj, que mostraría un mensaje de advertencia con el texto incluido en el argumento Mensaje de esta acción. En este caso, el mensaje indica la necesidad de elegir un empleado antes de hacer clic en el botón (véase la figura 8.11).

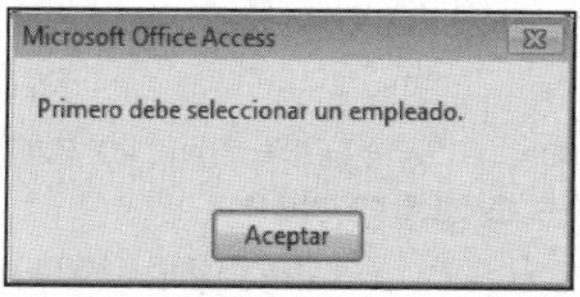

Figura 8.11. Mensaje que se muestra si no se cumple la condición de la macro.

8.6.1. Expresiones en las macros

Las expresiones se utilizan en las macros para establecer condiciones, como acabamos de ver, o para especificar argumentos.

Por ejemplo, la expresión Formularios![Lista de proveedores]![ID] hace referencia al control ID que está en el formulario Lista de proveedores de la base de datos Northwind.

Un ejemplo de expresión condicional sería Formularios! [Detalles de clientes]![City]="Chicago", que se cumplirá cuando el valor del cuadro de texto City sea Chicago, ejecutándose la acción correspondiente. En cualquier otro caso, la condición tendrá el resultado falso, y la acción no se ejecutará. Las expresiones precedidas del operador = se evalúan antes de que Access las pase como argumento de acción.

No siempre es necesario incluir la expresión que identifica el objeto sobre el que se evalúa la condición. Únicamente hay que incluirlo si el objeto se encuentra fuera del lugar en el que se está realizando la acción. Por ejemplo, para aludir al control **Address** del formulario **Detalles de clientes** desde fuera del formulario habría que escribir `Formularios![Detalles de clientes]![Address]`, pero para hacer lo mismo en una expresión escrita en la columna **Condición** o en las celdas de argumentos de la acción desde dentro del formulario, bastaría con escribir `[Address]`.

8.7. Ejecutar macros

Para saber si una macro realiza las acciones especificadas, tenemos que ejecutarla. La macro realizará entonces las acciones, una detrás de otra, hasta llegar a la última acción. Para ejecutar una macro disponemos de varios métodos:

- Hacer doble clic sobre la macro en la sección **Macros** del **Panel de exploración**.
- En la vista Diseño de la consulta, en la ficha **Diseño** de la Cinta de opciones, hacer clic sobre el botón **Ejecutar** ⬚ del grupo **Herramientas**.
- Haciendo clic con el botón derecho del ratón sobre el nombre de la macro en el **Panel de exploración** y seleccionando la opción **Ejecutar** en el menú contextual (véase la figura 8.12).

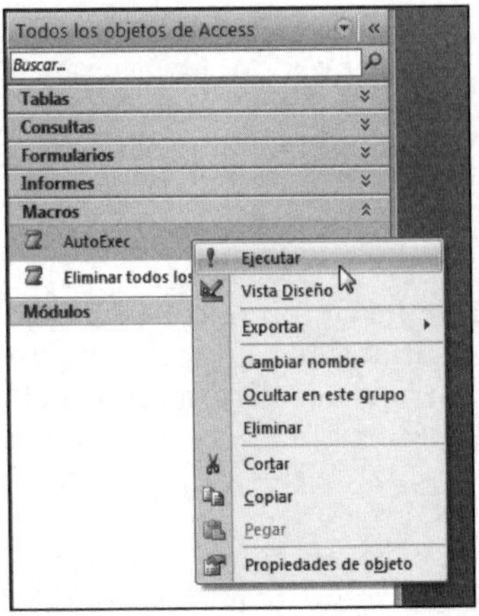

Figura 8.12. Ejecutar una macro haciendo clic con el botón derecho del ratón.

- Desde dentro de otra macro, con la acción Ejecutar Macro.
- Desde otro lugar de Access, asociando la macro a un suceso determinado.

Por ejemplo, podríamos establecer la ejecución de una macro asociada al clic en un botón de un formulario seleccionando el control correspondiente en la vista Diseño del formulario, abriendo su hoja de propiedades y escribiendo el nombre de la macro en la propiedad Al hacer clic.

8.8. Una macro sencilla para la base de datos Hotel

Como práctica de lo visto hasta ahora, vamos a crear una macro sencilla que abra una tabla y una consulta, y la vamos a asociar a un botón de un formulario de nuestra base de datos Hotel. Siga estos pasos:

1. Abra la base de datos Hotel
2. En la ficha Crear de la Cinta de opciones, haga clic sobre el botón **Macro** del grupo Otros. Si el botón **Macro** no está disponible, haga clic sobre la flecha desplegable del botón **Módulo** o **Módulo de clase** en el grupo Otros, y seleccione la opción Macro. Se abrirá la vista Diseño de una nueva macro vacía.
3. Despliegue el Panel de exploración, abra la sección Tablas y arrastre la tabla Clientes a la primera acción de la macro. Se inserta la acción AbrirTabla.
4. Abra la sección Consultas en el Panel de exploración y arrastre la consulta Gasto de clientes por empleado a la segunda acción de la macro. Se inserta la acción AbrirConsulta (vea la figura 8.13).
5. Si lo desea, añada comentarios que expliquen las acciones.
6. Haga clic sobre el botón **Ejecutar** de la ficha Diseño de la Cinta de opciones. Access abre un cuadro de diálogo para indicarnos que debemos guardar la macro antes de ejecutarla.
7. Haga clic en **Sí** y guarde la macro con el nombre predeterminado Macro1.
8. Si todo está bien, la macro se ejecuta y se abren la tabla y la consulta.

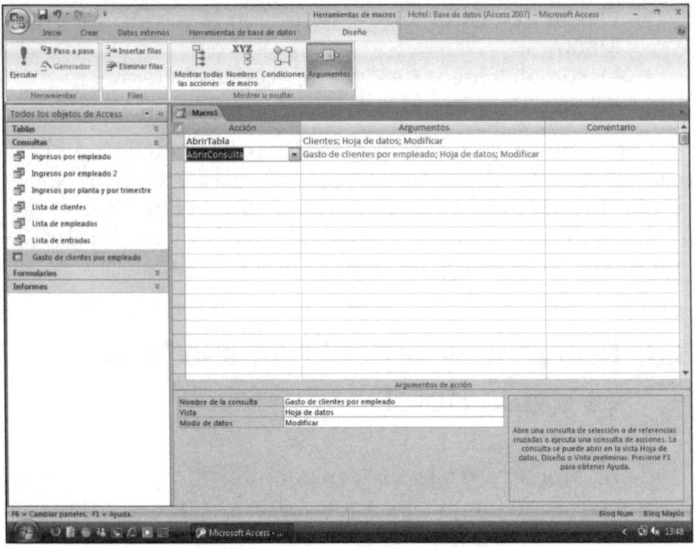

Figura 8.13. La nueva macro con las dos acciones insertadas.

Esta macro automatiza la tarea de abrir la tabla **Clientes** y la consulta **Gastos de clientes por empleado**. Lo que vamos a hacer ahora es asociar la macro a un botón que crearemos en el formulario **Datos de empleados** para que se ejecute al hacer clic. Siga estos pasos:

1. Abra la sección **Formularios** del **Panel de exploración**.
2. Abra el formulario **Datos de empleados** en la vista Diseño.
3. Amplíe la sección **Detalle** del formulario para que haya sitio para el botón en la parte inferior del formulario.
4. Haga clic sobre la opción **Botón** (la herramienta Botón de comando) en el grupo **Controles** de la ficha **Diseño**, en la Cinta de opciones, y seguidamente haga clic sobre la parte en blanco que acaba de ampliar en la sección **Detalle** del formulario. Se abre el **Asistente para botones de comando**.
5. En el cuadro de diálogo del **Asistente para botones de comando**, seleccione la categoría **Otras** y la acción **Ejecutar macro** (véase la figura 8.14). Haga clic sobre el botón **Siguiente**.

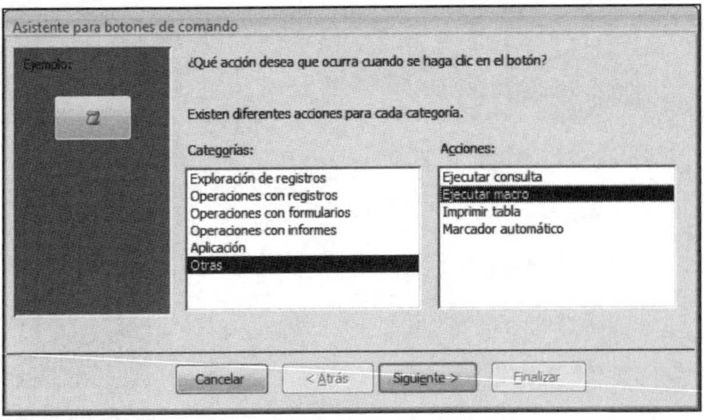

Figura 8.14. El Asistente para botones de comando.

6   En la siguiente ventana, seleccione la macro Macro1 (es la única disponible). Haga clic sobre **Siguiente**.

7. La ventana que se abre a continuación permite seleccionar una imagen o un texto para el botón. Elija la opción Texto y escriba como etiqueta para el botón `Abrir tabla y consulta`. Haga clic sobre **Siguiente**. El botón está creado y aparece en la parte inferior del formulario.

8. En la última ventana podemos escribir un nombre para el botón para usarlo en otras expresiones. Escriba `BotonMacro1` y haga clic sobre **Finalizar**.

Ahora cambie a la vista Formulario. Si hace clic sobre el botón que acabamos de crear (véase la figura 8.15), se abrirán automáticamente la tabla Clientes y la consulta Gastos de cliente por empleado. En realidad lo que hemos hecho es crear una macro incrustada asociada al evento Al hacer clic del nuevo botón, y es esta macro incrustada la que ejecuta la macro que hemos creado utilizando para ello una acción Ejecutar Macro. Si queremos asociar el objeto Macro1 directamente a la propiedad del botón sin utilizar una macro incrustada, los pasos son los siguientes:

1. Pase a vista Diseño del formulario Datos de empleados.

2. Seleccione el botón de comando que acabamos de crear y abra su hoja de propiedades.

3. En la ficha Eventos de la Hoja de propiedades aparece [Macro incrustada] como valor de la propiedad Al hacer clic.

289

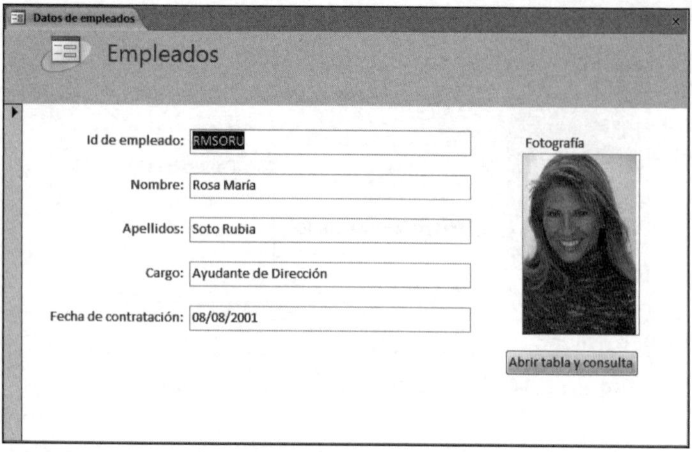

Figura 8.15. El formulario con el botón que ejecuta la macro.

También aparecen, en esta propiedad, un botón de lista desplegable y un botón generador. Haga clic sobre el botón de lista desplegable y seleccione la opción Macro1 (véase la figura 8.16).

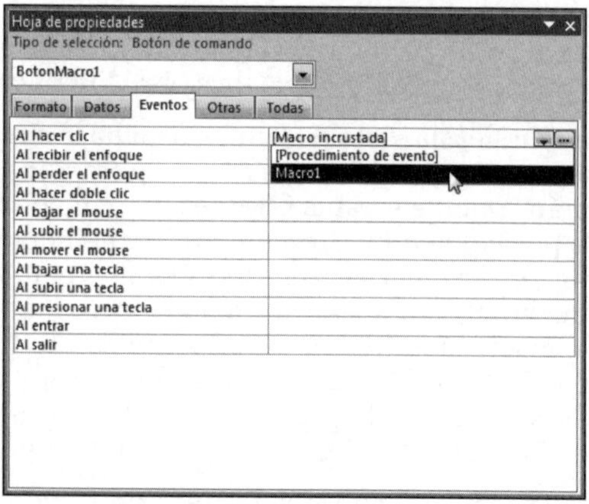

Figura 8.16. Asociar una macro independiente a una propiedad de evento.

4. Cierre la Hoja de propiedades y pase a vista Formulario. Access le pedirá que guarde antes el formulario. Responda Sí para guardarlo. Una vez en vista

Formulario, compruebe que el botón funciona correctamente.

Como habrá visto, el funcionamiento del botón es el mismo, únicamente varía la forma de asociar la macro con el evento del botón.

8.9. Tipos de eventos

Lo que hemos hecho en el ejemplo anterior es basar la activación de la macro en un evento, el clic en un botón. Hay otros tipos de eventos a los que podemos asociar macros:

- **Eventos de datos:** Tienen lugar cuando se introducen, eliminan o modifican datos.
- **Eventos de filtro:** Tienen lugar cuando aplicamos o creamos un filtro en un formulario.
- **Eventos de foco:** Tienen lugar cuando un control de un formulario obtiene o pierde el foco, o pasa de activo a inactivo y viceversa.
- **Eventos de error:** Tienen lugar cuando se produce un error en un formulario o informe.
- **Eventos de teclado:** Están asociados a teclas o a envíos de pulsaciones de teclas con la acción EnviarTeclas.
- **Eventos de ratón:** Están asociados a acciones del ratón.
- **Eventos de impresión:** Tienen lugar cuando se imprime un informe.
- **Eventos de ventana:** Tienen lugar cuando se abre, redimensiona o cierra la ventana de un formulario o informe.

Podemos iniciar la ejecución de macros con la realización por parte del usuario de cualquiera de los alrededor de 50 eventos que Access reconoce por medio de propiedades especiales en formularios, informes y controles. En las tablas y consultas no hay propiedades de eventos.

8.10. Depurar macros

Hay ocasiones en que las macros no se comportan de la forma esperada y producen un resultado imprevisto o fallan al ejecutarse. Algunos problemas podemos encontrarlos y resolverlos fácilmente, pero hay otros que pueden resultar más complejos. Access proporciona dos herramientas que ayudan a resolver problemas de las macros: la ejecución paso a paso y el cuadro de diálogo Falló la acción. Con la ejecución paso a paso podemos ver cómo opera cada línea de la macro. El cuadro de diálogo Falló la acción solamente nos dice que la macro contiene un error y muestra algo de información de la línea que provocó el fallo.

8.10.1. Ejecución paso a paso

Para ejecutar una macro paso a paso, tiene que estar abierta en la vista Diseño. Siga estos pasos para comprobar cómo funciona este método de resolución de errores:

1. Abra la macro Macro1 en la vista Diseño.
2. En la ficha Diseño de la Cinta de opciones, en el grupo Herramientas, haga clic sobre el botón **Paso a paso** 📧.

> *Advertencia:* El botón **Paso a paso** de la Cinta de opciones es un conmutador. Una vez activado provoca la ejecución paso a paso de todas las macros hasta que lo desactivamos.

3. Haga clic sobre el botón **Ejecutar** 🕦 del grupo Herramientas, en la ficha Diseño de la Cinta de opciones, para iniciar la ejecución.

Access abre el cuadro de diálogo Macro paso a paso (véase la figura 8.17) que muestra el nombre de la macro en ejecución, la primera acción de la macro y sus argumentos separados por punto y coma. Incluye también los siguientes botones:

- **Paso a paso:** Ejecuta la acción que aparece en el cuadro de diálogo. Si esta acción no falla, se muestra la siguiente acción. Si la acción falla, se abre el cuadro de diálogo Falló la acción.
- **Detener todas las macros:** Interrumpe la ejecución de la macro sin ejecutar la acción y cierra el cuadro de diálogo.
- **Continuar:** Ejecuta el resto de las acciones de la macro.

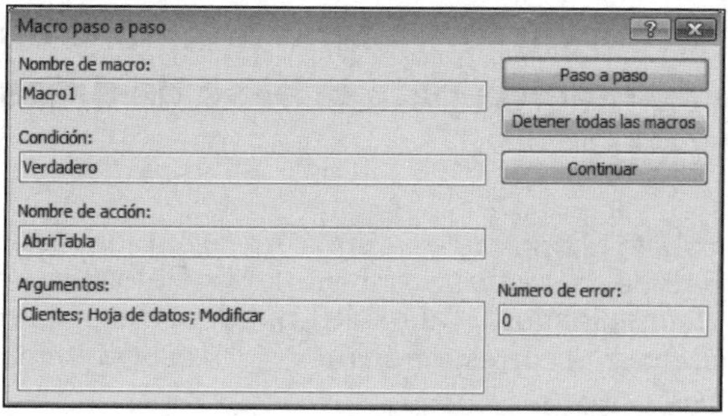

Figura 8.17. El cuadro de diálogo Macro paso a paso.

8.10.2. Cuadro de diálogo Falló la acción

Cuando se produce un error al ejecutar una macro, Access abre un cuadro de diálogo informativo que indica la presencia del error. Para ver cómo funciona esto, vamos a introducir un error en la macro Macro1. Siga estos pasos:

1. Abra la vista Diseño de Macro1.
2. Haga clic sobre la acción AbrirConsulta.
3. En los argumentos de acción, introduzca un error en el Nombre de la consulta, por ejemplo, suprimiendo la s de clientes.
4. Guarde la consulta, desactive la ejecución paso a paso y haga clic sobre el botón Ejecutar de la ficha Diseño, en la Cinta de opciones.

Access encuentra el error y abre el cuadro informativo mostrado en la figura 8.18. Cuando hacemos clic en Aceptar, Access abre el cuadro de diálogo Falló la acción, que es análogo al cuadro de diálogo Macro paso a paso, pero únicamente tiene habilitado el botón Detener para que volvamos a la vista Diseño de la macro y corrijamos el error. Corrija el error que hemos introducido y guarde y cierre la macro.

Figura 8.18. Cuadro informativo de Access informando de un error en la macro.

8.11. Crear un formulario con un grupo de macros para la base de datos Hotel

En esta sección, vamos a crear un formulario que contenga botones para abrir los formularios Datos de clientes, Datos de empleados y Datos de entradas. Después crearemos las macros correspondientes y las asociaremos a los botones.

8.11.1. Crear el formulario

Durante la creación del formulario que contendrá los botones que ejecutarán las macros del grupo de macros, vamos a añadir una imagen al formulario. Antes de empezar con la creación del formulario vamos a descargar la imagen de la Galería de imágenes de Office Online, igual que ya hicimos cuando empezamos a trabajar con tablas. Ahora vamos a describir el proceso que nosotros hemos seguido para obtener una imagen. Si lo desea, puede seguir este proceso y utilizar la misma imagen que hemos utilizado nosotros, o puede utilizar cualquier otra imagen que se descargue o que ya tenga.

1. Abra, en un navegador Web, la página de la Galería de imágenes de Office Online en la siguiente dirección: http://office.microsoft.com/es-es/clipart/default.aspx, mostrada en la figura 8.19.

2. En el cuadro de texto de búsqueda, escriba `Castillo`, haga clic sobre el botón de flecha desplegable del botón **Buscar** y seleccione la opción Fotografías (véase la figura 8.19).

3. En los resultados de la búsqueda, seleccione la fotografía que más le guste. Para ello, active la casilla de verificación que se encuentra debajo de la imagen, junto a un icono de lupa. Nosotros hemos elegido la que aparece en la figura 8.20.

4. Haga clic sobre la opción Descargar 1 elemento que se encuentra justo encima de las primeras imágenes resultantes de la búsqueda (véase figura 8.20). Aparecerá una página con información sobre la imagen que se va a descargar. Haga clic sobre el botón **Descargar ahora** situado al final de la página.

Figura 8.19. Página Web de la Galería de imágenes de Office Online.

Figura 8.20. Hemos seleccionado la tercera imagen de la primera fila.

295

5. Aparece un cuadro de diálogo preguntando si desea abrir el archivo **ClipArt.mpf**. Haga clic sobre el botón **Abrir**. Se abrirá la Galería multimedia de Microsoft con la imagen descargada.

> **Nota:** *Puede que Windows Vista le muestre un cuadro de diálogo de seguridad solicitando su permiso para abrir este archivo. Haga clic sobre el botón **Permitir** para poder descargar la imagen correctamente.*

La imagen ya se ha descargado. Haciendo clic con el botón derecho del ratón sobre la imagen en la Galería multimedia de Microsoft y seleccionando el comando Vista previa o propiedades aparece un cuadro de diálogo con las propiedades de la imagen descargada. En la parte inferior de este cuadro de diálogo se indica la ubicación donde está almacenada la imagen en nuestro disco duro. Más tarde, durante la creación del formulario de Access necesitará saber dónde está esta imagen.

Puede anotar esta dirección o puede copiar la imagen de su emplazamiento actual y colocarla en otro lugar de su elección.

Una vez que ya tenemos la imagen, vamos a comenzar a crear el formulario. Los pasos son los siguientes:

1. En la ficha Crear de la base de datos Hotel, haga clic sobre el botón **Diseño de formulario** del grupo Formularios.
2. Haga clic sobre la herramienta Imagen 🖼, en el grupo Controles de la ficha Diseño, y a continuación haga clic en la sección Detalle del formulario.
3. En el cuadro de diálogo Insertar imagen, localice la imagen que hemos descargado previamente. Una vez localizada, haga clic sobre el botón **Abrir** para añadir la imagen al formulario. Si la imagen es muy grande, utilice los controladores de tamaño del marco de selección de la imagen para reducir su tamaño (véase la figura 8.21).
4. Coloque el gráfico en el lado izquierdo del formulario y aumente el tamaño de la sección Detalle para hacer sitio para cuatro botones de comando en el lado derecho.
5. Haga clic sobre la opción **Botón** 🔲, en el grupo Controles de la ficha Diseño, y a continuación, haga clic

en la parte superior derecha del formulario. Se abre el Asistente para botones de comando.

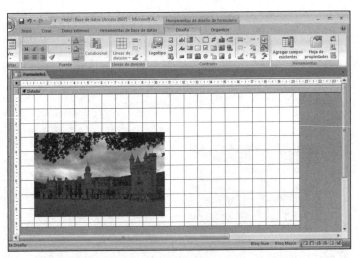

Figura 8.21. El formulario después de insertar la imagen descargada.

6. En el primer cuadro de diálogo del Asistente, seleccione la categoría Otras y seguidamente la acción Ejecutar macro. Haga clic sobre **Siguiente**.
7. En el siguiente cuadro de diálogo del Asistente, seleccione la macro Macro1, que será la única opción puesto que todavía no hemos creado otras macros. Haga clic sobre **Siguiente**.
8. A continuación, seleccione la opción Texto y escriba el texto Clientes como etiqueta. Como nombre para el botón, puede dejar el predeterminado, lo cambiaremos más adelante. Haga clic sobre **Finalizar**. Se ha creado un botón de comando.
9. Para insertar el resto de los botones, copie y pegue dos veces el botón que acaba de crear, utilizando los comandos Copiar y Pegar del grupo Portapapeles de la ficha Inicio, en la Cinta de opciones. Vaya colocando los nuevos botones a la derecha de la imagen. Al finalizar tendrá 3 botones de comando en el diseño del formulario, todos en una única columna.
10. Cambie el texto de los de los dos últimos botones utilizando la propiedad Título de su Hoja de propie-

dades. En el segundo botón escriba Empleados y en el último botón ponga Entradas (véase la figura 8.22).

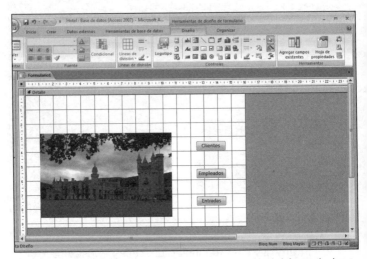

Figura 8.22. Los tres botones de comando del formulario.

11. Modifique el tamaño y la colocación de los botones si es necesario.
12. Utilice la herramienta Rectángulo ▭ del grupo Controles en la ficha Diseño, para dibujar un rectángulo que enmarque los botones.
13. Por último, utilice la herramienta Etiqueta ▣ del grupo Controles en la ficha Diseño, para poner una etiqueta en la parte superior del formulario con el texto `Inicio Hotel`. Utilice, por ejemplo, la fuente Arial de 18 puntos con estilo negrita. Abra el menú emergente de la etiqueta inteligente que aparece asociada a la etiqueta para seleccionar la opción Omitir error, pues Access interpreta como errores las etiquetas no asociadas a controles.

Con esto tenemos preparado el formulario. Su resultado debe ser similar al mostrado en la figura 8.23.

Otra modificación que podemos hacer es eliminar el selector de registros de la parte izquierda del formulario y los botones de navegación de la parte inferior, pues no son de ninguna utilidad en este formulario. Para ello, abra la Hoja de propiedades del formulario y asigne el valor No a las propiedades Selectores de registro, Botones de despla-zamiento y Separadores de registros (véase la figura 8.24).

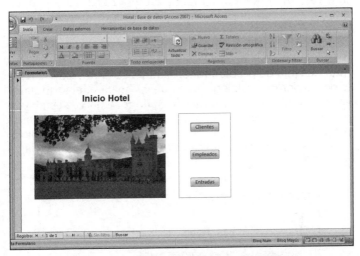

Figura 8.23. El formulario listo para asociarle las macros.

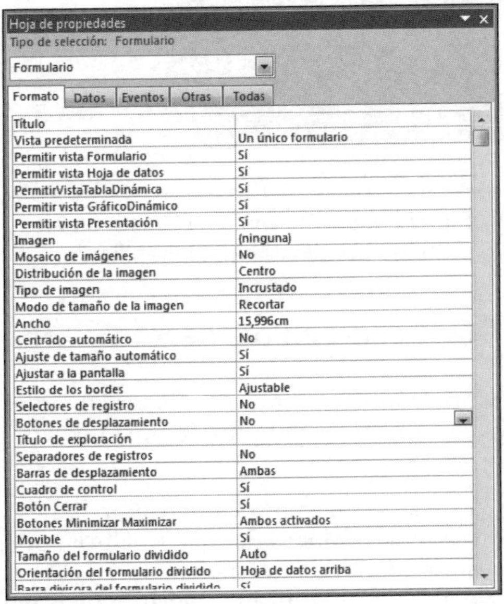

Figura 8.24. Desactivación de los botones de navegación por los registros en el cuadro de diálogo Propiedades.

Además, haremos que cuando el formulario se abra en vista Formulario, lo haga como un cuadro de diálogo, en una ventana independiente, no en una ficha. Para ello, en la ficha Otras de la Hoja de propiedades, establezca la propiedad Emergente del formulario a Sí. Esta propiedad hace, además, que el formulario permanezca siempre en primer plano, encima de otras ventanas. Ahora, en la ficha Formato de la Hoja de propiedades, establezca la propiedad Estilo de los bordes a Diálogo para que los bordes del formulario sean como los de un cuadro de diálogo. Una vez establecidas estas propiedades cierre el cuadro de diálogo Hoja de propiedades y guarde el formulario con el nombre Inicio. Pase a vista Formulario para ver el resultado (véase la figura 8.25).

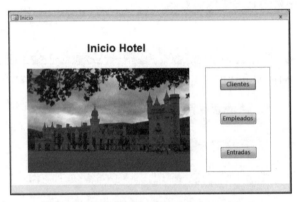

Figura 8.25. El formulario Inicio abierto como una ventana independiente.

8.11.2. Crear el grupo de macros

A continuación vamos a crear las macros que se ejecutarán al hacer clic en los botones del formulario. Siga estos pasos:

1. En la ficha Crear de la Cinta de opciones, haga clic sobre el botón **Macro** del grupo Otros. Si este botón no está disponible, haga clic sobre la flecha desplegable del botón **Módulo** o **Módulo de clase**, del grupo Otros, y seleccione la opción Macros. Se abrirá la vista Diseño de una nueva macro vacía.

2. En la ficha **Diseño** de la Cinta de opciones, haga clic sobre el botón **Nombres de macro** 🔣 del grupo Mostrar u ocultar para que aparezca en la vista Diseño la columna Nombres de macro.

3. Coloque el cursor en la columna Comentarios de la primera fila y escriba un texto que describa este grupo de macros, como `Grupo de macros para los botones del formulario Inicio`.

4. En la columna **Nombre de macro** de la segunda fila escriba `DatosClientes`. Esta macro va a realizar dos acciones: cerrar el formulario Inicio y abrir el formulario **Datos de clientes**.

5. Pulse la tecla **Tab** para pasar a la columna Acción, abra la lista emergente y seleccione la acción Cerrar. Describa la acción en la columna Comentario.

6. En la sección **Argumentos de acción** de la vista Diseño de la macro, elija Formulario como argumento **Tipo de objeto**, seguidamente, elija Inicio como argumento **Nombre del objeto**, y No como argumento **Guardar** (véase la figura 8.26).

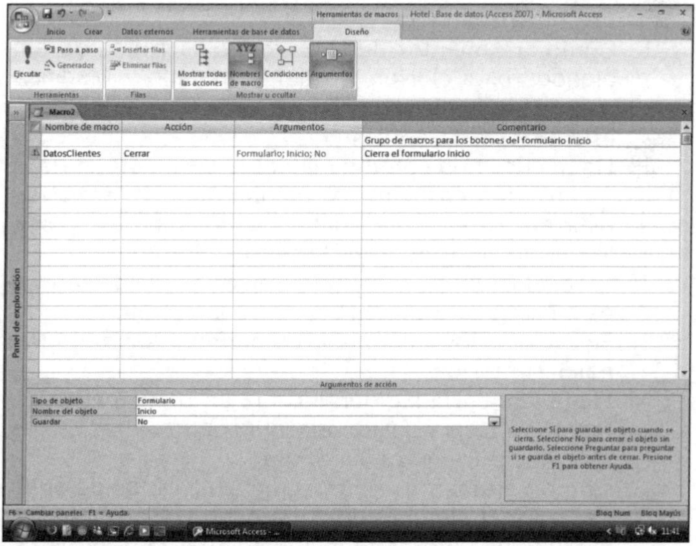

Figura 8.26. La primera acción del grupo de macros.

7. Haga clic en la siguiente celda en blanco bajo la columna Acción y seleccione la acción AbrirFormulario

en la lista desplegable. Describa la acción en la columna **Comentario**.

8. Como argumentos de la acción, elija **Datos de clientes** como **Nombre del formulario** y **Modificar** como **Modo de datos**.

   Los otros argumentos no necesitan modificaciones. Con esto finalizamos la primera macro del grupo de macros.

9. Haga clic en la columna **Nombre de macro**, en la siguiente fila en blanco y, a continuación, escriba `DatosEmpleados`.

   Esta macro va a ser análoga a la anterior, pero abriendo el formulario **Datos de empleados**.

10. Pase a la columna **Acción** y seleccione la acción **Cerrar**.

    Escriba de nuevo un comentario para la acción.

11. Seleccione los mismos argumentos elegidos en el paso 6 anterior ya que también cerrará el formulario **Inicio**.

12. Haga clic en la siguiente celda en blanco en la columna **Acción** y seleccione **AbrirFormulario**. Escriba un comentario para la acción.

13. Como argumentos de la acción, elija **Datos de empleados** para el **Nombre del formulario** y **Modificar** para el **Modo de datos**. La segunda macro del grupo está terminada.

14. Haga clic en la columna **Nombre de macro** en la siguiente fila en blanco y escriba `DatosEntradas`. Esta macro va a ser análoga a las anteriores, pero abriendo el formulario **Datos de entradas**.

15. Pase a la columna **Acción** y seleccione la acción **Cerrar**. Escriba un comentario para la acción.

16. Seleccione los mismos argumentos elegidos en el paso 6 anterior.

17. Haga clic en la siguiente celda en blanco en la columna **Acción** y seleccione **AbrirFormulario**. Escriba un comentario para la acción.

18. Como argumentos de la acción, elija **Datos de entradas** para el **Nombre del formulario** y **Modificar** para el **Modo de datos**. La tercera macro está terminada.

Con esto terminamos el grupo de macros. La vista Diseño de su macro será similar a la mostrada en la figura 8.27. Guarde la macro con el nombre `Datos` y ciérrela.

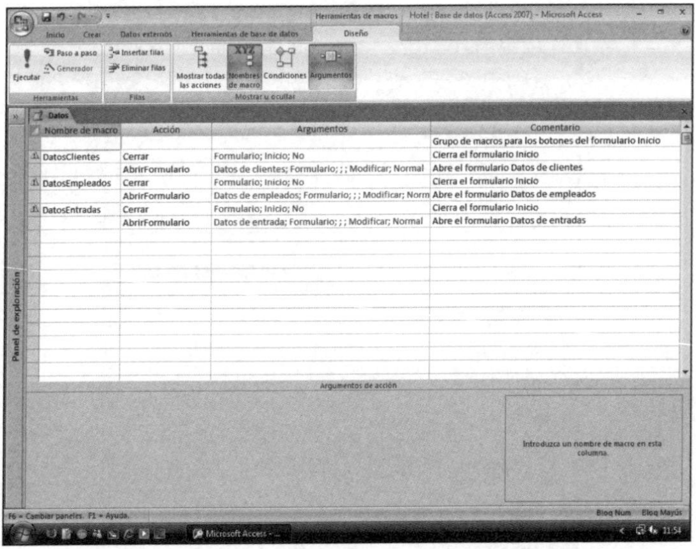

Figura 8.27. Vista Diseño del grupo de macros
que hemos creado.

8.11.3. Asignar las macros a los botones

Lo último que nos queda por hacer es asignar la ejecución de las macros al clic de los botones del formulario.
Siga estos pasos:

1. Abra la vista Diseño del formulario Inicio.
2. Seleccione el primer botón y haga clic sobre el botón **Hoja de propiedades** de la ficha Diseño en la Cinta de opciones para ver sus propiedades y elija la ficha Todas.
3. En la propiedad Nombre, escriba BotónClientes.
4. Desplace hacia abajo la lista de propiedades hasta llegar a la propiedad Al hacer clic. Abra la lista emergente y seleccione la macro Datos.DatosClientes (véase la figura 8.28).
   De esta forma asociamos la ejecución de la macro DatosClientes del grupo de macros Datos al clic en el botón **Clientes**.
5. Seleccione el segundo botón y repita los pasos para asignarle el nombre BotónEmpleados y el procedimiento Datos.DatosEmpleados.

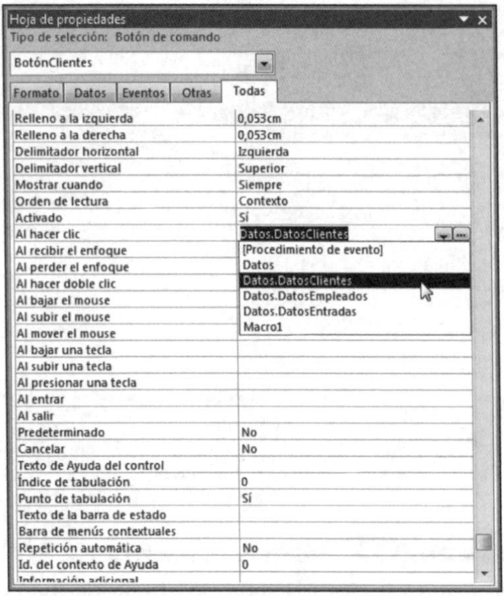

Figura 8.28. Asignación de la macro DatosClientes al hacer clic en el botón Clientes.

6. Al tercer botón asígnele el nombre BotónEntradas y el procedimiento Datos.DatosEntradas.

Ya está terminado nuestro formulario con macros. Guarde el formulario y cambie a la vista Formulario para comprobar el funcionamiento de los botones.

8.11.4. Crear una macro AutoExec

Con Access podemos crear una macro autoejecutable que se inicie automáticamente al abrir la base de datos. Esta macro especial recibe el nombre de AutoExec. A continuación, vamos a crear una macro AutoExec que abra automáticamente el formulario Inicio al iniciar la base de datos Hotel. Siga estos pasos:

1. En la ficha **Crear** de la Cinta de opciones de la base de datos Hotel, haga clic sobre el botón **Macro** del grupo **Otros**. Si este botón no está disponible, haga clic sobre la flecha desplegable del botón **Módulo** o **Módulo de clase**, del grupo **Otros**, y seleccione la

opción **Macros**. Se abrirá la vista Diseño de una nueva macro vacía.

2. En la ficha **Diseño** de la Cinta de opciones, haga clic sobre el botón **Mostrar todas las acciones** 🗟 para poder ver el listado completo de acciones al hacer clic sobre la flecha de lista desplegable de la columna **Acción**.

3. En la primera celda de la columna **Acción**, seleccione la acción **Eco**.

4. En la sección **Argumentos de acción**, asigne el valor **No** al argumento **Eco activo**. De esta forma se oculta la actividad de la macro en pantalla.

5. Escriba un comentario descriptivo en la columna **Comentarios** correspondiente a la acción.

6. En la segunda celda de la columna **Acción**, seleccione la acción **AbrirFormulario**.

7. En la sección **Argumentos de acción**, asigne el valor **Inicio** al argumento **Nombre del formulario** y el valor **Sólo lectura** al argumento **Modo de datos**. Los otros argumentos pueden quedarse como están.

8. Escriba un comentario descriptivo en la columna **Comentarios** correspondiente a la acción.

9. Por último, en la tercera celda seleccione de nuevo la acción **Eco**.

10. En la sección **Argumentos de acción**, asigne el valor **Sí** al argumento **Eco activo**. De esta forma se muestra la actividad de la macro en pantalla.

11. Escriba un comentario en la columna **Comentarios**.

Con esto finalizamos la macro. La vista Diseño de su macro será similar a la mostrada en la figura 8.29. Guarde la macro con el nombre `AutoExec` y ciérrela.

Para comprobar el funcionamiento de la macro, cierre la base de datos y vuelva a abrirla. Si la macro se ejecuta correctamente y al abrir la base de datos aparece el formulario **Inicio** ya ha terminado, todo está perfecto. Pero es posible que al volver a abrir la base de datos Hotel, Access le muestre un mensaje de advertencia indicándole que La acción de macro "Echo" no se puede ejecutar en el modo deshabilitado (véase la figura 8.30).

Como se explica al hacer clic sobre el botón **Mostrar ayuda** de este cuadro de diálogo, el problema radica en que el archivo de la base de datos no está emplazado en una ubicación de confianza, es decir, que Access reconozca como segura.

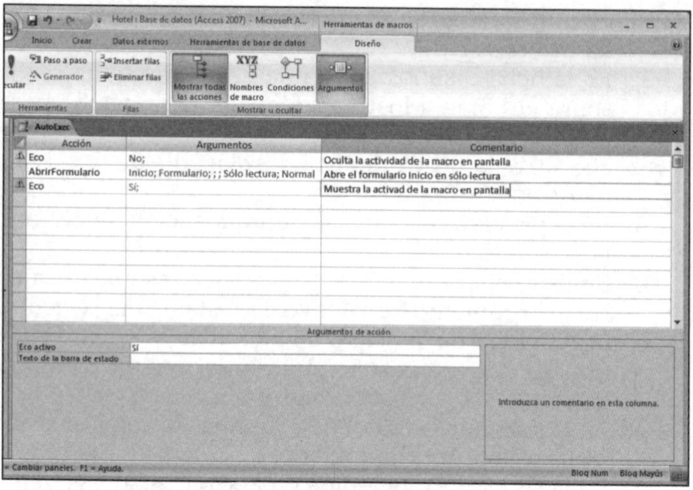

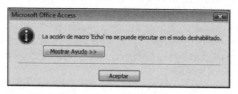

Figura 8.29. La vista Diseño de la macro AutoExec.

Figura 8.30. Mensaje de advertencia de Access al reiniciar nuestra base de datos Hotel ubicada en una carpeta que no es de confianza.

En estos casos, al iniciar la base de datos, y ya que ésta tiene macros, siempre es necesario habilitar el contenido. En este caso, como la macro AutoExec se ejecuta al iniciar la base de datos, Access interrumpe su ejecución hasta que no habilitemos el contenido que Access no identifica como de confianza. Si este es su caso, haga clic sobre el botón **Aceptar** del mensaje de advertencia y a continuación, en la ventana Falló la acción, haga clic sobre el botón **Detener todas las macros**. Finalmente, haga clic sobre el botón **Opciones...** situado en la barra de **Advertencia de seguridad,** justo debajo de la Cinta de opciones, y haga clic sobre la opción **Habilitar este contenido**. Para finalizar, haga clic sobre el botón **Aceptar**. Se abrirá el formulario Inicio.

Como no queremos tener que repetir este proceso cada vez que abramos nuestra base de datos Hotel, a continuación vamos a ver cómo ubicar nuestra base de datos en una zona de confianza de Access.

8.11.5. Mover la base de datos a una ubicación de confianza

Si una base de datos no está ubicada en una zona de confianza, Access solicitará que se habilite el contenido de la base de datos que considera de riesgo. Este contenido de riesgo son macros que incluyen en su diseño determinadas acciones. Para evitar esta situación hay varias alternativas:

- Cambiar la configuración de seguridad de Microsoft Office para las macros, de forma que no realice una comprobación de seguridad.
- Configurar la ubicación actual de la base de datos como una ubicación de confianza.
- Mover nuestra base de datos a una ubicación de confianza.

La primera opción no es muy aconsejable, ya que se reduce el nivel de seguridad de las aplicaciones de Microsoft Office.

Así que, a continuación, vamos a ver cómo añadir una carpeta de nuestro disco duro a la lista de ubicaciones de confianza, y seguidamente vamos a mover la base de datos Hotel a esa carpeta.

Los pasos a seguir son los siguientes:

1. Antes de comenzar, cierre la base de datos Hotel, pero no salga de Access. A continuación, haga clic sobre el **Botón de Office** y haga clic sobre el botón **Opciones de Access** situado en la parte inferior del menú desplegable. Se abre el cuadro de diálogo Opciones de Access (véase la figura 8.31).

2. A continuación, haga clic sobre la opción Centro de confianza situada en el menú de la izquierda de la ventana.

3. Haga clic sobre el botón **Configuración del Centro de confianza...** Se abrirá el cuadro de diálogo Centro de confianza. Haga clic sobre la opción de menú Ubicaciones de confianza, en la parte izquierda de esta ventana. En esta sección del cuadro de diálogo se muestra la lista de ubicaciones consideradas de confianza por Microsoft Access (véase la figura 8.32).

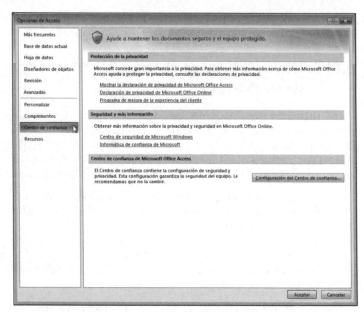

Figura 8.31. Cuadro de diálogo Opciones de Access.

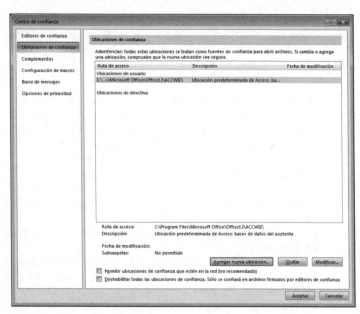

Figura 8.32. Centro de confianza de Microsoft.

4. Haga clic sobre el botón **Agregar nueva ubicación...** Aparece el cuadro de diálogo **Ubicación de confianza de Microsoft Office**.
5. Haga clic sobre el botón **Examinar** y localice la carpeta de su disco duro que desea añadir a la lista de ubicaciones de confianza de Microsoft Office. En nuestro caso hemos vamos a añadir la carpeta C:\Trabajo. Una vez haya localizado la carpeta, haga clic sobre el botón **Aceptar** del cuadro de diálogo **Ubicación de confianza de Microsoft Office**. La carpeta elegida aparecerá ahora en la lista de ubicaciones de confianza.
6. Haga clic sobre el botón **Aceptar** de los cuadros de diálogo que hemos ido abriendo, hasta salir de las **Opciones de Access**.

Una vez hemos definido la carpeta como ubicación de confianza de Microsoft Office, simplemente tenemos que llevar el archivo de nuestra base de datos desde su ubicación original hasta esta carpeta. Ya puede abrir la base de datos Hotel para comprobar que se inicia sin ningún mensaje de advertencia y sin tener que habilitar el contenido. Aparecerá el cuadro de diálogo **Inicio** directamente.

> *Truco: Para evitar que se ejecute la macro* AutoExec *al iniciar la base de datos, mantenga pulsada la tecla* **Mayús** *cuando seleccione la base de datos para abrirla y mientras se carga.*

Con esto finalizamos nuestro estudio de las macros. Como hemos visto, las macros son muy útiles para crear pequeñas aplicaciones. En el próximo capítulo vamos a abordar el estudio de los Módulos.

Módulos

Microsoft Access, como muchos otros programas de gestión de bases de datos, proporciona un lenguaje de programación para que el usuario desarrolle aplicaciones: Visual Basic para Aplicaciones (VBA).

Los módulos, el último objeto de bases de datos que vamos a estudiar, utilizan el lenguaje VBA para sus declaraciones y procedimientos.

9.1. Qué son los módulos

Los módulos son conjuntos de declaraciones, instrucciones y procedimientos que se almacenan como una unidad con nombre y realizan de forma automática algún tipo de cálculo u operación. Los procedimientos son los programas creados con VBA y contienen las instrucciones que dicen a Access qué acciones debe realizar utilizando declaraciones.

Para ver el aspecto de un módulo, abra la base de datos Northwind y pase a la sección Módulos en el Panel de exploración. Después seleccione el módulo Inventario y haga clic con el botón derecho del ratón sobre el módulo y seleccione la opción Vista Diseño. Se abre el Editor de Microsoft Visual Basic con el módulo seleccionado (véase la figura 9.1). El Editor de Microsoft Visual Basic es el entorno en el que podemos modificar los módulos grabados y escribir nuevos módulos y programas de Visual Basic para Aplicaciones.

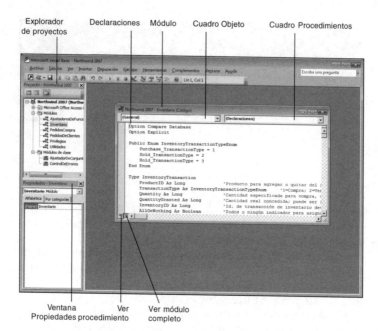

Explorador de proyectos · Declaraciones · Módulo · Cuadro Objeto · Cuadro Procedimientos

Ventana Propiedades · Ver procedimiento · Ver módulo completo

Figura 9.1. El Editor de Microsoft Visual Basic.

Los módulos pueden contener varios procedimientos, que aparecen en la ventana de uno en uno separados por líneas horizontales. Para ver en la ventana un procedimiento determinado, lo seleccionamos en el cuadro **Objeto**. Para ver únicamente ese procedimiento, hacemos clic en el botón **Ver procedimiento**, situado en la esquina inferior izquierda, después de haberlo seleccionado. Para volver a ver todos los procedimientos del módulo, hacer clic sobre el botón **Ver módulo completo**.

9.1.1. Tipos de módulos

Los módulos se clasifican como:

- **Módulos de clase:** Pueden contener la definición de un nuevo proyecto y existen solos o asociados con un formulario o informe.
- **Módulos estándar:** Contienen procedimientos generales que no están asociados a ningún otro objeto de la base de datos y procedimientos utilizados con

frecuencia que se pueden ejecutar desde cualquier lugar de la base de datos.

Módulos de clase

Los módulos de clase contienen la definición de un objeto nuevo, y pueden existir con independencia de un formulario o informe. Cuando se crea una instancia nueva de una clase, se crea un objeto nuevo. Los procedimientos definidos en el módulo se convierten en propiedades y métodos del objeto. Podemos usar un módulo de clase para crear una definición para un objeto personalizado.

Los módulos de formularios están asociados con un formulario determinado e incluyen código para todos los procedimientos de evento desencadenados por los sucesos que tienen lugar en el formulario o en sus controles. Los módulos de informes están asociados con un informe e incluyen código para todos los procedimientos de evento desencadenados por los sucesos que tienen lugar en el informe o en sus controles. Podemos usar los procedimientos de evento para controlar el comportamiento de los formularios e informes y su respuesta a acciones de los usuarios, como el clic en un botón de comando o la modificación de los datos en un campo de texto.

Para abrir un módulo de formulario o módulo de informe, abra el formulario o informe en la vista Diseño y, a continuación, haga clic sobre el botón **Ver código** 🖼 del grupo **Herramientas** de la ficha **Diseño**, en la Cinta de opciones. Por ejemplo, abra la base de datos **Northwind** y la vista Diseño del formulario Inventario. A continuación siga uno de los dos métodos anteriores para ver su código en el Editor de Microsoft Visual Basic (véase la figura 9.2).

Módulos estándar

En los módulos estándar podemos colocar los procedimientos Sub y Function que queremos que estén disponibles para otros procedimientos de la base de datos.

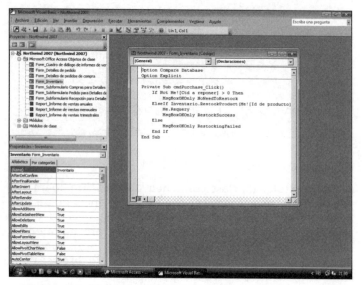

Figura 9.2. El código del formulario Inventario de la base de datos Northwind en el Editor de Microsoft Visual Basic.

Las diferencias entre un módulo estándar y un módulo de clase que no está asociado a un objeto determinado son el alcance y la duración. El valor de las variables y constantes declaradas o existentes en un módulo de clase sin un objeto asociado está disponible para su uso únicamente cuando el código se está ejecutando y solamente desde ese objeto.

9.1.2. Procedimientos

Los procedimientos son las unidades de código de Microsoft Visual Basic y contienen una serie de instrucciones y métodos que realizan operaciones o calculan valores. Existen dos clases de procedimientos:

- **Procedimientos Sub:** Llevan a cabo una operación, pero no devuelven valores. Los procedimientos Sub empiezan con una instrucción Sub y finalizan con una instrucción End Sub.
- **Procedimientos Function:** Devuelven un valor y se pueden utilizar en una expresión. Se declara un procedimiento Function con la instrucción Function y se finaliza con la instrucción End Function.

314

Procedimientos Sub

Los procedimientos Sub ejecutan una acción o una serie de acciones, pero no devuelven un valor. Podemos crear nuestros propios procedimientos Sub o usar las plantillas de procedimientos de evento que proporciona Microsoft Access.

Cada formulario o informe de la base de datos tiene un módulo de formulario o un módulo de informe integrado que contiene plantillas de procedimientos de evento. Podemos agregar código que se ejecute en respuesta a los eventos que se produzcan en el formulario, en el informe o en los controles del formulario o informe. Cuando Microsoft Access reconoce que se ha producido un evento en un formulario, informe o control, ejecuta de forma automática el procedimiento de evento nombrado para el objeto o evento. Muchos de los asistentes (por ejemplo, el Asistente para botones de comando) que crean objetos crean también procedimientos de evento para el objeto.

En la estructura de los procedimientos Sub hay que especificar:

- Las variables locales del procedimiento.
- Si se puede acceder al procedimiento desde otros procedimientos del módulo.
- La palabra reservada Sub al principio del procedimiento.
- El nombre del procedimiento.
- La lista de argumentos entre paréntesis.
- El bloque de instrucciones.
- La salida del procedimiento, con las palabras reservadas Exit Sub.
- Un nuevo bloque de instrucciones.
- El fin del procedimiento, con las palabras reservadas End Sub.

La estructura de los procedimientos Sub es como sigue:

```
Sub nombre [(lista_argumentos)]
    [instrucciones]
    [Exit Sub]
    [instrucciones]
End Sub
```

El nombre del procedimiento Sub sigue las convenciones estándar de nombres de variable.

La `lista_argumentos` es opcional y contiene la lista de variables que representan los argumentos que se pasan al procedimiento `Sub` cuando se le llama. Las distintas variables se separan mediante comas.

Las instrucciones contienen las acciones que se ejecutan dentro del procedimiento `Sub` y también son opcionales.

La instrucción `Exit Sub` dentro de un procedimiento provoca la salida del procedimiento continuando el programa con la instrucción que sigue a la llamada a este procedimiento. En un procedimiento puede haber más de una instrucción `Exit Sub`.

La `lista_argumentos` tiene la siguiente sintaxis:

```
[Optional] [ByVal | ByRef] [ParamArray] nombre_
variable[( )] [As tipo] [= valor_ predeterminado]
```

`Optional` es una palabra clave que indica que no se requiere ningún argumento. Si se usa, todos los argumentos subsiguientes de `lista_argumentos` también deben ser opcionales y declararse mediante la palabra clave `Optional`. `Optional` no se puede utilizar para ningún argumento si se usa `ParamArray`.

- `ByVal` indica que el argumento se pasa por valor.
- `ByRef` indica que el argumento se pasa por referencia. `ByRef` es el modo predeterminado en Visual Basic.
- `ParamArray` únicamente se utiliza como el último argumento de `lista_argumentos` para indicar que el argumento final es una matriz `Optional` de elementos tipo `Variant`. La palabra clave `ParamArray` permite proporcionar un número arbitrario de argumentos. No se puede utilizar con `ByVal`, `ByRef` u `Optional`.
- `nombre_variable` es el nombre de la variable que representa el argumento y es indispensable. Sigue las convenciones estándar de nombres de variables.
- `As tipo` declara el tipo de datos del argumento que se pasa al procedimiento y es opcional. Los tipos de datos pueden ser `Byte`, `Boolean`, `Integer`, `Long`, `Currency`, `Single`, `Double`, `Decimal`, `Date`, `String`, `Object`, `Variant` o un tipo de objeto específico. Si el parámetro no es `Optional`, se puede especificar también un tipo definido por el usuario.
- `valor_predeterminado` es cualquier constante o expresión de constante. Únicamente es válido para

parámetros `Optional`. Si el tipo es `Object`, un valor predeterminado explícito solamente puede ser `Nothing`.

> **Advertencia:** *Los procedimientos* `Sub` *pueden ser recursivos; es decir, se pueden llamar a sí mismos para realizar una tarea determinada y esto puede llevar al desbordamiento de la pila.*

Procedimientos Function

Los procedimientos `Function` (denominados a menudo simplemente funciones) son series de instrucciones de Visual Basic encerradas entre dos instrucciones: `Function` y `End Function`. Un procedimiento `Function` es similar a un procedimiento `Sub`, aunque una función puede devolver un valor además de realizar una acción. Un procedimiento `Function` acepta argumentos, como pueden ser constantes, variables o expresiones que le pase el procedimiento que efectúa la llamada. Si un procedimiento `Function` no tiene argumentos, la instrucción `Function` debe incluir un par de paréntesis vacíos. Una función devuelve un valor asignándolo a su nombre en una o más instrucciones del procedimiento. Microsoft Visual Basic incluye muchas funciones incorporadas; por ejemplo, la función `Now` devuelve la fecha y hora actual. Además de estas funciones incorporadas, podemos crear nuestras propias funciones personalizadas.

Puesto que las funciones devuelven valores, podemos usarlas en expresiones para realizar cálculos, manipular caracteres o probar datos.

También podemos usar funciones en expresiones en muchos lugares de Microsoft Access, incluyendo en una instrucción o método de Visual Basic, en muchos valores de propiedades o en una expresión de criterios en un filtro o consulta.

> **Nota:** *Para utilizar una función como valor de propiedad, la función debe estar en el módulo del formulario, en el módulo del informe o en un módulo estándar. No se puede usar una función en un módulo de clase que no esté asociado con un formulario o informe como valor de propiedad del formulario o informe.*

La estructura general de los procedimientos `Function` es como sigue:

```
Function nombre [(lista_argumentos)] [As tipo]
    [instrucciones]
    [nombre = expresión]
    [Exit Function]
    [instrucciones]
    [nombre = expresión]
End Function
```

Esta estructura es similar a la de los procedimientos `Sub`, siendo la expresión el valor que devuelve el procedimiento `Function`. La cláusula `As tipo` que sigue al nombre de la función determina el tipo de datos que devuelve el procedimiento.

Por su parte, la `lista_argumentos` también tiene la misma sintaxis que en el caso de los procedimientos `Sub`.

En el siguiente ejemplo, la función `Celsius` calcula grados centígrados a partir de grados Fahrenheit.

```
Sub Principal()
  temp = Application.InputBox(Texto:= _
    "Por favor, introduzca la temperatura en grados
    F.", Tipo:=1)
  MsgBox "La temperatura es " & Celsius(temp) & "
  grados C."
End Sub

Function Celsius(GradosF)
  Celsius = (GradosF - 32) * 5 / 9
End Function
```

Cuando se llama a la función desde el procedimiento **Principal**, se le pasa una variable que contiene el valor del argumento. El resultado de los cálculos se devuelve al procedimiento que efectuó la llamada y se presenta en un cuadro de mensaje.

9.1.3. Las variables

Las variables permiten almacenar temporalmente los datos obtenidos como resultado de las instrucciones escritas en un procedimiento. Los nombres que podemos dar a las variables siguen las convenciones estándar de Visual Basic para aplicaciones.

Para declarar variables se utiliza normalmente una instrucción Dim. La instrucción de declaración puede incluirse en un procedimiento para crear una variable de nivel de procedimiento, o puede colocarse al principio de un módulo, en la sección Declarations, para crear una variable en el nivel del módulo.

El siguiente ejemplo crea las variables Numero, Fecha y Texto, y les asigna respectivamente los tipos de datos Entero, Variante y Cadena.

```
Dim Numero As Integer, Fecha As Variant, Texto As String
```

Si esta instrucción aparece dentro de un procedimiento, las variables únicamente se pueden utilizar en ese procedimiento. Si la instrucción aparece en la sección Declarations del módulo, las variables estarán disponibles en todos los procedimientos dentro del módulo. Para hacer que estas variables estén disponibles para todos los procedimientos de un proyecto, hay que empezar la declaración con la instrucción Public.

Las variables que se utilizan en los procedimientos se pueden clasificar en tres grupos:

- **Variables globales:** Se declaran en la sección Declarations de un procedimiento con la palabra Global, y su valor se conserva mientras esté abierta la base de datos. Estas variables pueden utilizarse en todos los procedimientos de todos los módulos de una base de datos.

- **Variables de módulo:** Se declaran en la sección Declarations de un procedimiento con la palabra Dim. Estas variables pueden utilizarse en todos los procedimientos de un módulo.

- **Variables locales:** Pueden no estar declaradas. Si se declaran, se hace con la palabra Dim. Estas variables solamente pueden utilizarse en el procedimiento en que se declaran y en los procedimientos a los que invoca este procedimiento. Una variable local desaparece cuando finaliza la ejecución de un procedimiento.

9.2. Crear un módulo

La creación de un módulo no es distinta de la creación de otros objetos de la base de datos.

1. Una vez abierta la base de datos, en el grupo **Otros** de la ficha **Crear** en la Cinta de opciones, haga clic sobre el botón **Módulo** para insertar un módulo estándar, o sobre el botón **Módulo de clase** para insertar un módulo de formulario o informe (véase la figura 9.3). Si no aparece ninguno de estos dos botones en el grupo **Otros**, haga clic sobre la flecha desplegable del botón **Macro** y seleccione **Módulo** o **Módulo de clase**, según lo que desee hacer.

Figura 9.3. Opciones del menú desplegable del grupo Otros donde están Módulo y Módulo de clase.

Como ejemplo, vamos a insertar un nuevo módulo estándar en nuestra base de datos Hotel. Siga estos pasos:

1. Abra la base de datos Hotel si no está abierta.
2. En la ficha **Crear** de la Cinta de opciones, haga clic sobre la opción **Módulo** del grupo **Otros**. Si este botón no está disponible, haga clic sobre la flecha desplegable del botón **Macro** o **Módulo de clase** y seleccione la opción **Módulo** en el menú.

Se abre el Editor de Microsoft Visual Basic mostrando el nuevo módulo con la declaración `Option Compare Database`, que especifica el método de comparación de cadenas (véase la figura 9.4).

9.2.1. Crear un procedimiento

Al extender la base de datos de manera que incluya procedimientos de Microsoft Visual Basic, podemos personalizar la forma en que interactúan las tablas, los formularios, los informes y las consultas de la base de datos. Hay varios tipos de procedimientos. Para crear un procedimiento de eventos se puede agregar código a un evento en un formulario o informe. También podemos crear nuestros propios procedimientos `Function` o `Sub` en módulos estándar o en módulos de clase.

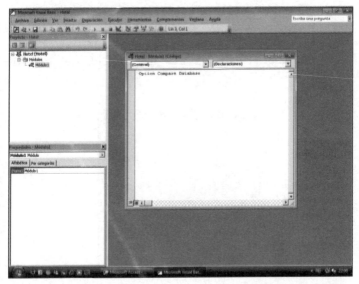

Figura 9.4. El nuevo módulo vacío que acabamos de crear.

Los procedimientos se escriben en el Editor de Microsoft Visual Basic igual que en un procesador de texto. El menú **Edición** contiene algunos comandos que facilitan la edición del código, como **Cortar**, **Copiar** o **Pegar**, que permiten seleccionar ejemplos de código para utilizarlos en nuestros procedimientos.

Para crear un nuevo procedimiento podemos escribir directamente en el editor las palabras `Sub` o `Function` seguidas del nombre del procedimiento y sus argumentos entre paréntesis.

También podemos seleccionar **Insertar> Procedimiento** en la barra de menús del editor. Con este último método se abre el cuadro de diálogo **Agregar procedimiento** (véase la figura 9.5), que contiene las opciones:

- **Nombre:** Permite introducir un nombre para el nuevo procedimiento.

- **Tipo:** Identifica el tipo de procedimiento que se va a crear. Las opciones son:

  - **Procedimiento:** Crea un procedimiento Sub nuevo.
  - **Función:** Crea un procedimiento Function nuevo.
  - **Propiedad:** Crea un nuevo par de procedimientos de propiedad Let y propiedad Get.

- **Ámbito:** Establece el alcance del procedimiento como Público o Privado.
- **Todas las variables locales como estáticas:** Agrega la palabra clave Static a la definición del procedimiento.

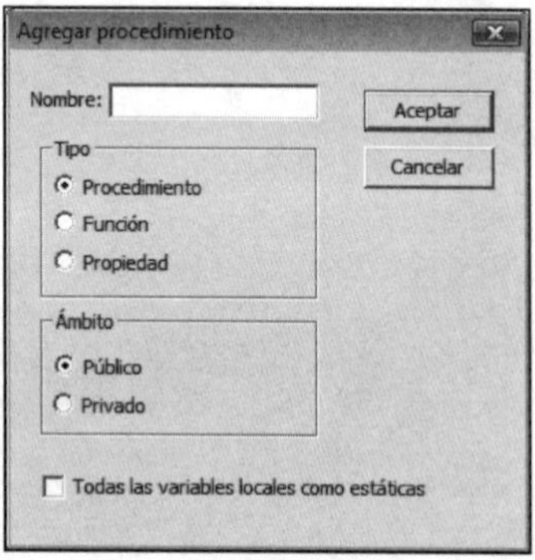

Figura 9.5. El cuadro de diálogo Agregar procedimiento.

El nombre de un procedimiento puede contener hasta 255 caracteres, y debe empezar por una letra. El nombre no puede ser una palabra reservada ni puede ser igual a un nombre de función o método de Access ni a otro nombre de procedimiento.

Como práctica, vamos a crear una función que calcule cuál es el primer día del mes siguiente al actual para utilizar esa fecha como valor predeterminado para campos de fecha. Siga estos pasos:

1. En el Editor de Microsoft Visual Basic, que ya debe estar abierto si siguió los pasos anteriores, escriba la siguiente función después de la declaración Option Compare Database:

```
Function PrimerDiaProximoMes()
  PrimerDiaProximoMes = _
```

```
DateSerial(Year(Now), Month(Now) + 1, 1)
End Function
```

2. Guarde el módulo con el nombre `Primero_Mes`. Esta función calcula el resultado usando las funciones incorporadas de Visual Basic `DateSerial`, `Year`, `Now` y `Month`. Una vez creada, podemos utilizarla en prácticamente cualquier parte de Microsoft Access.

3. Cambie a la ventana de Microsoft Access minimizando o cerrando el Editor de Microsoft Visual Basic.

4. Abra la sección **Formularios** en el **Panel de exploración**.

5. Seleccione el formulario **Datos de empleados** y abra su vista Diseño.

6. Seleccione el campo **FechaContratación**, no la etiqueta, y haga clic sobre el botón **Hoja de propiedades** de la ficha **Diseño** para ver las propiedades del campo.

7. Seleccione la ficha **Datos** y haga clic en el campo correspondiente a la propiedad **Valor predeterminado** y clic en el botón generador [...] que aparece a la derecha del campo. Se abre el Generador de expresiones.

8. Escriba la expresión `=PrimerDiaProximoMes()` (véase la figura 9.6).

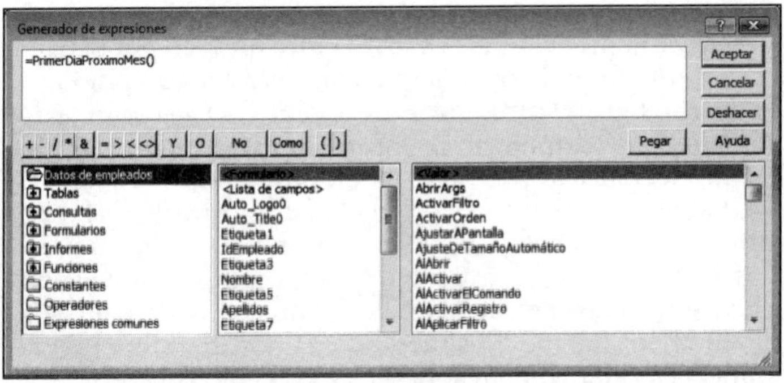

Figura 9.6. El Generador de expresiones con la expresión que asigna a la propiedad Valor predeterminado la función que hemos creado.

9. Haga clic en **Aceptar**, cierre la ventana de propiedades y cambie a la vista Formulario.

10. Para ver el resultado de la función, vaya al último registro y haga clic sobre el botón **Siguiente registro**

para pasar al siguiente registro. La fecha del primer día del próximo mes aparece como predeterminada para un nuevo empleado (véase la figura 9.7).

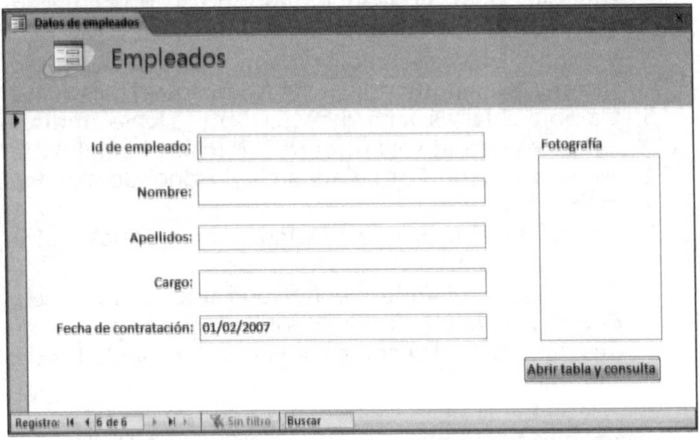

Figura 9.7. El formulario con la fecha predeterminada para un nuevo empleado.

9.2.2. Crear un procedimiento de evento

Un procedimiento de evento es un procedimiento que se ejecuta como respuesta a un evento iniciado por el usuario o por código de programa, o desencadenado por el sistema. Los procedimientos de evento se asocian a los controles de formularios e informes para que se ejecuten ciertas acciones al producirse determinados eventos.

Podemos asignar a una propiedad de evento de un formulario, informe o control, el valor [Procedimiento de evento] para que se ejecute código como respuesta a un evento. Microsoft Access crea la plantilla del procedimiento de evento automáticamente. Después, agregamos el código que deseamos ejecutar como respuesta a ese evento concreto.

> **Nota:** *Las propiedades de evento son los atributos con nombre de controles, formularios, informes o secciones que se utilizan para responder a un evento asociado.*

Para asignar un procedimiento de evento a un control de un formulario, siga estos pasos:

1. Abra la base de datos Hotel si no está ya abierta.
2. Seleccione la sección **Formularios** en el **Panel de exploración**.
3. Seleccione el formulario **Datos de clientes** y abra su vista Diseño.
4. Seleccione el campo **DNI**, no la etiqueta, y abra su **Hoja de propiedades**.
5. Abra la ficha **Eventos** en la ventana de propiedades.
6. Haga clic en la propiedad **Al cambiar** y a continuación haga clic sobre el botón generador [...]. Se abre el cuadro de diálogo **Elegir generador** (véase la figura 9.8).

Figura 9.8. El cuadro de diálogo Elegir generador.

7. Seleccione el Generador de código y haga clic en **Aceptar**. Se abre el Editor de Microsoft Visual Basic con las instrucciones `Sub` y `End Sub` del procedimiento de evento `Change ()` asociado al campo **DNI** (véase la figura 9.9).
8. Microsoft Access declara procedimientos de evento usando la palabra clave `Private` para indicar que al procedimiento únicamente pueden tener acceso otros procedimientos de ese módulo. Solamente falta añadir el código del procedimiento a ejecutar cuando se produzca un cambio en el campo **DNI**. En nuestro caso, queremos que se produzca un sonido. Añadimos por tanto la función `Beep` entre las instrucciones `Sub` y `End Sub`:

```
Private Sub DNI_Change()
    Beep
End Sub
```

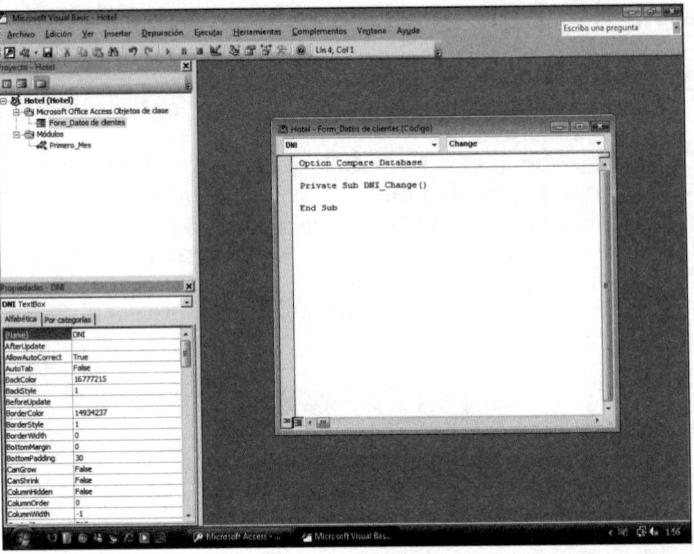

Figura 9.9. El editor con las primeras instrucciones generadas automáticamente.

9. Guarde el procedimiento y minimice o cierre la ventana del editor.

10. Cierre la ventana de propiedades, guarde el diseño del formulario y cambie a la vista Formulario.

Si modifica ahora el valor del campo DNI, el ordenador producirá un sonido a través de los altavoces del ordenador.

9.2.3. Convertir macros a Visual Basic

Microsoft Access puede convertir automáticamente las macros en procedimientos de evento o módulos de Microsoft Visual Basic que realicen acciones equivalentes usando código de Visual Basic. Podemos convertir las macros que estén asociadas a formularios o informes, y también las macros generales independientes.

Para convertir las macros de los formularios de nuestra base de datos Hotel en procedimientos de evento de Microsoft Visual Basic, siga estos pasos:

1. Abra la sección Formularios del Panel de exploración.

2. Seleccione el formulario Inicio y abra su vista Diseño.

3. En la ficha **Herramientas de base de datos** de la Cinta de opciones, seleccione la opción **Convertir** macros del formulario a Visual Basic del grupo **Macro**. Se abre el cuadro de diálogo **Convertir macros de formulario** (véase la figura 9.10).

Figura 9.10. El cuadro de diálogo Convertir macros de formulario.

4. Deje activadas las dos casillas de verificación y haga clic en **Convertir**.
5. Haga clic en **Aceptar** cuando finalice la conversión.
6. Si desea ver el nuevo módulo, abra la ventana de propiedades de los botones del formulario y haga clic en el cuadro de texto de la propiedad **Al hacer clic**, que ahora contiene un procedimiento de evento en lugar de una macro. Haga clic sobre el botón generador con puntos suspensivos. Aparece la ventana del nuevo módulo en el Editor de Microsoft Visual Basic (véase la figura 9.11).

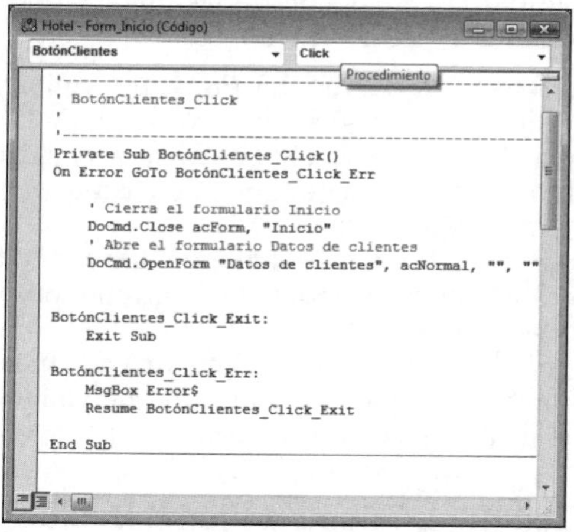

Figura 9.11. El nuevo módulo creado al convertir la macro.

7. Cierre o minimice el editor y, en la ventana de Access, guarde y cierre el formulario.

Ya están convertidas todas las macros del formulario en módulos de Microsoft Visual Basic. Para ver un módulo de clase en el Editor de Microsoft Visual Basic, abra la carpeta **Microsoft Office Access Objetos de clase** en el Explorador de proyectos y haga doble clic en el módulo en cuestión. En la figura 9.12 está seleccionado el módulo del formulario **Inicio**.

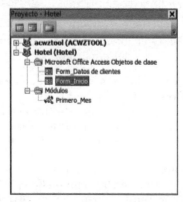

Figura 9.12. Utilizar el Explorador de proyectos para abrir módulos en el Editor de Microsoft Visual Basic.

En cuanto a la conversión de las macros generales, el proceso es también muy sencillo.

1. En la sección **Macros** del **Panel de exploración**, seleccione la macro que desea convertir.
2. Haga clic sobre el **Botón de Office**, vaya al submenú **Guardar como** y seguidamente ejecute el comando **Guardar objeto como**.
3. Se abrirá el cuadro de diálogo **Guardar como**. En la sección **Como** elija **Módulo** y haga clic sobre **Aceptar** (véase la figura 9.13).
4. A continuación, se abre el cuadro de diálogo **Convertir macro**, que es análogo al que ya hemos visto con las macros de formulario.

9.2.4. Ejecutar código de Visual Basic

Para ejecutar el código de Microsoft Visual Basic en Microsoft Access podemos llamar al procedimiento Sub o Function que contiene el código.

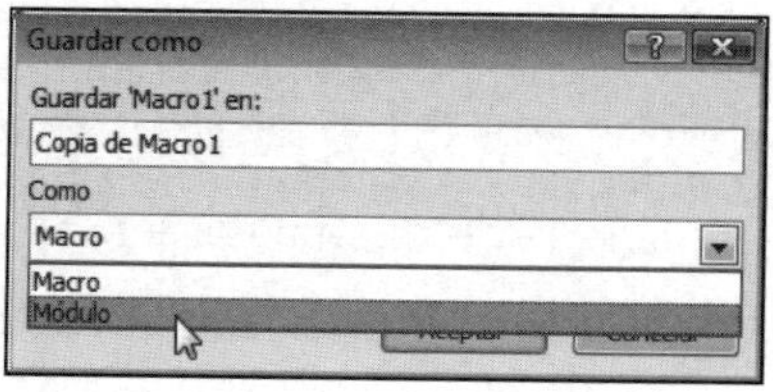

Figura 9.13. El cuadro de diálogo Guardar como.

Para ello podemos crear un procedimiento de evento como el que acabamos de ver, usar una función en una expresión o en la ventana Inmediato del Editor de Visual Basic, que veremos en un instante, o llamar a un procedimiento Sub en otro procedimiento o en la ventana Inmediato del Editor de Visual Basic. Otro método es crear una función que llame al procedimiento Sub y luego crear una macro que ejecute la acción EjecutarCódigo utilizando el nombre de la función que hemos creado. Si hay un código que utilizamos frecuentemente, podemos ponerlo en un procedimiento Sub. En lugar de repetir en cada procedimiento el código Visual Basic que realiza la operación, al escribirlo en un procedimiento común luego podemos llamar al procedimiento cada vez que deseemos realizar la operación.

También podemos ejecutar procedimientos que no requieran argumentos desde la ventana Código del Editor de Visual Basic, situando el cursor en el procedimiento en cuestión y seleccionando Ejecutar>Ejecutar Sub/UserForm.

9.3. Depuración de módulos

Microsoft Access proporciona tres ventanas que muestran automáticamente información acerca del código. Estas ventanas son:

- **Inmediato:** Permite pegar código para que se ejecute al pulsar **Intro**. También permite que escribamos código directamente para después copiarlo y pegarlo en la ventana **Código**, pero no podemos guardar el código directamente en la ventana **Inmediato**.
- **Locales:** Muestra todas las variables en el ámbito de la pila actual junto con sus valores.
- **Inspección:** Muestra el valor actual de las variables y los controles.

329

9.3.1. La ventana Inmediato

Para ver la ventana Inmediato en el Editor de Microsoft Visual Basic seleccione Ver>Ventana Inmediato en la barra de menús. En esta ventana podemos ejecutar cualquier procedimiento Sub o Function. Para ver un ejemplo de su funcionamiento, abra el módulo Primero_Mes y copie la función que contiene. A continuación, pegue la función en la ventana Inmediato y pase a la siguiente línea, utilizando la tecla de flecha abajo, no la tecla **Intro**, y escriba la siguiente función:

```
Function  Imprimir()
    Print  PrimerDiaProximoMes
```

Cuando haya terminado de escribir la función, pulse **Intro**. La ventana Inmediato ejecuta el código e imprime la fecha del primer día del próximo mes (véase la figura 9.14).

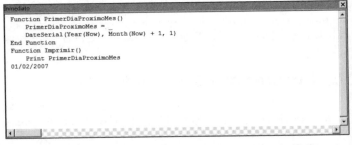

Figura 9.14. La ventana Inmediato con el resultado de ejecutar el código.

9.3.2. La ventana Locales

Para ver la ventana Locales en el Editor de Microsoft Visual Basic seleccione Ver>Ventana Locales en la barra de menús. En esta ventana se muestra una lista de variables en tres columnas: Expresión, Valor y Tipo (véase la figura 9.15).

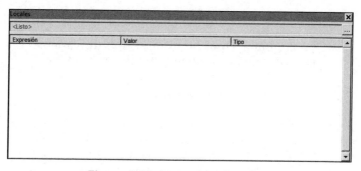

Figura 9.15. La ventana Locales.

Cuando no se está ejecutando código, la barra de estado de la parte superior de la ventana Locales muestra el texto <Listo>. Una vez que comienza la ejecución del código, la barra de estado muestra el nombre de la base de datos actual, el módulo que contiene el procedimiento que está en ejecución y el nombre del procedimiento en cuestión. Los otros elementos de la ventana son:

- **El botón Pila de llamadas:** Es el botón con puntos suspensivos situado a la derecha de la barra de estado, y que abre el cuadro de diálogo Pila de llamadas, el cual enumera los procedimientos en la pila de llamadas.

- **La columna Expresión:** Muestra el nombre de las variables. La primera variable de la lista es una variable de módulo especial, y se puede ampliar para mostrar todas las variables de nivel de módulo en el módulo actual. Para un módulo de clase, se define la variable de sistema <Me>. Para módulos estándar, la primera variable es el nombre del módulo actual. Las variables globales y las variables en otros proyectos no son accesibles desde la ventana de Locales. En esta columna no podemos modificar los datos.

- **La columna Valor:** Muestra el valor de la variable. Cuando hacemos clic en un valor en esta columna, el puntero se convierte en cursor de inserción, y permite modificar el valor. Pulsando a continuación la tecla **Intro** o las teclas **Flecha arriba**, **Flecha abajo**, **Tab** o **Mayús-Tab** validamos el cambio. Si el valor no es legal, el campo Editar permanece activo, el valor se resalta y aparece un cuadro de mensaje describiendo el error. Para cancelar un cambio pulsamos la tecla **Esc**.

- **La columna Tipo:** Muestra el tipo de variable. En esta columna no podemos modificar los datos.

9.3.3. La ventana Inspección

Para ver la ventana Inspecciones en el Editor de Microsoft Visual Basic seleccione Ver>Ventana Inspección en la barra de menús. Esta ventana muestra el valor de una expresión o de una variable mientras se ejecuta el código. Una vez abierta esta ventana, podemos seleccionar una expresión en la ventana Código y arrastrarla a esta ventana para inspeccionarla (véase la figura 9.16).

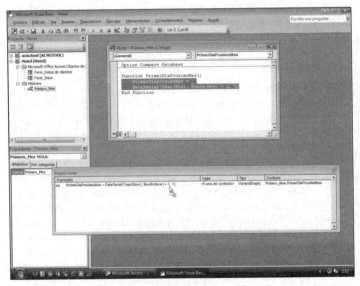

Figura 9.16. Arrastre de una expresión a la ventana Inspección.

También podemos abrirla con una expresión seleccionando Depuración>Agregar inspección. Se abre entonces el cuadro de diálogo Agregar inspección en el que escribimos directamente la expresión a inspeccionar (véase la figura 9.17). Al hacer clic en **Aceptar**, se abre la ventana Inspección con la expresión que hemos escrito.

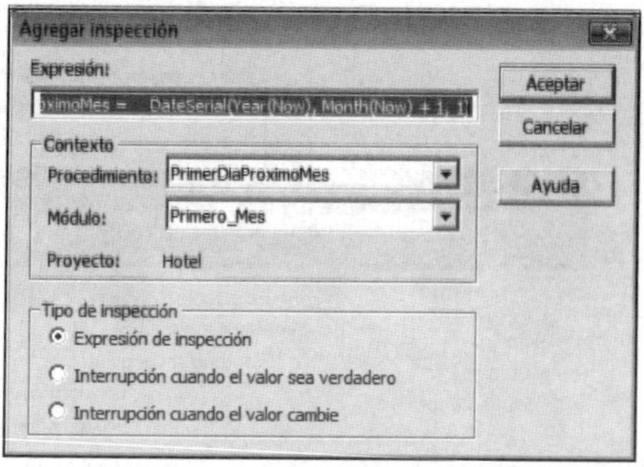

Figura 9.17. El cuadro de diálogo Agregar inspección.

Los elementos de la ventana Inspección son:

- **La columna Expresión:** Muestra la expresión de inspección con el icono 🔍 a la izquierda.
- **La columna Valor:** Muestra el valor de la expresión en el momento de la transición al modo de interrupción. Como en el caso de la ventana Locales, podemos modificar un valor y después validar el cambio.
- **La columna Tipo:** Muestra el tipo de la expresión.
- **La columna Contexto:** Muestra el contexto de la expresión de inspección. Si el contexto de la expresión no está al alcance cuando se va a modo de interrupción, no se muestra el valor actual.

9.3.4. Depuración de procedimientos

Cuando un procedimiento no se ejecuta de la forma esperada, podemos depurarlo utilizando alguno de los métodos que proporciona Microsoft Access: añadir puntos de interrupción, ejecutar paso a paso el procedimiento o cambiar el orden de ejecución. Para ver la barra de herramientas Depuración, que facilita el uso de estos métodos, seleccione Ver>Barras de herramientas>Depuración (véase la figura 9.18).

Puntos de interrupción

Podemos establecer puntos de interrupción en el código de un procedimiento para que Access se detenga antes de ejecutar la línea de código que contiene el punto de interrupción.

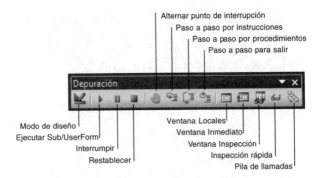

Figura 9.18. La barra de herramientas Depuración.

Estos puntos de interrupción podemos definirlos antes de ejecutar un procedimiento o cuando éste se interrumpe por causa de un error. Una vez suspendida la ejecución del código, podemos comprobar los valores actuales de las variables y ejecutar cada línea de código por turno.

Para establecer un punto de interrupción en el Editor de Visual Basic, colocamos el punto de inserción en la línea de código que nos interesa y hacemos clic sobre el botón **Alternar punto de interrupción**, en la barra de herramientas Depuración, o seleccionamos Depuración>Alternar punto de interrupción en la barra de menús.

Para borrar un punto de interrupción, colocamos el punto de inserción en la línea de código en la que se ha establecido el punto de interrupción y hacemos clic en el mismo botón en la barra de herramientas Depuración.

Para reiniciar la ejecución del código, hacemos clic sobre el botón **Ejecutar Sub/UserForm** en la barra de herramientas Depuración o seleccionamos Ejecutar>Ejecutar Sub/UserForm en la barra de menús.

> **Nota:** *Para suspender el código, también podemos agregar la instrucción* Stop *a un procedimiento o presionar* **Control-Pausa** *mientras el código está en ejecución.*

Ejecución paso a paso

Al examinar paso a paso el código de Visual Basic, podemos identificar más fácilmente dónde se está produciendo un error o comprobar que cada línea de código produce el resultado esperado. En la barra de herramientas Depuración y en el menú **Depuración,** Access proporciona los siguientes métodos para ejecutar el código paso a paso:

- **Paso a paso por instrucciones:** Permite examinar el código línea a línea hasta llegar al código de un procedimiento llamado por otro procedimiento.
- **Paso a paso por procedimientos:** Permite examinar el código línea a línea y ejecutar en bloque cualquier procedimiento al que se llame.
- **Paso a paso para salir:** Permite ejecutar el resto del procedimiento actual y luego regresar a la siguiente línea de código del procedimiento anterior del árbol de llamadas.

Para detener la ejecución de los procedimientos y borrar las variables públicas y privadas, seleccionamos Ejecutar>Restablecer en la barra de menús o hacemos clic en ▪ en la barra de herramientas Depuración. El comando Restablecer reinicia el procedimiento antes de volver a ejecutarlo.

Para continuar con la ejecución de un procedimiento después de analizarlo, seleccionamos Ejecutar>Ejecutar Sub/UserForm en la barra de menús o hacemos clic sobre el botón **Ejecutar Sub/UserForm** ▶ en la barra de herramientas Depuración. La ejecución del código continuará a partir de la siguiente instrucción.

Inspección rápida

Otra herramienta que podemos utilizar en la depuración de código de Visual Basic es la inspección rápida. Para usarla, seleccionamos una expresión en la ventana de código y hacemos clic en ▪ en la barra de herramientas Depuración. Se abre el cuadro de diálogo Inspección rápida (véase la figura 9.19).

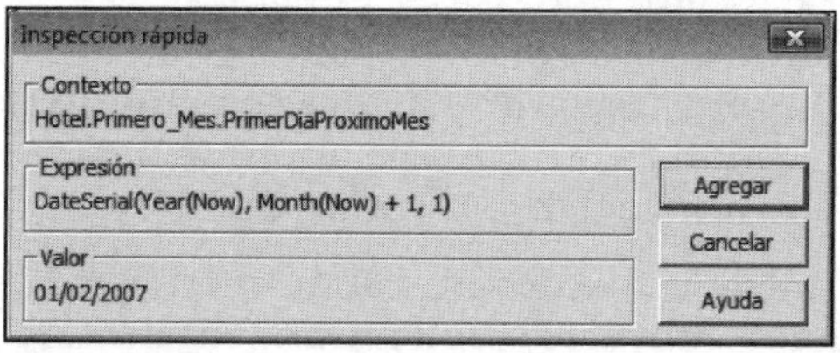

Figura 9.19. El cuadro de diálogo Inspección rápida con la expresión utilizada en el módulo Primero_Mes.

Este cuadro de diálogo muestra el valor actual de la expresión seleccionada permitiendo comprobar que el resultado es el esperado. Las secciones de este cuadro de diálogo son:

- **Contexto:** Muestra los nombres del proyecto, módulo y procedimiento donde reside la expresión que se está inspeccionando.
- **Expresión:** Muestra la expresión seleccionada.
- **Valor:** Muestra el valor de la expresión seleccionada. El valor actual no se muestra si el contexto de la expresión no está dentro de un procedimiento mostrado en el cuadro de diálogo Llamadas.

Si hacemos clic en el botón **Agregar**, se abre la ventana Inspecciones, y la expresión se añade a la ventana.

9.3.5. El Examinador de objetos

El Examinador de objetos es un cuadro de diálogo que muestra información sobre objetos, propiedades, métodos y constantes en el proyecto actual y en bibliotecas de objetos a las que se hace referencia, y que se utiliza para buscar un elemento, obtener ayuda sobre él o pegarlo en un módulo.

Podemos usar el Examinador de objetos para ver información acerca de objetos, propiedades, métodos y constantes.

Para abrir el Examinador de objetos (véase la figura 9.20), seleccionamos Ver>Examinador de objetos en la barra de menús del Editor de Microsoft Visual Basic o hacemos clic sobre el botón **Examinador de objetos** 🖼 en la barra de herramientas Estándar.

El Examinador de objetos muestra las clases, propiedades, métodos, eventos y constantes disponibles en las bibliotecas de objetos y los procedimientos del proyecto.

Este cuadro de diálogo sirve para buscar y utilizar objetos creados por el usuario, así como objetos de otras aplicaciones.

Los elementos del Examinador de objetos son los siguientes:

- **Cuadro Proyecto/Biblioteca:** Muestra las bibliotecas correspondientes al proyecto activo que tienen establecida una referencia actualmente.

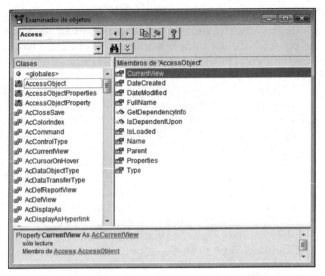

Figura 9.20. El Examinador de objetos.

Podemos utilizar el cuadro de diálogo **Referencias**, que se abre desde el menú **Herramientas**, para agregar bibliotecas (véase la figura 9.21).
La opción `<Todas>` provoca que aparezcan todas las bibliotecas en pantalla a la vez.

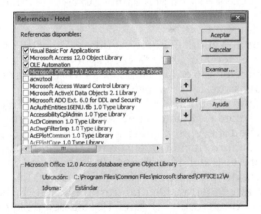

Figura 9.21. El cuadro de diálogo Referencias en el que se seleccionan las bibliotecas a agregar al Examinador de objetos.

- **Cuadro Texto de búsqueda:** Situado justo debajo del cuadro Proyecto/Biblioteca, se utiliza para escribir una cadena para búsquedas. El cuadro Texto de búsqueda contiene las 4 últimas cadenas de búsqueda introducidas hasta que se cierra el proyecto. Podemos utilizar los comodines estándar de Visual Basic para escribir la cadena. Los dos botones situados junto a este cuadro permiten iniciar la búsqueda 🔍 y mostrar u ocultar los resultados de la búsqueda ⊻, respectivamente.

- **Botón Volver:** El botón Volver ◀ permite retroceder a la selección anterior de las listas Clases y Miembros de. Cada vez que hacemos clic, retrocede una selección hasta pasar por todas las selecciones.

- **Botón Avanzar:** El botón Avanzar ▶ permite, después de haber seleccionado elementos en las listas Clases y Miembros de, repetir las selecciones cada vez que hacemos clic.

- **Botón Copiar al portapapeles:** El botón Copiar al portapapeles 🗐 copia en el portapapeles la selección actual de la lista Miembros de o el texto del panel Detalles. Después podemos pegar la selección en nuestro código.

- **Botón Ver definición:** El botón Ver definición ≱ muestra, después de haber seleccionado un proyecto en la lista Proyecto/Biblioteca, un módulo en la lista Clases y un procedimiento en la lista Miembros de, la definición del procedimiento en la ventana Código.

- **Botón Ayuda:** El botón Ayuda ❓ muestra en pantalla el tema de Ayuda correspondiente al elemento seleccionado en las listas Clases o Miembros de. Equivale a presionar la tecla F1.

- **Botón Búsqueda:** El botón Búsqueda 🔍 inicia una búsqueda en las bibliotecas de la clase, propiedad, método, evento o constante que coincida con la cadena introducida en el cuadro Texto de búsqueda y abre el panel Resultados de la búsqueda con una lista de información (véase la figura 9.22).

- **Botón Mostrar/Ocultar resultados de la búsqueda:** Abre u oculta el panel Resultados de la búsqueda. Este panel cambia para mostrar los resultados de la búsqueda del proyecto o biblioteca elegido en la lista Proyecto/Biblioteca. Los resultados de la búsqueda se agrupan, como opción predeterminada, por tipo y por orden alfabético.

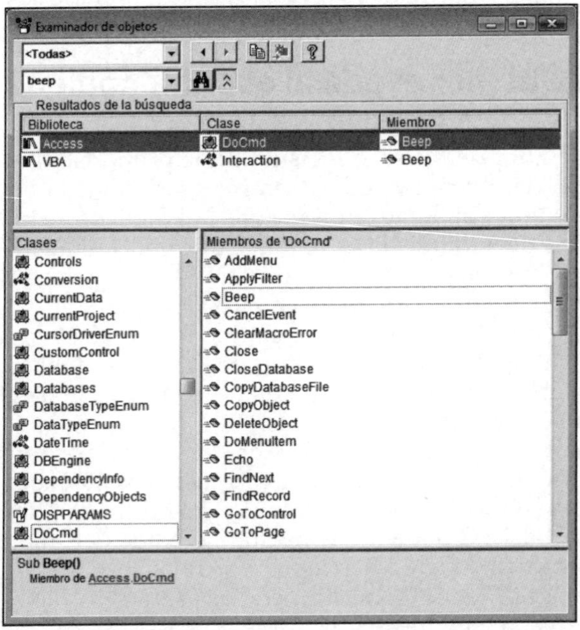

Figura 9.22. El Examinador de objetos con el panel Resultados de la búsqueda abierto.

- **Panel Resultados de la búsqueda:** Muestra la biblioteca, la clase y el miembro que corresponde a los elementos que contienen la cadena de búsqueda.
- **Lista Clases:** Muestra todas las clases disponibles en la biblioteca o proyecto seleccionado en el cuadro **Proyecto/Bibliotecas**. Si existe código escrito para una clase, esa clase aparecerá en negrita. La lista siempre comienza por `<globales>`, una lista de miembros accesibles globalmente.
- **Lista Miembros de:** Muestra los elementos de la clase seleccionada en el panel **Clases** ordenados por grupo y por orden alfabético dentro de cada grupo. Los métodos, las propiedades, los eventos o las constantes que tengan código escrito aparecen en negrita.

- **Panel Detalles:** Es el panel de la parte inferior del Examinador de objetos y muestra la definición del miembro seleccionado. Podemos copiar o arrastrar texto desde el panel **Detalles** a la ventana **Código**.

9.4. Obtener ayuda al escribir código

El Editor de Microsoft Visual Basic proporciona varias formas de obtener ayuda mientras escribimos el código. Por ejemplo, podemos pulsar la tecla **F1** mientras trabajamos en un módulo para obtener información acerca del método, propiedad, función, instrucción u objeto en el que se encuentra el cursor en la ventana **Código**.

Otro método es abrir el Examinador de objetos, seleccionar una clase y un miembro de esa clase, y hacer clic sobre el botón **Ayuda** ? para obtener información del elemento en cuestión.

También podemos realizar una consulta al contenido de Office Online de la Ayuda de Access para obtener información sobre un tema determinado del Editor de Microsoft Visual Basic. O podemos consultar la **Ayuda del programador sin conexión** de Microsoft Access. Cuanto más específica sea la pregunta, más específicos serán los temas que aparezcan como resultado.

Por último, podemos obtener ayuda desde la **Tabla de contenido** del panel **Ayuda** del propio Access, eligiendo el tema **Automatización y programabilidad**.

Con esto damos por terminado nuestro estudio de los módulos. El tema es demasiado amplio para tratarlo con profundidad en esta guía, y esto no ha sido más que una breve introducción. Esperamos que haya servido para mostrar parte de la utilidad del uso de Microsoft Visual Basic en las bases de datos.

Índice alfabético

E

F